i y i k i **k i t a p** l a r v a r . . .

TİMAŞ YAYINLARI
İstanbul 2014

timas.com.tr

AİŞE(ra)
Meleklerin Selam Verdiği Kadın
Sibel Eraslan

TİMAŞ YAYINLARI | 3280
Edebiyat Kitaplığı-Roman | 163

GENEL YAYIN YÖNETMENİ
Emine Eroğlu

EDİTÖR
Seval Akbıyık

KAPAK TASARIMI
Ravza Kızıltuğ

1. BASKI
Ocak 2014, İstanbul

ISBN
ISBN 978-605-08-1305-0
9 786050 813050

TİMAŞ YAYINLARI
Cağaloğlu, Alemdar Mahallesi,
Alayköşkü Caddesi, No: 5, Fatih/İstanbul
Telefon: (0212) 511 24 24
P.K. 50 Sirkeci / İstanbul

timas.com.tr
timas@timas.com.tr
facebook.com/timasyayingrubu
twitter.com/timasyayingrubu

Kültür Bakanlığı Yayıncılık
Sertifika No: 12364

BASKI VE CİLT
Neşe Matbaacılık A.Ş.
Akçaburgaz Mah.
Mehmet Kopuz Cad. No: 17
Esenyurt/İstanbul
Telefon: (0212) 886 83 30
Matbaa Sertifika No: 22861

AİŞE(ra)

Meleklerin Selam Verdiği Kadın

Sibel Eraslan

TİMAŞ

SİBEL ERASLAN

1967'de İstanbul Üsküdar'da doğdu. Üsküdar Kız Lisesi'nin (1985) ardından İÜ Hukuk Fakültesi'ni bitirdi (1989).

İnsan hakları, kadınların eğitimi, istihdamı ve haklarıyla ilgili inisiyatiflerde görev aldı.

Teklif ve *İmza* dergilerinde yazdı. Öyküleri *Dergâh, Mostar* ve *Hece* dergilerinde yer aldı. Halen *Star* gazetesinde köşe yazıları yazıyor.

Eserleri:

Fil Yazıları

Balık ve Tango

Can Parçası Hz. Fatıma

Kadın Sultanlar

Parçası Benden

Siret-i Meryem

Çöl/Deniz

Nilin Melikesi

Canfeda

Saklı Kitap

Osmanlı'dan Cumhuriyet'e Kadının Tarihi Dönüşümü içinde "Reel Politik Tecrübeler"

90'larda Türkiye'de Feminizm içinde "Siluetler ve Uğultular"

Kadın Oradaydı içinde "Züleyha"

AİŞE'NİN[RA] BEŞ VAKTİ

Ben, Aişe...
Muhammed'in(s) Aişe'siyim...
Salat ve selam üzerine olsun...
Ben, Aişe...
Karasevdalısıyım Resulallah'ın...
Salat ve selam üzerine olsun...

Ben, Aişe...
Gözleriyim geceyle gündüzün...
Onlar ki birbiri ardından gelerek dizildiler sirete...
Ben, Aişe...
Şahidiyim Vahyin...
'Ta-Ha' ve 'Ya'sin'in...

Ben, Aişe...
Yoldaşıyım Son Resul'ün(s)...
Anam, babam ve bu canım kurbandır yoluna...
Ben, Aişe...
Fedaisiyim aşk-ı Muhammedi'nin...

Salat ve selam üzerine olsun...

Yoldaşıyım Kab-ı Kavseyn'in...

Açılan ve örtünen tüm göz kapaklarının sonsuz ufkudur ki Ahmet...

Ben, Aişe...

Hümeyra-i Ahmed'im...

Sevgilisiyim Rahmetellilâlemin'in...

Ve şahidiyim:

Asrın.

Onurun ve hüznün.

Hüsranın olduğu kadar Hakkın, Sabrın ve Kulluğun da tanığıyım.

Şahidiyim Meleğin getirdiği selamın.

Şahidiyim vedanın ve ayrılığın.

Şahidiyim ayrılamayışın ve yeminlerin...

Tanığıyım Risalet'in ve Velayet'in...

Şahidiyim Âlemlere Rahmet Resul'ün(s)...

Şahidiyim Allah'ın Sevgilisi'nin(s)...

Ben, Aişe...

Sevgilisiyim Sevgili'nin(s)...

Kuştüyünden... Kılıçların ucundan damlayan kan damlalarına kadar...

Şahidiyim hepsinin...

Şahidiyim en latiften en kaviye kadar her demin...

Şahidiyim kanın ve gülün...

Şahidiyim her sahifesi ve her harfiyle son Kitab'ın...

Şahidiyim Hicret'in, Bedir'in, Uhud'un, Hendek'in...

Ve şahidiyim Hayber'in...

Şahidiyim iki şehrin, Mekke'nin ve Medine'nin...

Şahidiyim zeytinin ve incirin…
Şahidiyim aşkın ve elvedanın…
Cesaretin olduğu kadar nedametin de şahidiyim…
Başımdan geçenler, başınızdan geçenlerdir şahidiyim…
Şahidiyim ümmetin…
Hatırlamaların olduğu kadar…
Unutulmaların da Aişe'siyim…

Ben, Aişe…
Pervanesiyim Muhammed'in…
Salat ve selam üzerine olsun…
Ben, Aişe…
Validesi ümmetin…
Sözler denizinin üstünde yüzer benim gemim,
Dolanıp durur karasevdamın bitmez hayretiyle…
Dolanıp durur delik deşik nice kederlerle...
Desinler…
Yazgım hasrete bağlanmış benim bilmezler…
Bin rüzgârların bağrımda eştiği derin yaraların hiçbirisi zerre kadar kanamaz oysa…

Ben, Aişe…
Çünkü karasevdanın gözleriyim…
Desinler, aşktandır…
Sussunlar, aşktandır…
Harfleri dünyanın… Ah küçük çocukları…
Bilsinler ki, Anneleri karasevdalıdır…
Desinler…
Hasretin hakikatindendir…
Battığı için her eski güneşe…

Bozulup kırıldığı için vakti geçmiş her hilale…
Tek tek kayan yıldızların hepsine…
Hasretimin şahidi Zemzem kuyusuna…
Vav harfiyle…
Be harfiyle…
Ta harfiyle…
Yemin ederek söylerim ki…
Hepsinin Malik'i olan Allah'a sonsuz şükranımdır:
Bana Resulallah'ın(s) sevdası nasip olmuştur…

Ben, Aişe…
Muhammed'in(s) Aişe'siyim…

HAYATIMIN SABAH VAKTİ

ÇOCUKLUK HATIRALARIM...

Bildim bileli babam hep yenidir bana...

Onda eskimiş hiçbir şeyi tutmazdı zaten yıldız istikametinden esen çöl rüzgârı... Onda her şey yepyeni, pırıl pırıl, el değmemiş olurdu. Ağız bağı henüz çözülmemiş hediye yüklü heybeler gibi olurdu onun kapıları çalışı her seferinde.

Babam... Kuzeye ve doğuya giden yollar demekti... Şam'a ve Yemen'e esen rüzgârlardan çeldiği envai çeşit kokuyla gelirdi. Kokular ve yeni sözlerdi babamın her uzak seferden dönüşü...

Sabrın bilge ama ketum öğretmeni olarak çöl, erkeklerinden çok kadınlarına güvenirdi ki sapasağlam beklemeyi kadınlara, dehşetli yollarda kum fırtınalarının içinde savrularak yol almayı erkeklere pay etmişti.

Biz babam Ebu Bekir'i sabırla beklerdik, gittiği her yoldan...

Uzun Mekke sıcaklarında buram buram pişen toprak damlarımız, gün batımından sonra hızla serinlemeye başlar... Geceleriyse bir yıldız balkonuna dönüşen çatılar, kocalarının yolunu bekleyen vefakâr kadınlarla onların masal düşkünü küçük çocuklarına yataklık ederdi.

Dolunayın şavkıyla altın tozu yağardı şehre sanki, sihir gibi kaplardı kentin siluetini çöl mehtabı... Kireçle badanalanmış küçük evlerden oluşan iç mahalleler ve onlara nispeten daha yükseklerde, geniş bahçe duvarlarıyla adeta fildişinden sarayları andıran, zengin ve soylulara ait konaklar, hatta göçerlerin, şehrin açıklarına yayılmış kıl çadırları ve tavanı hurma dallarıyla örtük, yolcuları misafir eden kervan durakları... Hepsi, dolunayın gizemli dokunuşuyla kendinden geçerdi. İç içe dolanmış parlak bir gerdanlığa dönerdi Mekke.

Dolunay ve Mekke...

Babamın dönüşü çoğu kez dolunaya denk gelirdi. Çocukluğumun en sabırsız ve en bıçak kemiğe dayandı dakikalarını sayardı o vakitler...

Latif bir serinlik, toprak damlı evlerin üzerinden esip, konağın bahçesinde biraz oyalandıktan sonra terasa doğru bir yel fıskiyesini andırırcasına taşar, üzerinde yalınayak gezindiğimiz serin sahanlıktaki cibinliği, kapıda asılı duran uçları mercan boncuklu ince perdeleri kıpırdatırdı.

Çıkır çıkır çıkır... Bu ses, bu hafif nefesi rüzgârın, annemle birlikte ona eşlik eden kadınların kedileri andıran solgun konuşmaları, mırıl mırıl mırıl... Ve onlara hizmet eden çalışkan cariyelerin gecenin içinde sağa sola hızla yürürken bileklerindeki halhallarla çıkarttıkları tıkırtılar, tıkır tıkır tıkır... Uzanıp kıvrıldığım yerden baktığım yıldızları semanın, pırıl pırıl pırıl... Uyur uyanık... Masal ile gerçek... Rüya ile hakikat... Bir salıncak gibi med cezirlerle içinde sallandığım...

Masalsız büyüyemezdi elbette babalarını bekleyen çöl çocukları... Ben de onlardan biriydim işte... Hele soy bilgini ihtiyar bir dedesi varsa o toprak damlarda uzanmış çocukların veya bitimsiz gök kubbeye saçılmış binlerce yıldızın birbirinden ilginç öyküsünü "Ey dostlar" kafiyesiyle anlatan yaşlı ninesinin dizleri dibinde uyuyakalma bahtına erişmiş Mekke çocuklarından birisiyseniz benim gibi… Yolunu beklediğiniz baba; bir şiir, bir masal, bir yıldız gibi gelirdi küçük kalbinize.

Herkes farklı önceliklerle beklerdi ticaret seferine çıkan babamı… Dedem ve diğer yaşlı akrabalarımız, bereketli bir kazançla dönebilmesini murat ederken, annem Ümmü Ruman için sağ selamet kavuşabilmekti tüm bekleyişin ürpertisi… Ablam Esma'ya göreyse babam hediye demekti en başından beri, hem annemin hem onun göğüs germek zorunda kaldığı nice mihnet ve çileden sonra, babam Ebubekir hem anneme hem ona serin ve güvenli bir ağaç gölgeliği gibiydi.

Babam hediye gibi çıkıp gelirdi her seferinden ablama… Her seferinde Esma'nın kibar ve mahcup dünyasına uygun, naif hediyeleri olurdu babamın. Mercan bir kolye veya fildişi bir saç tokası ya da bir Şam gezgininden satın alınmış, etrafı deniz kabuklarıyla süslenmiş bir gözyaşı hokkası… Heybesinde yeni kitaplar, bazı haritalar, annem için satın alınmış billur şişeler içinde rengârenk esanslar… Evin kadınlarına hediyeydi babamın uzun seferlerden dönüşü…

Babam Ebubekir'in uzun yolculuklarından benim payıma düşen şeyse hepsinden sıcak ve gerçek olandı… Çünkü benim için o, sadece babamdı ve bu dünya demekti, her şeydi benim için…

Onu asla evde veya kapının önünde karşılamazdım mesela… Bir toz bulutunun içinde, deve kafilelerinin hemen ön saflarında şehre girerken açtıkları sancakları, onun gelişini gözlediğim çatı katından bakar bakmaz derhal tanıyıp onları karşılamaya koşanların arasında karışırdım.

Annem bu halimden çok hoşlanmasa da babama düşkünlüğümü bildiğinden heyecanıma o seferlik razı gelir, zılgıtlarla, tezahüratlarla uzun yoldan dönenleri karşılamak üzere koşuşan kalabalığa karışmama pek ses çıkarmazdı.

Şehrin girişine yakın devesinden iner, küheylanına binerdi babam âdeti üzere… Onların çölün kumlarını kaldıra kaldıra ihtişamlı bir toz bulutu içinde şehre girişleri, sonu mutlulukla biten bir masala benzerdi. Ve elbette bu yolculuktan payıma düşen en güzel ganimet: Gözleriyle bir müddet beni aradıktan sonra sevinçle atından inerek dizini kırıp kollarını iki yana açtıktan sonra söylediği ilk söz:

"Kızım, Aişe..."

Ona sarıldığımda sanki dünyanın bütün yollarını benim için yürüyüp de gelmiş bir kucağın melikesi olurdum. Babamın hasreti bu sarılışla vuslata erer, onunla benden başka kimsenin göremediği bir tacı takardı sanki başımın üstüne... Babam, başımın tacı olurdu her seferinde... Sonra ellerimden tutar, beni atına bindirir, yuları tutmak isteyen hizmetkârlara müsaade etmez, bir yandan da bana gülümseyerek bakar:

"Konuş bakalım Hümeyra, ne var ne yok..." diye sorardı.

Kendimi bildim bileli annemin sıkı terbiyesi altında, insanlara çok soru sormamam, sessiz sakin ve ablam Esma gibi olgun bir küçük hanımefendi olmam konusunda uyarıldığım için, önceden ezberlediğim haliyle, "Siz bizim velinimetimizsiniz, sağ salim size kavuşmak bizim en büyük dileğimizdir" gibi nakaratlar eşliğinde, kadim zamanlardan intikal etmiş şiirleri okuyarak cevap verirdim babama...

Ama babam beni bilir, onu güldüren bu ezber nakaratlı şiirlere, "Konuş bakalım Hümeyra, daha daha nasılsınız?" diye karşılık verirdi. Ondan aldığım güvenle birkaç aylık yokluğunda Mekke'de olan biten ne varsa, bir solukta tek tek aktarırdım evin kapısına ulaşıncaya kadar...

Sefer dönüşü karşılama merasimi ve eşin dostun evlerine gidişinden sonra, "Aişe sana haber vermiştir ya..." diye sitemle başlardı annem konuşmalarına. Babamsa gülerek mukabele ederdi; "Evet, Aişe söyledi, kanatlı karınca oyununda bütün arkadaşlarını mağlup etmeyi başarmış..." Sonra da hep birlikte gülerek sofraya otururduk... Annemin hizmetkârları ve arkadaşlarıyla günlerden beri binbir özenle hazırladığı ikramlarla ziyafete dönüşmüş olurdu babamın her seferden dönüşündeki o en uzun ve en mutlu gece...

Zaten iştahsız bir çocuk olduğumdan, babamın dönüş heyecanıyla iyice yemeden içmeden kesileceğimi bildikleri için, beni mahsusen babamla dedemin arasında oturturlardı annemle ablam...

Babam, evin küçüğü olarak her türlü nazımı çeker, kendi lokmasından ayırarak bir kuş yavrusunu beslercesine itina ederdi bana...

"Duyduğumuza göre yine çok koşmuş oynamışsın ben yokken, üstelik de hasta düşmüşsün, sana aceleci çocuk ile ihtiyar kralın masalını anlatmamış mıydı deden Aişecik, söyle bakalım..." deyip saçlarımı okşardı babam.

Sonra da saçlarımı karıştırdığı ellerini koklar, "Hımmm... Ne de güzel kokuyor Aişe'min saçları, kibar ablası Esma süslemiş olsa gerek küçük prensesimizi... Büyüdüğünde onu krallar gelin almak isteyecek de vermeyecek annesiyle dedesi..." deyip takılırdı.

"Aişe hiç büyümeyecek ki..." derdi hemen annem.

"Sabah uyanır uyanmaz arkadaşlarıyla oynamaya gitmek ister, kan ter içinde gün boyu koşar da bir lokma ekmek atmaz ağzına, onun yaşındakiler çoktan ip büküp yün eğirmeye başladılarsa da o illa ki deve dövüşlerini seyretmeye gider ağabeyiyle..."

Tüm bu şen şakrak konuşmaların içinden benim takılıp kaldığımsa babamdan işiteceğim yeni sözler, hikâyeler olurdu...

"Babacığım, ne olur anlatsanıza şu aceleci çocuk ile ihtiyar kralın masalını, haydi ne olur anlatın..." deyip belki bir hafta belki bir ay kadar sürecek seyahat öykülerini başlatırdım babamın...

Teymoğulları derlerdi Mekke'deki sülalemize. Cömertlikleriyle meşhurdu dedelerimiz. Şam'dan Yemen'e, Cidde'den ismini bilmediğim uzak denizlere kadar nice namlı ticaret seferlerine çıkar, her seferinde çıkıp gittikleri yeni dünyalardan yeni bilgilerle, yeni kelimelerle dönerlerdi...

"Teym, çölün cömert prenslerinin karargâhıdır" derdi Mekke'ye gelen seyyahlar da... Soy, en önemli meselesi ve nesilden nesile aktarılan en mühim bilgisiydi Mekke'nin...

Mekke'nin onurlarına çok düşkün aileleri arasındaki kâh gizli kâh aşikâr rekabet sürer giderdi. Maddi zenginlikten dini himayeye, edebiyat üstünlüğünden ve özellikle mısra zevkinin yüceltildiği şiir müsabakalarından uzak kabilelerle yapılacak antlaşmalarda söz ve mühür yetkisi taşımaya kadar hemen her konuda hissedilen garip bir itibar alaşımıydı bu... Çöle dair bu üstünlük anlayışında evet, güç her şey demekti belki ama kaba kuvvet ya da dünyevi varsıllıkla ölçülemeyecek öncelikleri de vardı Mekke'nin... Cömertlik gibi, misafirperverlik gibi, bilgeliğe ve güvenilirliğe dayanan arabuluculuk, hakemlik gibi parayla satın alınamayacak değerler ki... Teymoğulları dendiğinde, "çölün zarif himayekârları" deyip seslerini keserdi diğerleri...

Söz gelimi Ümeyyeoğulları... Babam ve dedemin yürüttüğü pek çok ticaret seferinin benzerlerini hatta belki zaman zaman kazanç bakımından çok daha üstünlerini elde etmiş olsalar bile... Onlar, çoğu kez cengâverlikleriyle, yüreklere saldıkları hışımla, özellikle orta hallilerin tedirginlikle ve gariplerin korkuyla andıkları bir sülaleyken... Bizim Teymoğullarının ismi geçtiğinde yüzler derhal güler, yoksullar, yetimler adalet ümidiyle doğrulurdu... Bizim babalarımızdan öğrendiğimiz en büyük görgüydü yoksulu, yetimi, kimsesizi, yolcuyu, talebeyi sahiplenmek... "Teym'in bahtı bu yüzden açıktır" derdi dedem Ebu Kuhafe, "bizim işimiz, şayet sevgi ve merhametle muamele edersek açılır, unutmayın, kötülüğe bulaşmayın, ikram ediniz ki ikram edilesiniz."

Ve şiir merakı...

Sözü güzel söylemek, bizim ailede paylaşılmış bir miras gibiydi. Sadece erkeklerimiz bilmezdi okuyup yazmayı, hesap yapmayı ve tarih bilgisini... Ailemizin kadınları da en az erkekler kadar okuyup öğrenmeye, ezberlemeye ve zarif konuşma adabına uygun yetişirlerdi... Evlerimizdeki yaşlı akrabalarımız, ninelerimiz, halalar, teyzeler, biz çocuklardan bir iş yapmamızı istediklerinde alnımızdan öptükten sonra, "Unutmayasın" der, önce kulaklarımızın uçlarını tutar, sonra da kalbimizin üstüne pıt pıt fiske atarlardı...

Bir gün bunun sebebini sormuştum uzaklardan misafir gelen bir akrabamıza... Ninecik soru soruşumu çok beğenmiş; "Bu kızın aklı, boyundan da yaşından da pek büyük... Büyüdüğünde emirlere gelin olasın a küçüğüm..." deyince, annem yine sitemle okşamıştı saçlarımı: "Aişe hâlâ bebekleriyle oynuyor, odasında bir sürü kızı var. O hiç büyümeyecek bu gidişle, zaten büyüse de dedesiyle babası onu kimseciklere gelin vermeyecek... Çünkü bu akıllı kızı çok seviyor Teymoğullarının reisleri..."

Nine, sanki ağzında ceviz çiğniyormuş gibi çıkır çıkır sesler çıkararak konuşuyordu: "Öyleyse bunu da unutmasın. Çık çık çık... Hem kulağıyla hem kalbiyle de ezberlesin ki unutmamak ikidir; birincisi işitmekledir... Yaa, çık çık çık... Ancak hakkıyla işitenler öğrenir ve bilir. Çık çık çık... İkincisi ve daha önemlisiyse işiterek öğrendiklerimizi ancak kalplerimize nakşedersek unutmayız. Yaa, çık çık çık... Yani unutmamak kendimizi o işe vermek demektir. Söylenmiş söze kendimizi tam anlamıyla verirsek hiç unutmayız... Yaa, işte böyle küçük kızım..."

"Babam Ebubekir, yeni döndüğü Yemen'de Ezd kabilesinden ihtiyar bir bilgenin söylediği şiirleri, verdiği haberleri bir türlü unutamadığını söylüyor bize..." der demez...

Konuşmanın nereye varacağını tahmin eden anneciğim Ümmü Ruman hemen araya girerek; "Aişeciğim, ablan Esma seni çağırıyor, Huveylidoğullarının kadınlarına götürülecek kumaşlar varmış..." demişti.

Babam Ebubekir, kumaş ve elbise ticaretiyle uğraşırdı. Teymoğulları farklı ticaret kollarıyla uğraşan kalabalık bir kabileydi, güvenilir tüccarlar olduklarından Yemen'den Suriye'ye kadar tüm Ceziretü'l-Arab'da dolaşıma girecek mallar, Ifrikiyye'den Rum diyarlarına kadar geçecek hem ipek hem de baharat menzilleri onlardan sorulurdu...

Mekke, bir ticaret odağıydı ki "dünyanın kalbinin attığı" yer olarak bilinirdi. "Dünyanın iki büyük yolu vardır" derdi babam, iki kolunu doğulara doğru açarak... "Birisinden ipek ve kadife getirirler Aişelere, diğerindense misk ü amberle karabiber taşırlar Aişelere..." Mekke'deki büyük ticaret kavşağının iki büyük kalemiydi bunlar; ipek ve baharat, Mekke'nin ticaret loncalarını da belirlerdi...

Babam Ebubekir ve dedem Ebu Kuhafe, yeryüzünün o vaktinin ipek burcunu ören neferlerindendi...

Baharat yolunun Mekke'ye taşıdıklarıyla hemhal olan çok sayıda aile vardı, ne var ki baharat faslı altında içki, haşhaş, mücevher ve kimyevi madde ticareti de yapıldığından baharat loncası zorunlu olarak yaslandığı silahlı adamlar, cengâver korumalar, fedailerle birlikte tartıldığında... Bizim dahil olduğumuz ipek loncalarına göre, daha atılgan, savaşkan ve zaman zaman zalim de olabilen güçlerdi baharat loncaları. Onlar aynı zamanda şehri koruma vazifesini ve savaş zamanlarında gerekli askeri gücü ellerinde tutanlardı.

Teymoğullarıysa; Basra ve Şam üzerinden gelen ipek, Kenan taraflarından ihraç edilen yün, Şam civarından intikal eden iplik ve kumaş ticaretiyle, iğneden ipliğe, deriden urgana, kök boyası elde edilecek bitkilerin Medine'den satın alınmasına, yazı malzemelerine, mürekkep tozundan saz uçlarına, Mısır taraflarından gelen papirüs kâğıtlarına, ipek yazı takımlarına, kalemdanlara, mobilyaya, süs eşyasına kadar daha naif sanatların ticaretiyle uğraşırlardı.

Babam Ebubekir'in epeyce uzun süren Yemen seferini ve dönüşte bizlere anlattığı garip macerasını da hatırlıyorum. Annem Ümmü Ruman tedbirli bir kadındı. Babamın sefer dönüşü anlattıklarını başkalarıyla paylaşmamamız konusunda bize sıkı tembihlerde bulunmuştu. Çocuk halimle bunun sebebini tam olarak anlayamasam da annemin tabiatı gereği titiz bir hanım olduğunu bildiğimden çok da fark edememiştim bu sus emrinin hikmetini...

Ezd kabilesinden ihtiyar bir kişiye misafir olmuştu babam Yemen günlerinde... Çok kitap okuyan, Tevrat ve İncil'i bilen, farklı dilleri konuşabilen, misafirperver bir bilgeymiş ihtiyarcık... Babamla konuşurken, aksanının kibarlığından olsa gerek: "Ey genç tacir, Harem halkından mısın?" diye sormuş çarşıda... Babam, "Evet, Harem halkındanım" diye cevaplayınca, ihtiyar kişi bu sefer de kimlerden olduğunu sormuş... Cömertliğiyle namlı ve kan davalarını çözmede sözü dinlenen hakemlerin ailesi olmakla tanınan Teymoğullarından olduğunu öğrenince babam Ebubekir'in... Kolundan tutarak, kendilerinde misafir olması için ısrar etmiş, babam da kıramamış onu. Gece olup herkes yatağına çekildiğindeyse "Gel bakalım genç Teymoğlu, sana soracaklarım var" demiş ak sakallı ihtiyar...

"Harem halkı içinden gelecek son nebi ile ilgili bilgilerim var, henüz ortaya çıktı mı bilemem ama zannederim ki çıkması yakındır. O kişi sözüne güvenilen, alçakgönüllü, orta halli, tertemiz birisidir ki nebi olarak ortaya çıktığında muhakkak ki akrabaları ve arkadaşları ona eziyet edeceklerdir. Ah... Yaşım ve gücüm kuvvetim müsait olsa da zor zamanında onun yanında durabilsem... Şayet ona yetişemezse de ömrüm, sen gençsin, Teymoğullarındansın, ona yetişip şahitlik edersen, benim de selamımı söylersin" demiş...

Babam Ebubekir'in kalbine kazınmış bu ak saçlı bilgenin söylediği sözler. Zaten o dönemde herkes bir bekleyiş içindeydi. Hatta sadece bunu araştırmak için uzak yollardan Mekke'ye gelen adamlar olurdu. İncil'den ve Tevrat'tan haberdar olanlar kadar, Kureyş eşrafından bu konuda malumat sahibi olup iyice beklemeye başlayanlar bile vardı... Sonraları adı Ebu Cehil'e çıkacak Amr bin Hişam da bunların başında gelirdi. Harem halkından birine gelecekse bu peygamberlik, soy sop ve malca üstünlüğü olanlardan birine gelmeli fikri sabiti, dile getirilmese de hemen her sülalenin beklentisiydi...

Babam, Yemen dönüşünde bizlere anlattığı bu hadisenin etkisindeyken, dostu Hakim b. Hizam'ı ziyaret ettiği gün daha da fevkalade bir şeyden haberdar olacaktı... Evin kıdemli hizmetkârı, misafirlere hizmet eden görevlilere nezaret ederken, "Teyzeniz Hatice Hatun, eşi El-Emin'in Allah tarafından gönderilmiş bir peygamber olduğunu söylüyor, güya Hz. Musa gibi bir elçiymiş" deyiverecekti...

Uzun sefer dönüşlerinden sonra, Mekke eşrafının birbirine hoş geldin ziyaretinde bulunması âdettendi... Aynı günün akşamı babama gelen Kureyş eşrafı da benzer şeylerden söz ediyordu...

"Arkadaşın neler söylüyor, duydun mu? Meğer Ebu Talip'in o garip ve yetim yeğenine peygamberlik gelmiş... Arada senin dostluğunun hatırı olmasa vallahi hiç beklemez, derhal hesabını görüverirdik... Ama artık sen döndün ya... Ona yetersin, nasihat mi tekdir mi bilemeyiz ama arkadaşının bu hezeyanları derhal son bulmalı" demişlerdi...

Avlunun hemen girişindeki peykelere oturmuş misafirlerine hayretle sormuştu babam:

"El-Emin'in nesi var, neler söylüyor insanlara?"

"Kâbe'de oturmuş, bir tek ilah olan Allah'tan söz açıyor. Halkı atalarımızın dininden çıkıp kendi anlattığı dine girmeye davet ediyor, güya o da peygamberiymiş bu Allah'ın..." deyip homurdanıyorlardı... Bazıları da alınları terleyerek gülmeye çalışıyorlardı, akıllarınca bu durumu hafife aldıklarını göstermek istercesine... Ama ben çocuk yaşımda, onların bahsettikleri hali hiç de hafife almadıklarını sezebiliyordum. Gülüp geçilecek bir durumsa bu, niçin babama gelmişlerdi ki... Üstelik babamdan aracılık yapmasını da istiyorlardı...

Babam onları misafir edip yolculadıktan sonra hızla dışarı çıkmıştı... "Muhammed neredthough?" diyerek biraz soruşturmuş, "Hatice'nin evindedir" cevabıyla derhal kapılarına varmış...

İkisi diz dize oturup olanı biteni konuşmuşlar... Babam, El-Emin'i dikkatle dinledikten sonra Yemen'deki ihtiyar bilgeden işittiklerini anlatmış ona başını sallayarak... Sonra da sual etmiş:

"Ey güzel arkadaş, bu anlattıklarını kimdir sana öğreten?"

"Benden önceki diğer Peygamber kardeşlerime de gelen Büyük Melek haber verdi ey Ebubekir" cevabını alınca...

Babam şöyle haykırmış:

"Babam, anam ve hakikatin dostları adına bana söylediklerine inandım... Uzat elini! Ben şehadet ederim ki Allah'tan başka ilah yoktur, sen de O'nun Resulüsün!"

Babam bu kısa ama mühim hasbihalin ardından eve döndüğünde, bizleri etrafına toparlayarak olanı biteni tek tek anlattı... "İnsanlara hiç yalan söylemeyen, sözünden ve ahlakından emin olunan biri, hiç Allah'a yalan isnat edebilir mi? Kuşkusuz o doğru sözlüdür" dedi...

Babam Ebubekir'in hiç duraksamadan, tereddüde kapılmadan Müslüman oluşu, Hz. Peygamber'i çok sevindirmişti. Mekke, yalçın taşlarla, sivri tepeli dağlarla çevrilidir. İki dağın arasında, Ebubekir'in Müslüman oluşu kadar sevindiremezdi hiçbir şey son Resul'ü(s)...

Babam, Hz. Hatice'den sonra Resulallah'ı(s) destekleyen ilk yetişkindir... O, ikincidir. Sadakatin timsali olarak bu "ikinciliği" hayatı boyunca onun iftiharı olmuştur... Dedem Ebu Kuhafe dışında hepimiz babamı takip etmiştik.

Babamın bu tertemiz, sorgusuz sualsiz imanı, sadakati ve doğru sözlülüğü, ona "Sıddîk" unvanını vermişti. "Atîk" lakabı da yine Resulallah(s) tarafından "Sen cehennemden azat edilmiş kimsesin" cümlesi üzerine konmuştu. Babam, Resulallah'ın(s) sadakat sahibi azatlısıydı bildim bileli... Çok merhametli olduğu için bazen "Evvah" derdi Allah Resulü(s) babama... Varını yoğunu İslam ve Müslümanlar yoluna heba ettiği için de "Zü'l-Hilal"di babama hitabı...

Ben, Aişe...

Sıddîk'in kızıyım...

Ben, Aişe...

Zü'l-Hilal'in evladıyım...

Evvah ve Atîk olan Ebubekir'in kızıyım...

ABLAM VE SIRDAŞIM ESMA...

Annelik rüzgârını hepimizle paylaşarak taşıyandı o her zaman...

Anneye kokardı elini sürdüğü eşyalar, gezindiği odalar. Evdeki büyük küçük herkese, kendi annesini taşır, anımsatırdı ablam Esma... Dedem, babam, annem bile onda kendi annelerinden bir hatıra, bir iz bulurlardı.

Gerçi her kız çocuğu günün birinde anne olacağı kaderini hatırlatır insana. Ama Esma başkaydı işte. O, anne olmadan evvel de anne gibiydi. Analık onun Allah vergisi bir sanatıydı sanki. Evet, anne babamın, akrabalarımızın itinalı terbiyesi, gözetimi altındaydık evin kızları olarak Esma da ben de... Gerçi bu Mekke'de âdetti, aile büyüklerinin yetişmekte olan kızları üzerinde görgü ve nezakete dayalı ciddi bir terbiyesi hakimdi... Ama Esma şayet o terbiye bu kadar hassas bir şekilde verilmemiş olsaydı da gene Esma olurdu sanırım. Ondaki anaç cevher benim için hep imrenilecek bir yol ve baht açıklığı olmuştur...

İnce anlayışın, mükemmelliğin, nezaketin ve ağırbaşlılığın timsali olarak onu hep sabretmesiyle de hatırlarım ben... Dünyanın en yakıcı ateş fırınına sürülse alevlerin içinden sapasağlam çıkacak, ayarı emsalsiz derecede yüksek bir altın sikkesiydi ablam Esma...

Paylaşandı. Sessizce ve gayretle...

Sırdaştı. Yıldızlar gibi. Dibi gözükmeyen kuyular gibi. Derindi. Elbisesiydi sükûnet. O, yalnızca küçük kardeşi beni değil, hepimizi tek tek merak edendi. Uyuyanların üzerini hafifçe örter, su kırbalarını asla boş tutmaz, bağlanması gerekeni bağlar, çözülmesi gerekeni serbest bırakır, örtülmesi lazım geleni özenle örtüp, salıverilmesi gerekeni asla geciktirmezdi. Tüm bunları sessizce yaparken asla öne çıkmaz, mükemmel bir vezir gibi hepimize nezaret ederdi. Onun kadar ince düşünceli bir refakatçi daha tanımadım ömrümde...

Annem Zeynep b. Amir, babam Ebubekir'in pek kıymet verdiği kimselerden olan Abdullah İbn-i Haris el-Ezdi ile evliymiş ilkin... Eşi vefat edince, şeref sahibi bu ailenin dağılıp mihnete düşmesine vicdanı razı gelmeyen babam, anneme talip olmuş...

Babamın da evinde bir boşluk varmış o vakitler. Ayrılık kararı verdikleri ilk eşinden olma çocuklarıyla hayatın zorlu yanlarına göğüs germeye çalışıyormuş babam da... Annemle evlendiklerinde babamın ilk eşi Kuteyle'den olma ablam Esma ve ağabeyim Abdullah da aynı evin efradındanmış... Hiç üveylik bilmedik biz. Bunda annem kadar payı vardır ablam Esma'nın, hakkını hiç ödeyemem... Ben dünyaya gözümü açtığımda, hem ablam Esma, hem de ağabeyim Abdullah, beni sevgili kardeşleri olarak kucaklamışlar... Ben de onları ana-bir ağabeyim ve ablam olsalardı ancak bu kadar severdim belki...

Söyledim ya, özdü Esma, hiç üveylik, ayrıcalık bilmedik... Hatta ablam Esma'yı, benden daha çok yakıştırırdı herkes anneme... İkisinin arasındaki uyum ve dayanışma sayesinde iki anneli bir çocuk olarak büyüdüm desem abartılı olmaz. Çift limanla korunan bir yelkenli gibiydim çocukluğum boyunca. Annemin kadınlığa dair titiz öğretisi, ablam Esma'nın müşfik korumasıyla birleşince, yelkenime bahtı her daim açık, geniş rüzgârlar estirdi kader...

Esma yola hazırlayandı hep, bense gözü hep yollara takılı bir yürüyüşçüydüm en başından beri... O desteklerdi, ben yürürdüm. O fikirse ben eylem, o niyetse ben atılım, o yaysa ben oktum.

Öyle zannediyorum ki hayatımın sonraki safhasında gerçekleşecek Risalet'e dair tarihi şahitliğime ilişkin ilk tecrübelerim de hep ablam Esma'nın yanındaki günlerimde mayalanmıştır. Hafızam bildim bileli kuvvetlidir, bununla birlikte Teym ailesinin geleneksel şiir ve tarih bilgisindeki nakil temrinlerini ablamla birlikte yapardık. İlkin küçük ezberler, sonra orta uzunluktaki ezberler ve daha sonra şiirin, hikmetli hikâyelerin, nesep ve tarih anlatılarının detaylı hıfzı, sabırlı tekrarlarımız... Esma'nın dizi dibinde gerçekleşirdi ilkin... Teym'in gümrah bahçesinde, özenle yetiştirilen hurma ağaçları gibiydik hem Esma hem ben hem de diğer kardeşlerimiz...

Esma'nın güneşten koruyan serin çadırları andıran ablalığı sayesinde, akranım olan kızlar için konulmuş, aşılması çok da kolay olmayan engellere takılmazdım çoğu kez... Onun açtığı bu fırsatla, çöle dair geleneksel hayatın ötesini keşfetme imkânına da kavuşuyordum... Babamın ve dedemin yani ailedeki etkin erkeklerin iltifatı da eşlik edince buna... Teym ailesinin hiç eksik olmayan saygıdeğer misafirleriyle oturup kalkar, uzak yollardan gelmiş seyyahların anlattığı hikâyeleri dinler, çoğu ailede ancak erkek çocukların yaptığı şiir ve soy ağacı ezberleme işlerine alıştırılır, ihtiyar bilgelerle konuşmasına izin verilir bir kız çocuğuydum işte...

Konuşmama ve soru sormama, nezaket ve hitabet kuralları çerçevesinde, her zaman fırsat tanınmıştır. Sanırım bu, beni daha sonra yaşayacaklarıma alıştıracak bir kaderi de ilmek ilmek örüyordu... Bazen sıkıntılı bazense neşeli saatlerinde bana "Konuş Hümeyra..." diyecek Son Elçi'ye hazırlanıyordum belki de... Allah'ın sözünün muhatabı ve muradı olan Resulallah'ın(s) sözünün muhatabı ve muradı olmaya hazırlandığımı henüz bilmediğim o çocukluk günlerimde...

Beni ve sözlerimi ilk keşfeden kişiydi Esma...

"Aişe, meraktır, Aişe hiç bitmeyen sorudur..." deyip saçlarımı okşardı ablam...

Bazen pencereden uzaklara doğru bakarken veya uyku tutmayan yaz gecelerinde gözlerimi yıldızlardan çekip alamadığım vakitlerde, sessizce arkamdan yaklaşır, ellerini usulca koyduğu omuzlarımdan ılık nefesiyle söylerdi; "Aişe'nin güzel gözleri hiç mi yorulmaz..."

"Aişe, gözlerdir" derdi ablam, iri ve uykusuz gözlerimi, parmak uçlarıyla örterken gülümserdi...

"Aişe, kulaktır" derdi bazen de... Dikkatimi çekmek istediği vakitlerde...

Gördüğünü çok iyi görüp işittiğini çok iyi işitmek üzere yetiştirilmiş bir avcıya benziyordum sanırım. Hiçbir cümleyi, hatta küçük bir ayrıntıyı bile kaçırmadan daima zinde tutulan bir hafızanın eğitimiyle geçti çocukluğum.

Ayrıntı, ayrıntı, ayrıntı...

Soylu bir ailede yetişmiş olmanın bir çocuğa bahşedebileceği en büyük imkân, onun detayları fark ederek büyümesi anlamına gelirdi Arap âdetlerinde. Ve detay... Ağır ve zorlu çöl koşullarında, hayatın sadece sürmesi değil, belleğin, o anın içinden geçerken aynı anda geleceği de kurması anlamındaydı... Ve sorumluluk. Ayrıntı bilgisinin bize çok küçük yaşlarda yüklediği bir borç ve bunun mukabilinde bahşettiği saygınlıktı... Bu bakımdan, sual sorma hakkı, sözgelimi bir konuda karar verilirken örülen zihinsel çerçeve, seçkinlerin öncülüğünde yürürdü Mekke'de. Tabakaları vardı şehrin, hatta en üstteki eşrafın bile kendi içinde mertebelerle belirlenmiş saygınlık makamları...

Sorgulama ve hüküm verme... Eşrafa dair bir tavırdı bu, avamın, zayıf ve güçsüz kesimlerinse maalesef ne soru sormaya, ne de kararlara katılımı nerdeyse imkânsızdı... Söz hakkı güçlülerindi. Özgürlük ve onur da tıpkı söz hakkı gibi, seçkinlerin, zariflerin, güç sahiplerinin elindeydi... Ben bunun yoksunluğunu, takdir-i ilahidir elbette, hayatımın hiçbir safhasında tatmadım... Sözün ve hükmün kızıydım her zaman. Bunun sorumluluğu hem kul hem Yaradan nazarında elbette ağırdır ve ben bu konuda hem Allah'a hamd edip hem de O'nun yardımına sığınırım...

Ablam Esma'nın dikkatle çevreyi seyredip hemen her şeyi hafızasına kaydeden meraklı kardeşiydim işte...

Saçlarımı kendi elleriyle örer, çok sevdiğimi bildiği mercan küpelerini çoğu kez takmama izin verir, eline geçen güzel bir kokuyu koşa koşa bana getirir, bazen kaşlarıma bazense perçemlerime sürer, sonra da "Hümeyra" deyip beni bağrına basardı...

Hümeyra...

Beyaz tenli, yanakları kırmızı kız çocuklarına takılırdı bu lakap. 'Ahmer'den gelirdi suyu, 'Hamra'ya kadar çıkardı tepesi 'Hümeyra' kelimesinin... Beyaz, pembe, kırmızı, kızıl... Bunlar benim çocukluk renklerimdi...

"Benim kırmızıcığım, benim küçük kırmızım" der, beni kucağına aldığı gibi döndürürdü Esma ablam...

Aramızda on yaş vardı Esma ile...

Onun avuçlarındaki kokuyla bana sürdüğü koku aynı olduğu halde, ben onun kokusunu dünyalara değişmezdim...

"Neden böyle oluyor, aynı kokuyu sürünüyoruz oysa?"

"Bir gün sen de büyüdüğünde böyle olacaksın... Kokular da bizimle büyür, önce kızlardır kokuları taşıyan, ardındansa kokulardır taşıyan kadınları..." deyip sımsıkı sarılırdı bana Esma...

Benim doğduğumda Risalet'e yakın zamanlarmış. Ailem İslam'ı seçtikten sonraki günlerde arkadaşlarımla sokakta oynarken mü'minlerin Kamer suresinden ayetler okuduğunu hatırlıyorum...

Esma, hem ablam hem arkadaşım hem de sırdaşımdı benim... Ukaza Çarşısı'na kurulan panayırlara da birlikte giderdik.

Teym ailesinin fertleriyle dolu bez bedesteninden, mücevher çerçilerinden ve esans dükkânlarından sonraki büyük caddeyi aşınca, mümkünse ve bir karışıklık yoksa Kâbe'ye girmek âdetimizdendi... Zaman zaman Müslümanların taciz edildiği Harem'de, yalnızca Müslümanlar olmazdı, kadim bir tapınak olan Kâbe'de "atalarının dini" üzerine olduklarını söyleyen şehir eşrafı, Medine'den gelmiş Yahudi tüccarlar, yolu Şam'dan Mekke'ye düşmüş Hristiyan bilginler de olurdu...

Uzak kuzeylerden gelmiş, uzun yollarının hikâyesini şarkılı makamlarla okuyan, acayip kıyafetleriyle Rum seyyahları; ufak bir bahşiş karşılığı saatlerce sürecek masallarını söyleyen Yemen taraflarından gelmiş yaşlı cariyeleri; insanı hayrete düşüren hayat hikâyeleriyle Ifrıkiyye'den bindikleri gemilerle Mekke'ye sökün etmiş, burunları hızmalı, o dilbaz dilencileri seyretmeyi çok sevdiğimi bildiğinden... Esma ablam, panayır günlerinde çıktığımız bu gezintilerde elimi sımsıkı tutar, hiç bırakmazdı... Babamın tembihleri de çok sıkı olurdu bu konularda. Çocuklarına çok düşkün ve müsamahakâr bir baba olsa da, özellikle kızlarının selameti, onuru ve güvenliği onun had safhada itina ettiği konulardandı... Kaybolurum diye özellikle panayır günlerinde, evden tek başıma uzaklaşmam kesinlikle yasaktı... O sıralarda on altı yaşlarında olan ablam Esma bile ancak Teym kabilesinin kontrolündeki mahallelere uğrayabilirdi. Özellikle köle tüccarlarının ve şarap ticareti yapan esnafın yoğun olduğu çarşılardan kesinlikle uzak dururdu ailemizin kadınları...

Onları gördüğümüz gün...

Süt annem, Vail Ebu'l-Kuays'ın hanımıydı, onun akrabalarının şehre geldiğini işitmiştik... Teym ailesine mensup bezzazlardan elbiselik kumaş alarak hediye etmeye niyetlendiğimiz süt annemi düşündükçe, ona ve ailesine duyduğum şükran ve özlem birbirine karışıyordu.

Hediye alışverişimiz erken bitince, Kâbe'yi ziyaret edip öyle döneriz eve diye düşündük Esma ile...

Onları, Kâbe'nin giriş kapısının hemen yanında birbirlerine yaslanırlarken gördük... Meşhur Fil Vakası'nda zalim Ebrehe'nin fillerle dolu ordusuyla Kâbe'yi yakıp yıkmaya gelen gasıplardan arta kalmış son iki neferdiler... Öyle ihtiyardılar ki ikisi de dayanmakta güçlük çektikleri değnekleri olmasa orada son nefeslerini verecek haldeydiler... İkisinin de gözleri kördü... İnsan, onların kırk yıl önceki kurumlu hallerini hayal etmekte zorlanırdı ilk bakışta...

Esma'nın biraz dehşete düşerek biraz da hayretle söylediğine bakılırsa, bu iki adamdan biri Ebrehe'nin ordusunun şahı olan meşhur Beyaz Fil'in idarecisi ve seyisiydi... Diğer adamsa onun yedekçisi ve hizmetkârı... Ama aradan geçen kırk mağlup yıl, onları çoktan gözden düşürmüş, çoluk çocuğun eğlencesi haline getirmişti... Esma da ben de o dilencilerle, aslında hiçbir dilenciyle alay etmemek gerektiğini işiterek büyüdüğümüz için, ibretle ve biraz da dehşete kapılmış bir halde bakıyorduk bu iki ihtiyara...

Onları gördüğümüzde henüz İslam'ın ilk zamanlarıydı, Müslümanlar sayıca azdı. Hatta bu gördüklerimizi ailemizden başka paylaşacağımız bir arkadaşımız bile yoktu diyebilirim... Bu iki fil düşkününden bahseden tek kişi yoktu etrafımızda. Belki de had safhaya çıkmış adaletsizlikler, bıçağı kemiğe dayatan nice zulümler toplumu öyle esir almıştı ki Fil Vakası'nın dehşeti bile unutulmuş gibiydi... Oysa ebabil kuşlarının taşıdıkları siccil taşıyla yerle bir olan o acayip fil ordusuyla Ebrehe, tarihe pek düşkün Arap toplumu için bir milattı... Ne ki Fil Miladı'nı çoktan unutturmuş yeni bir Milat açılmıştı Mekke'de... Müslümanların bir ve tek olduğuna gönülden bağlandıkları ve secde ettikleri Allah, o günlerde neredeyse Mekke'nin odaklandığı tek konuydu... Her şeyi silip süpürmüştü Muhammed'in(s) anlattığı yeni din... Milatlarını bile şaşırmış gibiydi Mekkeliler... Özellikle seçkinlerin biz Müslümanlara duyduğu öfke, Mekkeli müşriklerin neredeyse hafızasını silmişti... O kadar ki Ebrehe'den arta kalmış bu iki ihtiyarı bile silikleştirip, unutturacak kadar...

Evimiz...

Teym'in asırları aşan konukseverliğiyle inci gibi parıldayan ev, artık tenhalaşıyordu. Ağabeyim Abdullah ile ablam Esma'nın, dedemin veya babamın yokluğunda bile misafirlere hiç hissettirmeden sürdürdükleri ikramperver görgüyle bazı geceler, acaba bu akşam niçin misafirimiz yok diye kara kara düşündükleri günler... Babamın yeni dinin mensubu olduğu kısa zamanda dalga dalga yayılmıştı. Onu takip eden arkadaşları da vardı. Tatlı dilli, güzel huylu Ebubekir'in anlatımı tebliğe güç katıyordu. Zübeyir, Talha, Sa'd b. Ebi Vakkas, Abdurrahman b. Avf gibi arkadaşlarını da Hz. Peygamber'e taşımıştı babam... Ve bu içten koşunun karşılığını veren de Kur'an-ı Kerim'di; "sabikuun"du bu ilklerin ismi...

Derken Suriye'nin meşhur ticaret merkezi Busra'dan yeni dönen Osman b. Affan çaldı kapımızı bir gün... Telaşlı ve heyecanlıydı babama geldiğinde... Mekke'ye gireceklerine yakın, yol üstünde Talha ile karşılaşmışlar, Talha'ya çöl gecelerinde yaşadıkları garip şeylerden bahsedince de ondan, "Dosdoğru Ebubekir'e git. O, sana anlatacaktır" cevabını almıştı aile dostumuz Osman...

"Ne oldu sana... Neler geçti başından genç arkadaşım..."

"Busra'dan yola çıktık, kârlı bir alışveriş sonrası, güvenli çöl rehberleri eşliğinde ilerlerken hepimizin temennisi bir an evvel yurdumuza, evlerimize kavuşmaktı... Bilirsin, dönüş yolu sabırsızlıklarla yüklüdür. Bazı geceler uyku tutmuyordu, bir an evvel evimize kavuşmanın heyecanı sarmıştı beni de... Ama garip şeyler oluyordu. Mehtaplı, latif çöl gecelerinde herkes uyurken bazı fısıltılar işitiyordum: 'Ey uyuyanlar, kalkınız, uyanınız... Mekke'ye Ahmed geldi' diyen sesler... İlkin bunu nefsimin bir oyunu, hasretin ve sabırsızlığın kurduğu bir düş sandım. Ama uyanıktım işte... 'Mekke'ye Ahmed geldi...' nidası sanki ruhuma işliyordu. Ne olduğuna anlam veremedim... Ama gelinceye kadar tekrar edince... Şehir girişinde karşılaştığım arkadaşım Talha'ya sordum. Neydi bu başıma gelenler, Mekke'de Ahmed isminde biri mi zuhur etmişti? Kimdi Ahmed? Onunla sarıldık, kısaca hasbihal ettik. Beni sana yolladı. Ebubekir bilir başına gelenlerin nice olduğunu, dedi..."

Genç ahbaplarımızdan aile dostumuz Osman b. Affan kibar birisiydi. Ailece onu misafir ettik. Rahatlattık. Ardından babam tane tane anlatmaya başladı Ahmed'i...

"Ey uyuyanlar uyanın!" nidası, zaten onu uyandırmaya yetmişti...

Babam ona Ahmed'i yani Hz. Muhammed'i(s) anlattıkça yüzü perde perde aydınlanıyordu genç Osman'ın... Osman... İşte uyanmıştı...

Çok geçmedi ki gururlarına pek düşkün Ümeyyeoğulları kendi evlatlarını bu yüzden cezalandırmasınlar... Amcası Hakem, "Sen nasıl olur da atalarının dinini terk edip sonradan peyda olma dine özenirsin" diyerek kükremiş, yeğeni Osman'ı urganlarla bir direğe bağlamıştı... "Vallahi bu yeni icat dini bırakmadıkça seni çözmeyeceğim" diyerek etrafında kırbaç şaklatan amcasına hüzünle bakıp, "Vallahi ben de ne bu dini ne de Peygamberi olan Hz. Muhammed'i(s) bırakırım" demişti Osman b. Affan...

HAYATIMIN ÖĞLEN VAKTİ

AİŞE'NİN "ZUHUR" GÜNLERİ

Öğlen vaktinin bizim dilimizdeki karşılığı; 'zuhur'dur...

Zahir olur eşyanın hakikati bu demlerde. Güneş en tepeye çakılıyken hiçbir şey kuytuda saklayamaz kendini. Eşyanın hakikatinin açılma vakti olduğu kadar, sınanmanın, imtihanın ve apaçık delillerin ortaya çıktığı en zorlu zamanıdır zuhur, zamanların...

Davetin açıklanmasıyla birlikte, bizim için zorlu günler de başlamıştı. Çocukluğumun neşeli misafirleriyle dolup taşan evimizin yeni konukları, çile çeken Müslümanlardı artık. Yoksul gençler, binbir mihnet altında inlerken hürriyet güneşi gibi gördükleri İslam'a koşan köleler, çocuklar ve kadınlardı çoğunluğu... Dedem Ebu Kuhafe üzülürdü bu hallere... Üzülürdü ama eski âdetlerini, kadim ahbaplarını terk etmeye de pek yanaşmazdı. Sanırım o, daha çok bizim halimize dertleniyordu, çünkü yeni dini öğretiyle birlikte eski şaşaalı günlerimizi de terk etmiştik. Hepimiz oldukça sade bir hayata adım atmıştık. Babam elindeki avucundakini eziyet çeken kölelerin hürriyetlerine kavuşması için harcıyordu. Gerçi bu cömertlik değildi dedemi kederlendiren... Babamın satın alıp azat ettiği kölelerin eski sahipleriyle ilişkilerimizin bozulmasıydı dedemi asıl telaşlandıran...

Bilal... Mekke'nin siyahî incisi Bilal... Artık köle değildi. Babam onu defaatle kurtarmaya çalışmış ama her seferinde sahibinin inadı altında türlü eziyetlere, işkencelere maruz kalan bu sadık mü'min kardeşimiz de en sonunda azap çemberinden kurtarılabilmişti...

Uzun boyu, kibar ve güzel sesi, konuşmasıyla artık o aramızdaki hür insanlardan biriydi.

Köle değildi Bilal artık.

Eski sahibi tarafından Müslüman olduğu için aç ve susuz bırakılan, çöllerde kızgın kumlara gömülen, üzerine apağır kayalar konarak kırbaçlanan bu garip kardeşimiz... Nefesi tükendiğinde sağ elinin işaret parmağını havaya kaldırır, soluğunun çıkmadığı yerde tek ve bir olan Allah'ı bedeniyle tasdik ederdi...

Bilal... Konuşamadığı yerde bedeniyle harf olan bir adamdı...

İşaretti...

İşte babamın onu nice ricalardan sonra ancak satın alıp azat etmesinden itibaren artık hürdü Bilal...

Ne ki, zalimlerin alay etmesi de taşlaması da bitmek bilmiyordu. Bilal gibi niceleri bu ağır çöl geleneğinin altında inim inim inliyordu. "Gençlerimizden sonra... Şimdi de gözünü kölelerimize dikti bu yeni din dedikleri saçmalıklar... Neymiş efendim kız çocuklarının da hakları varmış, neymiş efendim kadınlarla köleler alınıp satılmayacak derecede değerli kimselermiş, neymiş efendim hayvanların, ağaçların bile hakları varmış..." deyip kâh homurdanan kâh itibarsızlaştırmak için kahkahayla alay eden bir söz hücumuna uğruyorduk...

Bilal ve onun gibi azatlı arkadaşları hatta halen köle hükmünde olan bazıları, artık evimizin yeni ve değerli konuklarıydı... Bazen evimize doluşan bu dertli insanların ahları, firaklarıyla öyle dolup taşardı ki odalarımız, Ebubekir'in evi ev olmaktan çıkıp yaraların sarıldığı bir şifahaneye dönerdi. Ablamla ben, birer hemşire gibi, birinden diğerine koşardık yara bere içindeki insanların... Babam, "Onlar misafir değil, onlar kardeşlerimiz" derdi...

Sadece ekmeğimizi ve giysilerimizi paylaşmazdık bu gariplerle, onlar da bildikleri sanatlar, yapageldikleri işler nispetinde bizlere destek olmaya çalışırlardı. Bilal, uzun boyunun da verdiği imkânla bazen bahçemizdeki hurmaların budanmasına yardım eder, uzak çayırlardan topladığı güzel yayla çiçeklerini taşırdı anneme ve ablam Esma'ya... Bana da bir salıncak kurmuştu... Annem, "Aişe artık büyüdü, salıncakta sallanma yaşını geçti..." diye takılsa da, arkadaşlarımla birlikte sallanmayı çok sevdiğimi bildiğinden bembeyaz dişleri gözükünceye kadar tebessüm eder, uzaktan başını sallardı bana ve arkadaşlarıma...

Arkadaşlarımla oynayacağımız tahterevalliyi de Bilal ve arkadaşları kurmuştu... Ağzını kapattıkları suyu çekilmiş bir kuyunun üzerine uzattıkları kalası, sağlam urganlarla taşlara bağlamışlardı, kalasın Cidde'deki gemilerde çalışan bir köle tarafından Mekke'ye taşındığını işitmiştim sağdan soldan... Bilal, alçakgönüllü bir teşekkür abidesiydi sanki... Ailemizin bir parçasıydı. Onu bir ruh, bir gölge gibi Resulallah'ın(s) ve babamın yanında hatırlıyorum her daim...

Leyl suresi bu hallerden bahsediyordu, o günlerde inzal olmuştu...

"Andolsun... Bürüyüp örttüğü zaman geceye,
Açılıp ağardığı vakit gündüze,
Erkeği ve dişiyi yaratana ki,
Sizin işleriniz başka başkadır.
Artık kim verir ve sakınırsa,
Ve en güzeli de tasdik ederse,
Biz de ona güç olanı kolaylaştırırız
Kim cimrilik eder, kendini müstağni sayar,
Ve en güzeli de yalanlarsa,
Biz de onu en zora hazırlarız.
Düştüğü zaman da malı kendisine hiç fayda vermez.

Doğru yolu göstermek bize aittir.
Şüphesiz ahiret de dünya da bizimdir.
Ey insanlar! Alev alev yanan bir ateşle sizi uyardım.
O ateşe, ancak kötü olan girer.
Öyle kötü ki, yalanlayıp ve yüz çevirmiştir.
En çok korunan ise ateşten uzak tutulur.
O ki Allah yolunda malını verir, temizlenir.
Onun nezdinde hiçbir kimseye ait şükranla karşılanacak bir nimet yoktur.
O ancak Yüce Rabbinin rızasını aramak için verir.
Ve herhalde kendisi de ileride hoşnut olacaktır."

Babam bunu okurken ağlardı... "Allah yolunda malını vererek temizlenen" kişi müjdesine ermişti, Bilal'i müşriklerin zulmünden kurtardığı için...

"Karanlık beş türlüdür Aişecik..." derdi babam Ebubekir...

"Dünyayı aşırı severek bağlanırsan, onun derdi karanlık geceler misalidir... Kulluk bilincine sarılman, yani takvan, bu karanlığa yakılmış kandilin olsun sevgili kızım..."

"Günah işlemek de karanlıktır, karanlığı getirir ey Hümeyra... Tevbe ederek kandilini yakarsın da günahın zulmetinden kurtulursun kızcağızım..."

"Kabir de karanlık olacaktır Aişe, hazırlanmak gerek... La ilahe illallah Muhammeden Resulallah demek, bil ki kabrin aydınlığıdır, kandilidir ey evlat..."

"Ahiret de bilinmezliğin karanlık meçhulündedir. Lakin güzel amel ile aydınlatırsın onun yolunu..."

"Ve Sırat köprüsü... Aişe, bil ki karanlıktır. Ve ancak şüphe götürmeyen bir iman ile aydınlanır onun yolu..."

Babamla yaptığımız bu sohbetleri huşû içinde dinlerdik ev halkı olarak. Çoğu kez kendinden geçercesine ağlardı babam hemen her konuşmasının sonunda...

Annem, "O hep ağlar, yufka yüreklidir" derdi...

......

Sayıca azdık...

Ama bereketliydik. Çünkü birbirimizin kardeşi olduğumuzun farkındaydık...

Üç yıl içinde Mekke'deki ilk Müslümanlar olarak sayımız otuz kadardı.

"Şimdilik yeryüzünde bu kadarız..." derdi babam, her gece yatmadan evvel, arkadaşlarını tek tek düşündükten, isimlerini zikrettikten sonra... Bu otuzun içinde bizler de vardık.

İslam'a davet, açıktan açığa yapılamıyordu. Kendi evlerimizde veya Erkam'ın evinde bir araya gelerek, dikkatle sakınarak, itinalı bir şekilde kuruyorduk ilişkilerimizi...

Uzun zamandan beri de yeni bir ayet inzal olmamıştı... Bu hem müşriklerin cesaretini arttırıyordu hem de Resulallah'ın(s) bize hissettirmese de bu duruma için için üzüldüğünü fark ediyorduk. Bu sıkıntılarla karışık bir haleti ruhiye ile, "Artık meydanlara çıkalım ya Resulallah" demişti babam bir gün...

"Henüz azız... Güçlü değiliz, sabırlı olalım..." diyordu Allah Resulü(s)...

Ama sonunda babamı ve diğer genç Müslümanları kıramayarak "Haydi, o halde" dedi...

O gün...

Erkam'ın Safa tepesindeki evinden kol kola girerek çıktıkları gün... Herkes geri çekilip onları seyrediyorken... Hep birlikte gidip Kâbe'nin Harem kısmına geçtiler. Topluca bir yana oturdular. Sayıları otuz dokuza ulaşmıştı... Aldıkları karara göre, herkes kendi ailesinden, kendi soyundan birilerine anlatacaktı İslam'ı... Bu onların açıktan açığa gerçekleştirdikleri ilk davetti... Resulallah(s) oturuyordu... Babam... Canım babam... Tanıdıkları ve eski ahbapları çok olduğu için sözü müsaade isteyerek o almıştı. Babam Ebubekir, İslam'ın ilk hatibidir. Kibarca doğrulmuş, insanları selamlayarak konuşmaya başlamıştı... Daha okuduğu ilk ayetler bile yetmişti gerginliği arttırmaya...

Zaten her an patlayacak yer arayan ateşi küfrün...

Babamın sözlerini hedef seçmişti kendine...

Ucu alevli mızraklardan daha keskin hakaretlerle üzerine yürüdükleri babamı dövmeye başladıklarında ben düşüp bayılmışım...

Zalimlerden Utbe b. Rebia'nın tabanında demir çivileri olan kaba potinleriyle babamın yüzünü ezdiğini, babacığımın ağzı burnu kan çanağına çevrilerek yerlerde sürüklendiğini, şayet Teym kabilesinden yetişen gençler olmasa oracıkta paramparça ediliverececeğini ise sonradan işittim... Ah! Babacığım... Bir evladın gözleri önünde babasının tartaklanması nedir hiç bilir misiniz? Biz ilk Müslümanların çocukları, bunlara şahit olarak büyüyorduk işte...

Dedem, Teym sülalesine haber vermemiş olsaydı, belki de o gün zalimlerin püskürmesi altında son nefesini verirdi babam... Zaten öldü diye bırakmışlar babamı...

Teymoğulları, babamı baygın halde omuzlarına kaldırırken, "Şayet Ebubekir'e bir şey olursa, karşılığında Utbe'nin canını alırız!" diye yeminler etmişler...

Babam ancak bir günün sonunda kendine gelip gözlerini açabilmişti çok şükür... Başında gözyaşıyla bekleşen anneme ve ablama ilk sorduğu soru ise gene Resulallah'tı(s).

"Resulallah(s) ne haldedir, nasıldır?"

Zavallı büyükannem, oğlunun yeniden dirilip gözlerini açtığını görünce bin şükürle sıvazlarken kan ter içindeki alnını, "Evladım..." diyordu, "çok şükür ki açtın güzel gözlerini, bir şeyler yer içer misin, susuz musun, dudakların şerha şerha kanıyor arslanım, söyle de bir yudum su içirelim sana..."

Babam sayıklarcasına ısrarla soruyordu büyükanneme...

"Anneciğim, ben iyiyim. Resulallah(s) nasıldır, sen onu söyle..."

"Vallahi arkadaşın ne âlemdedir bilmiyorum, seni getirdiklerinde öldü sandık a oğlum, başkası ne haldedir bilmiyoruz..."

"Anneciğim, senden ricam, lütfen Hattab'ın kızı Ümmü Cemil'e gidiver de Resulallah'ı(s) ondan sor... Ne olur annem..." diyerek inliyordu canım babam...

Büyükannem Ümmü'l-Hayr, oğlunun ısrarını kıramayarak elindeki su dolu tası ve hasta bezlerini bizlere bıraktı, derhal yeldirmesini giyip evdeki kızlardan biriyle yola koyuldu. Bizler küçük dilimizi yutmuşçasına sessizdik. Annem, konuşarak babamı yormamamız için bizlere talimatlar yağdırıyordu, evin içinde sağa sola koşuşuyorduk. Neydi başımıza gelenler? Bahçede Teymoğullarından güçlü kuvvetli gençlerle nöbet tutan dedem, bir yandan içeride yatmakta olan babamdan haber soruyordu, diğer yandan da gözü kulağı kapıda ve bahçe duvarlarında, her an gelebilecek hücumlara karşı telaşlı bir bekleyiş içindeydi...

Büyükannem Ümmü'l-Hayr, tıpkı babamın dediği gibi Ümmü Cemil'in yanına gitmiş, olanlardan yakındıktan sonra Hz. Peygamber'in ahvalini sormuştu. Ümmü Cemil'se henüz başkalarına duyurmadığı kimliğini gizlemek adına, "Benim ne Ebubekir'den ne de Muhammed'den haberim var ey kadın, niçin bana sorarsın" demiş büyükanneme...

Ümmü'l-Hayr, çaresiz... Tam omuzlarını büküp gidecekken Ümmü Cemil, eski ahbapları olması hasebiyle "Dur bakalım, madem Kuhafe oğlu hastadır, ben de seninle geleyim" demiş, büyükannemin koluna girip evimize kadar ona eşlik etmişti... Eve girdikten, sırtlarındaki feraceleri attıktan sonra konuşabilmişti Ümmü Cemil ancak... Etraf casus kaynıyordu ve mensubu olduğu Hattab ailesi yeni dine ve Mekke'nin Ahmed'ine diş bileyenlerin başında geliyordu. Erkeklerin bile hırpalanıp dövüldüğü, kölelerin bedenlerinin kızgın kumlara gömülüp demir taraklarla tarandığı şu kahırlı günlerde Ümmü Cemil kendisini ele veremezdi elbet. Bir müddet ağlaştılar annemle... "Ağlamak bile yasak bize" diyordu Ümmü Cemil...

Babamın bulunduğu odaya girdiklerindeyse beyninden vurulmuşa döndü zavallı kadın, feryadı basarak babamın haline ağıt yakmaya başladı. Onu bu hale getirenlerin azgın ve fasık olduklarına, Allah'ın bu işi, yapanların yanına bırakmamasına dair bir sürü ah, figan ve beddua...

Onun ağlayıp sızlamasına uyanan babam, ağır yarasına rağmen doğrulmaya çalışarak sordu:

"Resulallah ne haldedir, sağ salim mi, ne âlemdedir?"

"Burada annen var Kuhafe'nin oğlu, nasıl diyeyim?"

"Onun gözü benimledir, korkma, bildiğini anlat hele..."

"Hz. Peygamber(s) sağ salim ve selamettedir..."

Bu cümleyi duyunca babamın gözlerinden yaşlar fışkırmaya başlamıştı. Allah'a hamd ediyor bir yandan da "Şimdi neredédir Resulallah(s)?" diye soruyordu...

İnlerken hece hece kopuyordu ağzından aşk ve sadakat cümleleri: "O bize az olduğumuzu söyledi de vallahi bizlerdik ısrar eden... O bize azız henüz demişti... Ama biz... Onu dünya gözüyle göremezsem eğer vallahi ne yemek yerim ne de su içerim, lokma bana haramdır..."

Gece olunca uyuyakalmışım babamın başucunda... Babamsa annemle büyükanneme tutuna tutuna Resullulah'ın(s) olduğu yere gitmiş karanlığın içinde. Ayaklarını sürüye sürüye vardıkları makamda, babam Resullulah'ı(s) görünce boynuna sarılıp ağlamaya başlamış: "Anam babam ve bu canım sana fedadır ya Resulallah(s)... O sapkın adamın yüzümü gözümü, kemiklerimi kırmasından başka zerre kederim yoktur, seni sağ salim gördüm ya… Bu yanımdaki de annem Selma'dır… Hidayeti için dua buyurun lütfen…"

Bu manzara karşısında büyükannem de ağlayarak İslam davetine icabet edecekti…

Ve fakat bizleri asıl sevindiren, aynı günün batımına yakın gelen Peygamberimizle hemen hemen aynı yaşlardaki amcası Hamza'nın da İslam'a girmiş olduğu haberiydi… Mekkelilerdeki akrabalık hissi garip derecede yüksek ve önemliydi. Cengâverliği ve serazatlığı ile namlı Hamza, yeğeni El-Emin ve arkadaşlarının herkesin içinde ve Kâbe'nin avlusunda uğradığı suikastı duyunca fena halde içerlemiş ve bunu tertip eden adamların yakasına yapışmıştı. Değneğiyle zalimleri bir güzel sopalayıp, "Muhammed ve arkadaşlarına ilişen karşısında beni bulur" diye gürlemişti… "Gücü yeten, hesabını benimle görsün bakalım" dedikten sonra da tek başına geçip sırtını Kâbe'ye yaslamış, okuyla kalkanını da önüne koyarak eşrafa hak ettikleri gözdağını vermişti… Hamza'ya "Mekke'nin Arslanı" derlerdi… El-Emin ne kadar yumuşak huylu ve alçakgönüllü ise, amcası Hamza da ona tezat o kadar heybetli, başa çıkılmaz, hırçın, cengâver biriydi… Onun gibi güçlü birinin İslam'a girişi ve meydan okuyarak bunu herkese ilan edişi; günün sonunda tüm incinmelerimize karşın hepimizi sevindirmişti. Hz. Hamza'nın İslam'a girişine en çok köleler ve çocuklar sevinmişti… Yaşasın! Mekke'nin Arslanı, artık İslam'ın Arslanı'ydı…

Fakat…

Ne babamın Teymoğulları tarafından sahiplenilmesi ne de Resulallah'ın(s) amcası Ebu Talip ve Haşimoğullarınca desteklenmesi, Müslümanların maruz kaldığı baskıyı def etmeye yetiyordu. Tam aksine her geçen gün korkularına korku ekleyen Mekke aristokratları, dalga dalga ilerleyen yeni dinin bir gün kendi hakimiyetlerini de sorgulayacağını biliyorlardı. Bu yüzden yerleşik kabulleri ve şehrin zayıfları ezip güçlüleri kuvvetlendirmek üzere inşa edilmiş sistemini korumak adına zalimleştikçe zalimleşiyor, işi çığırından çıkarıyorlardı... Bu apaçık ve pervasız nefretin sebebi üzerine çok düşündüm... Bizden ne istiyorlardı?

İstedikleri kendimizi izhar etmememizdi, kendimizi farklar üzerinden belirtmememizdi...

Farklar... Neydi fark?

Furkan olan Kur'an'a tâbi olmamızdı...

Kur'an; Hak ile Batıl'ın arasındaki büyük caddeydi sanki ve giderek belirginleşen Risalet tebliği, vakti geldiğinde yıldızların simsiyah gecenin içinde belirivermesi gibi, bizi de ortaya çıkarıyordu...

Zuhur vaktiydi Mekke'nin...

Her şey ayan beyan ortaya çıkmıştı artık...

Yoğunlaşan baskılar sonucu, Müslüman kardeşlerimizden bazıları, yerini yurdunu bırakıp başka memleketlere hicret etmek kararı almışlardı. Tabii bu kararlarını Resulullah(s) ile istişare etmeden veremezlerdi. Sıkıntı o derecedeydi ki Resulallah'ın kızı ile damadı bile Habeşistan'a göç edecek kafilenin arasındaydı. Tak etmişti canımıza yaşadığımız çileler... Hem bu kolay bir karar da değildi öte yandan. Kim evini yurdunu, işini gücünü bırakıp da gurbete çıkmak ister ki durup dururken...

Babam da dedemin ve büyükannemin muhalefetine rağmen, gitmekten başka çare kalmadı diyenlerdendi... Bizleri çepeçevre kuşatan bu ateş çemberinden çıkıp kurtulmak için, birkaç parça eşyamızı toparlayıp yola çıkmaya karar vermiştik... Hatta Berkü'l Gimad denen Mekke'nin epey dışlarındaki muhite kadar da ilerlemişken... Cidde'den gelmekte olan İbnü'd Dügunne ile karşılaşıncaya kadar sürmüştü bu kederli yolculuğumuz... Kare kabilesinin reisiydi Dügunne; babamın eski dostlarındandı...

Ne olup bittiğini sordu hayretle babama... Çünkü babam, Mekke'nin yerleşik ailelerinden, işi gücü yerinde, saygın bir tüccardı. Ne olmuştu da göç dengini tutarak ailesiyle birlikte hicret kararı almıştı...

"Aileni almış nereye gidiyorsun ey Ebubekir?"

"Halkım bana rahat vermedi... Bana ve aileme kötü davrandı ve bizi Mekke'den çıkmak zorunda bıraktı. Ben ve ailem başka diyarlarda Rabbimize rahatça ibadet edeceğimiz bir yer arıyoruz..."

"Bunu sana ve ailene niçin yaptılar ki? Senin gibi bir adam yurdundan çıkmaz, çıkarılmaz da... Çünkü sen kabilenin ileri gelenlerindensin ve Mekke'de bilinen, güvenilen bir adamsın. Seni iyiliklerinle ve musibete uğrayanlara kol kanat germenle tanırız. Kimsenin bulup da veremediğini bulur verirsin. Kimsenin kazandıramadığını da kazandırdığın yüzlerce kişi var himayende. Sen iyi ve adaletli bir işveren olmanla bilinirsin... Aciz ve güçsüz olanın yükünü taşır, misafirini de iyi ağırlarsın..."

Dügunne, izan ve vicdan sahibi bir adamdı. Babamı durdurmasa belki de Cidde'deki gemilerden birine binip çoktan Habeşistan'a doğru yola çıkmış olabilirdik...

Babam olan biteni tane tane anlattı Dügunne'ye. Onu düşünceli bir halde dinleyen hamiyetperver adam, "Bir fikir geldi aklıma..." diyerek babamın omuzlarını iki eliyle kucaklayıvermişti...

O zamanki âdetlere göre İbni Dügunne babama 'eman' verecek ve bizler onun himayesiyle Mekke'ye dönebilecektik. O zamanki onur kaidelerine göre, himaye altına alınmış kişiye karşı işlenen suçlar himaye eden kişiye karşı da işlenmiş sayılacağından, hami olanın hürmetine, himaye edilen kişinin hukukuna riayet edilirdi.

Hakikaten de şehre döndüğümüzde Mekkeli eşraf, Dügunne'ye bazı şartlar koşarak bu himaye antlaşmasını kabul etti... Koştukları şarta göre; babam, yüksek sesle Kur'an okumayacak ve Kâbe'ye gelip Harem-i Şerif'te açıktan namaz kılmayacak ama bunun dışında İslam'ı kabul etmiş olması yüzünden de fena muameleye uğratılmayacaktı... Dügunne, memnuniyetle ayrılmıştı Mekke eşrafının yanından... Hem arkadaşı Ebubekir'in yurdunu terk etmesine mani olmuş, hem de Mekkeli zenginlerin nazarında sözünün işlerliğini bir kere daha ispat etmişti herkese...

Buna en çok büyükbabamla büyükannem sevinmişti... Ben de seviniyordum evime, arkadaşlarıma, bahçemize, komşularımıza yeniden kavuştuğumuz için...

Babam, yapılan himaye antlaşması çerçevesine uygun olarak evimizin hemen yanında, bahçemize bitişik, küçük bir odayı andıran, ayağa kalktığındaysa beline kadar ancak varan duvarlarıyla üstü açık bir yer yapıvermişti kendine...

Burada Kur'an okuyup namaz kılıyor, himaye antlaşması gereği Kâbe'ye inmeden buradan yapıyordu dualarını ve tesbihatını...

Gözü yaşlı birisiydi babam dua dendiğinde... O kadar istiğrak halinde ve o kadar yanık bir edayla yapardı ki duasını ve münacatını, bir müddet sonra bunu bile sorun haline getirir olmuştu zalimler...

"Sesi duyuluyor, namaz kılarken ayağa kalktığında herkes onu görüyor, güya kendisine kapanacağı bir oda yaptı ama bu sefer de bu odasıyla herkesin dikkatini çekiyor, çoluk çocuk, kadınlar, köleler, Ebubekir'in dua odasını görmeye koşuyorlar, kimseciklere iş yaptıramaz olduk, o dua odasında Kur'an okumaya başlar başlamaz etrafı insanlarla dolup taşmaya başlıyor... Hele ağlaya ağlaya dua etmesi yok mu... Biz ona Kâbe'yi yasakladık ama o bu gidişle Kâbe'ye çevirecek taş mescidini..." diyerek homurdanıyorlardı...

Babamı önce büyükbabam Ebu Kuhafe'ye... Sonra da ona eman vermiş dostu İbnü Dugünne'ye şikâyet ettiler... İbni Dügunne, bir gün babamı ziyaret etmeye geldiğinde onu evin yanındaki taştan dua odasında görünce... Şikâyet eden eşrafa hak verdi... "Dostum, bu şartlar altında seni daha fazla himaye edemem, kusura bakma..." dedi. Babam ettiği duanın içinden doğruldu. "Senin himaye etmeyeceğini Allah himaye etsin, Allah himaye edenlerin en hayırlısıdır..."

Aynı günlerde Mekkeli müşrikler, Resulallah'ın(s) amcası Ebu Talip'e de elçiler göndererek uyarı ve anlaşma yapmak istemişler... Şerefli bir aile reisi olan Ebu Talip, evladı gibi sevdiği yeğeni El-Emin'e, eğer davasından dönmezse bu işin kan çıkarmaya kadar gidebileceğini tedirginlikle anlatmış...

"Vallahi amca..." demiş Allah'ın Elçisi...

"Kureyş, sağ elime Güneş'i... Sol elime de Ay'ı verse, öleceğimi de bilsem, inandığım davadan yine de dönmem!"

Bu, Müslümanların genel kanaatini de kuruyordu aynı zamanda.

Sınavların ortasında, savrulmadan, inançla, sabırla durmamız gerekiyordu...

Henüz köleliği süren kardeşlerimizden zavallı Habbab'ın, başında açılan yanıklarla aramıza geldiği günlerdendi... Zalim sahibi, onu kendisinden izinsiz Müslüman olduğu için cezaya çarptırmış, ateşte yanan demir çubuklarla başını dağlamış, sonra da yara bere içinde kızgın çöl kumlarına yatırmıştı...

Onların çektiği çileleri anlatamam... Onlara dokunan her acı, Resulallah'ın(s) kalbini de dağlıyordu. Çünkü O, kardeşlerine karşı çok hassastı... Kendi elleriyle Habbab'ın yaralarını temizliyor, bir yandan da "Allah'ım, Habbab'a yardım et, onu bu hale koyanları affetme" diyordu... Bahçedeki kadınlar zavallı köleciğin haline ağlaşırken... Habbab, Resulallah'ın(s) başına değen müşfik ellerini öpüyor, öğrenebildiği ayetlerden okuyarak o haliyle bile Elçi'yi memnun etmeye çalışıyordu. Onun bu hali hepimize, en çok da Resulallah'a(s) dokunmuştu... Yutkundu. Habbab'ın başından kan damlayan haline bir kere daha bakarak, gözlerini şimşek çakarcasına bir noktada odakladı, "Allah'ım, Habbab'ın halini Sana arz ediyorum" dedi...

Aynı günün sonunda Habbab'ın zalim sahibine bir haller olduğunu işittik. Başında garip bir ağrı zuhur etmiş, çağırılan hekimler bir anlam verememiş, içlerinden biri şayet başı ateşle dağlanırsa, iyileşebileceğini, ağrılarının geçebileceğini söylemiş...

Eh...

Gelsin bizim demirci kölemiz Habbab... Habbab, ateşte kızdırdığı demirlerle bir gün önce kendisini dağlayan sahibinin başını aynı şekilde dağlamakla emrolunmamış mı? Dünyanın işleri işte... Talih aramızda dönüp durur. Bugün bana... Yarın sana... Ama bir de Allah'ın Resulü'nden(s) beddua almak var... Her kim ki bu bedduayı almıştır, hayatım boyunca gördüm ki o kişi iflah olmamıştır... Allah, Resulünün(s) duasını geri çevirmez, hatırını kırmaz...

ŞAİRİN MÜSLÜMAN OLUŞU…

Çocukluğumdan beri şiir sevgisiyle dopdolu olan bir ailede büyümüştüm. O günlerin unutulmaz hatıralarından biri de mısralarını yakinen takip ettiğimiz büyük şair Ka'b b. Zuheyr'di… Onun tüm şiirlerini sadece yetişkin erkekler değil kadınlar ve çocuklar da ezbere bilirdi. O Yedi Askı'nın en dirayetli vezinlerinin sahibiydi… Ne yazık ki… Hem kurumlu, kibirli hem de zevk ve sefaya düşkünce bir kimseydi, deve yarışlarına, avcılığa meraklı, sık sık giriştiği düellolarda rakiplerine çektirdiği eza ve cefalarla namlıydı…

Son şiirinde kendisinden habersiz Müslüman olan öz kardeşi Büceyr'e duyduğu öfkeyle kükrüyordu Ka'b…

Alacağı olsun… İletin mesajımı kardeşim Büceyr'e aziz dostlar
Yazıklar olsun sana!
Öyle zannederim ki yabancılar girdi aklına
Hangi dine sokmuşlar ki seni bu zehirli tesir ediciler?
O din ki güya; ne benziyor ananın anlattıklarına ne de babana
Demek ki Kuhafe oğlu Ebubekir içirdi bu doyurucu kadehi sana!
Onun Memurunun elinden içmişsin ilk ve son zehri kana kana…

……

'Memur' dediği Resulallah(s)... 'Zehir' dediğiyse Kur'an'dı Ka'b'ın maalesef... Okuduğu şiir, Mekke'yi sarsmıştı, müşrikler eteklerini gururla savurarak Ka'b'ı çil çil altına boğmuştu... Ka'b ise önünde tepelerce yükselen altınları gözü görmez bir şekilde çiğneyerek, kurumla koşturduğu devesinin üzerinden kardeşinin aklının çelinmesinin intikamını muhakkak alacağına dair yeminler ediyordu sağda solda...

Ne olduysa o gün olmuştu işte...

Çok sevdiği devesi Suat'ın cansız bedeniyle karşılaşmıştı o sabah Ka'b... Kardeşi Büceyr'den ayrı düşüşünün hemen ardından en yakın arkadaşı olarak gördüğü Suat da onu bırakınca dünyanın tüm yalnızlığı demirden bir gülle gibi binivermişti şairin omuzlarına...

Ka'b b. Zuheyr ki Mekke'nin önde gelen şairlerindendi. Babası Zuheyr de şairdi, şairler sülalesinden gelen bir güzel sözler veliahdıydı Ka'b. Babasının da onun da tüm mısralarını ezberlerdi o günün Arapları. Bir geleneği ve söz tertibi olurdu bu şiirlerin, giriş kısmı uzun uzadıya kahramanlık ve soyluluk övgüleriyle dopdolu olur, cengâverliğin önünde saygıyla titreyen mısralarda savaşçı develer yeller estirirdi adeta. Tartışılmaz kahramanı Yedi Askı'nın...

Develer olurdu şiirlerde... Çünkü onlar çöl kahramanlarının güvenle yaslanacağı tek arkadaşlarıydı. Uzun ve yalnız çöl gecelerinin yoldaşı, sırdaşı, dert ortağıydı. Bunda garip bir şekilde erkeklere has derin bir kederin de olduğunu düşünmüşümdür hep. Niçin narin bir sevgili değil de cesur bir deve olsun insanın yazdığı en büyük şiirlerdeki konu? Bunda ancak onuruna çok düşkün savaşçıların tercih edeceği bir tür uzlet de vardı sanırım. Yani ne kadar şamatacı ne kadar kalabalık yerlerde geçse de şairlerin hayatları... Onlar kadınlarını tam olarak ele vermek istemeyen kişilerdi, bundan çok sakınırlardı. Hatta mağlup etmek istedikleri hasımlarının kadınlarından öç alırcasına bahsedebilir, ancak sıra kendilerine geldiğinde aşk konusunda ser verir sır vermezlerdi... Annelerine de çok düşkündü Arap şairleri. Annelerinin onuru için savaşanlarını da çok görmüşümdür. Bu yüzden, kadın meselesi Yedi Askıların en mücerret mevzularındandı diyebilirim. Garip gelebilir size belki... Hem kadınlarını cidden sakınan hem de kadınlara birer meta gibi bakabilen bu göz nasıl da aynı göz olabilir diye geçebilir içinizden. Bu çelişkiyi en iyi fark edenlerdi çocuklar benim küçüklüğümde. Herkesin karşısında yıldığı bu söz ustalarına için için acırdım o günlerde. Yapayalnızdılar aslında. Kimse onları tam olarak sevmeye cesaret edemezdi. Annelerinden başka hiçbir kadın...

Sözün krallığıydı Mekke'de hüküm süren. Bir sözle savaş açılır, bir sözle barış antlaşması yazılırdı. Uçsuz bucaksız çölün prensleri için söz, altından da değerliydi. Onurları için yaşarlardı Mekkeli erkekler, onuru kuran sözün gücüydü Mekke'de.

Bu yüzden çöle ve sakinlerine inzal olan Kur'an-ı Kerim'i, ki Allah'ın sözüydü, ilk işitenler "Biz daha evvel böyle bir şiir dinlemedik" diyorlardı... Kur'an, güçlü belagatiyle çölün bağrından fışkıran bir denizi andırıyordu ve hayretle dinliyordu onu işitenler... Sanatlı anlatımı, kafiyeli söz dizimi, zengin kelime hazinesi, sarsıcı buyurganlığının yanı sıra içe işleyen soruları, tefekküre daveti ile daha evvelki sözlere benzemeyen bir Söz idi Kur'an-ı Kerim...

Ka'b b. Zuheyr, soyluluğun ve toplumsal tanınmanın verdiği endamla fakirlerin, kölelerin, güçsüzlerin eşitlendiği yeni daveti onur kırıcı buluyordu. Sağda solda yeni Müslümanları hicveden, keskin zekâsı ve kıvrak vezinleriyle istihza eden beyitler söylüyordu.

Müslümanların onuruna çok düşkün Hz. Peygamber(s), Ka'b b. Zuheyr'e içerlemiş ve onun cezalandırılacağını buyurmuştu...

Artık bu sefer iş ciddiye binmişti.

"Eyvah, Memur dediğin El-Emin'in senin hakkında verdiği kararı işittin mi? Gördüğünüz yerde cezasını verin onun, demiş senin için. Eyvah, şimdi yandın, mahvoldun" diyordu Zuheyr'e herkes.

Güvendiği şakşakçılar da kısa bir zaman içinde onu yalnız bırakıvermişti... Kapılar kapanmıştı yüzüne şairin. Ka'b, ilk kez neye uğradığını şaşırmış bir haldeydi; şimdiye değin beyitleriyle açtığı nice yara, yere devirdiği nice yiğitten sonra, "kardeşim" dediklerinin onuru için kendisine ültimatom yollayan bir Peygamber'in(s) huzurundaydı artık... Öte yandan O'nun okuduğu "Kur'an" adındaki büyük şiirle de başa çıkamayacağını biliyordu Ka'b...

Kimdi bu yeri göğü sallayan sözlerin şairi?

Allah...

Allah kimdi?

Yoksa okunan bu büyük şiiri o 'Memur' da yazamazdı ki...

Çünkü Abdullah'ın yetimi Muhammed(s) ümmiydi, şair değildi... Peki öyleyse, bu okuduğu görkemli cümleleri kimdi söyleten?

Üzerinde nice savaşa katıldığı, kılıç kalkan şiirler haykırdığı, şaha kalktığı zaman başı arş-ı âlâya değecek gibi olan yoldaşı devesi Suat'ın öldüğü gündü o gün... Yoldaşsızdı, üstelik şiiri de ölüme mahkûmdu artık, yapayalnız bir adamdı Ka'b b. Zuheyr...

Çaresiz... Gitti... Resulallah'ın(s) huzuruna vardı, dünyada ilk kez dizini kırıp, boynunu büküp dedi ki:

Ben şimdi öyle bir makamdayım ki titrerdi bir fil benim gördüklerimi görse, işittiklerimi işitse. Burada beni ancak Allah buyruğuna bağlı Peygamber(s) affı kurtarır..."

Hayatının şiirini okudu dizini kırıp boynunu büktüğü yerden... "Benat Suat" olarak tarihe geçecek beyitlerini...

Yurdundan koparılmış gözleri sürmeli yaralı bir ceylan gibi
Suat'ı alıp götürdüler. Gönlüm öyle kırık ki!

Gönlüm, azat nedir bilmeyen bir köle örneği ezgin.
Tan vakti Suat göçtü buralardan. O ne mağrur bakışlardı Rabbim
ve ne müstağni.

Suat ki boyu altın ölçüde; önden bakılınca zarif naif, incecik belli,
Tombul görünüşlü arkadansa, arka çizgileri bile belli.

Gülerken dişlerinde kar yağar gibi bir kış aydınlığı.
Öyle beyaz, onları şarapla yıkıyorlar durmadan sanki.

Vadi açık. Kuşluktur. Çakıllarda kuş sesli serin sular.
Kuzey yelleriyle serin sular gibi saf ve ışıklı Suat'ın ağzındaki.

Süpürürse rüzgâr nasıl üstündeki bulutları, nasıl yıkarsa pırıl pırıl
geceleri yağmur tepeleri
Ağzındaki su o yağmur suyu Suat'ın, dişleri o beyaz kum tepeleri.

Soylulukta en soylu, cömertlikte bir eşi yok bir sevgili iken Suat,
Ne kendi sözünde durdu, ne de dinledi beni.

Suat bu, işi gücü bana oyun, naz, vefasızlık, söz verip dönmek.
Benim kaderim böyle, Onun aşk felsefesi.

Bulut bir zavallıdır Onun yanında biçimden biçime girmekte,
Renkten renge girmekte yaya kalır bukalemun, gulyabani.

Sen ne aptalsın ki yahu sandın Suat durur sözünde.
Kalburda su durursa, Suat da durur sözünde tabiî.

Suat'tan söz aldım diye böbürlenip durma ha!
Hayaller kurdun, umutlandın! Ama umutlar uçucu, aldatıcıdır
rüyalar gibi.

Suat'ın vuslat sözleri geçse yeridir atlatışlar tarihine.
Bir söz istedin mi kendinden, hemen kesilir meşhur yalancı
Urkub'un teki.

Böyle arkandan atıp tutuyorum ya Suat, elbet ayrılık acısından.
Onun için affet beni, sen yine de sev beni.

Suat şimdi mutlaka öyle bir yerdedir ki, vakit de akşam;
Saf kan ve yörük dişi develerdir ancak develerin oraya götüreni.

Evet, ta ötelerde konaklıyan Suat oymağını tutmak için
Yüreğe korku veren, dağ gibi rüzgâr tempolu hecin develer gerekli.

Öyle deve gerek ki, terlerse ırmak aksın kulağının ardından,
Uçsuz bucaksız çöl yollarını seve seve tepmeli...

Bir deve ki, bakışı iki hançer ufuklara saplanan.
Eşi gitmiş, yabani bir aksığın gibi öyle uçsun ki, o dursun, altından kaysın ateş çölü ve ateş tepeleri.

Gerdanı sağlam, ayakları yer sarsan vücudu kıvrım kıvrım ve ölçülü biçili.

Böğrü enli, boynu uzun ve kalın, çehresi geniş.
Bir erkek deveyi andırmalı tıpkı; Suat'ı tutar o zaman belki.

Derisi daha parlak olmalı kabuğundan deniz kaplumbağasının.
Ve ondan daha sağlam. Kızgın güneş altında aç azgın keneler bile onu örseleyememeli.

İlk bakışta dağ gibi korku vermeli görünüşü bakana;
Boyu yüksek mi yüksek, çevik mi çevik ayakları, tertemiz şeceresi.

Gürbüz, etine dolgun, bakımdan öyle semizlemiş olmalı ki,
Oyluklarından tırmanan salkım salkım keneler derinin cilâsından kayıp kayıp düşmeli.

Yürürken baldırından, et fırlasın etinden, iki ön bacağı ok gibi
Çıksın dolgun göğsünden, serbest atışlı çalım çalım üstüne bir yaban merkebi örneği.

Gözlerle gerdan arası, başın yular takılan yeri.
Sert ve katı olmalı bileği taşı gibi.

Ve upuzun kuyruğu ipek tüylü, sarksın memelerin üstünden.
Öyle dokunmalı ki memelerin ucunu ürkütmemeli.

Kapkara iki mızrak bacakları, rüzgâr gibi uçmalı:
Şüpheye düşmelisin ayakları yere değdi mi, değmedi mi.

Yumru burnundan, kulağından, beyzi çehresinden bu türlü develeri.
Tanır derhal deveden anlayan yekta bir bilirkişi.

Ayakları demirdenmişçesine çakılları fırlatır iki yana.
Deri muhafaza bile takmaksızın aşar kayalıkları bu eşsiz develer ki.

Çalışkan bir işçi gibi terler coştukça, terledikçe coşar...
Aşar kuşlar gibi serap derelerini, sahra tepelerini, ateş çöllerini...

Kertenkelenin güneşte yanan sırtı sıcaktan külde pişmiş ekmeğe
Döndüğü günler bile kimse durduramaz koşmaktan şu bizim deveyi.

Bir sıcaklık ki, "yolcular dinlenin" der kervan sahibi
Ve taş altına gizlenir siyah çekirgeler, o sabır ateşleri.

Ama bizim meşhur devemiz gün ortasında koşusunu bitirmez,
Başlamıştır yolculuğa sanki daha yeni.

Sıcak artar, değişir yürüyüşü, sıcak arttıkça değişir. Ve ön ayaklarının
Çırpınışlı hızlanışı andırır ölmüş çocuğuna göğüs döven bir anneyi ve ona bakıp (anıp kendi ölmüş yavrularını da) hıçkıran yırtınan öbür anneleri.

Evet o yürüyüş, o ayak çırpınışları göğsünü paralayan yaslı bir annenin çırpınışları.
Akla elveda diyen bir annenin, alır almaz ilk yavrusunun kara haberini.

Göğsü kan içinde kalan, üstü başı yırtılmış,
Saçları darmadağın çılgın bir annenin haberini.

Söz taşıyıp öç alan ikiyüzlü şiir ve kabile düşmanlarım:
"Ey Ebi Sülma'nın oğlu sen mahvoldun" dediler. Suat'ın derdi bana yetmezmiş gibi.

"Ey Ebi Sülma'nın oğlu sen kendini ölmüş bil." Ben de koştum güvendiğim dostlara:
Kime başvurdumsa ama: "Biz yokuz bu işte, var git kendin bak başının çaresine" demezler mi?

Ben de onlara dedim: "Gidin gidin beni yalnız bırakın,
Neye hükmetmişse o olur, hükmeden O Allah ki.

Yaşamak dediğiniz nedir bin yıl yaşasa bile
Eninde sonunda insanoğlu o kanbur tahta kuyuya girmeyecek, binmiyecek mi?

Haber geldi: "Peygamber, seni öyle bir cezaya çarptıracak ki!"
Siz bilirsiniz, hey zavallılar! İşte Onun kapısındayım, yüreğimde sonsuz bağışlanma ümidi.

Ondan özür dilemeye geldim, af istemeğe geldim;
Çünkü O sırrını bilendir, kabul edicisidir mazeretlerin. O affedenlerin en affedicisi.

İçi hidayet öğüdü en yüce gerçekler dolu Kur'an'ı
Sana armağan eden Allah için ver bana bir savunma mühleti.

Bakma ve zaten bakmazsın sözlerine beni kıskananların.
Senin hükmün onlara değil, hakka ayarlı ve ben de bir parça
suçluyum belki.

Ama senin makamındayım şimdi. Fillerin bile titrediği makamda.
Bir makam ki, titrerdi bir fil benim gördüklerimi görse, işitse
işittiklerimi

Burada beni ancak Allah buyruğuna bağlı Peygamber affı
kurtarır:
Ben de onun iç ve adalet eline uzatıyorum işte sağ elimi.

Beni ancak O kurtarabilir burda. Yalnız O. Şimdi söz yalnız Onun.
Ama O "Sen suçlusun, cezanı çekeceksin" dese önünde, eğik
bulur boynumu adaletin heybeti.

En heybetli manzara bu olur benim için. Çünkü Asserde,
İç içe açılan sonsuz aslan yataklarının en içindeki

Muhteşem yurdunda hüküm süren aslanlar başbuğudur O.
Bir arslan ki, erkenden ava çıkar, yavrularının besini insanoğlu,
insan eti.

Bir arslan ki, savaş alanında kendi düşmanı dengi
Bırakmadan çarpışmayı, haram sayar kendine savaşı terk etmeyi.

Heybetinden kısılır sesleri yırtıcı çöl arslanlarının
Arslanlar arasında bile o dağıtır adaleti.

Parçalandı silahları ve elbiseleri, kurda kuşa yem oldu
Bu vadide kendi gücüne bileğine güvenen nice kişi.

Şüphe yok ki Peygamber, en keskin bir kılıçtır kılıçlardan
Allah'ın.
Sonsuz bir kurtuluşa, nura ve hidayete alıp götüren bizi.

Ve arkadaşları Onun, Mekke vadisinde İslam'ı kabul eden
Kureyş'in em ileri gelenleri... Cömertlikte ve yiğitlikte hiçbirinin
yok dengi.

İlk günler, göçmek gerekliydi, hemen göçtüler, zerre tereddüt
etmeden.
Bırakarak yurtlarını, tüten ocaklarını, mal ve mülklerini.

Yerlerinde kalanlar çarpışamayacak güçte olanlardır.
Onlar da müdafaasız ve silahsız, çepçevre küfürle çevrili, bugünü
hazırlamış beklemişlerdi.

Evet, bunlar, başları dimdik gezen yiğit üstü yiğit,
Davud'a mahsus demir gömlektir zırh diye giydikleri.

Zırhları pırıl pırıl ve upuzun. Çelikten büklümleri öyle ki,
Birbirine geçip kaynaşmış bir ayrıkotunun halkaları gibi.

Mızrakları düşmanı devirse yere, gurur nedir bilmezler,
Yenilirlerse bilmezler nedir umut kesmek, yok ya yenildikleri!

Ak soy develer gibidir gidişleri. Korunmaları da saldırış.
vurulunca göğüslerinden vurulurlar. Onlar ürkmez, onlardan
*ürker dev dalgalı ölüm denizi.**

O, yüksek sesle bu şiiri okuduktan sonra başını okşamıştı Resulallah(s)...

Ka'b b. Züheyr'in affedilişi Mekke'de yeri yerinden oynatmaya yetmişti... Allah Resulü(s), Rahmetellilâlemin'di çünkü...

---

* "Kaside-i Bürde"nin Sezai Karakoç çevirisi esas alınmıştır: Sezai Karakoç, *İslam'ın Şiir Anıtlarından*, Diriliş Yayınları, 6. Baskı, s. 23-30. İstanbul, 2011.

Âlemlere rahmetti. Alnından öpmüştü hidayete eren şairi, çıkarıp hırkasını giydirmişti Ka'b b. Zuheyr'e...

Ka'b, nedameti hırkaya sarındırılan şair olarak geçti defterlere...

Onun Müslüman oluşuna, tevbeye gelip imana girişine hepimiz o kadar çok sevinmiştik ki... Son şiiri, dalga dalga yayılıyor, müşrikleri alabora edip morallerini iyiden iyiye bitiriyordu adeta...

......

Babam da Resul de(s), tüm bu zorlu, sıkıntılı günlere rağmen, umutsuzluğa düşmeyen kimselerdi aynı zamanda. Çocuklarla söyleşir, kadınların hatırını sayar, zaman zaman birbirlerine latifeler dahi yaparlardı... Zaten Resulallah'ın bir tek tebessümü bile tüm ağır çilelerin yükünü kaldıracak kadar değerliydi hepimiz için...

O'nun(s) bizim eve geliş saatlerini bilirdik...

Resullulah(s) babamla birlikte iç salona geçmezden evvel, bahçe dahil her yer elden geldiğince tertiplenir, çoğu kez bize misafirliğe gelmiş kız arkadaşlarım bile bu saatlerde ya evlerine ya kuytulara kaçışır, hürmeten bir telaş yaşanırdı...

Kızlarla Neml suresinin ayetlerini ezberlediğimiz günlerdi... Hz. Süleyman ile Saba Melikesi Belkıs'ın anlatıldığı bu kıssayı çok severdik hepimiz... Genç kız olup da Saba Melikesi'ni sevip hayalini kurmayan mı vardır? Kuşlar, arılar, karıncalar, atlar, rüzgârlar, denizler, insanlar ve cinler... Hepsinin dillerini bilen Hz. Süleyman... Muhteşem bir sureydi işittiğimiz. Ayetler okunurken, sanki başlarımızın üstüne bir kuş konmuş da kaçacakmış gibi nefeslerimizi tutarak hayretle dinlerdik ilahi sözleri... Neml günlerindeydik o vakitlerde...

Ve O'nun(s) evimizi teşrifi...

Sanki güneş gökten inmiş de evimize doğmuş gibi...

Teşrifi...

Yıldızların odalarımıza doluşması gibi...

Teşrifi...

Evimize nehirlerin bahşedilişi gibi...

Teşrifi...

Yerden göklere kadar uzanan gümrah bir ağacın evimizden yükselişi gibi...

Teşrifi...

Her seferinde yeni doğmuş bir bebeğin ilk avazı gibi...

Teşrifi...

Göz aydınlığımız...

Teşrifi...

Devletimiz, sınırsızca taşan onurumuz, bereketimiz, nasibimiz, hamdimiz, teşekkürümüz...

Yine o saatlerden birinde genç kızlar ve çocuklar sağa sola kaçışmış, ben de kenara çekilecekken... Başı önde ve kimseye rahatsızlık vermemeye özen gösteren bir halde, düşünceli ama kendinden emin adımlarla girmişti bahçeye El-Emin(s)... Ağaçların arasına doğru çekildiğimi fark etmiş olsa gerek... Yerde unuttuğumuz kanatlı at şeklindeki oyuncağımızı eline alıp yan tarafa kaldırırken hafif bir tebessümle, "Kanatlı bir at..." dedi... O vakitler, tahtadan oyma oyuncakları olurdu bazılarımızın... Bazılarımızınsa bezden dikilmiş bebekleri... Hatta kızlar evlenirken çeyizlerinde bile götürürlerdi çocukluk hatırası olarak bu oyuncakları...

"Kanatlı bir at..." diyerek kibarca yan tarafa kaldırdığı oyuncağa bakıyordu Allah Resulü(s)...

Hemen yanımda duran boş salıncağın ipinden tutarak cesaret aldım:

"Ama... Hz. Süleyman'ın da kanatlı atları yok muydu?"

Başı hâlâ yere eğik... Bana doğru, gözlerini dikmeden gülümsedi...

"Evet... Doğru söyledin Aişe..."

O'nun(s) Aişe demesi… Dünyalara bedeldi…

"İşte bu da öylesi…"

"Evet… Bu da öylesi..." deyip kanatlı atımı yerden aldı, kenara koydu… Ve içeri geçti…

O(s), beni hiçbir zaman kırmayandı…

Benim çocuksu sözlerim, O'nun(s) yanında hiç büyümedi…

Ben çocukluğumdan beri O'na(s) hayrandım zaten…

Hemen akabinde annem Ümmü Ruman'ın kapıldığı telaş. Nasıl kapılmasın ki! O, bildim bileli her işini düzenle yürüten, tertibini en çileli günlerinde bile elden bırakmayan mükemmel bir kadın… Hele söz konusu, evimize gelen bir misafirse, hele gelen kişi Allah'ın Resulü(s) ise… Varın gerisini siz hesap edin. Yine benim bir türlü büyümeyişimden, artık koca kız oluşumdan, hâlâ arkadaşlarımla oyun oynayışımdan, etrafı tertipli düzenli tutmayışımdan yakınıyor… Hatta bu alıp vermeleri misafirimizin çıkışına kadar sürüyor. Artık gözyaşlarımı tutamıyorum. Kapının arkasında, ayakta, başım önde annemden işittiğim lafları dinleyip için için ağlarken… Misafir yine fark ediyor durumu…

O'nun(s) bu kadar önemli işleri arasında bu kadar ince ayrıntıları fark etmesi beni hep şaşırtmıştır… Yine öyle oluyor…

"Aişe'yi üzmeyin…"

İşte… Bana yine ismimle hitap etti. Gerçi yine başı önde, alnı düşüncelerle dolu, başı öne eğik, yüzüne bakmıyor kimsenin… Ama küçücük bir cümle… "Aişe'yi üzmeyin…"

Annem ve babam misafirlerini geçirmekle meşgul. Kimbilir babamla az evvel hangi önemli konuyu gözden geçirip görüştüler… Benden başka, bir de çocukların dışında kimsecikler farkında değil; Resulallah(s) hepimizi tek tek biliyor, işitiyor, görüyor… Tıpkı Neml suresinde anlatılan Hz. Süleyman gibi… O(s), bütün dilleri biliyor. Çocuklarınkini… Kızlarınkini… Kölelerinkini… Yoksullarınkini… İhtiyar kadınların, yersiz yurtsuzların, acemilerin, gariplerin… Hepimizin dillerini biliyor… O, gönül alıcıların en muhteşemiydi. Jest sahibi, çok kibar bir kimseydi... Kimsesizlerin kimsesiydi...

Bizler o çileli günleri, birbirimize destek olarak atlatmaya çalışırken, Müslümanlar aleyhine tertiplenen hazımsızlıklar da art arda dizilmiş yalçın kayalar halindeydi...

Kâbe'nin dört duvarına asılması âdet olan Yedi Askı şiirlerinin yerini o yıl, Mekke müşriklerinin asacağı ültimatom almıştı...

Müslümanları sert bir ambargoyla boykot edeceklerini söylüyordu Mekke eşrafı...

Mahalleler boşaltılıyor, Müslüman evleri terk ettiriliyor, mü'min ahali, Şiblî Ebu Talip denen yere sürülüyordu. Öyle ki gördüğü baskı sebebiyle yerinden yurdun çıkmak zorunda kalmış bazı aileler, iki kayanın arasına gerdikleri derme çatma tentelerin altına sığınıyorlardı.

Evimiz, bahçemiz, sığınmacı Müslüman kardeşlerimizle dolup taşarken Mekke sokaklarından geçmemiz, çarşılara girmemiz bile yasaklanıyordu... Bir yumurta için herkes yarım kuruş öderken misal, biz o tek yumurta karşılığında bir altın lira bile versek... O yumurta bize satılmıyordu, biz Müslümanlara...

Kiralayacak ev yok, kiradaysan çıkıp boşaltacaksın... Çerçi açmaya izin yok, almaya, satmaya, borçlanmaya bile imkân yok. Su kuyularına yanaşmak yok, onların suyuna el bile değdiremezsin, bizim payımıza düşense bir iki zayıf kuyu, o kadar... Selam vermek, konuşmak, ziyaret etmek bile yasak. Kız alıp vermek zinhar yasak. Müslüman olmuşsa şayet, evlatlar bile evlerinden kovulacak. Kardeş kardeşle konuşmayacak. Karı koca bile yollarını ayıracak; ya onlardansın ya bizden, ya kalacaksın ya terk edeceksin... Hastalansan götürecek hekim yok, ölsen defnedilecek kabir bile yok. Her şeye yasak.

Tam bir zehir çemberi!

Tam bir ateş dairesi!

Kıstırılmıştık...

Ben, küfrün ne demek olduğunu o boykot günlerinde anladım.

Nefret...

Nefret ediyorlardı bizden... Gözlerini kör, kulaklarını sağır etmişti bu şiddetli öfke... Kalplerini değirmen taşı gibi koskoca nasırlar bağlamıştı. Kalpleri niçin kıpırdamıyordu ki? Bunu nasıl başarıyorlardı? Bu duyarsızlığı, bu kalpsizliği, bu kötücüllüğü? Sanırım nasipleri kalkmıştı. Aslında onlar değildi bizden vazgeçenler ve bizi gözden çıkaranlar... Onlar kendilerinden, kendi insanlıklarından vazgeçenlerdi.

Dert geldi mi üst üste gelirmiş derdi ihtiyar kadınlar... Ne de haklılarmış... Açlıktan ciğerleri yırtılan bebeklerin sesini bile işitmeyen eski komşularımız... İlkin Ebu Talip'in, birkaç gün aradan sonraysa Haticetü'l-Kübra'nın vefatını ne çabuk işitmişlerdi... Hüzünden kırılırken bizler... Onlar şenlik şamata yapmakta ileri gittikçe gidiyor, Resullulah'ı(s) ve bizleri incitecek yeni şeyler icat ediyorlardı... Bir keresinde babama "Hangi derdime yanayım..." demiş Allah Resulü(s)...

Amcası Ebu Talip, her daim O'nun(s) ardında duran sıradağlar gibiydi. O(s), amcasını babası gibi tutardı. Müşriklere karşı, yeğenini elinden geldiğince savunan, cesur bir hamiydi her vakit Ebu Talip...

Ya Haticetü'l-Kübra için nasıl yanmalı... Bu şeref ve merhamet sahibi kadın, üç uzun yıl süren ambargo günlerinde nesi var nesi yoksa Müslümanlara infak etmiş, Mekke'nin en büyük servetine sahip olduğu halde sırtındaki tek elbisesiyle, solgun benzi, sabrı ve tükenmez cömertliğiyle adeta mum gibi erimişti...

Allah Resulü'ne(s) isabet eden kederleri fırsat bilen zalimler, O'nun(s) hakkındaki baskıları, tahkiratı ve onur kırıcı girişimleri arttırdıkça arttırırken gelmişti "Miraç" haberi...

Bir gece Resulallah(s) Rabbi tarafından harikulade bir yolculuğa çıkarılmıştı... İsra gecesiydi o gece... Bu gök yolculuğunun başlangıç noktası Mescid-i Aksa'ydı... Cenab-ı Allah, Resulüne(s) gökleri, Kudüs-ü Şerif'ten açmıştı. Yüz seneler öncesi büyükninesi Hz. Hacer'le büyükatası Hz. İbrahim'in ve bebekleri Hz. İsmail'in çıkartıldığı Kudüs'e... Asırlar sonrası... Mekke'deki menzilden, yeniden dönüş... Göklere çıkmazdan evvel Kudüs'ün selamlanışı ve göklere merdivenin Mescid-i Aksa'dan açılması... Fevkalade bir gece yolculuğuydu işittiğimiz...

"Duydun mu Abdullah'ın yetiminin neler söylediğini..." diyerek yolunu kesmişler bir sabah babamın...

"Bu sefer de güya Mescid-i Aksa'ya varmış yolu..."

"Herhalde böylesi bir hezeyana da inanmayacaksın artık..."

"Bu kadarı da olmaz... Hâlâ inanıyor musunuz söylediklerine? Bir şu düştüğünüz hale bak, bir de şu yetimin söylediklerine..."

Kahkaha... Şamata... Alay... Tahkir... Lav gibi fışkıran, dökülüp saçıldığı her yeri yakıp kavuran sataşmalar...

"O(s) söylüyorsa doğrudur!"

Dediğinde babam... Depreme uğramış gibi sarsılmışlar oldukları yerde... Mızrak gibi geçip delmiş zihinlerini bu katışıksız, tereddütsüz, şeksiz şüphesiz beyan!

Tüm alaylar, hakaretler köpükleri donup da taş kesilmiş, sönmüş, kararmış lavlara dönüşmüş babam böyle konuşunca... Söyleyip söyleyeceklerini de unutmuşlar babamın bu çıkışıyla. Keskin bir bıçağın, kangren tutmuş bedeni tutup atması gibi... Babam, sıdkını sıyırmış atmış yüzlerine...

Sıdk... Sadakat. Babamın Resul'e sadakatinin parıldadığı o an... İmbikten geçerek billurlaşmış bir su damlası kadar berrak.

Babam... Sevdiğinden ibaret. Babam, yârine verdiği sözde ilk günkü gibi. Bozulmamış. Yıpranmamış.

Ben, Aişe...

Babamın kızıyım...

Ben, Aişe...

Sıdkın kızıyım...

Verilmiş sözüyüm babamın...

......

Yıllar sonra soracaktım Allah Resulü'ne(s)... "Uhud Günü'nden daha çetin bir gününüz oldu mu ey Resulallah(s)?"

Tebessüm ettikten sonra, hüzün bulutları kaplamıştı gözlerini...

"Evet... Taif Günü'nü unutamam..."

......

Rica etmişlerdi O'nu(s) sevenler... Hüzün yılının hemen başlangıcında vuku bulan Miraç hadisesini müşriklerin işitmesini istememişlerdi. Çünkü yüreği pas tutmuş zalimlerin bu durumu hazmedemeyip bozgunculuklarını daha da arttıracaklarını, Resulallah'ı(s) üzecek yeni bir sebep olarak Miraç'a hücum edeceklerini... Tahmin ediyordu hepsi de... Rica etmişlerdi O'nu(s) sevenler... Bu mühim bahsin, etrafa duyurulmaması için. İhtimamdandı ricaları... O'nu(s) çok sevdiklerinden... Daha fazla incinmesini istemediklerinden...

Ama yüklüydü O...

Yükümlüydü...

Hükümlüydü sözleri...

Allah'ın emaneti ve vazifesiydi tebligatı...

Zalimler istemese de Allah nurunu tamamlayacak, bu kutlu dava, bir gün yeryüzündeki tüm evlere girecek, tüm kapıları çalacak, bütün kalplere değecekti... "Ben sadece bu tebliği yapmakla memurum" diyecekti tüm saldırıların karşısında... Bazen yere düşüreceklerdi O'nu(s)... Bazen yüzü gözü toprak içinde kalacaktı... Bazen dudakları kanayacak, bazen sırtı acıyacaktı... En çok da kalbi... Kalbi sızlayacaktı... Ama bu derdin muradı böyleydi işte. O'ndan(s) evvelki arkadaşları da benzeri çileleri çekmişti Hak davadan ve Risalet'ten söz açtıkları için... Dünyanın talihi Hak ile Batıl'ın arasındaki kesif mücadeleyle yazılmıştı... Yazgı ne olursa olsun… 'Hak'; söyleyip işaret edenlerin, 'hakkıyla iman edip' 'salih amel' işleyenlerin ve birbirlerine 'hakkı' ve 'sabrı' tavsiye edenlerin yanında olacaktı…

Yalnızlık… Çile… Yoksulluk… Kadir kıymet bilmezlik… İncitilme… Ötelenme… Bedeli yüksek bir duruştu hakkı söylemek…

Daralınca ruhu, Mekke'nin nasibi tükenen son günlerinde… Resulallah(s) bir hicret yolu beklemeye başlamıştı… İlkin Taif'ti aklına düşen… Yoldaşı Zeyd ile çıktıkları bu yol, onlar için ibretli bir sınava dönüşecekti… Çünkü Taif'i çok sert, hoyrat ve kaba saba bulacaklardı… Şehrin önemli adamlarından başka, kadınlar ve çocuklarına kadar neredeyse hemen herkes kaba söz, alay, tahkirat, taş ve sopayla çıkmışlardı karşılarına…

Ah fedakâr Zeyd…

Bedenini Allah Resulü'ne(s) siper ettiyse de nafile… Nefes nefese sığındıkları bir ağaç altında, ikisinin de bedenleri isabet eden taşlardan paramparça… Mübarek ağızları kan çanağına dönmüş… Dişi, hoyrat darbelerden kırılmış… Bir ümitle geldikleri Taif… Onlara zehir olmuş… Hüzünlerine hüzün, acılarına katran dökmüş şu son yaşadıkları…

Elemle titriyor aşkullahın aynası olan gönlü… Ve yakarıyor…

"Allah'ım,

Güçsüz ve çaresiz kaldığımı…

Halk nazarında hor görüldüğümü…

Ancak Sana arz ve şikâyet ederim…

Ey Merhametlilerin Merhametlisi…

Herkesin zayıf görüp de dalına bindiği biçarelerin Rabbi Sensin…

Sensin Rabbim benim.

Beni kime bıraktın! Huysuz ve hoyrat yabancılara mı?

Yoksa bu işimde bana galip gelecek düşmanlara mı?

Allah'ım!

Eğer bana karşı gazaplı değilsen çektiğim mihnetlere, belalara hiç aldırmam…

Fakat Senin esirgeyiciliğin bunları bana göstermeyecek kadar geniştir…

Allah'ım!

Gazabına uğramaktan, rahmetinden uzak kalmaktan…

Karanlıkları aydınlatan, dünya ve ahireti kurtuluşa kavuşturan ilahi nuruna sığınırım…

Rızanı dilerim…

Sana iltica ederim…

Bütün kuvvet, her kudret… Ancak Sendendir ya Rabbi…"

……

Ben, kendisinden bu hatırayı dinledikten sonra… 'Ya Rabbi' seslenişini ta içimde hissetmiştim. Bu yakarışı, bildiğim bilmediğim tüm isimleri içinde toparlayan anaç bir vird olarak görüp, 'İsm-i Azam' telakki etmiştim…

'Ya Rabbi' kadar büyük bir dua, toparlayıcı, kuşatıcı bir münacata hayret ve ihtiramla bakarım, benden sonrakilere de, Taif Günü'nün perdeleri aşarak Arş'a varan feryadı şeklindeki bu yakarışı yüreklerinde taşımalarını hatırlatırım…

'Ya Rabbi…' En büyük dualardandır…

Nitekim, Taif'te yaşadıklarından sonra, mahzun bir şekilde Mekke'ye doğru yürürlerken… Karn-ı Sealib denen mevkie geldiklerinde… Başını kaldırıp da göğe baktığında… Tüm göklerin acayip bir bulut görkemiyle kaplandığını… Gökleri tutan bu bulutun içinden Hz. Cebrail'in kendisine seslendiğini müşahede etmişti Resulallah(s)…

"Ya Muhammed(s)…" diyordu Meleklerin Öğretmeni…

"Allah kavminin yaptıklarını da senin seslenişini de işitti. Şu Dağlar Meleği'ni vazifeli kıldı ki, seni derde düşüren kavmin hakkında ne dilersen emrine amadedir…"

Allah Resulü'nünse(s) cevabı hazırdı:

"Hayır kardeşim... Ben Rahman ve Rahim olan Allah'tan onların kahrını değil, onların soyundan kalplerini tevhid davetine açmış güzel huylu, muvahhid bir neslin gelmesini temenni ederim..."

O(s), hep böyleydi işte...

Rahmet Peygamberi'ydi...

Rahmeti gazabını aşmış Rabbinin kuluydu...

En kederli gününde bile, kurtuluş ümidiyle dua eden tertemiz bir kalbin sahibiydi...

O'nun(s) Taif'ten kederli geri dönüşü... Mekke'de sıkışıp kalmış Müslümanlar olarak hepimizi üzüyordu.

Üzerimize üşüşen bu matemli, hicranlı günleri sabırla göğüslerken... Göz açıp kapayıncaya kadar geçen birkaç yıl içinde, Resulallah'ın(s) yaşadığı yalnızlık, hepimizin dikkatini çeker hale gelmişti...

......

Bir gün Osman b. Maz'un'un eşi Havle, yakın dostları Allah Resulü'ne(s) konuyu açmış... "Evlenmenizin vakti gelmedi mi ey Allah Resulü..."

O(s) da Hz. Hatice'nin yokluğuyla ağırlaşmış yükünü paylaşacak bir yoldaş isterdi aslında... Ama kim olabilirdi ki bu göz aydınlığı...

"Bekâr olanlar arasında, sana en sevgili arkadaş olan Ebubekir'in kızı Aişe... Dul olanlar arasındaysa Habeşistan hicretinde eşini yitirmiş çilekeş, cefakâr Sevde b. Zem'a..."

Sevde, hakikaten de dedikleri gibi olgun bir kadındı, müşfik bir anne, hayatın nice kederini göğüslemiş, güzel ahlaklı, yaşça Resulallah'tan(s) büyük, değerli bir kadındı... Bana da, daha sonraları gelin gideceğim evde, ortaktan çok, adeta ikinci bir anne olmuş, kol kanat germiş, her konuda destek vermiş güzel bir yoldaştı...

Yalnız ebeveynimi tereddüde düşüren benimle ilgili bir durum vardı. Mekke'nin küçük yaşlarda söz kesme geleneğine göre İbn-i Adiyy ailesinin oğluna sözüm kesilmişti çocukken… Babam geçmişte kalmış olmasına rağmen bu durumu vuzuha kavuşturmak istemişti. Adiyyoğulları, Müslüman olmayı tercih etmemiş, bizimle dostluklarını çoktan kesmiş, hatta boykot kararı gereği selamı bile bizden esirgemiş, kurumlu bir aileydi… Babam yine de kapılarını çalıp verilmiş bu söz hakkında ne düşündüklerini öğrenmek istemişti. "Biz o sözden caydık" cevabını alınca da üzerinden ağır bir yük kalkarak koşarcasına eve dönmüş… Büyükbabamla anneme müjdeyi vermişti…

RÜYADA GÖSTERİLEN...

"Sen... Bana rüyamda gösterilmiştin..."

Resulallah(s), böyle demişti bana...

Allah'ın Peygamber'ine gelen ilk vahyi de doğru rüya şeklindeydi. Sadık rüya... O'nun(s) gördüğü her rüya, tıpkı sabah aydınlığı gibi çıkardı... Medine günlerimizde sabah namazlarından sonra etrafına halka halka toparlanmış mü'minlere gördüğü rüyalardan söz ederdi bazen... Bazen de orada bulunanlar anlatırlardı O'na(s) rüyalarını... Gece görüleni, sabah tabir etmek âdetlerindendi...

Benimle ilgili rüyayı gördüğünde... Mekke'de gece gibi geçen karanlık ve mahzun zamanlarımızın da bitimiydi aslında. Ben sabahın habercisiydim... Benim tabirim, aydınlık günlerimize isabet edecek Medine'ye de işaretti aslında... Gecenin ağır yükü kalkıyor, sabah gelmek üzere işte, diyordu zaman...

Hicretin gayet yakın olduğunun da işaretiydi benimle ilgili rüyaları... Yeni bir yol... Açılacak yeni bir duvak... Nehrin akacağı yeni bir yatak... Yeni esecek taze bir rüzgâr...

Hangi rüya eskidir ki?

......

Ben, Aişe...

Ben, O'nun(s) rüyasıydım...

O(s) ise benim hem gecem hem gündüzüm hem rüyam hem de uyanıklığımdır...

O benim gece gündüz sevdiğimdir...

Ben, O'nun(s) hem ümmeti hem sevgilisiyim...

......

Birinci Rüya, Zümrütyeşil...

Melek...

Rüyasına girmişti...

Elinde getirdiği zümrüt yeşili ipekleri O'na(s) uzatarak, "Bu, senin eşindir..." diyordu Rüya Sahibi'ne...

Gözler alan cennet zümrüdü ipek tülleri yavaşça aralarken elleri...

Tel tel kamaşan zümrüt pırıltıların içinden Aişe'ydi yüz gösteren...

Aişe'yi biliyordu.

Bildiğiydi Aişe.

"Bu Allah katından bir rüya ise dünyada da gerçekleşecektir" dedi itminanla ve sabırla Rüya Sahibi...

İkinci Rüya, Sütbeyaz...

Melek...

Rüyasına gelmişti...

Yükseklerden indirdiği sütbeyaz ipekleri O'na(s) doğru yaklaştırarak, "Bu, senindir..." diyordu Rüya Sahibi'ne...

Gözleri kamaştıran, kardan, pamuktan daha ak ipek tülleri yavaşça açarken parmak uçları...

Simlerin sütbeyazı pırıltısı içinden Aişe'ydi O'na(s) bakan...

"Aişe..." dedi.

Hümeyra'ydı O'na(s) bakarak gülümseyen. Beyaz yüzü, pembe teniyle ışıklar saçan nurani simasıyla bildiği Aişe'ydi bu...

Süt, rüya tabirinde ilimle karşılığını verdiği bir mahlas olarak... Aişe'nin duvağı, tülleri şeklinde zuhur ediyordu. Aişe, aklın, ilmin tacını taşıyan simgelerle donatılmıştı bu rüyada.

Üçüncü Rüya, Hadra...

Melek...

Rüyasında O'na(s) vasıl olmuştu...

Uzaklardan getirdiği hadra renkli ipekleri vererek, "Getirdiğim senindir ve eşindir" diyordu Rüya Sahibi'ne...

Bitimsiz çayırların gözlerdeki ağır yükleri kaldıran derin gücüyle parıldayan ipeklere baktı Rüyayı Gören...

Parmak uçlarıyla hafifçe dokundu bir suya dokunur gibi...

Gördü ki;

Aişe'ydi çayırların parıltısı içinden gülümseyen...

"Benimdir, şayet Allah izin verirse" dedi Gören...

Ben, Aişe...

O'nun(s) nefsiyim, O(s) bana ruhtur...

......

Ben, Aişe...

Ben, O'nun üç rüyasıydım ki...

Bildiği, istediği ve gördüğüydüm...

Bende bilmediği hiçbir şey yoktur.

Ben, O'nun(s) isteyerek gördüğüyüm...

Bana O'ndan(s) önce ve O'ndan(s) sonra da...

Kimse dokunmamıştır.

Ben O'nun(s) parmak uçlarındaki iziyim.

Beni yazan kalemdir O(s),

Benim kadınlığımsa O'nun(s) mürekkebinden sadır...

O'na(s) dünyadan üç şey sevdirilmiştir...

Kadın ki bende gördü.

Güzel koku ki kendinden geldi.

Gözünün nuru namaz ki Rabbinden geldi ve Rabbine döndü...

Gurbette bir parça topraktım...

Sılamdı O(s), vatanımdı.

Merhameti sınırsız Allah, beni O'nun(s) içine koydu...

İç, benim...

İçeride olan benim...

Dışarısı kalmadı...

“PIRILTIN TANIR BENİ...”

Hz. Peygamber’le(s) sözlendiğimde on altı yaşlarındaydım... Ablam Esma bir sabah vakti çıktığım evimizin toprak damında dalgın dalgın ötelere bakarken yakalamıştı gene beni...

“Nereye bakıyorsun Aişe?”

“Gün doğumuna... Öyle güzel ki...”

“Evdeki herkes uyuyor bu seher vakti serinliğinde...”

“Pırıltı... Pırıltı güneşin parmak uçları gibi sanki. Toprağın üzerinde gezinmeye başladığında o... Uykum kaçıyor...”

“Geceleri de hep yıldızları seyrediyorsun sen zaten...”

“Yıldızların aslı da pırıltıdır öyle değil mi? Sanki bir şeyler söylüyor gibiler...”

“Herkes gece uykusundayken de ayaktasın ama sen...”

“Pırıltı... Pırıltı, usulca gezinirken... Uyku tutmuyor beni...”

O(s)... Benim uykusuzluğumdur ki seyyare gibi ömrümce etrafında döndüm, hiç göz kırpmayan bir avcı gibi sadece O’nu(s) gördüm. Gözledim. Takip ettim...

Okun ardındaki tüyüm ben. Ok nereyeyse ben de orayayım...

O(s), aynı zamanda uykumdur benim...

Baldan tatlıdır O'nun(s) yanında mışıl mışıl uyumak, ıpılık bir süt kadar sevindiricidir bazen O'nun(s) yanındaki güvenli uyku. Uyurken bile ellerini bırakmaktan korktuğumdur... Gecenin içinde titreyen ellerimle uyanır uyanmaz aradığımdır. Bulamadığımda bir kör gibi yanar gözlerim, bir kör gibi ağlar geceler... Parmak uçlarım O'na(s) değmediğinde, ah... Hz. Yusuf'un kuyusu sığ kalır içine düştüğümün yanında... Yusuf'u attıkları zindan bile daha ak kalır, gecenin içinde O'nu(s) arayan ellerimin tutamadığı zifiri anlarda...

......

Pırıltı...

Kendimi bildim bileli hep peşinden koştuğum... Bazen henüz kimsecikler uyanmamışken seherin saklı kuytularında kendini belli belirsiz ele veren pırıltı... Benan çiçeklerinin üzerindeki dolgun şebnemleri veya çöl fesleğenlerinin yapraklarındaki ince çiğ tanelerini delip geçen ilk nazik ışıkları gün doğumunun... Bazen kimbilir hangi kederden çatlamış kırık bir aynanın ucunda... Bazense anne hurma ağaçlarının yavrularını örtmek üzere yere sarkıttığı uzun saçlarına takılmış o çekingen pırıltı...

Varla yok arası...

Ancak ısrarla ve sabırla bakanların görebileceği...

Kısa bir anlığına da olsa yanıp sönmesiyle göz kırpışlarına tutulduğum o pırıltı...

Gün doğumuyla birlikte, yumak yumak sökün eden ince simli ibrişim ipliklerin yavaş yavaş esir etmesi beni sonra...

Ve döngüsü pırıltının: Yukarıdan aşağıya... Aşağıdan yukarıya...

"Yıldızlar böyle saçıldı" demişti bir ses rüyamda...

Önce aşk varmış...

Cezm halindeymiş, kapsayan ve durağan...

Derken bir hareket başlamış aşkın merkezinde, bir kıpırtı... Yukarıdan aşağıya... Aşağıdan yukarıya... Hareket böyle başlamış...

Yavaş yavaş. Derken hızını tutamamaya başlamış. Ve sürtünme... Kıvılcım... Ateş...

Kendi kendisiyle kaynayıp taşan bu ateş fırınından çıkacak ilk nefese bakarmış her şey...

Ateşten nefes sadır olunca sürtünme bu kez yalazlanmaya dönüşmüş, her sürtünüş yeni bir alev yalazı peyda etmiş... Sonra her nefes önce ikiye, sonra üçe ve diğer sayılara çoğalmış...

Aşkın kendi kendinden çoğalttığı bir şeddeyle çarpıştırdığı nefeslerinden harfler zuhur etmiş... Uzun bir med'le kendi kendini fırlatan, dizildikçe kelimelerini kuran harfler...

Ve infilak... Aşk, infilaktır...

İnfilak edişiyle tüm gök atlaslarına dağılıp saçılıveren milyonlarca yıldızın pırıltısıdır tutulduğum...

O pırıltı ki evi ateştir.

Ateşin şeddelerini kaldır. Cezm haline geri çek onu. Cezmin evvelindeyse, işte aşk durur...

Elini yakan aleve kahretme hemen, anlamaya çalış onu. Anla ki nerelerden gelmiş, çoook uzundur yolu...

Melekler... Yetmiş binlerce cennet çeşmelerinde yetmiş binlerce kere sabırla yıkayıp yuğmuşlar da o ateşi, sonrasında güneş diye asmışlar gök avizesine. Tam kararında bir uzaklıktadır yeryüzüne. Bize ancak pırıltısıdır vasıl olan...

Pırıltı...

Aşkın, sevdanın hikâyesidir... Ancak kalbini tertemiz bir sevgi kaplamış olanlar fark edebilir bu ince düş kırıntısını...

Tutulursun...

Uzak iklimlerin hiç bilmediğin denizlerinden çıkarılmış, çölleri üstünden aşarak avuçlarına bırakılan mercan kolyelerin pırıltısına...

Tutulursun...

Yakutun, elmasın, incinin, amberin insanı içine çağıran billur pırıltısına...

Tutulursun...

Gözyaşındaki ince kırgın ışığa. Kılıçların uçlarında şakırdayan onurlu meydan okuyuşa. Kuşların her kanat açışında pervaz pervaz ışıldayan özgürlüğe. Okumayı yeni sökmüş çocukların ağızlarından çıkan ilk hecelerle terleyen o bembeyaz alınlarındaki niyete. Utangaç gelinlerin çekingen duvaklarına. Gerilmiş yaylardaki maharetle, doğrultulmuş okların kararlılığına... Tüm bu küçücük ayrıntıların yaydığı pırıltıya...

Tutulursun...

Tutulmuştum...

Resulallah'ın(s) pırıltısına...

Tebessümüne.

Kaşlarını kaldırarak zaman zaman hayret edişine.

Geceleri bile aydınlatan ışığına.

Mütevazılığına.

Kararlılığına.

İradesine.

Nezaketine.

Sesine.

Ellerine.

Hiçbir harama ve haksızlığa uzanmamış, hep helali işaret eden, ancak ve ancak Rabbine açılan o ellere.

Ve parmak uçlarındaki pırıltıya...

Ve tanır beni, O'nun(s) pırıltısı.

Beni korumuş ve koruyacak olan da işte bu pırıltıdır.

Ben O'nun(s), benim dışımda kimseciklere açıklanmamış sırlı pırıltısına tutulmuştum...

Seher vakitlerinde ve gecenin en koyu karanlığında kimseciklerin tanık olmadığı o yalnızlığını…

Kimseciklere ele vermediği o kendi halindeliğini…

Asla tam olarak keşfedilemez seçkinliğini…

Kimseye teslim olmayan kendiliğini…

Öngörülemez derinliğini…

Kalabalıkların tam ortasındayken bile tek başınalığını…

Masumiyetini, kederini, hüznündeki pırıltıyı sevmiştim. Tutulmuştum.

Fedakârlığındaki pırıltıyı…

Sevdiklerini severkenki coşkusunu… Kaçındıklarından uzaklaşırken kurduğu o direngen mesafeyi… Derleyip toparlayıcılığını… Yakınlığındaki ve uzaklığındaki pırıltısını… Sevmiştim…

Saçı sümbül, gözü yıldız, sesi nehir, sözü deniz…

Pırıltısıydı tutulduğum…

Ne ki nikâhımız kıyılmış olsa da henüz vuslat vakti gelmemişti işte...

Peyderpey Medine'ye göçen Müslümanların yeni yurtlarına ulaştıklarına dair selamet haberleri bizlere eriştikçe, bizler de Resul'ün(s) gözlerinin içine bakmaya başlamıştık… Emir ne zaman çıkacaktı?

Resulallah(s) ile sözlendikten kısa bir müddet sonra, Mekke'deki çile günlerimizin de artık dolduğunu ümit ediyorduk…

HİCRETİN NİHAYETİ, VUSLATTIR...

Nihayet bir gün hızlı ve kararlı adımlarla gelmişti bahçemize Allah Resulü(s)...

Biz O'nun(s) geliş saatlerini bilirdik. Her zamanki geliş saatlerinden değildi bu gelişi...

"Vallahi bu işte bir iş var..." demişti babam...

Haticetü'l-Kübra'nın yeğeni Zubeyr b. Avvam ile evliydi ablam Esma. O da bizdeydi o gün. Üstelik Esma, altı aylık hamileydi, bebek bekliyordu... Esma, o vakitler yirmi yedi yaşlarındaydı, bense on yedilerimdeydim.

İki kızı ve eşi Ümmü Ruman ile birlikteydi babam... Büyükbabamla büyükannemse o sırada evde değillerdi zaten...

Resulallah(s) babamla yalnız konuşmayı arzulamış, babamsa benim ve Esma'nın kendisinin mahremi olarak O'na(s) yabancı olmadığımızı söylemişti.

İş ciddiydi. Melek, O'na(s) hicret emrini getirmişti... Babam avuçlarını ovuşturarak merak ve ıstırapla sormuştu: "Kiminle gideceksiniz ey Allah'ın Resulü?"

"Seninle..."

Dünyaları bağışlasalar bu kadar sevinmezdi Kuhafe oğlu Ebubekir…

"Anam, babam ve bu canım sana feda olsun ya Resulallah(s)!"

Aslında babam, Resulallah'ın(s) Ali'yle gideceğini düşünüyordu en başından beri. Zira Ali, hem Resulallah'ın(s) ailesinden bir fertti hem de O'nun(s) en güvendiği kimselerin başında gelirdi…

"Ali'yle gideceğinizi düşünüyordum…"

"Ali'nin burada bir görevi olacak…"

Çoktan beridir daralan hıyanet çemberini hepimiz hissediyorduk. Darü'n-Nedve'de Ebu Cehil liderliğinde toplanan hainler, feci bir suikast planı içindeydiler… Resulallah'ın(s) davetine karşı her türlü imha yolunu deneyen müşrik konsey, kardeşlerimizin gruplar halinde Medine'ye göç edişlerinden de rahatsızdı. Zira Medine muhacirlerinin öncülerinden Mus'ab ve arkadaşları yeni yurtlarında hüsnü kabul ile karşılanmışlar, davet mayasının tuttuğunu işiten müşriklerse bundan ciddi olarak rahatsızlık duymaya başlamışlardı. Bizleri ambargoyla tecrit etmiş, her türlü ötelemeyle, yoksun bırakışla cezalandırmış, ilk hicretimizi yaptığımız Habeşistan'da bile takibatlarını sürdürmüştü müşrikler… Artık Müslümanlarla başa çıkamayacaklarını iyice görmüşlerdi… "Bunun çözümü, Müslümanlardan kurtuluşumuz, onları başsız bırakmakla olacaktır" diyorlardı sağda solda… Nitekim bizim evimiz bile ciddi gözetim ve muhasara altındaydı birkaç zamandır. Her birimizin ardına düşen şüpheli adamlar sabahtan akşama kadar bizleri kontrol etmekte, gözetlemekte ve her hareketimizi dikkatle takip etmekteydiler… Aslına bakarsanız kardeşlerimizin büyük çoğunluğu zaten Medine'ye intikal etmişti. Mekke'de, Resulallah'ın(s) yanında sadece birkaç kişi kalmıştık…

Melek, o gece Resulallah'a(s) karşı planlanan hain pusuyu O'na(s) haber verince… Hz. Peygamber(s) de bir tertibat almaya karar vermişti. O gece kendi yerine çok sevdiği amcaoğlu Ali'yi yatıracak ve kendisini katletmeye gelen müşrikleri faka bastırarak kazanacağı zamandan istifadeyle Medine yoluna düşecekti... Ali, kendisine verilen vazifeyi sadakatle yerine getireceğini söylemişti...

İşte tüm bu telaşlar arasında gelmişti kapımıza Resulallah(s)... O'nun(s) yoldaşı babam olacaktı... Bizler de kısa bir zaman sonra Medine'ye çıkacaktık...

Mekke'deki çilemiz doluyor derken... Şimdi yeni bir kaygıya adım atıyorduk aslında. Bu zorlu ve mihnetli yol nasıl kat edilecekti?

O güne kadar yüz elli civarında kardeşimiz Medine'ye göç etmiş bulunuyordu zaten... Hapsedilenler, işkence altında tutulanlar, çaresizlikleri ve zayıflıkları yüzünden yola çıkamayanlar, ölümle tehdit edilenler kalmıştı Mekke'de... Bir de Resulallah(s) ailesiyle Ebubekir ailesi... Ömer b. Hattab, babamlardan on beş gün kadar önce ayrılmıştı Mekke'den. Ömer'in her hali başkadır. Ailesinden yirmi kadar kişiyle önce Kâbe'ye girmiş, iki rekât namaz kıldıktan sonra da müşriklere dönüp, "Şu taş parçalarını mabud sanacak kadar akılsız olanlara yazıklar olsun... Karısını dul, evladını yetim bırakmak isteyenler peşimden gelsinler!" diyerek meydan okumuştu...

Ah... Zayıf ve çaresiz olanlara... Mallarına, bağ bahçelerine el konuyor, adım atmalarına fırsat tanınmıyordu... Hatta kardeşimiz Suheyb, Medine'ye hicret etmesine izin vermeleri karşılığında neyi var neyi yoksa bırakmıştı Kureyşlilere. Sırtlarındaki urbalarından başka hiçbir şeycikleri yoktu Suheyb ve ailesinin, yola çıktıklarında... Suheyb, kuzeyden, Rum diyarlarından Mekke'ye gelmiş bir kardeşimizdi... Müslüman olduğunda Resulallah(s), "Sen Rum diyarlarının ilk meyvesisin bizlere" demişti Suheyb'e... Kureyş'in ileri gelenleriyse ona çok kızgındılar. Suheyb zenginlik namına ne elde etmişse, onların rızası ve desteğiyle gerçekleşmişti, şimdi Müslümanlara uyup Medine'ye hicret edecekse, malını mülkünü burada bırakmalıydı...

Bırakmıştı Suheyb... Her şeyini...

Hicret bu demekti, her şeyden vazgeçmek...

Resulallah(s), yola çıkan Suheyb'in ardından bakarken şöyle dedi: "Suheyb... Ne kadar da kârı yüksek bir alışveriş yaptın, hayırlı olsun..."

Hicret, büyük bir alışverişti aslında... Rabbe güvenip her şeyi geride bırakarak çıkılan, karşılığında Allah'ın yardımına sığınılan, büyük bir vazgeçiş, yeniden başlayış hayata...

Suikastçılar o gece Resulallah'ın(s) evini kuşatma altına aldıklarında, Yasin suresini okuyan Peygamber(s), "Biz onların önlerine bir sed, arkalarına da bir sed koyduk ve gözlerinin önüne de bir perde çektik; artık onlar göremezler" (Yasin, 9) ayetiyle aralarından çıkıp geçmişti işte...

Gecenin içinde telaş, heyecan ve korkuyla beklerken bizler de bir yandan Kur'an okuyor bir yandan da babamın yol hazırlığını tutuyorduk. Gerekli olabilecek eşyaları taşınabilecek bir denk haline getirmişti becerikli ablam Esma... Ah... Tam Resulallah(s) kapıda belirmiş, haydi dediği sıralardı... Ah... Hazırladığımız dengi bağlayacak urganı bulamıyorduk bir türlü... Esma o telaş içinde belindeki kuşağı çözüp ikiye kesmiş, hazırladığı denkleri bağlayıvermişti... Resulallah'ın çok hoşuna gitmişti bu el çabukluğu, bu maharet... Tebessümle Esma'ya bakarak; "İki Kuşak Sahibi" demişti... Zatü'l-Nikateyn, bebek bekleyen ablam Esma'nın unvanı olacaktı bundan sonrasında...

Bizlere üzülmememizi, Allah'a güvenmemizi, en kısa zamanda bizleri de yanlarına aldıracaklarını söyleyerek ayrılmışlardı evimizden...

Kalbim ateş gibi yanıyordu...

Hicret Günü, benim Resulallah'tan(s) ilk ayrılışımdır, bir daha hayatım boyunca son nefesine kadar O'ndan(s) hiç ayrılmadım...

O günkü hicranımı hiç unutamam... Veda günü, başı göğsümde Refik-i Âlâ'ya vuslat ettiği günü saymazsam, benim için tahammülü en zor ayrılık Hicret Günü vuku bulmuştur... Onlar gittikten sonra, daha fazla dayanamayıp dizlerimin üstüne çöküvermiştim... Ağlıyor, ağlıyordum... Ah... Akıllı Esma... Bana derhal susmam ve metanetimi korumam gerektiğini hatırlatmıştı... Babamla Resulallah'ın(s) gidişlerini kimse fark etmemeliydi, hepimiz hiçbir şey yokmuş gibi davranmalıydık. Onun bu ikazlarıyla kendime gelmiş, ayrılık hicranımı tedbirlerle örtmeye karar vermiştim... Gittiklerini kimsecikler bilmemeliydi ki yolcularımız zaman kazanabilsin...

Gece, bizi örtmüştü...

Settar olan Rab, Müslümanların Peygamberi'ni korumak için gecenin eteklerini indirmişti üzerimize...

Babamla Hz. Peygamber(s), müşrikleri şaşırtacak bir rotayla önce Sevr istikametine gideceklerdi. Mekke'nin güneybatısında Yemen istikametine doğru bir yerdeydi Sevr... Abdullah b. Uraykıt, rehberleri olacaktı...

Resulallah(s) Mekke'den çıkarken, dönüp bir kez daha bakacaktı doğup büyüdüğü memleketine:

"Sen ey şehir! Vallahi sen, yeryüzünde Allah'ın yarattığı yerlerin en hayırlısı ve benim için de en sevgili olanısın... Ve halkım beni, şayet senden çıkarmamış olsaydı... Vallahi senden ayrılmazdım..." demişti hicranla...

O(s), Hüzün Peygamberi'dir...

Dişleri gözükünceye kadar güldüğü nadirdir, kahkahasına ise hiç şahit olmadım desem abartmış olmam. Evet, güler yüzlü ve mütebessimdi her daim... Ama bu... Nasıl anlatsam... Mahzun bir tebessümdü ki insanın içine işlerdi... Bizlere sık sık "İslam hüzünle geldi, hüzünle yürür" derdi... O, Hüzünler Peygamberi'ydi bir bakıma... Hüzün, yeis ve umutsuzluk değildir hâşâ! Hüzün, gurbete düşmüşlüğün bilgisidir. Ancak, gerçek sevginin ne olduğunu bilenler, sevmenin hakikatine erişmiş olanlar anlayabilirler hüznün değerini...

Peygamber'in(s) evini muhasara edip yatakta yatanın Ali olduğunu görünce... Faka bastıklarını anlayan hainler kadrosu, kılınçları ellerinden kayacak kadar hayrete düşmüşlerdi. Uğradıkları feci yanılgının hırsıyla yataktan çıkarttıkları Ali'yi derhal Ebu Leheb'in sorgusuna götürmüşler, Ebu Cehil ve diğerleriyse soluğu bizim evde almışlardı...

Hışım gibi girdikleri bahçeden, evin içine dalıp bizleri sorguya çekiyorlardı...

"Ey Ebubekir'in kızı, baban neredеdir?"

Ebu Cehil'in gaddar kılıcı Esma'nın başının üstünde...

Esma tüm cesaretiyle konuşuyor:

"Babamın nerede olduğunu bilmiyorum..."

Kılıncını yere indiriyor zalim, tam bırakıp gidecek derken... Aniden dönüp Esma'nın yüzüne feci bir tokat aşk ediyor... Bu tokatla kulağındaki küpeler saçılıyor etrafa... Zavallı Esma, bebek bekliyor; hamile... Esma, yere yuvarlanıyor... Annem ve ben çığlıklar atarak Esma'nın üzerine kapanıyoruz. Bağırış çağırışa gözleri görmeyen dedem Ebu Kuhafe ile iki büklüm ninem Ümmü'l-Hayr yetişiyor... Ne oluyor ne var derken, sağı solu darmadağınık eden adamlar hızla terk ediyorlar evimizi...

Zavallı dedem...

Şimdi ne yapacağımızı, babamın birkaç kuruş bırakıp bırakmadığını soruyor... Esma, âdeti üzere bacaya birkaç kuruş bıraktığını bildiğinden babamın... O bozuk paraları bir tepsinin içine koyduğu gibi rahatlatmak için dedeme götürüyor... Dedemin gözleri âmâ olduğundan titrek ellerini tutup paraların üzerinde gezdiriyor... Yaşlılık... Dedem rahat bir nefes alıp, "Eh... İyi yapmış, bunları sizlere bıraktığına göre, artık bu size yeter..." diyor... Esma, herkesi teskin etmekle mükellef çocuğuydu ailemizin...

Babamın talimatlarına göre hicret hazırlıklarından ne ağabeyim Abdurrahman'ın ne de büyükbabamla büyükannemin haberi olacaktı. Her şey gizlice ve itinayla idare edilecekti. Ablam Esma ve büyük ağabeyim Abdullah, babamların yola çıkacağı günün ertesinde Sevr Mağarası'na yemek götürmeye gideceklerdi... İçimiz içimize sığmıyordu. Onlar yola çıktıktan sonra başımızdan geçenleri de anlatmışlardı yanlarına vardıklarında... Ahh, o günlerin Mekke'si. Ateş sarmıştı sanki müşrikleri, her kabileden silahlanmış iki genç Mekke ile Medine arasındaki yolu tutmuş, kuş uçurtmuyorlardı. Müdlicoğullarından iz sürmekle namlı iki kişi, karış karış her yanı aramaktaydı...

Babam... Yâr-ı Gâr idi Muhammed'e(s)...

Mağara ashabı, mağara arkadaşı, mağara yoldaşıydı Resulallah'ın(s)...

Sevr Mağarası, uzun ve dik yokuşu, sivri uçlu kayalıkları, kaygan taşlarıyla Hira Mağarası'na göre çıkılması daha zahmetli bir mevkideydi... Babam kâh önünde kâh ardında ilerlediği Resulallah(s) için hayli endişeliydi bize anlattığına göre... Bir ara niçin bir önünde bir ardında gidip geldiğini sormuş Allah Resulü(s) babama...

"Ya Resulallah..." demiş babam...

"Size ön tarafınızdan hücum edebilecekleri düşünce zihnime, ileri doğru hamle yapıyorum, sonra birden aklıma ardınızdan saldırıya uğrayabileceğiniz gelince, kendimi size siper edebilmek için ardınıza dolanıyorum, amma ne önünüzde ne de ardınızda huzurum bulabilirim Medine'ye varıncaya dek..."

Bu cevap gülümsetmiş Peygamber'i(s)...

Mağaraya girdiklerinde de yatışmamış yufka yüreği Ebubekir'in... Üzerindeki hırkayı parça parça bölerek mağaranın duvarlarına, taşların ayrıksı aralıklarına sokmuş, çıkabilecek yılan ve haşerata karşı elinden geldiğince tedbir almış babacığım... Zavallı hırkası lime lime oluncaya, elindeki son parçayı da bir deliğe kapatıncaya kadar sürmüş bu telaş... En sonunda bir delik kalmış açıkta... Oturacakları dar zeminin hemen ayakucu kısmındaki bu aralığı da topuğuyla örtüvermiş Ebubekir... Resulallah(s), mübarek başını onun dizlerine koyarak soluklanmak istemiş bir ara, Rabbinden gayet mutmain bir şekilde uyuyuvermiş babamın kucağında... Ama O'nun(s) gönlü uyurken bile tam olarak uyumazdı zaten, O(s), uyanık gönüllüydü her daim... İşte tam o sırada peyda olan bir yılan, imtihan bu ya, babacığımın topuğuyla örttüğü delikten başını uzatarak dişleyivermiş ayağını... "Ya Allah..." diyerek dudaklarını ısırmış babam...

Kucağında yatan bir devlettir... Hem de iki cihan serveri bir devlet... Babacığım Efendiler Efendisi'ni incitmemek için sabretmiş sırtını ter basarak... Yılan bir kez daha ısırmış topuğunu... "Ya Allah..." demiş yine babam... O sırada kalbi sanki ateş fırını gibiymiş, hatta Peygamber(s), kalbinin sesine uyanacak diye korkuyla titrermiş... Yılan üçüncü kez ısırdığındaysa "Ya Allah..." derken gözünden gelen yaş, engel olamayarak mübarek çehreye damlamış...

"Pıttt..."

O damlayla uyanmış Allah Resulü...

Seher vakti yaprağına değen çiğlerle uyanan bir gül gibi gülümsemiş babama...

Tam o sırada, gözcülerin takibiyle mağaranın önüne kadar yanaşan kolcuların sesini sanki içerde gibi işitmişler... Babam çok tedirgin... "Ya Resulallah, eğilip bir bakıverseler, bizi görecekler..."

"Mahzun olma" demiş Allah Resulü(s) arkadaşına...

"İki yâr ki üçüncüleriyse Allah'tır... Sen ne zannedersin? Biz iki arkadaşız lakin, üçüncümüz Allah'tır... Üçüncüleri Allah olan iki dosta kim ne edebilir ki?"

Nitekim aynı anda mağaranın önüne yuva yapan bir güvercinle, mağara girişine ağını kuruveren bir örümcek peyda olmuş...

Kolcular, şayet burada birileri olsaydı, bu güvercinle örümcek burada bulunmazdı diyerek, aramaktan vazgeçmişler...

Sevr Mağarası, babam Ebubekir'in aşk karargâhıydı aslen...

Orada, o derin telaş ve perdesi kalkmış aşk halinde birlikte yaptıkları zikr ve dualar... Hakikat yolunun ilk mektebi gibi kazınmış gönüllere. Sevda yoluna düşmüş tüm âşıkları dünyanın, işte o mağaradan taşan vecdin izini arayıp dururlar...

Sevr; aşkın itminan bulduğu, sevdanın vuslatla karara erdiği mihrak olarak tüm âşıkların özlediği bir dağdır... Sevdanın, fedanın, hebanın burcudur Sevr... Aşk oraya nakşolunmuştur. Aşkın bendeleri de oraya nakşedilmişlerdir... Sevr, tevhid yeminidir...

"La tahzen... İnnallahe meanâ..."

"Hüzünlenme, şüphesiz ki Allah bizimledir..."

Allah Resulü'nün(s) bu cümlesi üzerine babama bir sükûnet, bir teskin olma hali gelmiş. Ebubekir'in kalbine sekinet inmiş...

"Eğer siz, Resulüme yardım etmezseniz, hatırlayın o demleri ki, kâfirler O'nu Mekke'den çıkardıkları vakit, Allah bizzat yardım etmişti. O, iki kişinin ikincisiydi ancak ve hani ikisi de mağaradaydılar, arkadaşına, mahzun olma demişti, şüphe yok ki Allah, bizimle beraberdir. Şüphe yok ki Allah, O'na manevî bir kuvvet ve huzur vermişti ve O'nu, sizin görmediğiniz ordularla kuvvetlendirmişti ve kâfir olanların sözlerini alçaltmıştı, Allah'ın sözüyse zaten yüceydi ve Allah, her şeye üstündür, hüküm ve hikmet sahibidir." (Tevbe, 40)

"Saniye's-neyni..."

İkinin ikincisi...

Babam Ebubekir, Kur'an'ın nazarındaki "ikinci"dir, iki kişinin ikincisi...

......

Ertesi gün iki deve gelince...

Resulallah(s) babamın getirttiği bu develerden birine talip olup, ısrarlarına rağmen ücretini ödeyerek satın almış Kusva'yı...

Hicret yolunda hediye kabul etmeyi reddetmiş Allah Resulü. Çünkü Allah için çıkılan yolda, ancak kendinden ibaret olarak yürümeliymiş Allah erleri. Dört yüz dirheme satın almış Kusva'yı babamdan... Kusva, beyaz renkli, çok akıllı, terbiyeli, sevimli bir deveydi... Hatta babamın halifeliği döneminde bile hayattaydı.

Resulallah'tan(s) sonra, onu salıvermiştik, kimse ona dokunup ilişmez, rahatsız edilmeden gönlünce otlardı... Baki Kabristanı'nda mahzun bir şekilde dolandığını hatırlıyorum. Sahibini arayıp durdu o da benim gibi...

Nihayet Kusva'yı bir gün Baki Kabristanı'nın bir köşesinde buluvermişler... İşittiğimde ağladım, dünyanın bahtı en açık bineğiydi Kusva... Çünkü sırtında Âlemlere Rahmet Olanı(s) taşımıştı. Şeref olarak kime yetmezmiş bu?

Yol üzerinde Nabi çölünü geçerlerken gökte beliren hilale sevgiyle ve şükranla bakmış Elçi(s)... Sanki o karanlık ve ıssız çölde, ikisine yakılıvermiş bir kandil gibi parlayan bu hilale:

"Ey iyiliğin ve rehberliğin hilali... İmanım, seni böyle güzel yaratanadır" demiş...

Yolda Talha ile karşılaşmışlar... Babam yeğeniyle sarmaş dolaş olmuş... Biraz sohbet etmişler. Talha yanındaki Suriye işi pek güzel iki beyaz entariyi onlara hediye etmiş. Bedeli az olduğu için kabul etmiş Allah Resulü(s).

"Medine'de sizi dört gözle bekliyorlar kardeşlerimiz" demiş Talha... "Her sabah ve akşamları güneş batarken, yollara çıkıp ne zaman geleceğinizi soruyorlar birbirlerine... Medine halkının içi içine sığmıyor... Gözler kulaklar yollarda... İple çekip geleceğiniz vakitleri, o iplere güller diziyor kardeşlerimiz... Hasret inşallah son bulacaktır..."

Güzergâhın Kadit denen yol mevkiindeyse Ümmü Mabed'e rastlamışlar. Onun güttüğü koyunlardan sağdığı ılık sütü içerek kendilerine gelmişler... Ümmü Mabed'in ikram için sütünü sağdığı koyunun bereketi artmış o günden sonra... Bu koyunun Hz. Ömer'in hilafet günlerine kadar gümrah sütler vererek yaşadığını işitmiştim... Kim ki Resulüne(s) ikram eder, Allah onu bereketleriyle karşılar...

Hicret yolunun Hacfe denen mevkiinde Hz. Peygamber'e(s) ayet nazil olmuş: "Hiç şüphesiz sana Kur'an-ı Kerim'i farz kılan, seni dönülecek yere de döndürecektir..."

Babam Ebubekir, hicret yürüyüşünde inzal olan bu ayetin, Mekke'nin fethine delil ve müjde olduğunu söylerdi...

Akik vadisini aştıktan sonra yemyeşil bir vadiye girmişler...

Cennetten kopmuş gibi harikulade hurma bahçeleriyle dolu bu güzel diyarın ismi Kuba'ydı...

Halk seherden öğle vaktine kadar onları yolunu gözleyip sonra evlerine dönmeyi âdet edinmişti son günlerde. Geldiklerini işitir işitmez, "O geldi... O geldi" diyerek sevinçle koşup gelmişlerdi yanlarına...

"Ey insanlar..." demiş Allah Resulü(s)...

"Birbirinizi barış ve sevgiyle selamlayın... Açları doyurun. Akrabalık bağlarına saygı gösterin. Herkes uyurken namaz kılın. Böylece selam ve selametle cennete gireceksiniz..."

Kuba'da kaldıkları dört günde, "Takva üzerine kurulan ilk mescid" olan Kuba Mescidi'ni inşa ettiklerini söylerdi babam... Resulallah(s), cömertliğiyle namlı, ikramsever Kuba halkını çok sevmiş ve onlara çok dualar etmiştir. Medine'nin hem en zengin hem de en eli açık, kibar insanları olarak Kubalıların üstüne kimseyi tanımadım ben de...

Ve Medine'ye girişleri...

Üstlerinde pırıl pırıl parlayan bembeyaz giysileri, sağlarında sollarında onurlu ve dik yürüyüşleriyle Evsli ve Hazreçli delikanlılar olmak üzere, develeriyle Medine yakınlarında görüldükleri o ilk anda...

Ellerini kaşlarının üzerinde güneşe siper ederek yollara çıkmış Medinelilerin nihayet bekledikleri aziz yolcular, ufuktan görünmüşlerdir...

Zılgıtlar, sevinç çığlıkları, hoşamediler arasında aniden zuhur eden bir ilhamla herkesin ağlaşarak, bir ağızdan okumaya başladığı o güzel nida...

Talaal bedru aleyna...

Ay doğdu üzerimize,
Veda tepesinden,
Şükür gerekti bizlere,
Allah'a davetinden!

Sen güneşsin, sen aysın,
Sen nur üstüne, nursun,
Sen süreyya ışığısın,
Ey Sevgili, Ey Resul!

Ey bizden seçilen Elçi,
Yüce bir davetle geldin,
Sen bu şehre şeref verdin,
Ey sevgili hoşgeldin!

Ey Resul sana söz verdik,
Doğruluktan ayrılmayız,
Sen ey esenlik yıldızı,
Senin sevginle doluyuz!
......

Bundan sonraki üç ayı nasıl da sabırsızlıkla ve özlemle geçirmiştik... Resulallah'tan(s) ve babamdan gelecek en ufacık bir haberi bile dört gözle bekliyorduk. Annem, sanki eski günlerimize, babamın uzak seferlerden dönüşünü beklediği zamanlara dönmüştü... Her gün evin toprak damına çıkar, terasta gözünü diktiği Medine taraflarına dalgın dalgın bakarak melal içinde ağlardı. Sanki babam çıkıp dönecekmiş gibi. Aslında babamın dönmeyeceği, bizim onun istikametine yöneleceğimiz haberini bekler dururduk...

Ama artık yollara gözünü dikmiş bekleyen tek kadın sadece annem değildi. Ben de uzak ufaklara, Resulümden(s) bir haber getirecek en ufak bir kıpırtıya bile bağlanmış kalmış bir haldeydim... Uçan kuştan, esen rüzgârdan, havalanan çöl burgaçlarından bile bir işaret, bir emare, bir iyilik, sağlık haberi umardım. Eskisi gibi rahatça ahbaplarımıza, komşularımıza gidemez olmuştuk. Halen devam eden gözetleme çemberi içinde dedem, ninem, annem ve ben kalmıştık. Allah'tan ağabeyim Abdullah, ablam Esma ve eşi Zubeyr vardılar... Onların her şeyden haberi oluyordu. Ne ki bu haberleri bile anında getiremiyorlar, dikkat çekmemek için hiçbir şey yokmuş gibi mutat zamanlarda çıkıp gelebiliyorlardı evimize ancak...

Annem herkesten çok hassastı. Zira artık bana Resulallah'ın(s) emaneti gözüyle bakıyordu.

"Gelinciğim" diye hitap edişlerini, beni uyaracağı zamanlarda kullanırdı...

"Gelinciğim, bahçe kapısına dikkat edelim..."

"Gelinciğim, kapıları kilitledik mi?"

"Gelinciğim, tanımadığımız kimseciklere kapıyı açmayalım, uyanık olalım..."

Bu cümlelerin her biri, anne yüreğinden süzülen ıstırap yüklü tembihler olduğu kadar, o üç ayın bizler için nasıl bir zehir zemberek güzergâha, nasıl bir ateşten koridora dönüştüğünün de işaretiydi aslında. Ama yine o beklemelerle geçen üç ayda Kur'an-ı Kerim, benim ve annemin en büyük dayanağı ve tesellisi olmuştu. Ne zaman Kur'an-ı Kerim okusak, kalbimizin genişlediğini, ferahladığını hissederdik. Hatta şayet geceyse, odanın içini nur kaplardı, bu yalnızlığımız içinde yükselen bir istiğrakla Resulallah'a(s) daha da bağlandığımızı fark ediyorduk...

O'nsuz... Yetimler gibiydik...

Hayret ediyordum. Burası benim doğup büyüdüğüm, atalarımın asırlardır namlarıyla yaşadığı, dünyada hiçbir yere değişmeyeceğim Mekke miydi gerçekten? Bana zindan olmuştu oysa özvatanım... Müşriklerin zulmüyle garip kalmıştık yurdumuzda.

Sanki asli vatanım Resulallah'tı(s) artık... O'ndan ayrı düşmek, cezaların en ağırıydı. Kuşkusuz sabrımızdı denenen. Hicrete çıkan kardeşlerimiz evet bizlerden çok daha çetin bir sınava yazılıydılar, doğrudur... Ama onlara hicret olan şey, bana vuslattı işte... Herhalde bu da benim imtihanımdı...

İçimden defalarca kendi kendime söz veriyordum. Resullulah'a(s) kavuştuğumda, O'ndan bir saniye bile ayrı durmayacağım, gözlerimi bir an bile O'ndan çekmeyeceğim, gölgesi gibi nereye giderse O'nu takip edeceğim diye yeminler ediyordum...

Bazı geceler, özellikle ağlayarak Rabbimle dertleşirken, gözyaşlarımın beni hasretini çektiğim vatanıma ulaştırdığını hissediyordum. Evet, aynı şehirlerde değildik belki O'nunla(s)... Ama aynı göğün altında, aynı gecenin içinde dua ediyorduk işte... Sanki ha desem O'nun dua eden sesine tutunacakmışım gibi geliyordu böyle anlarda. Sanki o anda O(s) da dua ederek, ağlayarak açıyordu kalbini Rabbine... Hatta sadece O değil... Babam da yakıyordu kandilini, diğer kardeşlerimiz de, yüzlerini tek tek seçebileceğim kadar berrak bir şekilde onları da dua sellerimin içinde billurdan birer damlalarmış gibi hissedebiliyordum...

Hasret... Kalbin zarını öylesine inceltirmiş ki ben hicret günlerinde öğrendim bunu... Bu hasreti bana bağışlayan, bir tür mektep haline dönüştüren Rabbimize de binlerce kere şükrediyordum öte yandan. İnsan için büyüme, olgunlaşma sadece ilk çocukluk günlerinde değildir... Başımıza gelen dertler, hangi yaşta olursak olalım, bir öğreti yolu olarak büyüme maceramızın içindedir...

"Aişe'nin duvağı oldu bu ayrılık" derdi annem...

Duvak, hem perdedir, ayrılıktır, mesafedir sevenlerine...

Hem de furkanıdır, hicabıdır, örtüsüdür sevenlerin...

"Aişe'nin gelin tacıdır, çeyizidir bu ayrılık" derdi yükümü hafifletmek için annem...

Her kızın evlenirken baba evinden çıkarıp yeni evine taşıdığı hatıraları olur. Annem de ben de boykotla sınandığımız günlerde elimizde ne var ne yoksa çıkarıp dağıtmıştık oysa. İnfak etmiştik. Benim çeyizim artık bir hasretten ibaretti. Onurlu bir hasretten başka dünyalık hiçbir şeyim yoktu baba evinden çıkaracağım...

"Aişe, çeyizin hasıdır" derdi annem... Mahcubiyetimi hafifletmek için...

Hicret, beni benden çıkaran bir hal de bahşetmişti bana...

Kendi kendimden sevdiğime doğru bir yol alıştı bu... Yemek yerken boğazımda düğümlenen lokmalar, tatlı su kuyularından ibriklerle getirilmiş serin suların dudaklarıma değer değmez tuz gibi kuruyuvermesi veya ılık bir hurma gölgesinde sırtımı ağaca yaslar yaslamaz içine düşüverdiğim ateş burgacı... Hep aşkın alametlerindendi ve bu sevda, O'nsuz geçen her dakikayı adeta bana haram ediyordu...

"Gelinciğim, eriyen mumlarla yarışıyor" deyip saçlarımı okşardı annem... Zayıf düşmemi, bitap olmamı istemiyordu anne yüreği... Yemeden içmeden kesilmiştim. Zaten zayıf olan bünyem, hasretle, merakla titreşirken adeta şeffaf kelebek kanatlarına çevirmişti felek elimi ayağımı... Bu bekleyiş günlerinden bazılarında ayağa kalkacak, adım atacak takatim bile kesilirdi. Böyle vakitlerde büyükannemin başucumda nöbet tuttuğunu, gözleri görmez bir ihtiyar olan dedemin iki büklüm haliyle asasına yaslana yaslana bana süt getirdiğini görünce, üzüntüm daha da katlanırdı... Neşeyle doğrulup onları sevindirmek gelirdi içimden, yine eskisi gibi onlara muzip şakalar yapsam, yine bir odadan diğerine şiirler şarkılar söyleyerek koşuşsam... Eski Aişe değildim ki artık...

Bir gün dedem, neşeyle girmişti evimize... Elinde kristal bir şişeyle "Aişe nerededir?" diye sorup sabırsızca asasını vuruyordu sahanlığa... Ellerinden tutup yattığım odaya getirmişti onu annem...

"Bak, sana ne getirdim Hümeyracım..."

Elleri titreyerek uzattığı kristal şişeyi, annemin yardımıyla ellerime tutuşturmuştu...

Kristal şişenin tepesinde küçük küçük delikler vardı, elime alıp baktığımda Hint'ten gelen tüccarların getirdiği amberlerin içinde donup kalmış kelebeklere benzettiğim küçük bir karaltı... "Bir Hint kelebeği mi bu dedeciğim..."

"Ona pervane diyorlar şimalden gelen gezginler..."

"Şimal... Çok uzak değil mi Mekke'ye..."

"Cidde üzerinden gemilerle geçmişler ama Cidde'den çok daha yukarılardan, başka büyük denizlerden gelmişler... Beyaz tenli, yeşil gözlü, uzun boylu, kibar kimseler... Okudukları Kitap'ta gelecek Son Peygamber'den haberler varmış, onu sorup duruyorlardı Ukaza Çarşısı'nda... Bizimkiler epey huysuzlanmışlar bu fütursuz sorgularından... Derken birileri, 'Şu ihtiyara sor, Ebu Kuhafe anlatsın size aradığınız adamı, bizim nazarımızda kıymeti yoktur ama şu zavallı kör, oğlunu O aradığınız Memur'a kaptırmıştır... Hoş, oğlu onları bırakıp da bir başına geçti gitti uzak diyarlara, Lat ve Uzza'nın lanetine uğradılar...' deyince... Kimisi kahkahayla kimisi can sıkıntısı homurtularıyla şimalli gezginleri bana yönlendirdiler... Biraz sohbet ettik, bizi bu halde bırakıp Medine'ye gittiklerini anlattım. Sizlerden bahsederken de biraz kederlenmişim sanırım... Gönlümü alıcı laflar ettiler, onlar da Medine'ye geçeceklermiş bizimkilerin ardından, sizlere de selam edip şu lavanta kesesiyle, şu şimal kelebeğini yolladılar... Şişenin üstüne delikler açılmış, zavallı, narin misafirimiz hava alabilsin diye..."

Takatim olmadığı halde bu haber bile bir selam gibi gelmişti bana sanki Medine'den...

"Şimal kelebeği, hoş geldin evimize..."

"Pervane derlermiş ona. Hayret ki ne hayret, dayanamazmış aslında Mekke'nin havasına suyuna... Demek ki nasibinde müjdelenen Son Peygamber'in ehline selam vermek de yazılıymış dediler...

Şiir gibiydi sözleri... Ben de o heyecanla bir koşu getiriverdim Aişe'me... Belki dedim... Mum gibi eriyip bittiği şu hasret günlerinde bir neşe olur Hümeyra'ma bu pervane..."

"Bana benziyor bu pervaneciğin ahvali... Yurdundan ayrı düşmüş, vatanından ırak, ben de bu derde düştüm düşeli her yer bana batar oldu, aşina olduğum her şeyi unuttum, şimdiye kadar bildiklerim ırak oldu, sanki yetim kaldım, sanki yolunu yitirmiş bir çöl yolcusuyum, sanki görür gözlerim görmez, işitir kulaklarım işitmez, tutan ellerim tutmaz oldu bu ayrılık cefasından..."

"Ah... Aişe... Aişe ki şiirdir dili..."

"Dedeciğim, haydi bir masal anlat bize, tıpkı eski güzel günlerimizde olduğu gibi. Bir şiir söyle ki hasretin yumağı çözülsün, bir menkıbe oku ki kalbimizi kanatan döngü kırılsın, bir cümle kur ki ne olur yıldızlar gökyüzüne saçılsın..."

"Pervane'nin birisi, Güneş'e âşık olmuş... Herkes gülermiş haline küçüğün. Bu minik cüssenle, bu zayıf kanatlarınla mı aşk yoluna düştün ey kırık bedenli talihsiz, der; haline gülerlermiş onu görenler... Pervane bu ya... Yemeden içmeden kesilmiş, hastalanıp yataklara düşmüş, derdine çare yokmuş cihanda... Gittiği mektepten düştüğü bu hallere çok üzülen arkadaşları, hali pür melalini bir gün öğretmenlerine açmışlar... Arkadaşımıza bir haller oldu, siz ona Güneş'i öğrettikten sonra aklını Güneş'ten alamaz oldu, Güneş'e tutuldu da gün gün eriyen bir muma döndü, işte en sonunda bu sevdadan yataklara da düştü, dersine, mektebimize gelemez oldu, ey öğretmen şimdi söyler misin nedir bu derdin çaresi, deyip ağlaşmışlar... Onu cidden seven dostları, için için öğretmenlerini de suçlayıp dururlarmış... Oysa öğretmenlerinin ismi Felek imiş. Felek, öğrencilerine şayet Güneş'ten bahsetmese, belki de Pervane aşkına düştüğü Güneş'ten bihaber olarak rahatça yaşayıp gidecekmiş... Niçin anlattın bu dersi bize de rahatımızı huzurumuzu kaçırdın a öğretmen, hem de bir arkadaşımızı karasevdaya düşürdün, der şikâyetlenirlermiş... Dersin hakikati budur, dermiş Felek... Biz onu herkese anlatırız da bin kişiden ancak biri talip olur o dersin hakikatine... İşte arkadaşınız da şimdi bu hakikatin melaliyle yanıyor... Peki, çaresi muradı nedir bu aşk mihnetinin, diye sual eylediklerinde de... Öğrencilerine dönüp bir teklifte bulunmuş Felek... İçinizden üç talip isterim ki gitsinler de Güneş'ten bir haber getirsinler hepimize... Bu haber karasevdadan yatağa düşmüş Pervane'ye de ulaşınca Pervane, üçün üçüncüsü de beni yazsınlar, demiş son takatiyle... Diğer iki cesur talebe de bulununca, açmış Felek sınav yolunu talebelerine. Birinci talebe, mektebin bacasına kadar uçabilmiş. Baca, şimdiye kadar içlerinden hiçbirinin uçamadığı kadar yüksekte bir yerdeymiş... Oradan gün doğumunu seyrederek Güneş'in upuzun kollarını idrak etmiş, sevecen bir şekilde yeryüzüne dokunan parmak uçlarını keşfetmiş. İşte Güneş budur, diyerek arkadaşlarına geri dönmüş. Dönmüş de tam kırk gün anlata anlata bitirememiş gördüklerini, diğerleri onun bahsettiklerini nefes almadan dinlerlermiş... Kırk birinci gün, ikinci talebe çıkmış yola, arkadaşlarıyla vedalaşmış. Gidip de dönememek, dönüp de bulamamak var, hakkınızı helal edin, demiş... Gidiş o gidiş... Tam kırk gün daha beklemişler onu, kırk birinci günde kanatları yanık, kolları kırık bir şekilde çarnaçar düşüvermiş mektebin kapısına... Vaveyla içinde tutup kaldırmışlar arkadaşları... Mektebin hemen karşısındaki tepeleri göstermiş Pervane... Şu tepelere kadar günlerce ve günlerce uçtum... Bir öğle vakti arslanların yuva yaptığı en tepedeki kayalıklara kadar çıktım. Konduğum yer, meğerse bir kartal yuvasıymış, ona yem olmaktan zor kurtuldum, binbir korkuyla arslanın inine sığındım ama arslan pençesiyle beni öyle bir kovaladı ki neredeyse bin parçaya ayrılacakken kendimi dağ fesleğenlerinin arasına zor attım... Fesleğenler beni cömertçe korudular, buyur Güneş'i dünya gözüyle gör, dediler. Öğlen vakti neredeyse tepemize çakılan Güneş'in mızrağı andıran kollarında kavruldum, sanki çarmıha gerilmiştim de Güneş'in o yakıcı bakışları birer keskin çivi misali beni olduğum yere mıhlıyordu... Neden sonra binbir güçlükle işte aranıza dönebildim, diye anlatmış başından geçenleri... Arkadaşları onu tebrik etmişler, aramızdan kimse bu kadar uzağa gidip bu kadar çok şey öğrenip de gelmemişti şimdiye kadar, demişler... Sıra, karasevdaya tutulmuş son Pervane'ye gelince, derhal onun yanına gidip sınav gününün çattığını söylemeye yeltenmişler... Ne var ki hasta arkadaşlarının evine vardıklarında kapıda büyük bir kalabalık görmüşler... Yas tutan diğer pervanelerin ağıtlar arasında seksen gündür kayıp olan Pervane'nin hikâyesini anlatmakta olduklarını işitmişler... Son nefesini az evvel vermiş arkadaşlarını bulmuşlar... Üçüncü Pervane, Hocam Felek'e selam edin, beni seven yoldaşlarıma da selam söyleyin ki ben sılama gidiyorum, bildim ki aşk yolunda heba olunmadan varılmazmış Sultan'a, aşkın muradı yanmakta imiş, demiş ve daha ilk arkadaşının yola çıktığı gün kendini vurmuş çöllere... Seksen günden sonra beni beklemeyin, demiş meğerse. Şimdi seksen gün dolmuştur ve belli ki bir daha dönmeyecektir çıktığı yoldan biçare Pervane, der ağıt tutarmış eşi dostu... Bunu işiten yoldaşı diğer talebeler de hep bir ağızdan ağlaşmaya başlayınca... Aferin, demiş, kesmiş atmış meseleyi Felek... Ve şu şiiri okumuş:

Aşkın hakikatini, çıktığı mihnet yolundan dönmemeye and içerek öğretti bize bu arkadaşınız...
Üzülmeyin ki muradına ermiştir o...
Artık yolcu değil, yolun ta kendisi olmuştur garip Pervane...
Aşk ki susmaktır dermanı...
Sevdanın cesur yiğitlerinin sabırdır azığı...
Rıza ateşinin elbisesi giyilmeden tahammül edilmezdi zaten şu upuzun sevgi yoluna..."

......

Dedemi, nefes bile almadan dinlemiştik hepimiz... Hicret, kendi nefsinden hicret etmekti aslında... Malından mülkünden, evinden barkından, yurdundan giderdin elbet... Ama ya kendinden vazgeçmek?

Ucunda ölüm de olsa bu yola çıkacaktık hepimiz... Zaten, çoktan yola çıkmıştı ruhum, çoktan yola çıkmıştı kalbim, düşüncem, hayalim ve rüyam, O'nunlaydı(s) her an ve her daim... Ben, Resulallah'ın(s) sevdasıyla, kendi kendimden çıkmış, yolcu olmayı çoktan geçmiş, yolun, sevdanın ta kendisi olmuştum o bekleyiş günlerinde...

Neden sonra... Ağabeyim Abdullah, bir gün sevinçle açtı odamın kapısını... Babamdan gelen mektup, bizleri Medine'ye davet ediyordu en sonunda. Zeyd b. Harise ile Ebu Rafi getirmişler mektubu...

O günü unutamam... Göklerden elmaslar yağıyordu sanki...

Ağabeyim, annem, doğum için gün saymakta olan ablam Esma, eşi Zübeyr ve rehberimiz Abdullah b. Uraykıt ile birlikte çıktığımız yolda, Talha ile de karşılaşınca sevincimiz iki kat arttı... Talha da hicret yolundaydı bizim gibi... Ablam Esma'nın yorulmamasına özen gösteriyorduk. Hepimiz için sevinçli bir telaşa dönüşmüştü bu hicret yolu, mihnetleri yok muydu? Elbette vardı... Hem takip edilmenin verdiği tedirginlik hem uzun yolun çilesi elbette vardı... Ama özlediklerimiz, verdiğimiz sınavla kıyaslandığında daha ağır basıyordu... İnsanoğlu ne gariptir... Hasret derdi, taşıyamayacağı yükleri bile pamuktan hafif kılar özleyene...

Ah benim sınavlardan hiç kurtulmaz başım...

İnatçı ve haylaz bir deveydi payıma düşen... Bir ara ne görüp fark ettiyse yol üzerinde artık, şaha kalkıp dörtnala koşarak, kafileden hızla uzaklaşmaya başlamaz mı? Peşimden heyecanla bağrışan annem, deveme yetişmeye azmeden ağabeyimle epey korku dolu anlar yaşamıştım o vakitlerde...

Annem bir yandan dizlerini döverek, "Vah gelinciğim... Vah çiçeğim..." diye bağırıyor... Bir yandan da "Yularını serbest bırak yavrucuğum, yularını serbest bırak" diye haykırıyordu ardımdan... Dediği gibi de oldu... Yularını bırakınca, urgan oralardaki çalılara dolanıp, huysuz deveyi, kement gibi tutarak ancak durdurabildi... Sonra beni aralarına aldılar...

"Resulallah'ın(s) emanetidir bu gelin" diyordu annem. Telaşlı soluması Medine'ye varıncaya kadar hiç eksilmedi Ümmü Ruman'ın...

Vay Ümmü Ruman'ın başına ki kızlarıyla ilgili hikâyeleri hiç bitmez...

Kuba namlı hurmalık vadide kurulmuş o cennet şehre vardığımızda ablam Esma'nın sancıları tutmuştu bu sefer de... Artık adım atacak takati kalmamıştı, beti benzi solmuş, ayaklarındaki derman kesilmişti Esmacığımın... Çok şükür, Kubalı ebeler de yetişince nur topu gibi bir yeğenim gelmişti dünyaya... Hicretin bebeğiydi o, en küçük muhacir olarak kayıtlara geçecek bu yavruyu bağrıma bastığımda, suyu taşan bir kuyu misali kaynıyordu içim. Sanki benim dünyaya getirdiğim bir çocuktu o, bunca elem kederden sonra, çölde ulaşan bir müjdeydi Rabbimizden...

Babam Ebubekir'le Allah Resulü'ne(s) mülaki oluncaya kadar bebeğe isim vermedik... Esma onu alelacele bir kundağa sarmalayarak bizden evvel yola çıkacak atlılara emanet etmişti.

Babam ve Resulallah(s) bu bebeği görünce çok sevinmişler. Onu kucağına alan Resulallah(s) bizim müjdecimiz olarak görmüş. Bu, hicret yolunda dünyaya gelmiş, Medine'de gözlerini açmış ilk Müslüman çocuğuna, "Abdullah" ismini verecekti Resulallah(s)... Onu yüzünde güller açarak Medine'nin bereketi olarak karşılamış, bağrına basmış, ağzında çiğnediği hurma ile tahnik etmiş, ismini de "Allah'ın Kulu" olarak koymuştu.

Abdullah ve Abdurrahman isimleri, Resulallah'ın(s) en ziyade sevdiği isimlerdi, "Çocuklarınıza bu güzel isimleri veriniz" derdi...

Yıllar sonra, bir gün anneliğe çok özendiğim bir gün... "Ya Resulallah" demiştim, "herkesin bir künyesi var, bir benim yok... Acaba bana da bir künye verebilir misiniz?"

Aslında içimden geçen O'nun(s) benim ana olmam için dua etmesiydi.

Bilmiyorum, belki de mahcubiyetten söyleyememiştim açıkça.

Bir müddet düşündükten sonra gözlerimin içine bakıp gülümsemişti. "Sen yeğeninin adıyla künyelisin..."

Künyem Ümmü Abdullah'tı.

Abdullah... O benim hem yeğenim hem de evladım gibiydi... Allah'ın her işinde bir hikmet vardır. Kimimize erkek kimimize kız çocuk verir, bazılarımızın hem kız hem erkek evladı olur, bazılarımızınsa evladı olmaz... Evlat, öyle zannederim ki dünyanın en büyük nimetlerindendir ve yine öyle zannederim ki hem mihnet hem de büyük sınavdır anne babasına... Benim de sınavımdı sanırım evladı olamamak.

Hz. Peygamber'in(s) eşleri arasında Hz. Hatice'nin yeri tartışılmazdı, ona zaman zaman gıpta etmişimdir. "Evlatlarım ondandır" derdi Resulallah(s), Haticetü'l-Kübra'dan bahsederken. Onun faziletleriyle hiçbir kadın yarışamazdı kuşkusuz. Sadece anne oluşu değildi onu Kübra kılan... Hatice'nin iyilik kanatlarıyla hiçbir melek yarışamazdı aslen. Bizleri yani diğer Peygamber eşleriyle beni, Ümmetin Annesi olarak takdim eden ayete ve o ayetin Sahibine binlerce kere hamdolsun ki... Biz, Müslümanların Anneleriyiz...

MEDİNE HUMMASI...

Medine'ye vasıl olduğumuzda, kardeşlerimizin çoğunu hasta ve oldukça bitkin bulmuştuk. Humma dedikleri, yüksek ateş altında inim inim inliyordu neredeyse hepsi. Kendilerini biraz daha iyi hissedenler hasta olanların etrafında fır dönüyor, maalesef ki onlar da kısa süre sonra diğerlerinin yanına düşüp yatıyorlardı...

Şimdiye kadar bilmediğimiz bir hastalıktı bu. Hava değişimi, iklimin yanı sıra yoksulluk ve özellikle yetersiz su kaynakları yüzünden Medine'de vurulmuştuk sanki kuşlar misali... Mescid'in yakınında hurma dallarıyla yükseltilmiş bir gölgelik kurulmuş, hasta olanlar yan yana yatırılmıştı ince, serin bir koridora.

Babam da hastaların arasındaydı. Onlara hizmet edebilmek için aralarında dolanıyordum. Sevgili dostumuz Bilal ve babamın azatlısı Amir b. Füheyre de yatanlar arasındaydı.

"Babacığım nasılsın, kendini nasıl hissediyorsun?" diye sorunca alnı boncuk boncuk terlemiş, bir yandan da tir tir titreyen haliyle bana bakıp gülümsemişti babam... Ellerimden tutup;

"Ahh sabahlar... Herkes evinde sabahlar... Ama ahh şu ölüm... Şu ölüm ki insana ayağındaki bağdan da yakın ölüm..." nakaratıyla bir şiir söylemeye başlamasın mı? Sarsılmıştım onun bu halinden. Babacığım sanki kendinde değildi, sanki ölümün kapıları açılıvermişti de ona, o kapının eşiğinden konuşuyor gibiydi. Alnını bir mendille kurulayıp onu sakinleştirdikten sonra arkadaşı Amir b. Füheyre'ye baktım...

O, hasret içindeydi... Mekke'de bıraktığı bağlardan bahçelerden, üzerinde keçilerin zıpladığı tepelerden, mor renkli dağlardan bayırlardan söz ediyordu. Yurduna hasret bir şekilde buralarda ölüme yaklaştığından, ölümün ona el değdirdiğinden söz edip hıçkırıyordu. O da sıcak olduğu halde tir tir titreyenlerdendi. Nöbet geçiriyordu buradaki hastalar. Sanki bir merdivenden hızla inip çıkıyorlar gibi çok yorgun ve nefes nefeseydiler... Getirdiğimiz naneli sulara, enfes hurma nebizlerine bile ağızlarını sürmeden yaralı kuşlar misali çırpınıp duruyorlardı...

Hemen yanlarında upuzun boyuyla uzanmış Bilal'e döndüm bir umutla...

"Ahh... Ne olur... Mekke'de sadece bir gece verseler bana, Mekke'de sadece bir gece... Mekke'nin güzel vadileri, izhir ve celil otlarının kokusunu taşıyan güzel rüzgârları yurdumun... Ahh... Mecenne suyu. Eğilip de bir kez daha suyundan içebilecek miyim... Heyhat ki gurbet! Ahh... Şame ve Tafil dağları, Bilal'in sesine ses vermez misiniz? Gözlerim sizi özler..." deyip duruyordu o da...

Aralarından ağlayarak çıkmıştım... Muhacirliğin itiraf edemediğimiz bu mahzun yüzünü, hastalarımızın kuvvetten düştüğü günlerde fark edecektik demek ki... Yoksa humma günlerine kadar oldukça güçlü, inançlı, gayretli hatta coşku ve neşe içinde olan bu adamlar, hiçbirimize moral bozucu bir eksikliği hissettirmemişlerdi. Hatta Mekke'deki müşrik baskısından kurtulduğumuza hepimiz seviniyorduk. Ama demek ki gönüllerimizdeki burukluk ve hasret, işte hastalık zamanlarını bekliyormuş dile gelmek için...

Kadınlar ve çocuklarsa daha şanslılardı diyebilirim bu konuda. Zira eşlerine, babalarına kavuşmuş olmak, Hz. Peygamber'in(s) varlığı, onlara gurbete düşmüşlüğü pek de hissettirmiyordu sanırım...

Bir kadınla erkeğin arasındaki en önemli farkları hicret zamanlarında daha net olarak görebiliyordunuz. Dağlar gibi güçlü bu adamları, özlem derdi ve gurbet yakınmasıyla görmek insanı hayrete düşürüyordu. Hasret konusunda kadınları ve çocuklarıysa hep daha dayanıklı ve güçsüzlükleri onarıcı bulmuşumdur. Bizler, erkeklere nazaran yeniye ve değişene daha çabuk intikal ediyorduk...

Bu karmaşık hislerle atlarından devrilip düşüvermiş şehzadelerimizden yakınmak için koşa koşa Allah Resulü'ne(s) gitmiştim...

"Kendi kendilerine konuşup hasret şiirleriyle yanıp yakılıyorlar. Hummanın yakıcı nefesi, onların akıllarını almış gibi ya Resulallah(s)... Yok mudur bir çaresi?" dedim ellerimi açarak...

Çok müteessir olmuştu yakınmalarımdan...

"Allah'ım" dedi acı yüreğine değmiş bir halde...

"Bizleri memleketimizden çıkararak bu vebalı gurbet ellerine düşürenleri Sana havale ediyorum... Utbe b. Rebia'yı... Şeybe b. Rebia'yı... Ümeyye b. Halef'i... Sana havale ediyorum..."

Yüzündeki anlam o kadar sarsıcıydı ki, bu sözleri bir dağ işitse hemen parça parça olup düşerdi yükseklerden, öyle titreticiydi... O(s), arkadaşlarına çok düşkün bir kimseydi. Kıllarına zarar gelmesine gönlü razı gelmezdi...

Sonra devam etti yakarmaya:

"Allah'ım..." dedi... "Bizlere memleketimiz Mekke'yi sevdirdiğin gibi, hatta ondan da şiddetli bir sevgiyle sevdir şu Medine beldesini. Bu şehri sıhhat yurdu eyle, ölçüsüne tartısına bereket ihsan eyle... Sonra da şu hastalığı bizlerden alıp uzak taraflara savur..."

O gece... Hz. Peygamber'in(s) rüyasında da ayan olmuş ki... Saçı başı darmadağınık siyahi bir kadın Medine'den çıkıp Cuhfe taraflarına doğru hızla yürüyormuş... Hakikaten de kısa zaman içinde hastalarımız hummadan doğrulup sıhhat selamet bulmuşlardı. Ateşli humma hastalığı bir daha Medine'de görülmeyecek, tıpkı Resulallah'ın(s) duasını ettiği gibi Medine bize şirin bir yurt haline gelecekti bundan sonrasında…

Ah… Muhacirlik… Onun yakıcı nefesi beni de sarsmıştı humma gibi olmasa da… Yemekten içmekten kesilivermiştim. Zaten zayıftı bünyem, neredeyse bir kuş kadar hafifletmişti beni hicret. Sonra saçlarım da dökülmeye başlamıştı. Zavallı annem benden daha ziyade üzgündü. Türlü ilaçlar hazırlıyor, şifalı bitkiler kaynatıp içiriyor, dökülen saçlarıma merhemler, yağlar sürüyordu…

Saç, bir kadının en büyük ziynetiydi o günlerde. Bense henüz düğünü yapılmamış bir gelindim… "Vah gelinciğim" diye ağlardı annem başımda… "Vah Hümeyra'm…" Dökülen her bir tel saçımda, yarım kalmış bir çeyiz hazırlığı görürdü annem… Saçlarını kederden kaybedenlerin, kadınlığı da eksiliyor muydu acaba?

Sonra iyilik çıkagelmişti yavaş yavaş…

Kuş seslerini fark ettiğim, çocukların oyunlarını işittiğim günlerde yanaklarımdaki pembelik haresi de yeniden teşrif etmişti. "Güller açmış benim Hümeyra'mın yanaklarında çok şükür" diyordu Esma ablam yüzümü okşarken… Öyle zannediyorum ki onun telaşı, beni müstakbel düğüne hazırlamaktan çok, bana yeniden kavuşmak ritmindeydi…

Günlerden sonra ilk kez hissediyordum acıktığımı. Saçlarım da yeniden gelmeye başlamıştı. Kırıkları ve kırgınlıkları tek tek atmaya başlamıştım üzerimden…

Benim iyileşmemle birlikte, dile gelmeyen de dile gelmeye başlamıştı yavaş yavaş… Annemle babamın birbirlerine "Düğünü ne zaman yapmak gerek" diye fısıldaştıklarını işitmiştim pek çok kere…

Benim güzel babamdır işte…

En sonunda dayanamayıp, "Senin, ehlinle aynı çatı altında olmana mani olan nedir ey Allah'ın Resulü(s)…" diye sormasın mı…

Başını sallayıp, "Sadak…" demiş Hz. Peygamber(s)…

"Sadak..."

Mehir demekti bu...

Söz veriş ırmağının iki ayrı kenarındaydılar o anda babamla...

Birbirlerine dönüktü yüzleri. Bir söz verişin iki ucundan tutar gibi.

İki erkek... Bir ırmak...

İki dost. İki arkadaş. İyilikte ve zorda. Demirde ve ipekte. Ateşte ve suda. Toprakta ve havada. Dört unsuruyla sınanmış tüm çarkıfeleklerin... Doğru sözlü, sözlerine ve birbirlerine sadık iki yakın kişi...

Sadak...

İçi dışı bir oluştu.

Pişman olunmadan verilen, sizi asla yalancı çıkarmayacak sözün ta kendisiydi.

Sadak...

Dağları yeşertecek kadar güzel ve karşılık beklemeyen o halis niyetten saçılmış bir bereketti sadak... Yolcular ve kimsesizler kadar, yorgun düşmüşlerin ve dane toplamakta olan kuşların, güvenle otlayan geyiklerin, süt biriktiren keçilerin, tüm kanatlıların ve dört ayaklıların da buyur edildiği bir iyilik ovasının adıydı. Tertemiz bir karşılıktı sadak...

Sadak... Nikâhtı. Mehirdi. Sözünde duruştu.

Bir elmayı adaletle ortadan ikiye keserdi onların karşılıklı konuşmaları...

Gülümsedi babam... Elli dirhem değerindeki bir ev kadardı mehrim. Arkadaşının kendi kızına takdim edeceği miktarı, kızının ve arkadaşının mürüvveti için yine arkadaşına ikram edecekti...

Gülümsedi Resulallah(s)...

O'nun her gülümseyişi, benim düğün günümdür...

Hicretin sekizinci ayında Şevval günlerindeydik... Duha vaktiydi. Henüz öğlene varmayan uçları sabah sonrasının... İşlerini yeni bitirdikten sonra günün ilk selamlaşmasını yapan kız arkadaşlarımla birlikte şen şakrak konuşurken... Annem ve Ensar'dan bir grup kadın, tatlı bir telaşeyle gelmişlerdi yanımıza. "Hayır ve bereketi bol olsun! Saadeti daim olsun!" nakaratıyla hep bir ağızdan söylenmeleri beni de şaşırtmıştı. Hepsi güzel dilekleriyle etrafımı sarmış, ellerindeki çiçekleri saçlarıma takıyor, bir yandan da hem benim hem de kız arkadaşlarımın ellerinin üstlerine güzel kokular sürüp hepimize dualar ediyorlardı...

Aniden bastıran yaz yağmuru gibiydi kadınlardaki telaş...

"Gelin olma vakti geldi Hümeyra'nın" deyince annem... Başımdan aşağı saçılan kurutulmuş yayla çiçeklerine, eflatun lavantalara, gül yapraklarına, baygın akşamsefalarına karışmıştım sanki... Bir çiçek yağmuruydu tutulduğum...

Annem, Ensar kadınları ve kız arkadaşlarımın uğultulu sevinç nidaları arasında, attığım her adıma şiirler okuyarak beni hazırlık odasına geçirmişlerdi bile... Saçlarımı sümbüllü sularla yıkayıp fildişi taraklarla taradılar. Annemin daha evvelden hazırladığı bir elbiseyi de aynı sevinç uğultusu içinde giydim. Ellerimden tutarak bana "haydi" diyordu hepsi...

Babamın da bizzat yapımına katıldığı Mescid'in hemen yanındaki tek göz odacığımız, artık Evim, artık Evimiz, artık sevda mihrakımız olacaktı.

Ayağa kalktığımızda başımız tavana değecek gibi olurdu, birimiz uzanırken diğerimiz namaz kılıyorsa, secdeye alnımızı değdirebilmek için birbirimize yer açardık. 'Açılan yer'di o Sevgi Evi... Küçücük bir noktaydı belki yeryüzünde. Ama o sadakatin, aşkın, bitimsiz sevginin noktası olacaktı işte...

Biraz duraksayınca kapının önünde... Bana nedimelik eden kız arkadaşlarım hafifçe itelemişlerdi omuzlarımdan... Mahcubiyetle duraksadığımı fark edince Allah Resulü(s) elini ileri doğru açarak buyur etmişti içeri.

Döndü. Evvelden hazırlattığı bir tasa uzandı elleri... Gözümde ışıklar saçan bir billur gibi pırıldayan tasla bana süt ikram etti...

Nefesim kesilmiş halde kapının eşiğinde duruyordum hâlâ... Arkadaşlarım fısıldıyorlardı kulağıma. "Resulallah'ın(s) ikram ettiğini geri çevirme, haydi al, haydi alsana..."

O(s) ise hâlâ tebessüm ediyordu...

Düğün şamatalarını büyük kapının önünde kesmiş arkadaşlarıma da başıyla selam vermişti...

Ellerim titreyerek bana doğru uzatılan sütü aldım avuçlarıma...

Süt... O'nun(s) ilim olarak hayra yorduğu düşlerin timsaliydi.

Benim nikâhım, sütle kıyılmıştır. Sütün kendisi de, düşsel hakikati de ilimdir.

Bana O'ndan(s) ilim hediye edildi.

Çoğu kadının yüzgörümlüğü mücevherdir, gerdek gecesinin madeniyse altındır...

Benimse hem mücevherim hem madenim ilimdendir...

O(s) bana bildirendi.

Önce Rabbini, sonra da Rabbini.

O(s), önceyle sonranın arasında mekik dokuyandı...

Sütü içince kendime gelmiştim sanki. Sanki ayaklarım yere basmıştı. Sanki büyümüştüm bir yaş, belki birkaç yaş daha... İçimdeki ağacın yaprakları çiçek açmıştı...

"Arkadaşlarınıza da ikram edin, onlar da içsinler..." deyince âlemlerin en kibar Efendisi... Gülümseyerek başlarını iki yana sallamışlardı kızlar...

"Teşekkür ederiz, biz içmeyiz..."

"Siz buyurunuz, bizler içtik..."

"Çok teşekkürler, siz buyurun, biz içtik..."

Başını iki yana sallayarak gülümsedi ve ısrar etti Resulallah(s)... "Açlıkla yalan bir arada bulunmazmış" dedi...

Ablam Esma, "İştahı olduğu halde nezaketten dolayı iştahım yok, teşekkür ederim, demek de yalandan sayılıp defterlere yazılır mı yoksa ya Resulallah(s)?" diye sorunca... Yine tebessümle cevap vermişti:

"Yalan, yalan olarak kaydedildiği gibi, yalancık da yalancık şeklinde kaydedilir..."

Medine'nin önde gelen eşrafından Hazrecli lider Sa'd b. Ubade'nin yolladığı düğün yemeğini yiyerek, velime duasını da yapıp evlerine çekilmişti kalabalık...

Bir sene arayla hem nişanım hem de düğünüm Şevval ayında kesinleşmişti. Benim düğünümle birlikte kalktı Şevval'in üzerindeki geleneksel korku tortusu. Evlendiğimizde ben on sekizlerimdeydim O'nun(s) yaşıysa elli ikiydi.

O(s), dünyalar güzeliydi, her hali şiir...

Ben O'na(s) hiçbir zaman alışamadım. Her anında benim ilkimdi.

O'nun(s) pırıltısına kavuşmayı beklediğim hicret günlerinde tutuklu kalmıştı sanki sevdamın zamanı. O(s), hep ilk günkü gibiydi.

Gülümsetirdi başımda esen kavak yelleri O'nu(s) her defasında.

Aişe'ydi ismim... Yaşayan... Hayattı adım benim... Dünyasıydım ben O'nun(s)...

"Uveyş!" derdi bana neşeli olduğu zamanlar, "Aişecik" deyip burnumu sağa sola oynatırdı. Yorgun olduğu zamanlarsa, "Konuş bakalım ey Hümeyra" der, ben bir akarsu gibi oradan oraya konuştukça, yüzündeki keder perde perde kalkardı.

"Konuş Hümeyra..."

Cümlesiyle içimde birikmiş nice cümlelerin bendini çözer, gözlerimin içinden geçerek uzaklardaki bir denize dalar gibi dinlerdi beni...

Damarlarımda akan kanı okurdu baktığında. İçim dışım birdi O'na(s). Şeffaf bir tülün ardında dururdu tüm kadınlığım, tüm kıskançlıklarım, tüm oyunlarım, tüm meraklarım, tüm sabırsızlıklarım...

Dikkatimi çekmek istediğindeyse "Ey Ebubekir'in kızı, bu böyle değil midir" derdi veya "Ey Sıddîk'ın kızı, öyle değil böyledir" derdi... Diğerlerine benden bahsederken "Anneniz bugün böyle dedi" gibi bir cümle kuruyorsa şayet, düzeltmem gereken bir durum var demekti... Bana her şeyi tane tane anlatır, sabırla dinler, çoğu kez heyecanıma iştirak eder, fark ettirmeden beni bir talebesi gibi eğitirdi...

Bense, yanındayken bile özlerdim O'nu(s). Yanında uyurken bile katlanamazdım O'nsuzluğa, sakındırdım O'nu(s) kendi gözümden, gözlerim kapalıyken bile gözlerdim O'nu(s), nefes alışverişlerini bile tek tek sayardım.

Ben O'na(s) hiç alışamadım.

Her seferinde ilk kez görüyormuşum gibi çarpıldığım bir rüzgâr eserdi O'ndan(s)...

İçimde durmak bilmeyen depremi durduran dağımdı O(s) benim. Karanlık gecede yolumu bulduran.

Bana döndüğünde yaz gelirdi her seferinde, içimdeki ağaçlar göklere yükselirdi.

Konuşmasıysa yağmurumdu. Hayat verirdi O'ndan(s) bana ulaşan her kelime.

Bu konuda kimse suçlayamaz beni. Bin kere ölsem de bin kere diriltse beni Rab sonra yeniden. Gözlerim her seferinde, ilk kez kamaştığı gibi kamaşırdı O'na(s)bakarken...

Kader beni bakmaya tayin eylemiş, ne diyeyim...

Aşkım, bakıştır, gözün, kalbin, zihnin takılışıdır bana, aşkım kaderimdir benim...

"Sadak..."

Söz veriş nehrinin iki yanı yoktur iyice düşünürsen halimi. İki yan da O'nundur. Aslında nehrin ve sözün de kendisidir aşk...

Kalp gibi yürek gibi bir şeydi küçük Odamız. Biz zira' derdik… Dirsekten orta parmağınızın ucuna kadar olan kısım gibi bir şeydir bu. Altı yedi dirsek kadar ya var ya yoktu boyu posu küçük odamızın.

Tavanı hurma lifleriyle kaplanmıştı. Yağmur yağdığında üstümüze su akınca bir yaz günü aniden, telaşlanmıştık, ince yünden bir kilim örtmüştük damın üzerine birbirimizle yarışarak… O tavana hep hayret etmişimdir. Ne zaman oturan bir kişi ayağa kalksa, işte şimdi başı tavana değecek derdim içimden. Ama hiç kimsenin başı o alçak tavana yetişemezdi işte.

Gülümserdim kendi kendime. "Ya Rabbi, meleklerin mi kaldırıveriyor bu küçük odanın tavanını?"

Sevince insan, işte böyle oluyordu demek ki… Dar olan genişliyor, kısa olan uzuyor, az olan çoğalıveriyordu gönül hoşnutluğundan…

Cennetin genç efendilerinden Peygamberimizin(s) gözbebeği torunu Hasan… Büyüyüp yetişkin bir adam olduğunda da gelirdi Evimize. Elini yukarı kaldırdığında tavana değerdi avuçları. Hasan, tavana her değdiğinde ben onun Dedesini ne kadar çok özlediğini düşünürdüm içimden…

Ar'ar denilen bir ağaç vardı o zamanlar elimizin altında… Kapılar ondan çakılırdı. Bizim kapımız, kimseye örtülmemiş, kimsenin yüzüne çarpılmamış bir kapıydı. Örterdi, lakin ayırmazdı. Sakınırdı ama ötelemezdi. Öyle bir kapı. Gönül Kapısı gibi. Hacet Kapısı. Cevaplar Kapısı. Sözün Kapısı'ydı…

Bir sedir, bir hasır, içi lifle doldurulmuş bir yastık, duvarda bir askı, askıda asılı deri bir su kırbası, bir kova ve bir kâse… İşte Âlemlerin Efendisi'nin evi ve eşyaları…

Evde herhangi bir lamba veya kandil yanmazdı geceleri. Bazen kırk gece geçerdi de üzerimizden, tek bir ışığın yandığı olmazdı. Bizim o zamanlar şayet ışık yakacak bir yağımız olsa, onu da ışığa sarf etmez belki yemeğe koyardık… Ama bazen ilk hilali

-MESCİD-İ NEBÎ VE RESULALLAH'IN EVİ-*

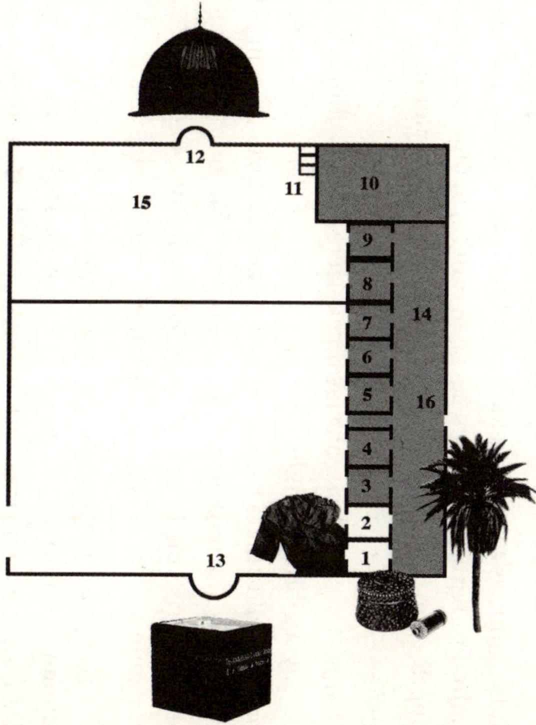

ZAMANLA EKLENEN BÖLÜMLER

1- Hz. Aişe'nin odası/Resulallah'ın kabri
2- Resulallah'ın kızları Hz. Fatıma ve Ümmü Gülsüm'ün kaldığı Resulallah'ın daha sonra toplantı yeri olarak kullandığı oda
3- Hz. Sevde'nin odası
4- Hz. Hafsa'nın odası
5- Önceleri Hz. Zeynep b. Huzeyme'nin, daha sonra Hz. Ümmü Seleme'nin odası
6- Hz. Zeynep b. Cahş'ın odası
7- Hz. Cüveyriye'nin odası
8- Hz. Ümmü Habibe'nin odası
9- Hz. Meymune'nin odası
10- Hazine odası/Resulallah'ın eşlerine küstüğü zaman bir ay süreyle kaldığı oda
11- Hazine odasının merdiveni
12- İlk kıble/mihrap
13- İkinci kıble/mihrap
14- Resulallah'ın eşlerine ait odaların ortak bahçesi
15- Suffe mensuplarının kaldığı bölge
16- Kadınlar kapısı

* Bu kroki Celaleddin Vatandaş'ın *Hz. Muhammed'in*(sav) *Hayatı ve İslam Daveti* adlı eserinden yararlanılarak çizilmiştir.

geçirirdik, üzerine iki hilal daha geçerdi de evimizde ateş yanmadığı olurdu.

'İki siyah'la geçerdi günlerimiz; hurma ve Zemzem'di iki siyahımız. Onları çok sever, nimet oluşlarına şükrederdik...

Ben, Resulallah'tan(s) sonrasında da doyuncaya kadar yemedim hiç. Korktum ve kaçındım dünyaya el atmaktan. Gayrısından bize ne... Biz ateşi veya ışığı ne yapalım... Bizi ısıtan ve ışıtan kaynağımız Resulallah'tı(s)...

O(s) yanımdaysa şayet, kandili ne edeyim?

O(s) yanımda değilse zaten, güneş bile haramdır bana...

Zifiri karanlıkta üşüyen bir çocuk gibi olurdum O'nsuz... O'ndan(s) ayrı geçirdiğim bazı geceler, ölmeyi isterdim, hava O'ndan sonra hiç açmadı, hiç sabaha varmadı benim günlerin O'ndan sonra... O'nun(s) aşkı çöl ortasındaki vahadır. Cennetten çöle sarkmış da konuvermiş bir vaha... Ayrılığıysa ne sen sor ne de ben söylerim...

Odacığımız aşkın olduğu kadar, kulluğun da iç içe kaynaştığı bir mihraktı. Bazen çenemden sevgiyle tutup, yüzümü tam yüzüne doğru çevirip, gözlerimin tam içine bakarak söylerdi... "Bak Aişe..."

O'nun(s) her cümlesi, bana taşınmak üzere emanet edilmiş kutsal bir sayfa gibiydi aslında. Bu bilgi ve görgüye dair istiflenmenin, beni sonraki yıllara hazırladığını o yıllarda fark edemezdim. Her evli çiftin arasında geçebilecek konuşmalar zannederdim bu seslenişleri. Ama O(s) başkaydı, bambaşkaydı. Sözünü, gelecek zamanlara emanet edeceği kişilerden birisiydim bense...

O'na(s) güzel görünmek için değişik oyunlar kurardım zaman zaman... Gümüş yüzükler takmıştım parmaklarıma bir gün. Odamıza girer girmez fark edivermişti. Yüzü bulutlanarak... "Parmaklarındakiler de nedir ey Aişe..."

"Sizin için takılmış süslerdir..."

"Peki, onların zekâtını eda ettin mi bakalım?"

Bütün dünya uğultular halinde başımın üstünde dönüp üst üste çakılıyordu beynime sanki o anda... Erimiştim. Eriyivermiştim...

"Sikkesiz beş gümüş paradan daha az değerli olan eşyanın zekâtı olmaz" diyordu içimdeki ses. Bunu bana O(s) öğretmişti... Ama ya peki şimdi... Küçük odamız, O'nun(s) bu bulutlu konuşmasıyla dünyanın en yüksek dağına dönüşmüştü sanki ve o yalın, o duru sual, beni dağın başında tek başına bırakmış gibiydi...

Halbuki ben O'nun için...

Halbuki ben O sevinsin, beğensin diye...

Halbuki ben diye başlayan belki bin tane bahanenin rüzgârıyla dolup taşarken... Zihnimden geçen tüm cevapları okumuşçasına parmaklarımı işaret ederek, "Cehennem olarak bu sana yeter..." demişti...

Ellerimle yüzümü örtmüştüm utancımdan...

Parmaklarım yanıyordu sanki.

Parmaklarımda demirden halkalar, dikenler yakıyordu parmaklarımı, ısırganlar dalıyordu, akrepler kemiriyordu...

Derhal çıkardım gümüşleri canım yanarak...

Yüzü merhametle aydınlanmıştı nedametli halime bakarken...

"Şayet bana kavuşmayı murat ediyorsan..."

"Ya Resulallah(s) o nasıl söz, elbette ki muradım budur..."

"O zaman dünyadan nasibin sadece bir yolcu gibi olsun... Zenginlerle oturup kalkmaktan uzak dur ve kullanılamaz hale gelinceye kadar elbiseni giymeye devam et..."

Odamız böyleydi bizim. Odamıza dünyadan çok şey giremezdi... Orada bir çift gümüş yüzük bile yük gelirdi bize. Belimizi bükerdi... Odamızı temiz tutmaya özen gösterirdik biz. Takva ve kanaatle temizlerdik duvarlarını. Tavanı şeref, zemini iffetti o odacığın... Biz, odamızı, kendi irade ve niyetimizle bu hale getirmiştik. Yani bu sadelik, arılık, duruluk bizim O'ndan(s) öğrendiğimiz bir karar verişti. Yoksa, kapımızda yığılı hediyeler, altın, gümüş ve değerli ganimetler dururdu da... O kapıdan içeri giremezdi dünyanın yükü... Odacığımızdaki tek mülkümüz tertemiz tutmaya didindiğimiz gönüllerimizdi... Ki tam olarak bunun bile maliki değildik. Bu yüzden Rabbimizden yardım isterdik gece gündüz... Ayaklarımızı kaydırma diyerek...

Ben O'na(s) dünyadan en çok yaklaşmış unsurlardandım aslında... Dünya benim ellerimde sızmak isterdi her seferinde odamıza...

Bir gün Ensar'dan bir kadın misafirliğe gelmişti evimize. İçi hurma lifleriyle doldurulmuş yatağımıza gözü ilişince, gönlü buna razı gelmeyerek evinden yün bir yatak getirtmişti... Resulallah(s) rahat etsin diyerek... Eve döndüğünde yeni eşyamızı fark eder etmez sormuştu yine:

"Bu da ne Aişe?"

Hem telaşla hem de elimden geldiğince sevimli bir edayla;

"Bu bir yataktır ey Allah'ın Resulü..." demiştim...

"Aişe... Aişe... Aişecik... Onu hemen sahibine geri göndermelisin! Bilmelisin ki eğer ben Rabbimden dileseydim dağları emrime verir, hepsini altın ve gümüşten eylerdi..."

Hep böyle olurdu... Ben O'nun(s) hayatına yeni süsler eklemek istedikçe, O(s) ellerimin arasından odamıza süzülmek isteyen dünyayı derhal yakalar, kulağından tutup dışarı atardı... "Allah'ım, Allah'ım!" diyerek, bin pişmanlıkla, kendime bin kere kızarak, ağlayarak halime, yeniden dışarı taşıdığım eşyalar, şeyler... Acelemi gördükçe gülümserdi beni seyrederken... İşte şimdi oldu dercesine başını sallardı nefes nefese geri döndüğümde...

"Aişecik, senin bana ne zaman kızdığını biliyorum ben..."

"Ben size nasıl kızabilirim ki ey Allah'ın Resulü..."

Çenemden tutup gözlerimin içine gülümseyerek bakardı...

"Bana için için kızdığında ey İbrahim'in Rabbi diye konuşursun. Benimle iyi olduğundaysa ey Muhammed'in(s) Rabbi diye konuşursun..."

İkimiz de gülerdik...

Ben en çok O'nunla(s) birlikte gülümsediğimiz o anları özledim O'ndan sonrasında da... Onca ağır yükünün ve beller büken dertlerinin altında, O'nu(s) ufacık bir anlığına da olsa gülümsetebilmek... Benim O'na(s) dünyadan taşıyabileceğim reddedilmeyecek yegâne güzellik, O'nun(s) yüz aydınlığıydı odacığımızda...

Kovamızdaki suyu kullanırken birbirimizle yarışırdık. "Bana da bırak..." derdim. O(s) ellerini daha hızlı sokarak suya "Bana da bana da..." der, yarışmayı başlatırdı. O kadar masumdu ki her şeyiyle... O'nunla(s) geçirdiğim en küçük bir mutluluk anını bile, dünyanın zenginliklerine değişmezdim.

O(s) odacığımıza girince O'nu neşelendirmek için daldan dala konan bir kuş gibi çırpınır dururdum. Bazen ne kadar çok şey anlatıp ne kadar çok konuştuğuma ben de hayret ederek... O(s), beni hiç bıkmadan dinlerdi. İçimdeki tüm nehirler O'na(s) doğru çağlardı o zaman. O'nun(s) denizine dökülmek coşkuyla, en büyük muradım olurdu odacığımızda...

"Hümeyra..." derdi bazen...

"Ben sana hakkıyla mukabele edemiyorum..."

Dünyanın en yüksek ağacıydı O(s)... Küçük bir serçe gibi dalları arasında cıvıl cıvıl uçardım. O'ndan sonraysa kanatlarım kırıldı benim. Hep ağacımı arayıp durdum. Hep ağacımı arayıp sordum. Hep ağacımı özleyip durdum... Cıvıltı değil, kederli bir ağlayıştı O'ndan sonraki tüm konuşmalarım. O'nun(s) emanetini benden sonrakilere aktarmak göreviyle konuşurken, aslında O'ndan sonra bir daha hiç konuşmadığımı, ahh kimsecikler fark etmemiştir... Benim kelimelerim O'nunla(s) birlikte uçup gitmiştir...

Odamızı O'ndan sonra da hiç terk etmedim...

Cemel günü hariç, o da adalete dair talebimle ilgilidir. Ne ki gönlüm buna da razı değildir. O tek bir kereye mahsus olan ayrılış yüzünden, "Hatam vardır, beni odacığıma değil de, diğer arkadaşlarımın yanına Cennet-i Baki'ye defnediniz" diye vasiyet edecektim ölüm döşeğimde... Lakin ruhum, kalbim, nefsim ve aklım, "Evlerinizde oturunuz" emriyle beraberdir...

Kendi odacığımdan bu kadar bahsettikten sonra 'Gölgelik'ten bahsetmeden geçemem sizlere.

Biz ona kısaca 'Suffe' derdik.

Benim odacığım nasıl ki Resulallah'a(s) duyduğum aşkın mihrakı ise, Suffe de O'na(s) âşık olan şahitlerin toplaştığı mihraktı. Resulallah(s) nasıl ki ailesi için yan yana bitişik odalar kurduysa, ailesi gibi gördüğü garip ve yoksul arkadaşları için de bu 'Gölgeliği' mihrak kılmıştı. Burası sadece sığınma yeri değildi. Bir okul gibi Resulallah'a(s) ait dini örneklik tedrisatının cereyan ettiği derslikti Suffe. Karınlarını doyuracak bir dilim ekmeği, sırtlarına giyecek doğru dürüst libası, başlarını sokacak bir çatısı dahi olmayanların Resulallah'a(s) aidiyet yemini gibiydi Suffe.

Resul(s), onların eviydi, onların giysisi, örtüsü, havası suyu, ekmeğiydi Hz. Peygamber(s) onların...

Onlar kimsesi olmayanlardı. Onların kimsesi Resulallah'tı(s)...

Suffe yemek yemeden ağzına lokma sürmezdi Hz. Peygamber(s)... Onlar birer evlat, can kardeş, dinin en yakın bir şahidi, Resul talebesi ve yoldaşıydılar...

Mescid-i Nebevi'de ilkin Kudüs istikametine doğru kılınan namazın daha sonra gelecek kıble ayetiyle Beytullah'a doğru değişince yönü... Mescid'in Kudüs istikametindeki üstü hurma dallarıyla örtük kısmı boş kalmıştı. İşte Kudüs istikametindeki bu gölgeliği evi olmayan yoksul Müslümanlara tahsis etmeye karar vermişti Resulallah(s)... Sayıları yetmiş ila üç yüz arasında değişirdi Suffe ehlinin...

Sabah namazının akabinde Kur'an'dan, feraizden (ki feraiz, farizanın çoğuludur, farz ilmi demektir ve ilmin yarısıdır) ve rüya tabirlerinden sorarlardı. Tam bir talim zamanıydı sabah namazları sonrasındaki halleri... Huzura girilmesine ancak öğle namazı sonrasında izin verilirdi, Enes aracılığıyla müsaade isteyerek girerdi soracağı olanlar O'nun(s) yanına...

Mescid'de halkalar halinde oturur, Kur'an okur, hadislerden söz ederlerdi. Sabah namazından sonraysa Resulallah'ın(s) etrafında halkalanırlardı. Bir gün Resul(s) Mescid'e girdiğinde, "Size ne oluyor ki böyle halkalar halinde oturmuşsunuz?" dedikten sonra, onların yanlarından geçti.

Özellikle iki meclisin yanında durarak, "Bu iki halka da hayırlıdır. Birisi diğerinden daha faziletli. Bu mecliste Allah'a dua edip yakarıyorlar, Allah dilerse kabul eder dualarını. Diğerindeyse fıkıh ve ilim öğretiyorlar birbirlerine, içlerinde hem öğreten hem öğrenen var. Bu ikincisi daha faziletlidir, ben de sizlere bir öğretici olarak gönderildim" dedi...

İlim öğrenilmesi Resulallah'ın(s) nezdinde fevkalade önemliydi. Zaten Veda Hutbesi'nde de söylemiştir: "Ey insanlar, yeryüzünden kaldırılıp alınmazdan evvel ilmi elde edin..."

Suffe'de her yaştan talebe bulunurdu. Yine de Ehl-i Beyt'ten Ali ve oğlu Hasan, küçük yaştayken eğitimin daha kolay ve kalıcı olduğu üzerinde dururlardı... "Küçük yaşta öğrenmek, taşa nakış yapmak gibidir" derdi her ikisi de. Resulallah(s) ise ashabına öğretirken, yaşa bakmazdı hiç, zaten ashab da ilmin denizleri, hikmet ve fıkhın ulu dağları gibiydi... Özellikle Suffe ashabı...

Bazen ilimde nöbetleştikleri de olurdu Resul dostlarının... Birisi su veya odun taşıma işine gittiğinde ilim dinleme vazifesini arkadaşına bırakırdı, sonra geri döndüğünde arkadaşı ona neler öğrendiğini aktarırdı. Sonra da o işine gittiğinde belleme, yazı yazma, dinleme veya öğrenme işini öteki yerine getirirdi... Birbirlerinin ilmi için nöbet tutardı onlar...

Kadınlar da geri kalmazdı öğrenmek konusunda erkeklerden... "Ailesine güzel bir terbiye ve tahsil veren kişinin ecri, diğer öğretenlere nazaran iki kat arttırılacak ecirle karşılanır" anlayışıyla herkes evinin de öğretmeniydi... Kadınlar ve çocuklar da çok istekliydi öğrenme konusunda.

Öyle bir zaman geldi ki erkeklerin çokluğu dolayısıyla, Mescid'e giremez oldu kadınlar... Resulallah'a(s), "Erkekler bize galebe çaldı Mescid'e giremez olduk, onlardan bize öğrenmek için fırsat kalmıyor, bize de bir gün ayırsanız" dediler... Resulallah(s) bunun üzerine sadece kadınlar için bir gün ayırdı, bilahare kadınların girişini kolaylaştırmak için kadınlar kapısı da açılacaktı Mescid'e...

Bir şeyi tam olarak öğreninceye kadar sormak âdetimdi. Çünkü "Güzel soru sormak ilmin yarısıdır" diyerek, tüm ashabı ve özellikle ev halkından beni, sormaya ve öğrenmeye teşvik ederdi Allah Resulü(s)... Ensar kadınları da bu konuda oldukça girgindiler, hayâları onları soru sormaktan men etmez, her şeyi ince ayrıntılarına kadar sorup öğrenirlerdi.

Bana bu ilmi nereden öğrendin diyenlere, "Soran bir dil ve kavrayan bir kalple" derim...

Resulallah(s), muhataba göre cevap vermeyi de önemserdi, herkese anlayabileceği şekilde cevaplar verilmesi, maksada uygun bir yoldu...

Soru sormak, aslında bu pek çoğumuzun âdetiydi. Resulallah(s) bilgi vermeye ara verip odasına girdiğinde mesela, O'nu(s) dinleyen Suffe hemen birbirlerine sormaya başlarlar, bazen "İlk cümleyi sen belle, ikincisini ben, üçüncüsünüyse o ezberlesin" şeklinde birbirlerine görev verdikleri de olurdu... Ne olursa olsun... Biz Resul'den(s) işittiklerimizi, birbirimize de anlatırdık. Böylece O'ndan(s) gelen bilgi, kalbimize ekilmiş tohum gibi olurdu...

Benimle birlikte Resulallah'tan(s) en çok sayıda hadis rivayetiyle haber taşıyan ashabtan beş kişi daha vardı; Enes, Ömer'in oğlu

Abdullah, Abbas'ın oğlu Abdullah, Cabir ve Ebu Hüreyre... Said el-Hudri de belki yedinci aktaran olarak geçebilir künyelere...

Yine söz ilimden açılmışken ashab içinde fetvalarıyla öne çıkanlar da yedi kişidir. En çok fetva vermişler arasında Hz. Ömer, Hz. Ali başta olmak üzere, İbni Mesud, İbni Ömer, İbni Abbas, Zeyd b. Sabit sayılırdı ki ben o yedilerin içinde tek kadındım...

Babam Ebubekir ve diğer halifelerin zamanında bağımsız olarak fetva verecek kadar ilmim vardı. Fetva konusunda bana gelen bazılarını Emirelmüminin Ali'ye gönderdiğim de olurdu, sonra bakardım ki o kişiyi bana yeniden yollamış...

İlmim Resulallah(s) sayesindedir. Benim öğretmenim O(s) idi...

Bu yüzden Resulallah'tan(s) sonra hakkımda şöyle şiirler okunur oldu:

Ravilerin en ravisi/ müftülerin en fakihi/ en uzak yerlerden gelinir kendisine/ bir sünnet ve farzın bilgisi için/ rivayet eder Araplara ait halis bir şiiri/ fesahat ve yorumda geçemez kimse onu/ tıpta da büyük nasip sahibi olan...

Ben, şiirler kızıydım. Böyle büyütmüştü beni çocukluk evimin büyükleri...

Daha sonrasında, ashabın en fasih konuşanı olduysam bundandır. Böyle söylerdi beni dinleyenler...

......

Bir gün evladın baba üzerindeki hakları sorulmuştu Resulallah'a(s)... "Ey insanlar, kendinizi ve ailenizi yakıtı insanlar ve taşlar olan ateşten koruyun" (Tahrim, 6) ayetini okuyup... "Çocuğun baba üzerindeki hakkı; yazı yazmayı, yüzmeyi ve ok atmayı öğretmesidir" demişti... Başka bir seferindeyse, "Çocuğun babası üzerindeki hakkı, ona güzel bir isim koyması, güzel bir terbiye vererek yetiştirmesi, ergenliğe erince evlendirmesi ve ona Kitab'ı öğretmesidir" demişti...

"Hepiniz çobansınız..." derdi... "Güttüklerinizden sorumlusunuz..."

Suffe, nebevi eğitim ve terbiyenin temel halkasıydı...

Yoksulluklarıysa demirden kaviydi onların...

Açlıktı halleri, düpedüz açlık. Bazen öyle olurdu ki dizlerinde derman kalmayıp namaz kılarken yere baygın düştükleri bile olurdu. Onların titremesinden korkardı bazen diğerleri...

Bazıları yeterli derecede uzun bir gömleği olmadığı için en arkalara geçer, halkın arasına çıkmaktan hayâ eder, kendini saracak izarı edindiğinde ancak insan içine çıkardı...

Hicret şartları en çok onları vurmuştu aslına bakarsanız. Ne ticaret yapacak bir sermayeleri vardı ellerinde ne de kendilerine kol kanat gerecek bir ocakları... Onlarsa tüm bu ağır yoksunluklar içinde başvuracakları kapı olarak Resulallah'a(s) gelmiş dayanmış kişilerdi.

Sabah kapısını açar açmaz önce orada yatanları görürdü Peygamber(s)... Onlarla hasbihal eder, yemeğini, elindeki avucundakini paylaşır, dertlerini sorar, onlarla arkadaşlık ederdi...

O(s) nereye gitse, onlar da O'nu(s) takip ederlerdi. Oturmuşsa etrafına dizilip oturur O'na(s) bakarlar... Kalkıp yürüdüyse, gittiği yere doğru O'nu(s) takip ederlerdi. Söylediklerini yazarlar, ezberler, birbirlerine anlatırlardı. Zaman içinde aramızdan en çok okuyup yazan ve ezber işinde en iyi olanlar, Suffe arasından çıkmaya başlamıştı... Resulallah(s) onları ilim konusunda yakından ve dikkatle takip ettiğinden, kısa zamanda çok merhale kat etmişlerdi. Hatta öyle ki sadece bu ilimden istifade etmek için Müslümanların hali vakti yerinde olanları bile zaman zaman 'Gölgelik'te kalıp Suffe talebeliğine can atar olmuştu...

Resulallah'tan(s) ailesi olarak bir şeyler isteyecek olsak, "Suffe'deki Müslümanlar açlıktan iki büklüm bir haldeyken, size nasıl olur da bir şeyler verebilirim ki" diye sorardı...

Fatıma ve Ali de bizler gibi zor şartlar altındaydı yeni evli olmalarına rağmen... Resulallah'ın(s) ailesinin şartları Suffe'nin şartlarından daha fazla olmamıştır hiçbir zaman. Diğer mü'minler, Hicret'in akabinde Medine koşullarına kısa zamanda uyum sağlamış, maddi imkânlarını iyileştirme çabasına girmişse de bizim Resulallah'tan(s) öğrendiğimiz hep kanaat ve hep az ile yetinmekti, ailesi olarak...

Bir gün Resulallah(s), Mescid'in iki direğinin arasına ip gererek yanındaki bir hurma dalını bu ipin üzerine asmış ve ashabına da "Sizler de asınız imkânınız oldukça" demişti...

Askıdaki bu hurmalardan ihtiyacı olan Suffe talebeleri istifade edecekti... Bu hem neşeli hem de aslen insanı kederden ağlatacak bir haldi... Hali vakti olanlar hurma askısına ikram asar... Ardından onlar çekildikten sonra utangaç bir şekilde ipin yanına gelen Suffe ehli bu hurmalara uzanırdı. Yavaş ve çekingen...

Bir defasında günlerdir açlık çektiği için hurma askısına vardığında aceleyle iki hurmayı üst üste ağzına atıveren bir talebenin mahcubiyetini anlatmıştı arkadaşlarım... Öyle utanmıştı ki garip talebe kendi yaptığından... Usul usul geri çekilerek diğer aç kardeşlerini buyur etmiş, ancak onlar da ikişer taneyi yedikten sonra yeniden hurma askısına yanaşabilmişti...

Onlar, çok kibar ve utangaçtı...

Hiçbir zaman dilencilik de yapmadılar.

Onlar sabredenler ve kendilerini Resulallah'ın(s) tanıklığına adayan kişilerdi...

Onlar hem Resul'ün(s) hem de Kur'an'ın şahidiydi...

Onları yakınırken de görmedik hiçbirimiz.

"Sadakalarınızı şu fakirlere verin ki onlar bütün yetenek ve güçlerini Allah yolunda sarf ettiklerinden, yeryüzünde rızık telaşıyla gezinmezler. Mahcubiyetlerinden dolayı ihtiyaçlarını da söylemezler ki onların hallerini bilmeyenler onları zenginlerden sanır. Sen onları görünce yüzlerinden tanırsın. Onlar yüzsüzlük ederek insanlardan

istemezler. Onlara ne iyilik yaparsanız, Allah bu yaptıklarınızın hepsini bilir..." (Bakara, 273)

Onlar, "yüzlerinden tanıdıklarımız"dı... Yüzlerindeki onurlu aklıktan...

Resulallah(s) da, "Benim Mescid'ime gelen başka bir şey için değil, hayır için gelir. Hayrı öğrenmek ve hayrı öğretmek için gelir. Bu kişi Allah yolunda savaşan kişiyle aynı mevkidedir..." derdi...

Suffe, kelimelerin bekçisiydi...

Allah'tan gelmiş kelimelerdi onların beklediği, bekçiliğini ettiği...

Onlar evimizin evlatları ve talebelerimiz gibiydi...

HAYATIMIN İKİNDİ VAKTİ

ASR GÜNLERİ...

"Asra andolsun ki insan hüsrandadır..."

Böyle başlardı Asr suresi ve Peygamber'in(s) arkadaşları, rastlaştıklarında bunu okuyarak ayrılırlardı birbirlerinden...

Ancak 'iman edenler'in... İmanını 'salih ameller'le işaret edip, 'sabredenler'in ve 'birbirlerine de hakkı ve sabrı tavsiye edenler'in hüsrandan kurtulacağını söylerdi bu ayetler...

Üzerine yemin edilerek beyan edilen bu rabbani öğreti, 'ikindi' vaktine girmiş dünya hayatının geçiciliğini, kalıcı olan şeyinse Allah'a kulluk olduğunu haber veriyordu hepimize...

Dünyanın hali, ikindi zamanlarını yaşayan bir kısa güne benzerdi bu ayetleri dinlediğimizde... Çoğu tükenmiş, azı kalmıştı gideceği feleklerin...

Zaten "Ben ahir zaman Peygamberiyim" derdi sık sık Allah Resulü. O(s), sonraki zamanların, zamanın en uç noktalarındaki insanların arasından çıkmıştı... Bir gün orta parmaklarını birbirine değdirip açarak şöyle demişti: "Benimle Kıyamet'in arası işte bu kadardır..."

İkindi, ah güzel vakti günün, çok çabuk soluverecek bir olgunluğun da imzası gibidir... İşlerin bitirilmeye yaklaştığı, dönüş yoluna çıkıldığı zamanlar... İkindideki tek dert, bir an evvel gece çökmeden eve ulaşmaktır... Ev... Yurt...

"İslam hüzünle geldi ve hüzünle gidecektir" derdi Allah Resulü(s).

İkindi, hüzündür. Gözü arkada bırakan bir vedalaşma ışığı vardır ki ikindi demlerinin, yaz ortasında bile kırık, soluktur rengi. Rengi ikindinin, dünyanın en güzel gülüdür. Birazdan kuruyacak...

Ne kadar çok şey sığar ama günün o ikindi demlerindeki etek uçlarına...

Medine'ye bir hal olur ikindilerde... Asrı bir çırpıda özetleyen bir akışmadır bu sanki...

Bir mahşer yerini andırır ikindi vakitlerinde ağıllarına çabuk çabuk dönen koyunlar ve develer... konacakları dallara cıvıltılarla üşüşen kuşlar... evlerine dönüş hazırlığıyla yekinen çiftçilerle işçiler... efendilerinin ziyafet ateşlerini körüklemeye başlamış kölelerle... son bir gayret kalelerine geri dönen yaman gözcüler... sıyrılmış kılıçlarını kınlarına geri süren mağrur ve gözüpek komutanlarla birazdan başlayacak şölenlerde iş kızıştırmaya yeltenen taklacı soytarılar... işgüzar vezirlerle... göze girmeyi bekleyen şarlatanlar... bileklerinde savaş haberi taşıyan kartallarla... aç olsalar da inlerine gururla dönen arslanlar... ve onları dört gözleriyle takip eden kahpe sırtlanlar... çubuklarını duvara asıp heybelerini toparlayan öğretmenlerle... yakacak çıralarını hazırlayan düğün nedimeleri... ana evinden çıkmazdan evvel ayak bileklerine halhallarını ilikleten gelinler... yaklaşan akşamı ve bitimsiz geceyi düşündükçe tere batan hummaya tutulmuş hastalar... gömülecek cenazelerin mezarını eşen gayretli azatlılarla... doğum sancısı çekenlerin alnındaki terleri silen ebeler... üzerinde güneş batmaya duran kekikler, izhir otları, gül kuruları... evlerden yükselen tıkırtılarla havanlarda dövülmeye başlayan karabiberler... yolcularını çıktıkları toprak damlarda gün batmadan evvel son kez beklemeye duran kadınlar... sırları içlerinde saklı gönderilmiş mektuplarla... bir türlü gelmeyen haberler... uzaklardan çağıltısı duyulan sabırlı ırmaklar... uzun kuyruklar halinde kuyuların başında boş kovalarla bekleşen çocuklar... gelecek sabaha ertelenmiş beratlarla idamlar... kutularına geri konulmuş mühürler... akşam için pişirilmeye başlamış yemekleri taşıyan bakır kazanlar... gücü yetenlerin yorulanlardan devraldığı nöbetler eşliğinde hiç durmadan dönen değirmenler... ve henüz tam olarak sönmemiş göklerde usulca peyda olmaya başlayan Benatü'n-Nâş takımyıldızının ağlayan yedileri...

Medine'nin ikindi vakti resmi böyleydi işte...

Ve Asr'ı hüsrandan kurtaracak şey...

Neydi o?

İstikametti kuşkusuz. Vaktin yoldaşı olan, vakte hareket ve anlam bahşeden şeydi istikamet...

Hicret'in on altıncı ayında istikametimiz konusunda gelen yeni ayet adeta devrim gibiydi. Kıblemiz hakkındaydı...

Kıble, kutuptur, mıknatıstır kıble. Sürtülmüş demir çubuğun yünü çekip kendisine yapıştırması gibi, her iğ kendi ipliğini dokur, her kilim kendi tezgâhında işlenir...

Medine, aslen bir tamamlanmaydı derim "Neydi Medine'deki ilk halleriniz" diye soranlara... Biz Mekke'deyken birbirimize bitişik olmanın dışında değişik hareketlerini tecrübe etmemiştik hayatın... Medine'deyse yine bitişiktik kardeşlerimizle, evet. Ama Medine'de artık hareket başlamıştı. Adım adım, bizi biz kılan ve farkımızı ortaya koyarak tamamlanma yolculuğuna geçen başka bir evresindeydik hayatın... Mekke'de 'İman'dı öğretimizin omurgası. Medine'deyse bu temel duruşun kendi etrafında ahenkle dönerek çizdiği hayata dair bir teklif olan 'İslam'ın izdüşümleriyle yüz yüzeydik...

Kıble. Yani istikametimiz.

Sanki bir gök gürültüsünün eşliğinde yıldırımlar çakıyordu tepemizde. Nice kurak ve zorlu günden sonra, bereketli bir yağmurun habercisi gibiydi ayet:

"Yemin olsun ki sen kendilerine kitap verilenlere her türlü delil getirsen de onlar sana uyup kıblene yönelmezler. Sen de onların kıblesine dönecek değilsin. Onlar birbirlerinin kıblesine de dönmezler. Sana gelen ilimden sonra, eğer onların arzularına uyacak olursan, haksız davrananlardan olursun." (Bakara, 145)

O güne kadar Kudüs istikametine yönelerek kıldığımız namazların, Mescid-i Aksa ile Beytullah'ı nurani kollarıyla önce bitiştirip sonra da farkını işaret edeceği bir Furkan Günü'ydü bu sanki…

Bir namaz vaktinde inzal olmuştu bu ayetler…

Kudüs istikametinde başlayan namazımız, Beytullah istikametine dönerek hitama ermişti. Aynı vaktin içinde iki kıbleli bu görkemli namazın hürmetine, Ben-i Selem isimli mescidimizin adı, bundan sonra Mescid-i Kıbleteyn'e dönüşecekti. İki Kıbleli Mescit…

"Üzerinde bulundukları kıblelerden onları çeviren nedir diyecekler. Onlara de ki: Doğu da batı da Allah'ındır. O, dilediğini doğru yola yöneltir..." (Bakara, 142)

Resulallah'ın(s) bu ayetlere çok sevindiğini söylemeliyim. Kudüs'e dönerek iltica etme âdeti dolayısıyla kendisini inciten Yahudilere bir cevap niteliğini de taşıyan bu ayetle birlikte derhal Beytullah'a çevirmiştik istikametimizi…

İstikamet… Medine'de ardı ardına inzal olan ayetler bizleri derleyip toparlıyordu adeta. Mekke'deyken inzal olan ve çoğu imani veçheleriyle inancımızı tahkim eden ayetlerle sanki Medine dönemi için hazırlanıyor gibiydik. Medine'deyse imani akidelerin hayata yansımasıydı tecrübe ettiğimiz…

Nitekim dünyadan arınma girişimi olarak gördüğümüz oruç da inzal olan yeni ayetler çerçevesinde İslam toplumunun kimliği haline gelecekti…

Resulallah(s) Medine'ye geldiğinde Yahudilerin Muharrem ayının onuncu gününde oruç tuttuklarını görünce, merak ederek kendilerine niçin oruç tuttuklarını sormuş. Onlar da Hz. Musa'nın İsrailoğullarını Firavun'un elinden o gün kurtardığını ve yine o gün denizleri yararak yol bulduklarını söylemiş. Şükür için tutarlarmış Muharrem'in onundaki orucu.

Bunun üzerine "Ben kardeşim Musa'ya ve onun tuttuğu orucu tutmaya sizlerden daha yakınım" diyerek O(s) da oruca niyetlenmiş ve arkadaşlarına da "Sizler de tutun" diye nasihat etmiş... "Eğer sağ olursam, gelecek sene Muharrem'in dokuzunda da oruç tutacağım" demişti...

Hicret'in on sekizinci ayıydı... Şaban ayının son günlerine doğru hepimizi derinden etkileyen oruç ayetleriyle yüz yüzeydik hepimiz...

"*Ey iman edenler! Ey müminler, sizden önceki ümmetlere olduğu gibi, günahlardan arınasınız diye, sayılı günler olarak oruç tutmak size de farz kılındı.*

İçinizden kim hasta ya da yolcu olursa tutmadığı günler sayısınca sonraki günlerde oruç tutar. Oruca dayanamayanların bir yoksulu doyuracak kadar fidye vermeleri gerekir. Kim gönüllü olarak bundan daha fazlasını verirse, bu onun için daha hayırlıdır. Ayrıca, eğer bilirseniz, oruç tutmanız sizin için daha hayırlıdır.

Ramazan ayı ki, o ayda Kur'an, insanlara yol gösterici, doğru yola iletici, eğri ile doğruyu birbirinden ayırt edici olarak indirildi. İçinizden kim bu aya yetişirse onu oruçla geçirsin. Kim hasta ya da yolcu olursa tutmadığı günler sayısınca sonraki günlerde oruç tutsun. Allah sizin için kolaylık ister, zorluk istemez. Bu sayılı günleri tamamlamanızı ve size doğru yolu gösterdi diye kendisini tekbir etmenizi (ululuğunu dile getirmenizi) ister, ola ki, O'na şükredersiniz." (Bakara, 183-184-185)

Savm... Oruç...

Vazgeçmek demekti savm. Aslında dünyalık olanla kendisi arasında sürekli mesafeler koyan bir kimse olarak Resulallah'ın(s) timsali gibiydi bu ibadet. O'nun(s) hayatı tümüyle savme benzerdi aslında. Bazen aylar geçerdi ki evimizde ocak tütmemiş, aş pişirilmemiş olurdu. Yemek olmadığı zamanlar "Ben oruçluyum, niyet ettim" derdi çoğu kez...

Orucu bir kalkan gibi anlatırdı bize Resulallah(s). "Onu zedelemedikçe sizi koruyan bir kalkandır oruç..."

"Peki nedir onu zedeleyenler?"

"Yalan ve gıybettir..."

Oruç, güzel ahlak elbisesiydi mü'minlerin. "Şayet oruçlu iken bir kişi sizi incitir, kötü söz söyler veya kavgaya teşvik ederse, ona ben oruçluyum deyin" diye nasihat ederdi bizlere...

"Ramazan girdiğinde cehennemin kapıları kapatılır, şeytanlar zincirlere vurulur ve cennetin rahmet kapıları açılır, kim inanarak ve sevabını Allah'tan umarak Ramazan orucunu tutarsa, geçmiş günahları affolunur..." derdi.

Bu yüzden bizler oruç tutmaya ve oruçluyken kalkanı deldirmemeye hassaten itina ederdik. Hatta aramızdaki çocuklar bile oruç ibadetine riayet ederlerdi.

'Saihun'du oruçlular... Yani seyahat edenler... Oruç, bizleri kendi nefsimizden ayrılan bir gemiye bindirirdi sanki. Kendi bedenimizin dışındaki bedenleri, kendi açlığımızın dışındaki açlıkları, kendi susuzluğumuzdan öteki susuzlukları öğreneceğimiz bir gezintiydi oruç... Orucu bir iç yolculuğu olarak, kendi kendimizden vazgeçmek, uzaklaşmak anlamında da görürdük...

Beni gülümseyerek seyrettiği bir gün;

"Aişe... Aişe... Aişe... Cennetin kapısını çalmaya devam et!" demişti...

"O nasıl olacak ey Allah'ın Resulü?"

"Oruçla..."

......

Bizler için bir sevinçli heyecanı daha da vardı Ramazan günlerinin... Hz. Peygamber'in(s) 'Kıyam-ı Ramazan' adını verdiği bir namazdı ki cemaatle kıldırmıştı ilk günlerde bu namazı... Cemaat arttıkça artıyordu her gece. Sonra bir gece cemaat çok beklediği halde bu namazı kıldırmaya çıkmadı Allah Resulü(s). Nedenini sorduğumuzda, şayet sürekli kılarsa, bunun farz olarak telakki edilebileceğini, bu konuda ümmetinin zorlanabileceğini söylemişti.

O(s), ümmetine çok düşkün bir kimseydi...

Orucun faziletlerine gönül verdiğinden her gününü oruçla geçirmeye kalkan sahabilere, bir gün tutup diğer gün tutmamayı salık verirdi, "Ailelerinizin sizler üzerinde hakkı vardır, oruç tutun ama iftar da edin" derdi...

Oruç, Allah'a yakınlaştıran bir kulluk görevi olmasının yanı sıra, O'ndan(s) sonra da bana büyük bir dert ortağı ve dayanacak sağlam bir duvar gibi gelmiştir hep. İnsanların endişesinden ve dünyanın insanın üzerine gelmesinden orucu kendinize kalkan edinerek kurtulabilirsiniz. Oruç gemisine binip de açlığa ve susuzluğa yelken açanlara ne mutlu... Oruç bizim yoksulluk ülkesine, düşkünlük diyarına, çaresizlik makamına doğru yolculuğumuzdur. Oruç tutanın hamdi artar, şükrü çoğalır, insanlara kötü davranamaz, kalbi yumuşar ve affı ziyadeleşir... Oruç, insanı insan kılar. Oruç, mü'minin alameti ve nişanı gibidir, oruçluları atmış, solgunlaşmış benizlerinden, çatlamış dudaklarından, ağlamaya yakınlaşmış bakışlarından tanırsınız... Onların nefesleri de kokuların en güzellerindendir...

Aşamalar halinde yeni kulluk riayetleriyle yükleniyorduk Medine'de... Bu bir yanıyla bizleri olgunlaştırdığı gibi, bir yanıyla da yeni sınavlara hazırlıyor ve doğan her yeni gün, asla bir gece evvel batanına denk olmuyordu diyebilirim... Resulallah'la(s) yaşamak, her dakika yeni bir şey öğrenip hayata yeniden başlamak gibiydi hepimiz için. Giderek kim olduğumuzu daha bir belirginleştirir hale gelmiştik... Resulallah(s), 'benzemek ve benzememek' konusunu çok önemserdi. Müminlerin birbirine benzemesinden hoşnut olur, diğer milletlerin akıbetine karışıp gitmemizden kaçınır ve kaçındırırdı bizleri...

......

Ben ve annem henüz Medine'ye inmezden evvel, Hicret'in beşinci ayında imzalanmış Medine Vesikası'na göre kurulmuştu ilişkilerimiz Medine'deki diğer kimselerle...

Medine'de Müslümanların dışında, müşrik Araplar, Yahudiler ve az sayıda Hristiyanlar da vardı. Medine'nin yerli Müslümanları ya Evs ya Hazreç kabilelerindendi. Yerli Yahudilerse, Nadir, Kaynuka, Kureyza aşiretlerine mensuptu... Her biri onurlarına çok düşkün ve zaman zaman birbirleriyle sürtüşen bu topluluklar, aralarına yeni intikal eden Mekkeli Müslümanlar olarak bizlerle, bir antlaşmaya karar kılmışlardı.

Küçük Enes'in annesinin evinde toplanmışlardı ilkin. Hem Ensar'ın ileri gelenleri hem Yahudi grupların liderleri. Uzun uzun konuştuktan sonra, Bint-i Haris'in evinin önündeki bir ağacın altında, son şeklini vermişlerdi antlaşmaya. Bunu yazılı hale getirmişler, Resulallah'a(s) teslim etmişler, O(s) da koruması amacıyla Ali'ye teslim etmişti bu evrakı...

Antlaşmaya göre, herkes birbirinin hukukuna saygı duyarak yaşayacaktı. En önemlisiyse, emniyet ve güven duygularımızı karşılıklı olarak istismar etmemeye özen göstererek sürdürecektik Medine hayatını...

Dört büyük çarşısı vardı o günlerde Medine'nin... Çarşıların kontrolü büyük oranda Yahudilerin elindeydi, çünkü onlar ticaret ve sanatta çok ileriydiler bizlere göre. Kaynuka mahallesinde bulunan El-Cisr çarşısı, bunların en büyüklerindendi. Birisi El-Asbah meydanında, diğeri İbn-i Hayyen caddesinde, bir diğeriyse Rume kuyusunun etrafında kurulan Zebale çarşısıydı... Bunlar

Medine'nin atardamarları gibiydi. Altın ve mücevher, misk ve baharat, kimyevi tozlar ve madeni eşyaların yanı sıra, hurma ve bakliyat da bu pazarlarda satılırdı. Pazar ve çarşı kiralarını da Yahudi tüccarlar kontrol ettiği için Resulallah(s), adeta tekelleşmiş bu yapıyı kırmak adına, Bakiu'z-Zubeyr denen yerde bir gün büyükçe bir çadır kurdurttu. Burası Müslümanların daha rahat satış yapacağı bir yerdi artık... Lakin Nadiroğulları bundan hiç hoşnut olmamış, hatta reisleri kızgınlıkla geldiği bir gün çadırın iplerini keserek pazarı birbirine katmıştı. Resulallah(s) bu moral bozucu davranışı sabırla karşılamış, bir müddet Yahudilerin yerleşik ticaret merkezlerini dikkatle inceleyip tetkik ettikten sonra başka bir yerde daha çarşı açmıştı... Vergisi olmayan bu yeni pazar, herkesin rağbet ettiği bir yer olacaktı kısa zamanda...

Dürüst tüccarı her zaman takdir etmiştir Hz. Peygamber(s)... Bir gün pazar yerinde gezerken, avucunu daldırdığı buğday yığınlarından birinin alt kısmı ıslak çıkınca bunun sebebini sormuştu tacire... Yağmur yağdığından bahsediyordu adam. Ama üst kısmı kuru, alt kısmı ise tartıda ağır çekmesi için mahsusen ıslak bırakılmış bu buğday istifinden memnun olmamıştı Resulallah(s). "Aldatan bizden değildir" demişti...

O'nun(s) şahsi girişimlere, cesaretle ve helalden taviz vermeden ticaretle uğraşmaya değer verdiğini hepimiz bilirdik...

Ticaretin yanı sıra kâtiplik ve tercümanlık da Medine günlerinde önem verdiğimiz mesleklerdendi. Medine İslam devletini ilk kâtipleriydi; babam Ebubekir, azatlısı Amir b. Fuheyr, Ubey b. Ka'b, Zeyd b. Sabit, Ali b. Ebutalip, Ömer b. Hattab, Halid b. Said, Zubeyr b. Avvam, Abdullah b. Revaha, Muhammed b. Mesleme, Mugire b. Şube...

Kalem sahibi olmayı çok önemserdi Allah Resulü(s). "Kalem sahibi Kıyamet Günü, ateşten kilitlerle kilitlenmiş ateşten bir sandık içinde getirilir. Eğer kalemini Allah rızası ve Allah'a itaat yolunda kullanmışsa sandıktan kurtulur; eğer kalemini isyan yolunda heba etmişse, kalemi hazırlayıp mürekkebi koyan da dahil olmak üzere, sandık tam yetmiş sonbahar onunla birlikte aşağı düşürtülür..." diye anlatmıştır...

Kalemin kulak arkasına takılmasının, zihin açıcı olduğunu da zikrederdi Resulallah(s). Kamıştan kalemler kullanırdı kâtipler... Bazıları kalem yerine misvak da takardı kulaklarına...

Zeyd b. Sabit, giderek genişleyen davet halkasında, Peygamber(s) tarafından İbranice ve Süryanice yazışmaları takip etmekle görevlendirilince, on yedi gün içinde her iki dilde de yazı yazıp okumayı öğrenmişti...

Medine'de hızla hayatiyet kazanan İslam'ın giderek kendine güvenen ve davetkâr azmi, her taraftan duyulmaya başlanmıştı. Bizlerin yabancı bir diyara gidince kahrolup yeryüzünden siliniverecеğimizi zanneden Mekke'deki akrabalarımız da hayretle izliyorlardı bizleri uzaktan uzağa...

Onlara da "biz buradayız" mesajını vermek için, zaman zaman yollarına çıkıyordu Müslüman gençlerden oluşan küçük birlikler... Ya Şam üzerinden Mekke'ye geçmekte olan ticaret kafilelerine gösteriyorlardı kendilerini atlılarımız... Veya yine güzergâh üzerinde yol alan Mekke heyetlerinin civarında at koşturuyorlardı. Bunlar savaş gayesi taşımayan küçük girişimlerdi... Ama "biz varız" demenin bir anlamıydı...

Bir gün sabaha karşı uzaklardan yükselen bir avazla uyanınca, telaşla kapı önlerine çıkmıştık... Resulallah'ın(s) herkesten önce fırlayıp, atına atladığı gibi seslerin geldiği mıntıkaya doğru yıldırım hızıyla gittiğini gördük. Döndüğünde emniyet içinde olduğumuzu, meraklanmamamızı söylemişti bizlere... Ama adım adım 'Furkan Günü'ne yaklaştığımızı da seziyorduk öte yandan... Mekkeli akrabalarımız, kâh Medinelilerden bizleri geri istiyor, kâh evrak üzerinden antlaştığımız kişilere, bizlere baskı uygulamaları ricalarında bulunuyorlardı... Mekke, yakamızı rahat bırakmıyordu hâsılı...

Bu arada güzel şeyler de olmuyor değildi...

Evimizin gül yanaklı kızı, Resulallah'ın(s) sürekli "Ciğerparem" diye hitap ettiği kıymetlisi, Fatıma'mız, yine evimizin evladı olan yiğitler yiğidi Ali ile evlenecekti... Bana Resulallah'ın(s) en çok kimi sevdiğini soran gençlere hep aynı şeyi söylemişimdir; "Resulallah(s) insanların içinden en çok kızı Fatıma'yı sonra da onun eşi Ali'yi severdi" diye...

Fatıma'nın Babasının nazarında öyle büyük bir değeri vardı ki... O içeri girdiğinde Babası(s) derhal ayağa kalkıp yerini ona ikram ederdi. O da saygıda kusursuz bir kimseydi, Babası(s) odaya girdiğinde derhal ayakta karşılardı onu...

Sadece ben değil 'Arkadaşlarım' diye hitap ettiğim diğer Resul eşleri de çok severdi Fatıma'yı. Bir gün arkadaşlarımla birlikte oturmuş sohbet ederken, kapı aniden açıldı, içeri birisi girdi, biz girenin Resulallah(s) olduğunu sandık. Kapıyı açısı, içeri girişi, yürüyüşü, siması ve huyu, ahlakı ile Resulallah'a(s) en çok benzeyen kişi kızı Fatıma Zehra idi gelen...

Onun öyle güzel ve aydınlık bir yüzü vardı ki karanlık gecelerde tuttuğum iğe iplik geçirirken onun ziyasıyla görürdü gözlerim...

Onun annesi de Kübra'dır. Ve Resulallah'ın(s) eşleri arasında onu geçebilen yoktur... Zaman zaman onu nasıl da kıskanırdım gençliğimde... Çünkü vefat etmiş olsa bile, Hz. Peygamber(s) onun hatırını hep vefa ile yâd etmiştir. Kurban kesildiğinde onun arkadaşlarına ayrılırdı ilk paylar... Kardeşi Hale ki, ihtiyar ve değneğine dayanarak çıkıp geldiği günlerde dahi Resulallah(s) çok heyecanlanır, sesi değişirdi konuşurken bile. Onu başköşeye oturtur, sırtındaki gömleği altına sererdi.

Ben anlardım O'nun(s) her halinden ne vakitler Hz. Hatice'yi hatırladığını. Sesi ve konuşması derhal değişirdi Hz. Hatice bahsi geçtiğinde... Karasevdanın hallerindendir, Haticetü'l-Kübra'ya gıpta ettiğim her seferinde beni teskin eder, yatıştırır, bana ilk eşinin faziletlerinden bahsederdi tane tane Resulallah(s)...

Bir gün ihtiyar bir kadın gelmişti evimize. Resulallah(s) ona hürmet edip hal hatır soruyordu. Tanıdığı belliydi onu. "Adın ne?" diye sorduğunda ihtiyar kadın utana sıkıla "Cessame'dir" diye cevap vermişti. Cessame, çirkin demekti... "Hayır, senin adın Hasene'dir" deyince Resulallah... O ihtiyar kadın gitmiş, yerine aniden güzelleşme sırrına ermiş bir Hasene'ydi sanki geliveren...

Kadın gittikten sonra sormuştum, bu iltifatın sebebi ne olabilirdi ki bu zavallı ihtiyarcığa...

"O, Hatice'nin arkadaşlarındandı, hayattayken bize misafirliğe gelip giderdi" diye cevaplamıştı beni... O(s), Hatice'nin arkadaşlarını da onun hatırası için seven sayandı... Ben vefayı O'ndan(s) öğrendim... Sevgilinin hatırasının ne demek olduğunu da O'ndan(s)...

Hatice... Ah büyük Hatice... Allah ondan razı olsun. Cennette inciden bir köşkte otururmuş biz Medine'deyken...

Biz... Yani Ehl-i Beyt'in kadınları, olumlu bir cevap almayı hedeflediğimiz her talebimizde Hz. Hatice'nin faziletlerinden bahsederek konuyu açmaya özen gösterirdik, bilirdik ki Hatice dendiğinde akan sular durur...

Diğer eşleri yani arkadaşlarım hakkında da iyilik ve iffet dışında hiçbir kötülüklerini görmediğimi söylemeliyim... Zaman zaman aramızda rekabetler, yarışlar da olmaz değildi elbet. Ama bunlar her ev halkının başından geçebilecek, sonu muhakkak tatlıya bağlanmış işlerdendir. Bazen yaptıklarımıza biz bile şaşar, sonra derhal pişman olup birbirimizin gönlünü alırdık, bazense toplanıp gülerdik kendi hallerimize. Odalarımız yan yana diziliydi. Her odanın kaderi, Medine'nin kaderiyle birlikteydi...

Anne evindeyken bana çok düşmezdi ev işleri. Annem Ümmü Ruman ve onun veziresi hükmündeki ablam Esma harikulade ev kadınları oldukları için beni binbir naz niyazla büyütmüşlerdi. Ama ya Resulallah'ın(s) eşi olunca... Arzın merkezi gibiydi O'nun(s) yanı...

Kendi işlerimi kendim yapmak zorundaydım odacığımda. El değirmenimde un öğütür, hamur yoğururken bazen yorgunluktan uyur kalırdım da komşunun eve giriveren keçisi, hamurumu çalardı... Ah yaramaz keçi! Uyanır uyanmaz onu kovalamaya, hamurumu niçin çaldığının hesabını sormaya yeltenirdim de Resulallah(s) mani olur, kolumdan tutarak, kötü sözler söylememem için beni uyarırdı gülerek...

Ve yemek hadisesi... Evet, büyük hadiseydi yemek. Onu pişirecek yağı, eti bir araya getirebilmek zaten başlı başına bir dertti, ne ki bir araya geldiklerinde lezzetli bir aş yapıp ortaya çıkarmak da büyük sanat isterdi... Hem de ne sanat! Bir yanda kapımızın hemen dibinde yatıp kalkan garip Suffe'mizin payı, diğer yanda Resulallah'ın(s) asla eksik olmayan misafirleri, evimize gelen giden yabancı heyetler derken... Büyük bir temsil işine de dönüşüyordu yemek hadisesi... Bir de Ehl-i Beyt'in diğer kadınlarından Sevde, Ümmü Seleme ve Safiyye gibi cidden mükemmel aşçıların da rekabeti girince işin içine... Evet... Yemek benim için aşılması güç bir dünyalık sınava dönüşürdü bazen...

Ama Resulallah(s) benim bu telaşımı her zaman tebessüm ederek seyrederdi... "Erkekler arasında kemale erenler çok olmakla birlikte, İmran kızı Meryem ve Firavun'un eşi Asiye'den başka, kadınlar arasında aynı mertebeye ulaşmış yoktur... Kadınlar arasında Aişe'nin faziletine gelince... O, diğer yemeklere nispetle tirit gibidir..." derdi...

İsterse kral kızı olsun... Kadınlar için yemek ve sofradaki tat tuz, en büyük ikbal tacıdır... Belki de bu konuda çok başarılı aşçıların arasında koşuşturduğum için böyle düşünüyorum... Veya benim üstünlüğümü bir tirit üzerinden zikrettiği için Hz. Peygamber... Ben de bunun onurunu taşıyorum...

Tirit...

Açlık ve yokluk günlerimizin yüzleri gülümseten aşıydı...

Tirit...

Yokluğun içinden taşan bir varlık olarak hayat kaynağımızdı...

Mızrak tutan bileğe güç, rüzgâr gibi esen küheylana gem, çöl fırtınalarına meydan okuyan sağlam kaya demekti...

Tirit...

İsa Peygamber'e gökten inen sofra ne ise, Son Peygamber'in yeryüzünde kurduğu sofranın bereketiydi...

Ve sevgi. Cepten taşıveren saklanamaz bir hediye gibi taşıverirdi O'nun(s) dilinden...

"Ya Uveyş... Aişe... Aişe... Aişecik... Nasılsın bakalım?"

Sürekli gözüm üstünde ve sürekli sorduğum sorularla etrafında pervanesiydim O'nun(s)...

Burnumdan tutup sağa sola çekerek gülümserdi...

"Konuş bakalım Hümeyra..."

Ve sorardım O'na(s) sık sık...

"Beni sever misin?"

"Evet..."

Biraz susardım, binlerce yıl kadar uzun gelirdi bu susma bana... Başını sallar, beni konuşmaya davet ederdi adeta...

"Beni ne kadar seversin?"

"İpeklere atılan düğümler gibi..."

"Nasıl…"

"Kördüğüm gibi…"

Bin senelerin içinden bir yıldız gibi kayarak inerdi bu cevap gönlüme… Dolup taşardım aşkıyla…

Bazen yıldızım düşer, aşkımı tazelemek isterdim sözleriyle… Bir parola misali sorardım aşkın krallığındaki Hazret'e:

"Bizim kördüğüm nasıl?"

Gülümseyerek cevap verirdi:

"İlk günkü gibi…"

Bunu duyar duymaz açardı güneşim, yeşerirdi ağaçlarım, kızarırdı dallarımdaki hurmalar, çatlardı ağızları da, bal sızardı içlerinden… İçimden yüz kere koşar, bin kere sarılırdım O'na(s), ağlayasım gelirdi sevinçten, ama dururdum, durdururdum kendimi kimse anlamasın diye... Durduğum yerdeyse bin kere binlerce yıldızlar patlar, doğar ve büyürdü. Bir fezanın başımda döndüğünü kimse bilmezdi oysa… Bir koca okyanusu taşırdı da Aişe'nin küçük omuzları, kimse izini görmezdi bile… Kehkeşanlar, O'nu(s) seven kalbimde, samanlıkta bir iğne kadar küçülür… Kâinat, O'na(s) âşık gözbebeklerime düşer de bir cılız alev gibi sönerdi…

Benim gözlerimin içine… O'ndan(s) başka kimse bakmamıştır… Allahu Teala, benim gözlerimi, Sevgilisine âşık olmam için yaratmıştır…

"Bizim kördüğümden bir haber var mıdır?"

Mütebessim:

"Kördüğüm, ilk günkü gibidir…"

O böyle söyleyince…

Bayraklarını göndere çekerdi kalbimdeki aşk askerleri...

Demek, ilk günkü gibi...

O sancak, benim kalbimden asla indirilmemiştir. O'nun(s) sevdası hem bayrak hem kefendir bana. Bütün yeminler üzerine olsun ki Ve ile, Be ile, Ta ile söylerim ki, O'nun(s) sevdası benim kalbimin zarına işlemiştir...

Odacığım... Evciğim... Sevgiyle büyürdü eşyanın hakikati o odada...

Duvardaki askı mesela, dünyanın gelip geçiciliğine türküler yakardı durduğu yerde. Saba Melikesi Belkıs'ın sahip olduğu binlerce nedimenin yerine, duvara çakılı bu küçük arkadaşım, dünyanın tüm yükünü kaldırıverirdi omuzlarımdan.

Ve hemen askının altında duran küçük kovamız... Nuh'un gemisi kadar büyük olmayabilirdi belki, ama ailemizi taşıyandı işte... Hurma koyardık içine bazen, yetimlere ikram eder, kapımızı çalanlara tutardık kalbimizi tutar gibi... Ebrarın sırrını söylerdi o bereketli kova, karşılık beklemeden yapılan iyilik, selamdan başka söz söylemeyen güzellik dolu bir ağızdı o kovayla sürülen hayatın tadı...

Bazen içindeki suyla ikimiz birden ıslanırdık. Bir avuç ben, bir avuç sevdiğim... Âlemlere Rahmet Peygamberi(s) yıkayan kovaydı o... Sevgimizin sırdaşı gibi parlatırdı su bizi, omuzlarımızdan aşağı her dökülüşte... Bazen yarışırdık, bir avuç ben, bir avuç O(s)... Suya elini çarparak "Bana da bana da bırak" derdi. Ben de O'na bakıp aynısını söylerdim: "Bana da bana da..." Aşk denizini taşıyan kova burcu gibi genişlerdi küçük bakraç... Dünyanın bütün denizleri birleşse, yanlarına Nuh Tufanı'nı da alıp gelseler, yine de yarışamazlardı bu küçük kovanın içindeki bir avuç suyla... Arşın ayakuçlarından dünyaya sarkıtıldığı anlatılan Nil nehri, dilini yutardı bizim kovamızdaki aşk suyunun yanında da ince bir serpintiye dönerdi... "Bana da... Bana da bırak..." Bir dipsiz denizde yüzerdik O'nunla(s) ki, Yunus Peygamber'i yutan balık, biçare bir anemona döner o dipsizlikte...

Ve maşrapa...

Tam içtiğim yerden içerdi o maşrapadaki suyu. Evirir çevirir, bir parmak izi gibi gördüğü dudak izlerimi arayıp bulur, "Uveyş..." deyip mührünü vururdu o küçük sevda kabımıza... Su muydu? Şerbet miydi o maşrapanın taşıdığı? Firdevs nehirlerinden akan bal ve süt ırmaklarından mı taşırdı odacığımıza? Sırrımızın dilsiz tutanağıydı o aşk kâsesi...

Ve yatak...

Nehir, oradan akardı.

Vahiy, ineceği örtü olarak bu mihrakı seçmişti... Benim örtümün dışında başka hiçbir kadının örtüsüne inmemiştir o Vahiy...

Ve iğ...

Meryem Annemizden yeryüzü kızlarına intikal etmiş bu en eski kadınlık sanatının talebelerinden birisiydim işte... Yün eğirir, ip büker, Resulallah'a(s) yetiştirirdim. Bizim tuttuğumuz iğler ile örülürdü Medine'nin kumaşı... Kadın olmak, sabretmekti. Kadın olmak, geceyi gündüze bağlayan siyah iple ak ipi ardı ardınca dokumak... Kadınlık, varoluş sanatıydı. Duvarda asılı iğe bakardı tarihin yüzü, zamanı kadınların tuttuğu iğler kurardı. Uykusuz.

Ve misvak...

Yeryüzündeki Tuba ağacı gibi olurdu O'nun(s) güzel ellerinde tuttuğu misvaklar... Bense bir koşu gider, sakladığım köşelerden bulup çıkarırdım bu hoş kokulu küçük ağaççığı... Islatır, uçlarını püskül püskül açar, etrafa saçtığı nefasetli kokuyu hiç uçurup kaçırmadan yetiştirirdim Resulallah'a(s)... Misvak, tazelikti, nefesi açan bir ferah buhardı, nemdi çölün içinde, bir gölgelik esintisi gibi gezinirdi dilin üstünde... Misvak, genç ve yeni olan demekti. Misvak bana benzerdi. Misvakı özler ve arardı Allah Resulü. O(s), temiz olanı severdi...

Benim ardı arkası kesilmeyen sorularım ve hiç bitmeyen meraklarıma hiçbir zaman kızmamıştır Resulallah(s).

"Merak ettiğim bir husus var ey Allah'ın Resulü..."

"Nedir o Aişe..."

"O gün ki yeryüzü, başka bir yeryüzüne, gökyüzü de başka bir gökyüzüne dönüştürülür ve insanlar Bir ve Kahhar olan Allah'ın huzuruna çıkarlar" diyor ayet-i kerimede. Madem yeryüzü de gökyüzü de bugünkü gibi olmayacak... O gün insanlar nerede toplanacaklar?

Böyle bir sorunun şimdiye kadar kendisine sorulmadığını zikrederek memnuniyetini ifade etmişti...

"Ey Aişe... O gün, insanlar Sırat üzerinde bulunurlar..."

Ağlamaya başlamıştım... Ne olduğunu sordu...

"Ahireti düşünüyorum... Acaba o günlerde, Ehl-i Beyt'inizi, ailenizi, bizleri hatırlayacak mısınız?"

Birden ciddileşip, sanki o anı yaşıyormuşçasına vermişti cevabını...

"Nefsimi kudret elinde bulunduran Rabbime yemin ederim ki üç yerde kimse kimseyi hatırlamaz. Terazi başında ameller tartılırken, sevabı mı yoksa günahı mı ağır basacağı belli olmadan... Amel defterleri dağıtılırken, sağından mı yoksa solundan mı verileceğini bilmeden... Ve Sırat köprüsünden geçinceye kadar... Bu üç yerde, insan kimseyi hatırlamaz..."

Daha da artmıştı ağlamam verdiği cevapla...

Başımı okşuyordu merhametle...

Hesabın zorluğuna dair birkaç söz edince O(s)...

"Hesabı kolay soracağı kişilerden de bahsetmiyor mu Allahu Teala ayetlerinde ya Resulallah(s)?" dedim...

"O arz edilmekle ilgilidir... Hesaba çekilmekle ilgili değil. Her kim ince hesaba çekilse helak olur..."

O, dosdoğru olmaya azmeden bir Müslüman'dı... Dosdoğru namaz kılan. Dosdoğru oruç tutan. Zekâtı dosdoğru verip haccı dosdoğru ikmal eden bir Müslüman olmaya itina gösterirdi...

"Ya Resulallah, cennetle müjdelendin" dediğimdeyse... Allah'ın rahmeti yetişmezse, kendisinin bile eda ettiği ibadetlerle kurtuluşa eremeyeceğini söylerdi...

Yatmadan evvel en az yetmiş kere istiğfar eder, sabahlara kadar kıldığı gece namazlarında Rabbine hamd eder, mağfiretini, rahmetini dilerdi...

Dikkatimi çekmek istediği zamanlardaysa; "Ey Ebubekir'in kızı... Ey Sıddîk'in kızı... Ey Aişe" diye üst üste çağrılarda bulunurdu. İşte o zaman tüm bedenim ve ruhum kulak ve gözden ibaret kalırdı. O'nun(s) her dediğini ezberlerdim lakin bu şekilde künyelenmişlerse, adeta sözleri ruhuma işlerdi, nakşolunurdu, kazınırdı...

Mü'minun suresindeki "...Rablerinin huzuruna döneceklerinden yürekleri korku ile çarparak vermeleri gerekenleri verenler"in kimler olduğunu sormuştum... Kimdi bu korkanlar? Zina işlemiş, içki içmiş, büyük fenalıklar ettikten, nice hayırsızlıklara bulaştıktan sonra Rablerinden korkup da verenler miydi?

"Hayır, Ebubekir'in kızı... Hayır, Sıddîk'in kızı... Buradaki korkanlardan murat, kabul edilmemesinden korkarak namaz kılan, oruç tutup sadaka verenlerdir..." demişti...

O'nun(s) künyelerle konuşması... Sadece beni değil, tüm muhataplarını kendine çekerdi... Bir büyük ışıma gibi, güneşin ortalığı apaydınlık eylemesi gibi olurdu O'nun(s) her konuşması...

Bana O'nu(s) soran gençlere dediğim gibi... "Siz hiç Kur'an okumaz mısınız? O(s), yürüyen bir Kur'an-ı Kerim'di adeta..."

Konuşması gayet berrak bir aydınlanma gibiydi. Ufuk açardı...

BEDİR GÜNÜ...

Bizlerin Medine'de yerleşmesi, Mekke'nin Şam ticaret yolu güzergâhında, elbette ki istenmeyen bir durumdu. Çünkü Şam üzerinden Mekke'ye geri dönecek ticaret kervanları Kızıldeniz'deki Yenbu limanıyla kısmen denize yakın Bedir arasındaki sığlık kumuldan geçerdi. Medine'nin hemen güneyindeki Ebva'dan Hudeybiye'ye iner, oralardan da Mekke'ye, Taif'e geçerlerdi... Medine; Şam ile Mekke'nin arasındaki nefes borusu gibi bir şeydi seyyahların anlattığına göre...

Nitekim Ebu Süfyan ve kırk adamının korumasındaki büyük Mekke kervanı Şam dönüşünde Medine'ye yaklaştıkça başta Ebu Süfyan olmak üzere ciddi tereddütler yaşanmıştı. En sonunda Dumdum b. Amr adındaki bir gözcüyü aceleyle Mekke'ye yollamışlar. Âdet üzere çırılçıplak Kâbe'ye varan Dumdum, beklenen kervanın, Medineli Müslümanlarca kıstırıldığını abartılı bir şekilde bağıra bağıra anlatmıştı herkese...

Medineli Müslümanlara karşı çoktan beridir planladıkları kalkışmayı bir türlü fiiliyata dökemeyen, kamuyu bu konuda bir türlü yeterince ikna edemeyen Ebu Cehil ve arkadaşları Dumdum'un bağıra çağıra aktardıklarını fırsat bilmişlerdi...

"Medineliler kervanımızı talan etmişler, herkesi kılıçtan geçirip mülkümüzü yağmalamışlar" diye bir yaygara başlatmışlar, bu telaşı örgütlemekte de cidden başarılı olmuşlar, kısa zamanda üç yüz yaya asker, yedi yüz deve sahibi süvari ile güçlü bir ordu kuruvermişlerdi bile...

Resulallah(s) da uyanık sahabilerden Besbas ve Adiyy'yi kervanı gözetleyip bilgi almaları için yollamıştı.

Neticede yetmiş deve ve iki at ile gayet mütevazı bir topluluk olarak Medine Müslümanları da yola çıkmıştı. Herhangi bir karşılaşma olacaksa buna hazır olduğumuzu, onlardan korkmadığımızı, bizi yurdumuzdan çıkaranlara karşı özgüvenimizin yüksek olduğunu göstermek istiyorduk.

Resulallah(s) her gördüğünde gönlünü almaya özen gösterdiği gözleri âmâ sahabisi Ümmü Mektum'u, imamlık yapması için Medine'de bizlerin yanında bırakacaktı. İdari işlerdense Ebu Lübabe olacaktı sorumlu kişi...

İslam ordusunun sancaktarlarıysa damadı Ali b. Ebu Talip, eşraftan olduğu halde ailesi tarafından dışlanmış genç öğretmenlerimizden Mus'ab ve gözüpek, vefakâr Sa'd b. Muaz'dı... Onların sancaklarını açarak yürüyüşleri hepimizi çok duygulandırmıştı...

Bedir, Medine'ye üç günlük yürüme mesafesinde, cenubi şark istikametinde, sahile epey yakın, hurma bahçeleriyle, rüzgâr estikçe uğuldayan delikli dağlarıyla namlı bir beldeydi...

Sefere çıkmadan evvel, keşif gezileri yapar, bu tür gezilerin etrafta endişe uyandırmaması için bazen ailesinden birilerini de yanına alır giderdi... Medine'de Bedir'e doğru üç konak mesafedeki kırlık alana vardığımızda, değneğini havaya kaldırarak sormuştu bana:

"Uveyş... Yarışa var mısın benimle?"

Ne olduğunu anlamayarak yüzüne bakmıştım...

"Haydi devenden in ve yarış bakalım benimle ey Ebubekir'in kızı!"

Yarışmak mı?

Resulallah(s) ile mi?

Elleri yukarıda beni koşmaya davet ediyordu...

Hemen hızlıca devemden inip gömleğimi belime dolamaya başlamıştım, etek uçlarım koşarken bileklerime dolanmamalıydı...

Bu halimi görünce güldü, kaşlarını kaldırarak...

Yere, elindeki hurma dalından değnekle düz bir çizgi çekti, sonra birkaç kez değneğin ucuyla çizgiye vurarak hizaya girmemi işaret etti...

İkimiz de durduk çizginin üzerinde... Ben O'na(s) bakıyordum. Değneği havadaydı.

Başını salladı, salladı... Sonra havadaki değneği aniden yere indirerek yarışı başlattı...

Var gücümle koşuyordum... Kırlık düzlüğün bitimindeki bodur çalılara kadar koşmuştuk...

Beni geçmişti...

Nefes nefese O'na(s) yetiştiğimdeyse...

"İşte bu Zatü'l-Mecaz'ın karşılığıdır sana Hümeyra..." demişti... Dizlerimi tutarak hızla nefes alıp veriyordum, ciğerlerimdeki körük yetişemiyordu içimdeki rüzgâra...

Nişanlılık günlerimizde babam Ebubekir'in götürmem için verdiği bir emaneti yerine ulaştırmak için hızla yola çıkmıştım Zatü'l-Mecaz taraflarına doğru... Meğerse Resulallah(s) da arkamdan bana yetişip elimdeki emaneti alıp kendisi götürmek istermiş... Ama o zamanlar şimdikinden çok daha zayıf, tüy gibi çevik olduğumdan... Bana yetişememiş bir türlü... "Ne kadar da hızlı..." demiş benim için...

O(s), en zor zamanlarında bile ailesine karşı samimi, yükü, endişeyi giderici, çok sevimli birisiydi...

Benim yarışçı mizacımı bildiği ve çok çocuksu bulduğu için bazen kendisi de tatlı karşılıklarla katılır, çoğu kez de bunun bir nevi hırsa dönüşmemesi konusunda güzel ikazlarda bulunurdu...

"Bazen kazanırız yarışmaları, bazen de kaybederiz" derken, dünyanın galibiyetlerden ibaret olmadığını hatırlatırdı bizlere...
Atların koşuşmasını da böyle seyrederdi mesela. Onların yarışmasını heyecanla izler, bazen kendi atının birinci gelmesiyle çok sevinir, bazen de arkada kalınca atı, gider birinci gelen diğer at ile süvarisini tebrik eder, över, hediyeler verirdi... Onun muharebeleri de böyle olmuştur... Bazılarından galip bazılarındansa mağlup olarak çıkmış, ama istikametini asla değiştirmeden gayretli duruşunu hiç terk etmemiştir...

Bizi, Bedir'e hazırlıyordu her haliyle işte... Bana yaptırdığı koşu talimleri bile, bu hazırlıkların bir parçasıydı aslında. Kadınlar arasında çok iyi at binip sıkı kılıç tutanlarımız da vardı, mesela halamız Safiyye, değnekle savunma sanatında namlı kişilerden birisiydi. Sahabeden Nesibe kadar iyi kılıç kullananı azdı. Leyla Gıffari, Ümmü Amare, Ümmü Süleym, Ümmü Eymen, Ümmü Zeyad, Ümmü Sinan, Rübeyyi, Kuaybe ve Enes'in annesiyle ben, çok hızlı koşanlardandık. Cephe gerisinde su taşırdık, askerlere un çorbası hazırlardık, yaralılarla ilgilenip okları toplardık.

Hemşirelerden, hastabakıcılardan birisiydim aynı zamanda... Maristan adını verdiğimiz bir Hastalar Evi kurulurdu savaş zamanlarında Mescid'in yanına. Eslem kabilesinden Rüfeyde adlı bir hanım, Maristan'ın başhemşireliğini yapardı. Rüfeyde'nin evine götürürlerdi hastaları ve yaralıları... Kadınlar, muharebe günlerinde pasif de olsalar önemli bir etkinliğin içinde olurlardı her zaman...

......

Ramazan'dı.

Oruç günleriydi ordu Bedir'e doğru sefere çıktığında... Anlattıklarına göre, bineklerine nöbetleşe çıkar, hatta Resulallah(s) bile kimi zaman yürüyüp kimi zaman da süvari olurmuş. "Sizler de yürümekte benden kuvvetli değilsiniz. Sevap ve mükâfat kazanma yolundaysa ben de sizler gibiyim" dermiş...

Bir ara, oruçlu ve yoksunluklarla düzülü taifesine bakarak duygulanınca şöyle dua etmiş, gözleri yaşararak:

"Allah'ım! Bunlar yaya ve yalınayaklar, Sen onları donat... Allah'ım! Bunlar açık ve çıplaklar, Sen onları giydir... Allah'ım! Onlar açlar, Sen onları doyur... Allah'ım! Onlar yoksullar, Sen onları fazlınla kereminle zenginleştir..."

O gün... Onlardan başka İslam'ın neferi yoktu koskoca dünyada. Onlar ilklerin de ilkiydiler...

Ebu Cehil'in, topladığı orduyla geceyi gündüze katarak hızla ve hışımla kendilerine destek olmak üzere yaklaştığını öğrenen Ebu Süfyan, rahat bir nefes alarak, kervanı hemen deniz kenarına kaçırmaya karar vermişti bu arada...

Ebu Cehil ise zaten kervan derdinde değildi. Onun maksadı Medine'ye göç eden Muhammed(s) ve adamlarını imha etmekti...

Hz. Peygamber(s), kervanın deniz yönüne kaçtığını, öfkeli müşrik ordusununsa üzerlerine doğru geldiğini haber alınca, dönüp arkadaşlarına sordu:

"Ey arkadaşlarım... Kureyş, Mekke'den sökün etti, bilesiniz ki üzerimize doğru büyük bir öfkeyle, azgınlıkla gelmekteler... Ne dersiniz? Sizce kervan mı daha uygundur? Yoksa Kureyş Ordusu mu?"

İçlerinden bazıları; "Kervan daha uygundur" demişler...

Birkaç kez daha yinelemiş sorusunu Resulallah(s)...

"Kervanı takip ederek ele geçirmek daha kolaydır" denmiş...

Resulallah(s) onları dinledikten sonra üzüntüyle ayağa kalkınca... O'nun(s) doğruluşundan ne demek istediğini anlayanlar, kendilerine gelmişler...

Bunun üzerine babam Ebubekir, Kureyş Ordusu'yla karşılaşmanın daha doğru olacağını anlatan beliğ bir konuşma irad etmiş... "Ey Allah'ın Resulü, Allah sana neyi emrettiyse onu yap" demeye başlamış diğerleri de...

Mikdat b. Amr, gözyaşlarıyla haykırmış: "Biz seninle beraberiz. Seni hak olan Kitap'la gönderen Rabbimize yemin olsun ki, sen bizi beş günlük mesafede olan Birkü'l-Gamad'a yollayacak olsan bile seninle geliriz, senin sağında solunda, önünde ardında çarpışırız..."

Mikdat, muhacirlerin temsilcisi olarak konuşmuştu Furkan Günü'nde...

Peki ya Ensar? Onların düşüncesi neydi Bedir Günü'nde...

Onlar adına da Sa'd b. Muaz aldı sözü:

"Ey Allah'ın Resulü! Biz sana iman edip seni tasdik ettik. Bize getirdiğin şeyin hak ve gerçek olduğuna şahitlik ettik. Sana itaat etmek ve sözünü tutmak konusunda söz verdik. Ne istiyorsan onu yap! Biz seninle beraberiz! Seni Hak din ve Kitap'la gönderen Allah'a yemin olsun ki, sen şu denize dalacak olsan, bir an bile tereddüt etmeden biz de seninle birlikte dalarız. Bizden bir kişi bile geride kalmaz. Yarın bizimle birlikte düşmana karşı gitmenden rahatsız değiliz. Bizi zorluklara göğüs gererken, senin emrine uyup sabredenlerden bulacaksın. İnşallah Allah, gözlerini aydınlık kılacak nice kahramanlıklarımızı göstersin sana... Allah'ın bereketi ile yürüt bizi! Sonuna kadar seninle beraberiz."

Onun bu coşkulu konuşmasıyla gözler yaşarmış, ayaklara direnç, bileklere şevk gelmiş...

Onlar, ilklerdi. Ahirette ve cennette de ilkler olacaklardır... Resulallah(s) onların hatırını çok aziz tutardı...

Gece garip bir şey yaşadıklarını anlatırdı babam Ebubekir ve diğer Bedir gazileri bizlere... Onu sizlerle paylaşmak isterim...

Karanlık çökünce latif bir yağmur yağmaya başlamış inceden inceye... Kimi deri kalkanlarının altına, kimi ağaçların altına sığınmışlar. Birbirlerine sokularak derin ve sanki kuştüyüyle kabartılmış bir uykuya dalıvermişler hepsi de... Bir tek Resulallah(s) uyumamış sabaha kadar. Arkadaşlarının üzerlerini örtmüş, gözleri yaşararak onları tek tek okşamış, dualar etmiş her birinin başında... "Allah'ım!" demiş... Yağmurun altında mışıl mışıl uyuyan dostlarına bakarak... "Şu Müslümanlar şayet helak olursa, yeryüzünde Sana ibadet edecek kimse kalmaz!"

O'nun(s) güzel sesiyle uyanmışlar fecr vakti...

"Ey Allah'ın kulları! Kalkınız namaza!"

Allah'ın onlara bahşettiği o şeker gibi uykudan derhal çözülerek, yeni birer kılıç misali parıldamış hepsi de...

Tekbir... Kıbleye dönüş...

Onları sıraya sokmuş titiz bir ordu kumandanı olarak. Bir ara diğerlerinden öne çıkarak hizayı bozan Sevad'ı kamçısının ucuyla geriye doğru teşvik edince, Sevad itiraz etmiş, "Ey Allah'ın Resulü, canımı acıttınız, kısas isterim!"

Herkeste şok tesiri yapan bu itiraza Resulallah(s) derhal gömleğini çözerek cevap vermiş, "Gel ve kısasını derhal al..."

Sevad, herkesi şaşırtan bir hamleyle gömleğini açan Resul'ün(s) boynuna sarılıvermiş sıkı sıkıya...

"Anam, babam ve bu canım sana feda olsun ya Resulallah! Bugün Allah'ın emriyle ecelimin geldiğini görür gibiyim. Ölüp de senden ayrı kalmazdan evvel sana dokunup tenine sarılmak istedim. Ne olur hakkımda dua et..."

Hepsi birbirlerine sarılmışlar...

Resulallah(s) onlara güven veren bir konuşma yapmış ardından...

"Bugün burada Allah'ın sizlere rahmet affıyla vaat ettiği şeye ulaşmak için çabalayın ve imtihanı kazanın. Bilin ki O'nun sözü hak ve azabı çetindir. Ben ve sizler, Hayy ve Kayyum olan Allah'a bağlıyız. O'na sığındık. O'na tutunduk. O'na güvenip dayandık. Dönüşümüz O'nadır. Allah'ım, beni ve bu mü'min kullarını bağışla..."

Dua ederken o kadar kendinden geçmiş ki bir ara, sırtındaki abası sıyrılıp yere düşmüş.

Babam Ebubekir, abasını yerden alıp omuzlarına koyarken ağlamış:

"Ey Allah'ın Resulü(s)!" demiş...

"Rabbin vaadini yerine getirecektir..."

......

Bedir Harbi'nin hepimiz için anlamı ve zorluğu ortadaydı aslında... Kureyş'in gözbebekleri, yine Kureyş'ten çıkartılmış akrabalarına karşı kılıç çekmişlerdi... Ağabeyim Abdurrahman da müşrik ordusuyla çıkıp gelmişti mesela... O hem çok iyi bir savaşçı hem de çok iyi bir hatip olduğundan kibirli nakaratlarıyla girince meydana... Babam yerinden doğrulup kabzasına el atmış... Resulallah(s) durdurmuş babamı... Abdurrahman, babamın hiddetini görünce, korkup gerilere kaçmış...

......

O günün en önemli olaylarından biri de Bedir mücahitlerinin melekler tarafından desteklenmesidir. Allah'ın emriyle peş peşe gelen bin melek, Hz. Cebrail'in önderliğinde Allah'ın ordusuna iştirak etmişlerdir...

Başta Ebu Cehil, Utbe, Şeybe, Umeyye gibi müşrik liderler olmak üzere Mekke ordusu büyük hezimete uğramıştı...

Vefat edenlerin gömülmesi, yaralanmış olanların tedavisi bittikten sonra, arkadaşlarıyla esirlere nasıl muamele etmeleri gerektiğini müzakere etmeye başlamıştı Allah Resulü(s)...

İstişarede Ömer b. Hattab, yüksek sesle esirlerin derhal öldürülmesi gerektiğini söylüyordu...

Babam Ebubekir ise esirleri öldürmektense fidye alınarak serbest bırakılmalarını, serbest kalanların başlarından geçenleri Kureyş'e anlattıklarında, savaş stratejisi gereği daha anlamlı bir sonuç alacaklarını söylüyordu...

Uzun istişarelerden sonra babamın fikri daha uygun bulunmuş...

Resulallah(s) esirlere adaletli davranılmasını söylerdi her zaman. Medine'ye dönüş yolunda esirleriyle yemeklerini paylaştıkları gibi, bineklerini de paylamışlardı... Yine alınan bir karara göre, müşrik esirlerden her kim on Müslüman'a okuma yazma öğretirse serbest bırakılacaktı...

Resulallah(s) öğretmenleri çok sever, değer verirdi. Kendisini imha etmeye azmederek gelmiş kişileri bile okuma öğretmesi karşılığında hür bırakacak kadar... O(s), kitaba, harflere de öğretmenlere gösterdiği gibi, hürmet gösteren bir kişiydi.

Ne ki Medine'ye dönüşlerinde onları hüzünlü bir haberdi karşılayacak olan...

Resulallah'ın(s) kızı Rukayye vefat etmişti. Savaşa katılmamış birkaç erkekle biz kadınlar, onu kabre indirmeye hazırlanırken geri dönmüştü İslam ordusu...

O'nda(s) hüzün ve sevinç hep iç içe akan kaderlerdir...

Yeryüzünün ilk Müslümanları, verdikleri ilk savaştan zaferle dönüyorlardı gerçi... Ama Son Peygamber'in(s) evindeki gül renkli ışığı sönüvermişti işte...

O'nun(s) kalbini yaralayacak diğer bir hadise de büyük kızı Zeynep'le ilgiliydi... Zeynep, İslam'a henüz girmemiş eşinin izin vermemesi üzerine, bizlerle birlikte Medine'ye hicret edememişti. Eşi Ebu'l As b. Rebi, esir düşmüş müşrikler arasındaydı...

Fidye karşılığı serbestiyet kararı verildiğinden, Kureyş'ten yağan fidyelerle dolup taşıyordu hazine... Bir gün bir gerdanlık getirip Resulallah'a(s) uzattılar...

Resulallah(s) elindekini evirip çeviriyor, yaşlı gözlerle bakıyordu tuttuğu bu pahalı mücevhere...

Haticetü'l-Kübra'ya aitti bu gerdanlık...

Onu, kızı Zeynep'in düğününde o hediye etmişti evladına...

Resulallah(s) bunu hemen tanımıştı, bu hazin hatırayla kalbi sızlayarak gözünden yaş gelmişti... "Eğer..." demişti kederle... "Müsaadeniz olursa, esiri serbest bırakıp gerdanlığı da sahibine teslim edelim..."

Ebu'l As'ı serbest bırakmışlardı. Zaten o da Medine'de gördüğü güzel muameleden sonra dönüşte eşi Zeynep'in Babasına kavuşmasına izin verecekti. Müşriklerden Hind'in kışkırtmalarıyla harekete geçen kendini bilmez birkaç kişi Zeynep'in yolunu kesecek, onun devesinden düşmesine sebep olacaktı. Zeynep'se hamileydi o sıralar... Bebeğini bu düşme sonucu kaybedecek, uzun süre hasta yatacak, biraz iyileşip de Medine'ye Babasının yanına mülaki olduktan kısa bir süre sonra da vefat edecekti...

Zeynep'in acıklı hayatını ne zaman hatırlasak gözyaşı dökerdik. Onun eşi İslam'a girmekte ilkin tereddüt etse de huy ve ahlak olarak iyi bir kimse olduğu için Zeynep'i büyük bir aşk ve kıymetle sevdiğinden biz onun İslam'a girmesi için dua ederdik. Bedir'den sonra Müslüman olmuştu Ebu'l As. Ama çile ve mihnetlerle yürüyen bu evlilik, uzun süre devam edememişti işte...

Kızlarının kabre inişini görmüş bir Babaydı O(as)...

Hicret'in ikinci yılında, tüm kederlerine rağmen, Bedir Harbi'nin zaferiyle giriyorduk Ramazan Bayramı'na...

Biz Medine'ye vardığımızda orada iki bayramın kutlandığını görmüştük. Birisi baharın başlangıcı olan Nevruz'du. Diğeriyse sonbaharın başlangıcında geceyle gündüzün eşitlendiği Mihrican Günü... Yahudilerin kutladığı Yevmi's-Seb, Yedinci Gün Bayramı'na da herkes katılırdı Medine'de...

O yıl ilk kez Medine'nin biraz dışarı kısmında Musalla denen yerde toplanmıştı Müslümanlar, Resulallah'ın(s) davetine icabet ederek... Tüm yetişkin erkekler, kadınlar, genç kızlar hatta çocuklar, Musalla'da ilk bayram namazımızı Resulallah'a(s) uyarak eda ettik...

Sonra kadınlarla erkekler kendi gruplarını kurarak, değişik oyunlar, eğlenceler yaptılar, şiirler okundu, hikâyeler anlatıldı, şarkılar söylendi... Genç erkekler mızrak-kalkan oyunları, ciritler tertip ettiler, bizler de heyecanla seyrettik...

Hatta mızrak ve kalkanlarını çarpıştırarak oyun sergileyen bir Habeş topluluğunu iyice seyredebilmem için Resulallah(s) benim önüme geçti. Eliyle dayandığı eşikten gülümseyerek bakıyordu yapılan gösteriye... Yanağımı O'nun(s) omzuna dayayarak ben de seyrediyordum onları... "Tamam mı, seyrettin mi?" diye soruyordu bana zaman zaman... Ben, "Biraz daha" diyordum... O'nun(s) omzuna yaslanarak seyrettiğim bu cümbüş, nice zorlu günlerden sonra bayramın ne demek olduğunu fısıldıyordu sanki bana... Genç kızlar ve çocuklar hemen O'nun(s) etrafını kuşatıp çiçekler serpiyor, şiirler söyleyip çaldıkları defler eşliğinde şarkılar inşad ediyorlardı... Herkes gülümseyerek birbirine sarılıyor, evlerde hazırlanan hurma tatlılarından ikram ediyor, hüzünleri, kırgınlıkları bir köşeye kaldırarak yepyeni bir umut sofrasında birleşiyordu...

Resulallah(s) da cebinde getirdiği hurmaları havaya doğru saçarak, "Haydi yağma var!" diyerek çocukları kapışmaya davet ediyordu...

O(s), hayatı boyunca bayramları çok severdi, insanların neşeyle etrafında koşuşmasından apayrı bir lezzet duyar, binlerce kere hamdler ederdi Rabbine... O(s), Rahmet Peygamberi'ydi. Affı, keremi sonsuz olan Allah'ın, affı ve keremi aziz tutan Peygamber'iydi...

......

Yine bir bayram sabahıydı...

Bayram namazından neşeyle dağılan insanların arasındaydı Hz. Peygamber...

Yollara küçük ikramlar sermiş olan bazıları, "Buyurun, buyurun" diyerek hurmaya, süte, ekmeğe davet ediyordu Mescid'den çıkanları...

Çocuklar, neşeyle çığlık atan küçük kırlangıçlar gibi bir o yana bir bu yana koşuşarak oyunlar oynuyorlardı kendi aralarında...

Gelen geçen herkes bu şen şakrak çocuk topluluğuna sevinçle bakıyordu... Çocuklar bayramın neşesiydi çünkü...

Biri hariç...

O, kıyıya çekilmiş başını elleri arasına almış mahzunca seyrediyordu oynayan arkadaşlarını...

Anası da yoktu o çocuğun, babası da... Arkadaşlarını seyrediyordu...

Gelen bayram sabahıydı oysa...

Oysa o, gelen bayram sabahı da olsa, ellerini değdiremiyordu o sabaha...

Derken kalabalığı yara yara ilerleyen Sevgili Peygamberimizin(s) de yolu çocukların arasına düştü.

Âdeti üzere çocukların halini hatırını sormaya yöneldi Hz. Peygamber(s)...

"Cennet kokusudur" dediği çocukların başlarını okşadı.

Tam o anda... Kıyıda onları mahzunca seyreden garip çocuğu fark etti Kâinatın Efendisi(s)...

Kalbinden vurulmuştu adeta onu öylece tek başına ağlamaklı oturur görünce...

"Evladım" dedi küçük çocuğa…

"Sen niçin oynamıyorsun?"

Çocuk, derhal ayağı kalkarak eski ve yıpranmış elbiselerine çeki düzen vermeye çalıştı.

"Efendim" dedi başını öne eğerek, "ben yetimim... Annem de yok babam da…"

Sustu. Yutkundu çocuk. Gözlerinden yağmurlar akmaya başladı...

O anda bütün şehir havalanmıştı sanki.

Medine yükselip yükselip…

Ta göklerden aşağı doğru hızla inmişçesine…

Omuzlarına binmişti sanki bu söz Hz. Peygamber'in(s).

"Ben yetimim…"

Şehir apağır.

Şehir bir yetimin sözüyle kurşun kadar ağır.

Bayramın bir türlü gelmediği, gelemediği o küçük kuzuya bakarak gözleri yaşarmıştı Kâinatın Efendisi'nin...

Yer gök şahitti ki o anda iki yetimdi onlar…

"Ben de yetimim" dedi Hz. Peygamber(s)…

Elini uzattı küçük çocuğa:

"Ben baban, Aişe annen, Hasan ve Hüseyin de kardeşlerin olsun mu?"

Çocuk gözlerinin içi gülerek söyledi:

"Olsun… Olsun… Olsun…"

Hz. Peygamber(s) yetim çocuğu evimize getirdi, onu baştan aşağı giydirdik, yüzünü, saçlarını yıkadık...

Doğruca bayram yerine fırlayan küçük yetim, arkadaşlarının arasına karıştı. Neşesini gören arkadaşları sordular:

"Ne oldu sana?"

Çocuk "Hiç..." dedi omuzlarını silkerek...

"Resulallah babam, Aişe annem, Hasan ve Hüseyin kardeşlerim oldu, yani bugün bayram geldi bana..."

KAYNUKALARIN ANTLAŞMAYI BOZMALARI VE UHUD HARBİ...

Medine'de birlikte yaşadığımız Kaynukalar, Hicret'in daha ilk aylarında akdedilmiş Medine Vesikası'ndaki karşılıklı güven ve emniyete dair sözleri ne yazık ki çabucak unutmuş gibiydiler. Önceleri gizli gizli, sonralarıysa artık iyice aşikârlaşan sataşmaları, Bedir Harbi'nin akabinde iyice artmıştı.

Medine'nin zengin tüccarlarıydı onlar aslında. Kuyumculukla uğraşırlar, altın işleme sanatında, gümüş işçiliğinde ustalıklarıyla tanınırlardı. Kuyumculuğun yanı sıra, parasal gücü de kontrol ettiklerinden, borç alıp verme, tefecilik ve pazar vergilerinin takibi gibi konularda da söz sahibi bir topluluktu Kaynukalar...

Ne olduysa o gün olmuştu işte...

Kaynukaların iki tarafı da yan yana kuyumcu dükkânlarıyla bezeli büyük çarşısında alışverişe çıkmış bir Müslüman hanımın safiyane tavrından istifade eden bir grup esnaf, ona feci bir oyun hazırlamışlar...

Zaten Kaynukalar, Mekke'den gelişimizi ve kısa zamanda Medine'ye dahil oluşumuzu hiç hazmedememişlerdi. Ensar'a da bizlere gösterdikleri kardeşlik ve misafirperverlik yüzünden çok kızgındılar. Dışarıdan gelip şehirlerini, şehir düzenini bozduğumuzu dile getiriyorlardı hemen her fırsatta…

Zavallı kadının eteklerini, o hiç fark etmeden iğnelerle sırtına doğru iliklemişler, bir kısmını da kadıncağız satın alacağı altınlarla ilgilenirken, oturduğu sedire raptetmişler… Kadıncağız işini bitirip parasını ödemek için ayağa kalktığında olan olmuş… Eteğinin bir kısmı oturduğu sedirde kalmış, onu kurtarmaya çalıştıkça, diğer parçası da sırtına ilikli olduğundan, kadının alt kısmı tamamen çırılçıplak kalıvermiş.

Kadıncağız mahcubiyet ve telaşla kendisini sakınıp örtmeye çalıştıkça, onlar da ortalarına aldıkları bu kadını taciz etmeye başlamışlar… Yoldan geçen bir Müslüman delikanlı kadının yardımına koşmuş… "Ne yapıyorsunuz!" derken onu da itip kakmaya başlamışlar, kavga büyümüş ve delikanlıyı oracıkta öldürüvermişler…

Olay kısa zamanda Müslüman mahallesinde duyulunca hepimiz çok üzülmüştük, epeydir biriken şikâyetlerimiz taşma noktasına varmıştı…

Olayı toplumumuza karşı pervasız bir had aşımı olarak gören Resulallah(s) derhal Kaynuka Çarşısı'na gidip yüksek sesle seslenmişti Yahudilere:

"Ey Yahudi topluluğu! Kureyş'in Bedir'de uğradığı bozgunun sizlerin de başına gelmesinden çekininiz. Gelin Müslüman olun. Aslında biliyorsunuz ki ben Allah tarafından gönderilmiş bir Peygamber'im."

Onlar ise bu sözlerle alay edip meydan okumaya devam ettiler: "Ey Muhammed! Savaşmayı bilmeyen, doğru dürüst bir düzenleri olmayan, intizamdan mahrum bir toplumla çarpışıp elde ettiğin başarı seni aldatmasın. Vallahi savaşmaksa bizler onu Kureyş'ten çok daha iyi biliriz. Eğer bizimle savaşacak olursan, ne demek istediğimizi gayet iyi anlarsın..."

Akabinde Resulallah'a(s) gelen ayet, O'na bu konuda nasıl davranması gerektiğini söylüyordu:

"Anlaşma yaptığın topluluğun hainlik yapmasından korkarsan, sen de hak ve adalet esasları çerçevesinde yaptığın bu antlaşmayı onların üzerine at. Allah hainleri sevmez..."(Enfal, 58)

Anlaşılan, Medine Vesikası artık bozulmuştu...

Apaçık bir hıyanetle karşı karşıyaydık...

Bir Müslüman hanımın tesettürü ve iffeti üzerinden çıkarılan ve ölümle neticelenen bu üzücü olayı, toplumsal şeref meselesi olarak gören Resulallah(s) çok kararlıydı...

Arkadaşlarıyla birlikte atlarına atladıkları gibi Kaynuka bölgesine hareket ettiler. Kaynukalar, onları görünce kale kapılarını sıkıca örterek savaş tahkimine geçtiler. Kuşatma on beş gün kadar sürdü. Sonrasında Resulallah'ın(s) vereceği karara uyacaklarını söyleyerek teslim olmaya karar verdiler.

Yapılan istişareler neticesinde, Kaynukalara üç gün mühlet verildi, sürgün edileceklerdi... Yurtlarından çıkarılacak olmaları elbette sarsıcıydı. Ama bunu biz istememiştik. Bu kötü sonu hazırlayan onlardı... "...Ey iman edenler, sizden önce kendilerine kitap verilenlerden dininizi alay ve oyun konusu edinenleri ve kâfirleri dost edinmeyin, eğer müminlerdenseniz, Allah'tan korkun" (Maide, 57) diyordu inzal olan ayet...

İslam, alay ve oyun konusu edilemezdi ve Resulallah(s) bu konuda çok hassastı... Müslüman kadınların onuruna ise her şeyden daha çok düşkündü Allah Resulü(s)...

Mekke müşrikleri yaşadığımız her olayı, geçtiğimiz her badireyi yakinen takip ediyorlardı. Bedir'de yaşadıkları bozgun onları çılgına çevirmiş, özellikle Hind'in başını çektiği kadınlar topluluğu, bizlerden öç almadıkları sürece yastan çıkmayacaklarını, yüzlerine su sürmeyip gece gündüz ölülerine ağıt yakacaklarını, erkeklerini yataklarına yaklaştırmayacaklarını söyleyerek yeminler içiyorlardı... Onların bu her geçen günle birlikte bileylenen nefretleri, kâh seyyahlar kâh gözcüler, haberciler aracılığıyla bizlere kadar ulaşıyordu...

Müşrik kadınlar Bedir'in öcünün peşindeydiler, kocalarının derdiyse sadece kin ve nefret değildi.

Onlar, ne tarım ne de hayvancılıkla, ancak ticaretle ayakta duran bir şehir olan Mekke'nin özellikle Şam bağlantısını kesmiş biz Medinelilerden şikâyetçiydiler... Medine, Mekke'nin nefes borusunu kesmişti... İpek ve Baharat yollarının Mekke'ye intikali demek olan bu büyük ticaret yolunun üzerindeki Medine ve Medine'deki biz Müslümanlar, onlar için hayati bir tehlikeydik artık. Kendilerini ablukada hissediyorlardı... Üstelik Resulallah'ın(s) çevre kabilelerle yaptığı dostluk antlaşmaları ve hızla yayılan İslam dini sayesinde, ciddi bir yalnızlaşmaya da mahkûm olmuştu Mekke...

Mekkeli müşrikler için iş, giderek bir hayat memat meselesine dönüşüyordu. Bu yüzden Bedir'deki gibi kendilerini yanıltıcı bir özgüven içinde uyuşmaktansa, hem mali hem stratejik olarak hazırlanacakları yeni bir imha savaşını olgunlaştırıyorlardı adım adım... Hem diplomatik görüşmeler yapıyor, hem savaş teçhizatını takviye ediyor hem de peşin ödemelerle tuttukları paralı askerlerle gayet güçlü bir ordu hazırlıyorlardı bizlere karşı...

Bedir Savaşı'ndan Ebu Süfyan'ın yönetiminde sağ salim kurtulmuş büyük Şam kervanının tüm kazancı, yapılandırılan bu yeni orduya hasredilmişti...

Resulallah'ın(s) amcası Abbas'ın, gizlice yazıp yolladığı mektuplarla Mekke müşriklerinin şaşaalı ordularıyla yola çıktığını haber almıştık... O güne kadar ordunun yola çıkacağından haberimiz yoktu. Üç bin kişilik bir orduyla geliyorlardı üzerimize ve bizlere üç günlük mesafedeydiler...

Müşrik Mekke, yanlarına aldıkları Ehabiş, Kare, Diş ve Adel gibi kabilelerden de savaşçılarla birlikte, Medine'ye yürüme mesafesiyle bir iki saat kadar yakınlıktaki Uhud mevkiine kadar gelmişti.

Resulallah(s) onları Medine'nin içinde karşılamayı uygun bulduğu halde, özellikle istişare sırasında söz alan gençler, Medine'de evlerine sığındıkları izlenimini vermekten kaçındıklarını dile getiriyorlardı. Onlar müşrikleri dışarıda bir yerde karşılaşmayı uygun görüyorlardı...

Ensar'dan Sa'd, Müslümanları Resulallah'ı(s) dinlemeleri konusunda uyardı, "Resulallah'a emir gökten geliyor, O(s) kendi heva ve nefsiyle konuşmaz, niçin O'nu dinlemiyorsunuz..." diye çıkışınca, gençler yaptıkları hatayı fark edip Resulallah'tan(s) özür dilemeye koştular...

Ne ki o arada Resulallah(s) zırhını çoktan giymiş ve ailesiyle vedalaşmıştı bile...

"Bir peygamber zırhını giydikten sonra, düşmanla savaşmadan ve Allah onunla düşmanı arasındaki hükmünü vermezden evvel, bir daha zırhını çıkarmaz. Ben size ne diyorsam haydi onu yapın. Allah'ın adıyla yola çıkın. Sabır ve sebat ederseniz Allah'ın yardımı sizlerle olacaktır..." dedi.

Bu arada biz kadınları tüm o savaş hazırlıkları arasında güldüren şeyler de olmuyor değildi... Çocuklar mesela... Çocukları da bir telaş almıştı ve hepsi İslam ordusuna katılmak istiyorlardı. Kimisi ben iyi ok atarım, kimisi ben iyi güreşirim derken, kimisi de atların, develerin bakımıyla uğraşırım diyerek birbirleriyle yarışıyorlardı.

Şeyheyn denen mevkide bu çocukları Resulallah'a(s) sunmuşlardı. Allah Resulü(s), onların hepsini annelerinin yanına göndereceğini söylese de... O vakitler on iki yaşlarında olan Rafi, ayak parmaklarının üzerinde yükselerek boyunu uzun göstermiş, etraftan bazı adamların "Rafi iyi okçudur" diyerek omuzlarına vurmasıyla da orduya kabul edilmişti...

Halbuki on dört yaşın altındaki çocukların hepsini biz kadınların yanına geri göndermişti Resulallah(s)... Rafi'nin arkadaşı Semure, seçilmediği için çok üzgündü, babasına sürekli "Ben Rafi'den daha güçlüyüm, onu alıyorsunuz da beni niçin geri koyuyorsunuz" deyip duruyordu...

Bunun üzerine Resulallah(s) onlara güreşmelerini teklif etti. Ne ki Rafi'den yaman çıkan Semure hakikaten de arkadaşını kısa zamanda pes ettirip sırtını yere getirmeyi başarmıştı...

Resulallah(s) onu da orduya kabul etmişti başını okşayarak... Diğer çocuklara ise Medine'de annelerine ve küçük kardeşlerine sahip çıkmaları tavsiyesinde bulunmuş, onların da onurlarını kırmamış, "Medine'yi size emanet ediyoruz" demişti...

Kadınlar da hazırlık içindeydi... Özellikle Resulallah'ın(s) halası Safiyye Hatun, gözüpek, yaman bir kadındı, ok atıp at binmeyi bildiği gibi, önceden hazırladığı değnek ve sopaları şimdiden dizmişti kapısının yanına...

Resulallah'ın(s) kızı Fatıma ile birlikte ben de, ordunun su ihtiyacını karşılamak ve yaralılara hizmet etmek için vazife almıştık.

Müşrik kadınların da ordularının peşinden geldiklerini ise Uhud'a varınca anlayacaktık... Doğrusu onlar, erkeklerinden daha büyük bir hınç içindeydiler. Ellerindeki def ve davullarla orduyu kışkırtacak şarkılar söyleyip kahramanlık şiirleri okuyorlardı. Hatta bir ara müşrik ordusu hezimete uğrayınca yere düşmüş sancaklarını alıp kaldıracak bir adam bulamamışlardı da... Ehabişlerden Amra isminde bir kadın koşarak yerdeki sancağı kaldırmış... Amra'nın bu hali müşriklerin onuruna dokununca derhal etraflarındaki köleleri öne çıkmaları için iteleyerek sancağı kadının elinden aldırtmışlardı...

Bu arada Ebu Süfyan'ın karısı Hind ve onun paralı askeri konumundaki Vahşi de müşrik ordusunun içinde fır dönüp duruyorlardı, neyi planladıklarını ise Allah'ın Aslanı Hamza'yı şehit verdiğimizde anlayacaktık ne yazık ki...

Resulallah(s), elli kişi kadar okçuyu Ayneyn tepsine yerleştirdikten sonra, onlara tarihi bir emir vermişti:

"Göreviniz, ayaklarınızı sabır ve sebatla koyduğunuz şu tepeden, bizim üzerimize saldıranları oklarınızla püskürtmektir. Düşmanı yenip ganimet toplamaya başladığımızı görseniz bile... Hatta yenilgiye uğrayıp dağıldığımıza şahit olsanız bile... Benden emir almadıkça yerlerinizi asla terk etmeyiniz..."

Ayneyn tepesinin en kritik mevzi olduğunu birazdan anlayacaktık hepimiz. Hem de büyük bir acıyla...

Uhud... İkiye bölünmüş bir yüreğe benzer...

İlk kısmında Müslümanlardı galip gözükenler...

Bozguna uğrayıp geri çekilen müşrik ordusu, erken gelen bir zafer izlenimi vermiş... Ganimet sevdasıyla yerlerini terk eden okçularımızın dağılmasını fırsat bilen Halid b. Velid komutasındaki müşrik birliklerse üzerimize hücum etmişlerdi...

Hamza, Şehitler Şahı Hamza... İki elinde iki kılıçla havada daireler çizerek, "Ben Allah'ın Arslanı'yım… Ben Resulallah'ın(s) Arslanı'yım" diyerek yel gibi esiyordu.

Ali, Talha ve Zübeyr ise Resulallah'ın(s) etrafından bir an olsun ayrılmıyorlardı…

Ali, fırtına gibi esiyordu. "Ali'den başka kahraman, kılıcı Zülfikar'dan başka kılıç yoktur" dedirtecek bir fedakârlıkla çarpışıyordu Ali…

Talha ise… Yıldırım gibiydi. Babam Ebubekir, ne zaman Uhud'dan bahis açılsa, "Uhud, Talha'nın günüdür…" derdi.

Savaş o denli kızgın bir hale sürüklenmişti ki… Bir ara müşriklerin çıkardığı "Muhammed öldü" nidası hepimizi yıkıp geçmişti… "O öldüyse ben niçin yaşıyorum ki, Muhammed(s) öldürüldüyse Rabbi de öldürülmedi ya!" diye bağırdı Enes b. Nadr… Onun bu can yakıcı sözü bizi kendimize getirdi, hepimizin yeniden toparlanmasına vesile oldu… Kalbimize o anlarda yağan acıyı, aynı anda Allah'ın doldurduğu metaneti ve cesareti hakkıyla anlatabilmek elbette imkânsızdı…

Yaralılara nasıl yetişeceğimizi bilemez bir haldeydik. Kırbalarla su taşıyorduk. Ordunun hemen gerisinde kurulmuş mevkide vücutlarından kan fışkıran mücahitleri sarıp sarmalamakla meşguldük…

Resulallah'ın(s) yanağına bir ok saplanmış, miğferinin iki halkası da yanağına batmıştı aldığı darbelerden dolayı. Babam, yanağına gömülmüş halkaları çıkaramayınca, Ebu Ubeyde ona yana çekilmesini söylemiş, dişleriyle çıkartabilmiş halkaları, hatta çıkartmaya uğraşırken dişlerinden biri kırılmış… O kadar çok kan kaybetmiş ki Allah Resulü(s), O'nu bir ara Uhud dağının kalbine benzeyen mağaraya taşımışlar… Akan kanı kimse durduramıyormuş… Kızı Fatıma durdurmuş…

Uhud'da gözbebeklerimizi şehit vermiştik...

Hamza, Mus'ab, Hanzala ve daha niceleri...

Ebu Süfyan'ın karısı Hind, Hz. Hamza'nın ciğerini çıkarıp kanını içmişti... Resulallah(s) onun başında halası Safiyye ile birlikte gözyaşı döktü. O hem Resul'ün(s) amcası hem de yol arkadaşıydı...

Abdullah b. Amr ile Amr b. Cemuh adlı iki yakın arkadaş da şehitler arasındaydı, "Bunlar hayattayken de birbirini çok seven iki arkadaştı, onları aynı kabre indiriniz" dedi acıyla tebessüm ederek Allah Resulü(s)...

Mekke'nin tanınmış eşrafından olduğu halde sırf İslam'a geçti diye ailesinin dışladığı genç öğretmen Mus'ab da şehitler arasındaydı... Onun üstünü tam olarak örtecek bir kıyafeti de yoktu Uhud Günü'nde maalesef... Üzerindeki ridayı yukarıya doğru yaydıklarında ayakları, ayaklarına doğru çekildiğindeyse üst kısmı örtüsüz kalıyordu. Ne yapacaklarını şaşırmıştı onu defnedecek sahabiler... Resulallah'a(s) sormuşlardı. O(s) da ağlayarak gelmişti Mus'ab'ın başına. "Üst kısmına doğru örtün ridasını, açıkta kalan ayak kısımlarına da otlar koyun..." demişti ve "Bakın şu yiğide" diyerek gözyaşı dökmüştü...

Ya Hanzala... O gerdek gecesinin sabahında henüz gusül abdesti dahi alamadan ateş gibi yetişmişti İslam ordusuna da... Vallahi o gömülürken saçlarından sular damlıyordu... Onun melekler tarafından yıkanıp gusledildiğini söylemişti Allah Resulü(s)...

Uhud'da büyük bir sınav geçirmiştik...

Ganimet endişesiyle yerlerini terk eden kardeşlerimiz, büyük bir hezimete sebebiyet vermişlerdi.

En çok sevdiklerini Uhud'da bırakmıştı Allah Resulü(s)... Hayatının sonuna kadar da Uhud'daki şehitleri ziyaret etmeyi hiç kesmemiştir...

Uhud'u çok severdi Allah Resulü(s)...

O sanki bir dağ değil de bir arkadaştı, sırdaştı O'na...

Nitekim o gün Uhud dağı, taştan yüreğini O'na(s) bir ana kucağı gibi açarak adeta sevgisini saydamlaştırmıştı. O kadar şeffaf hale gelmişti ki Uhud dağı o gün... Sanki atan kalbini gösterecek kadar... O taş yığının, Resulallah'a(s) açık bir sedye halinde nasıl vazife gördüğüne hepimiz çok şaşırmıştık sonraları... O'nun(s) kokusu sanki o dağa sinmişti. Rüzgâr estikçe mağaradan yükselen sümbül ve misk kokuları, bu dağın Resulallah'a(s) olan aşkından sırlar taşır... Dağ, sevdasından çatlamış, bağrında açtığı bu mağarayla Âlemlerin Efendisi'ne korunak olmuştu. Aşkından açtığı bir kalp gözüydü bu mağara Uhud'un...

"Biz Uhud'u severiz, Uhud da bizi sever..." sözündeki esrar, aşktan başka hiçbir şey değildir...

Taşın vefası, taşın sadakati olur mu?

Bunu Uhud'u görmeden kimse cevaplayamayacaktır hakkınca...

KUŞ TAZİYESİ...

Her anın içinde, yeniden olurdu O(s)...

Bir anın içinde dört mevsimi birden yaşar; umut, neşe, tedirginlik ve keder arka arkaya hatta iç içe geçerdi O'nda(s).

"Siz benim bildiklerimi bilseniz daha az güler, daha çok ağlardınız" der, ama mahzun tebessümünü asla esirgemezdi...

Umutlu ve neşeli olmayı önemser, insanlara moral verir, hayatın her anının değerini hissettirirdi çevresindekilere... Onunla mutluluğumuz artar, hüzünlerimiz hafiflerdi... O gönüllere ferahlık veren, kimseye asla yük getirmeyen, dostluğu ile onur duyulan bir kişiydi.

O(s), iyiydi. Çok iyi. En iyi. O(s), iyiliğin kendisiydi...

O'nun(s) hayatını sadece tek bir yönüyle veya tekdüze bir hat üzerinde anlatmak neredeyse imkânsızdır. Sadece savaştan savaşa koşan bir kumandan değildi O(s). Veya sadece işi gücüyle uğraşan dünya telaşesinde boğulmuş adamlardan da değildi. O(s) her haliyle rehber, iyi bir aile reisi, mükemmel bir baba, hayırlı bir komşu, latif ve vefakâr bir arkadaş, hayırsever bir akraba, müşfik bir büyükbaba, gariplerin dert ortağı, nasihatleri asla kırıcı ve dışlayıcı olmayan, doğru ve güzel sözlü, kendisinden herkesin emin olduğu bir kimseydi... Bizim yediklerimizden yer, bizim giydiklerimizden giyer, içinde bulunduğu toplulukta krallar gibi oturmaz, dostlardan bir dost gibi samimi ve mütevazı haliyle başköşemizde tuttuğumuz, "içimizden biri"ydi...

"İçimizden biri..." O'nun(s) Kur'an-ı Kerim'deki işaretlerindendi...

Kendisine seslenenlere tüm bedeniyle dönerek cevap verirdi ki sadece bedeniyle dönmezdi yöneldiği zaman, ruhu, kalbi, aklı ile tüm varlığı da ilgilendiği şeye yönelirdi... O(s) herkese değer, kıymet veren bir kişiydi...

Enes, küçük yaşta evimize dahil olan bir çocuktu, yaşının küçük olması hasebiyle aile yaşantımıza ve Resul'ün(s) mahrem dünyasına tanıklık edebilmiş dostlarımızdandı... Pek çok önemli işin halledildiği, güvenilen, emniyet duyulan bir evdi Enes'in ailesinin evi... O, annesi tarafından Resulallah'ın(s) hizmetine hediye edilmiş bir çocuktu. Evlerimizin neşesi, gözü kulağıydı Enes...
Küçük Enes, bazen oyun oynamaya dalar, Hz. Peygamber'in(s) git falancaya şunu söyleyiver veya falan yerden falan şeyi alıp getiriver gibi ricalarını unutur, bazen de sokağa çıkıp arkadaşlarıyla oyuna daldığında bizlerden aldığı talimatları yerine getirmeyi erteler, bu halleriyle Allah Resulü'nü(s) neşelendirir, güldürür, "Ey iki kulak sahibi Enes" diye ünlenmesine sebep olurdu...

Resulallah(s), Enes gönderdiği yerden bir türlü gelmeyince peşinden dışarı çıkar, onu arkadaşlarıyla oyun oynar görünce, yavaşça arkasından yaklaşarak gözlerini örter, "Nerede bizim Enes..." diye sorardı...

Sevgili Enes'imizin bir de küçük kardeşi vardı, ismi Umeyr... Umeyr'e o kadar göz kulak olmaktaydı ki ağabeyi Enes, Hz. Peygamber(s) bu durumu takdir ederek ona 'Umeyr'in Babası' adını takmıştı...

Umeyr'in kafeste beslediği, çok sevdiği, kanatları rengârenk bir kuşu vardı.

Allah Resulü(s), Medine'deki İslam devletinin reisi ve İslam ordularının başkumandanı olarak elbette çok yoğun siyasi, stratejik görevlerle vazifeliydi. Yine O(s), Kâinatın Efendisi ve Son Elçi olarak tüm insanlığı dine çağırmanın ağır mesuliyeti altındaydı. Ama bütün bu büyük işler, O'nun, çevresindeki çocukların üzüntü, sevinç ve meraklarını fark etmesine engel olmazdı...

Âlemlerin Efendisi(s) bütün bu kalabalıklar arasında bir süredir kederli duran Umeyr'in hallerini fark etmişti bir seferinde. Eneslerin evini ziyarete gittiğinde, Umeyr'in artık boş duran kafese melül mahzun bakarak içli içli susuşu dikkatini çekmişti. Derhal yaptığı görüşmeyi kesen Hz. Peygamber(s) Umeyr'in yanına yaklaşmış, ona kuşuna ne olduğunu, nereye gittiğini sormuştu. Resul'ün(s) bu sevecen alakasıyla heyecanlanan Umeyr, daha çocuk olduğu halde kendisine verilen değerden çok etkilenmişti. Gözlerinden süzülen yaşları paylaşan kişi, başını okşayarak kuşuna taziye veren, "İnşallah cennette kuşunla birlikte olursun" diyen kişi, onu, kalbindeki hüznü, merhametli sözleriyle teskin ediyordu işte... O Allah'ın Resulü'ydü(s). Bu bir taziyeydi kuşkusuz... Kuş taziyesi...

Âlemlere rahmet olarak gönderilmiş Peygamber'in(s) küçücük bir çocuğa, kuşu için verdiği taziye...

YOL ARKADAŞLARIMIZDAN ZAHİR...

"Zahir bizim çölümüzdür, biz de onun şehriyiz" derdi bu garip arkadaşımıza Allah Resulü(s)...

"Birinin kişisi" olmak... "Birine ait olmak"... Dostluğun böylesi bir değeri vardı O'nun(s) nezdinde. Bu tek taraflı bir iş değildi. Yüksekten aşağı akan veya kuvvetliden zayıfa esen bir rüzgâr olarak görmezdi dostluğu Resulallah(s). Dostluk O'nun(s) nezdinde bir yankı, bir temas, gelişli gidişli bir şeydi. O'na(s) yakîn'lik sırrı verilmişti.

O(s), hepimize şehir gibiydi, hepimiz O'nun(s) içinde bir yer bulabilirdik kendimize. İçi binlerce gözle dolu, bereketli bir nara benzerdi kalbi. Açıp bakma şansınız olsa mesela, dostlarını taneler halinde o kalpte yan yana asılı olarak bulabilirdiniz... O(s), hiçbirimizden vazgeçmeyendi. O'nun(s) söylediklerine bakarsanız, Allah için sevince bir kalp, daralmaz, genişlerdi... O(s), bir sevgi öğretmeniydi bu haliyle hepimize...

Zahir, bedenî kusurları yüzünden insanları kendisinden kaçındırmamak adına çöle sığınmış, münzevi, Zahir olan isminin tersine hep saklanan, hep sakınan, şehirleri değil, kuytuları tercih eden biriydi aslında...

Cüzzam hastalığı neticesinde yüzünde, ellerinde keder izleri kalmış bir kimsecikti. Hicap ederdi bu halinden. Yüzünü gözünü örterdi, omuzlarını düşürür, hep gerilerde durur, mecbur kalmadıkça insan içine karışmazdı Zahir…

Kimbilir neler yaşamış, hangi kırıcı tecritlere maruz kalmış da sürekli insanlardan kaçınmayı, dağların tepelerin, kum yığınlarının, çöl harabelerinin ardında kalmayı seçmişti… Bir insanın, çevresini tedirgin etmemek adına çöle kaçması, onun uzleti olduğu kadar, toplumun da gerçek yüzüyle ilgili zorlu bir sorudur. Sahabi Zahir gibi, gözlerimizin acımasız elemesi yüzünden görünmez kıldıklarımızı, görünmezliğe mahkûm ettiklerimizi düşündükçe, Allah Resulü'nün(s) ona olan ilgisini daha çok önemsiyordum…

Ahir zamanda Zahir gibilerden olmak, daha da zorlaşacaktır eminim. İnsanlar, ellerindeki nimetler arttıkça daha çok huysuzlanır oluyor çünkü. Belki ileride kaçacak bir çöl bile bulamayacaktır insanlar… Oysa Resulallah(s), bizim her daim kaçıp sığınacağımız kimsemizdi…

Dostumuz Zahir'e, yaşadığı çöl kumsallarından toplayacağı çiçek ve bitki köklerini Medine pazarında satabileceğini söylediğinde Allah Resulü(s), sanki ona şehirleri bağışlamış gibi sevinmişti bu dert sahibi…

Zahir başta buna pek cesaret edemese de, Hz. Peygamber'in(s) teşvik bâbından söylediği "Birlikte satarız…" cümlesiyle gayrete gelecek ve çölün en güzel çiçeklerini derleyecekti bundan sonra…

O(s), birisinden çiçek isteyecek de… O kişi çiçek toplamayıp duracak, öyle mi? Çiçek aşkı tutmuştu zavallı Zahir'i o günden sonra.

Çirkin hatta ürkütücü bulunan bir kişiye, çiçekle mukabele edendi O(s). Zahir'in delik deşik kalbini, çiçek yapraklarıyla dikip onaran…

Zahir'in Sevgili Efendisi'ni(s) ziyareti anlamını da taşıyan çiçek toplama heyecanını, sanki tüm ruhumuzda hissederdik bizler de ev halkı olarak... Bazen bizlere de çiçekler gönderirdi.

Çiçek değildi onunkisi. Ya da görünen şey çiçekti. Ama aslı, ziyaretti. Velayetti. Velayeti ziyaret...

Peygamber(s), hepimizin velisiydi ki dünyada velisi olmayanların da Sahibi'ydi. O'nun(s) sevgisi, Allah rızasını ziyaretti...

Zahircik, ah nasıl gezerdi kırlarda bayırlarda kimbilir? O kuru ve yakıcı çöl, onun için nasıl bir cennet bahçesine dönüşmüştü."Gel, birlikte satarız" teklifinden sonra kimbilir...

Otlarla, çalılarla, çiçeklerle neler konuşurdu mesela? Kimseciklere açmadığı gönlünü, toplayacağı çiçeklere açarken ağlar mıydı? Beni de bir seven var, beni de bir merak eden var, benim de çalacağım bir kapım var...

Der miydi?

Zahir'i şehre ve insanlara yeniden çağıran davet, onun incinmiş ve örselenmiş, reddedilmiş ve uzaklaştırılmış kalbinde hangi izlere, hangi dalgalanmalara, hangi hayata yeniden dönüşlere vesile olmuştu?

Rahmetellilâlemin(s), onun pazara gelip gelmediğini her seferinde bizzat kontrol eder, geciktiyse meraklanır, şayet kendisinden önce pazara gelmiş olduğunu görürse sevinir, bazen yavaş yavaş arkasından sokularak iki eliyle gözlerini kapatıp "Ey insanlar, bir kölem var, satın alacak yok mudur?" diye şakalaşırdı mesela...

Sahabi Zahir O'nu(s) sesinden tanır, kendini o mübarek kucağa bırakırdı...

"Yok ya Resulallah, bu beş para etmez Zahir'i sizden başka alacak yok, satılan kişi pek değersizdir ama onu alan kişiden daha değerlisi gelmemiştir yeryüzüne..."

O(s), bir hediyeydi tüm Zahirlere verilmiş.

O(s) apaçık bir ikramdı, armağandı hepimize...

O(s), yaklaştıran, alıştıran, dahil eden, ekleyen, birleştirendi... Aslında Âlemlere Rahmet olarak ikram edilmiş Aziz Efendi'nin(s) bizzat kendisi değil miydi hediye olan?

Uzakları yakın eden, çölleri şehirlere bağlayan, çiçek satıcılarının sergisine oturup onlarla hasbihal edendi... İnsanlara sevgiliydi O(s). Hediyeydi. Hidayetti...

Çölü kuraklığından kurtaran göklerden inmiş bir yağmur gibiydi O(s)... Göklerin hediyesiydi...

Çölleşmiş kalpleri çiçeklerle bezeyen, gülümsemesi güneş, sımsıcak avuçları vuslat ve rahmet olan merhamet cevheriydi O(s)... Yerlerin hediyesiydi...

Hidayetti...

Yerden göğe kadar hediye...

BİR YAĞMUR GÜNÜYDÜ O GÜN...

Pıt... Pıt... Pıt...

Bir ara kulağıma gelen yağmur sesi, beni heyecanlandırmaya yetip artmıştı bile.

Yağmur sesi...

Her işittiğimde beni çocukluğuma taşırdı. Boyum kısalır, gözlerim merakla açılır, dünyanın tüm boncukları kucağıma dökülürdü sanki.

Ve büyük bir oyun çağrısı gibiydi yağmurun sesi. Uğultuyla evlerinden çıkıp sokakları dolduruveren çocuklar... Yağmurun altında kuşlar gibi kollarını iki yana açarak, sevinç naraları içinde tekerlemeler söyleyerek dans eden çocuklar...

Gökleri kesen makas hangi kızın elindeyse,
Nişanlısı en güzel olan odur o...
Şu yıldırımlar hangi delikanlının kamçısıysa
Nişanlısı en güzel olan odur o...
Yağ yağmur yağ, Meccane'ye yağ...
Yağ yağmur yağ, Ecyad'a yağ...

Yağmurun altında çocukların kapı kapı gezerek hurma ve arpa kavruğu toplaması âdettendi...

Tak... Tak... Tak...

"Kimdir gelen..."

"Biz yağmurun çocuklarıyız, yok mu bize el veren?"

"Buyurun bakalım... Bahşişiniz bol olsun..."

"Yağ yağ yağmur! Kapısını açana bereketler ver yağmur!"

Bir gülümseme peyda olur yüzlerde yağmur dendiğinde... Yağmur, bizim az gördüğümüzdür, yağmur bizim yolunu gözlediğimiz misafirimizdir... Bu yüzden bir telaş kaplar ilk pıtırtılarla birlikte hepimizi.

İşte yine öyle olmuştu... Evin içinde küçük bir kıza dönmüştüm parmak uçlarına basa basa, minik minik yağan şu yağmurun sesiyle. Sanki kedi yürüyüşü, sanki ip cambazının itinayla attığı ilk adımlar, sanki uyuyakaldığınız yerde anneniz üstünüzü örtüveriyor sessizce...

Pıt... Pıt... Pıt...

Derhal uğraştığım işi bırakıp kapıya çıkmak istemiştim. Yağmurun ilk yüzünü görmek, onu seyretmek...

Küçük odacığımda başımı yağmurdan sakınacak bir örtü bakınırken... Resulallah'ın(s) bir sargısını görüp, onu örtümün üzerine sarıvermiştim...

Kapıyı açtım. Örtüsünü kaldırdım kapının...

Eşiğin biraz dışına çıkıp yağan yağmuru seyrettim...

Pırıl pırıldı.

Yağmurun insanların hüzünlerini dağıttığını hissetmişimdir hep. Keder yangınlarını, savaş yorgunluklarını, gurbet sızısını yıkadığını...

Ne kadar seyrettim bilmiyorum...

Daha sonra selam vererek Resulallah(s) girdi içeri...

Ben derhal, üstünde ıslanmış olduğunu düşündüğüm elbiselerini çıkarmak istedim. Çünkü O'nun(s) da tıpkı benim gibi yağmuru çok sevdiğini, hatta yağmurda ıslanmaya özen gösterdiğini bilirdim. Bazen çocuklarla birlikte el ele tutuşurdu yağmurun altında... Çoğu kere yağmur yağar yağmaz dışarı çıkar, sarığını çözüp saçlarını açardı yağmura...

Gene böyle yaptı zannederek üstünü çıkarmasına yardım etmek için, ıslanmış sarığını elinden almaya kalktığımda...

Gülerek sordu bana:

"Uveyş! Ne oluyor..."

"Islanmışsınızdır zannettim..."

"Yağmuru gördün mü sen?"

"Kapıdan baktım, dışarı çıkmadım ya Resulallah(s)..."

O'na(s) gülerek bakıyordum, ne demek istediğini tam anlamamıştım...

Sevindiği zamanlar yaptığı gibi burnumdan tutarak sağa sola çekti...

"Yağmuru seyrederken ne vardı üstünde söyle bakalım Uveyş..."

"Sizin sargınızı örtmüştüm ıslanmamak için üstüme..."

Tamam, anlaşıldı dercesine başını sallıyordu gülümseyerek:

"Gördüğün gayb yağmuruydu Aişe..."

O'nun(s) setresine bürünmek, kısa süreliğine de olsa gözümdeki perdeyi kaldırıvermişti demek ki...

O, derya içinde deryaydı...

O, hakikatler denizinin incisiydi...

Rabbiyle O'nun(s) arasındakini tam olarak hiçbirimiz bilemeyiz.

Ben, O'nun(s) beşeri yönlerini, aklım ve izanım yettiği kadar benden sonra gelenlere aktarmayı kendime borç bilmiş birisiyim. Benim O'na(s) tanıklığım, insana has akıl yolu iledir... Ama bazen aklımın ne kadar dışta, zahirde kaldığını da fark ederdim suallerime verdiği cevapları dinlerken...

"Kim Allah ile buluşmayı isterse, Allah da o kişiyle buluşmayı ister. Kim ki Allah ile buluşmayı istemez ve sevmez, Allah da onunla buluşmayı sevmez ve istemez..." dediğinde bir gün...

Yine "ama..." demiştim.

Benim "ama"larımın hepsi birer dünya sualiydi.

O'nun(s) bu "ama"lara verdiği cevaplar ise ilahi davetin yol açılımı, takvanın tefsiri mahiyetindeydi...

"Ama... Allah ile buluşmak diyorsunuz da... İçimizden ölümü isteyecek olan kimdir ki..."

"Ey Ebubekir'in kızı! Ey Sıddîk'in kızı! Ey iffet sahibi hatun! Bunun mana yolu bu değildir ki... Ne zamanki Allah'ın rızası, rahmeti ve cennetinden bahsedilir ve bunu işiten bir mü'min kul, bahsedilenlere karşı istek duyar... İşte Yüce Allah da rızasını, rahmetini ve cennetini arzulayan bu kulunu arzular... Fakat kalbini hakikate kapatmış kişiyse, ne zaman Allah'ın azabını, gazabını işitse derhal O'ndan kaçınır, Cenab-ı Hak da o kişiden uzaktır... Bunun gibi..."

Ben, O'nun(s) her sözünü bir mücevher gibi tutup sakladım...

Neşeli vakitlerinde O'ndan(s) hep dua isterdim...

"Ya Resulallah, ne olur bana da dua edin..."

"Ya Rabbi... Aişe'nin gizli aşikâr yaptığı yapacağı bütün günahları bağışla..."

Çocuk gibi etrafında dönerek ellerimi açar "Âmin... Âmin..." der sevinirdim...

"Çok mu sevindin bu duaya..." der, gülerdi...

"Ya Resulallah, nasıl sevinmeyeyim..."

"Ben bunu, her namazımdan sonra bütün ümmetim için isterim..."

O anda odacığımızın duvarları dünyanın öteki ucuna kadar genişlerdi sanki... Odamız dolup taşardı benim gibi ellerini açıp dönen yüzlerce, binlerce, bin kere binlerce kardeşimizle... Ümmet... Sanki odamıza dolar taşardı... "Bir gün gelecek, Allah'ın anlattığı bu dinin girmediği hiçbir ev kalmayacak dünyada" derdi Allah Resulü(s)...

"Ben, ahir zamanda dünyaya gelecek ve beni görmediği halde bana ve anlattığım dine inanacak kardeşlerimi çok severim..." derdi...

Bir gün çok düşünceli bir halde uzaklara dalmıştı... O'nun(s) uzaklara dalışı, uzaklarda ne gördüğü, bizleri her zaman meraklandırmıştır...

Sormuşlardı arkadaşları:

"Ya Resulallah bir derdiniz mi var?"

"Ben dostlarımı özlüyorum ve onlara kavuşmayı canı gönülden arzuluyorum."

"Bizler senin dostların değil miyiz?"

"Evet, sizler benim ashabımsınız. Ama beni görmeden bana inanan ve beni seven ahir zaman ümmetim var, onlara kavuşmayı çok arzuluyorum."

"Sizce iman bakımından en güçlü olanlar kimlerdir?" diye sormuştu ashabına...

"Meleklerdir ya Resulallah..."

"Melekler zaten Allah'a ibadet için yaratılmışlardır."

"Peygamberlerdir ya Resulallah..."

"Peygamberlere vahiy Allah'tandır..."

"Ashabındır öyleyse..."

"Sizler de Peygamberinizle görüşüp konuşanlarsınız..."

"İmanı güçlü olanlar kimlerdir öyleyse ya Resulallah..."

"Beni görmeden ve tanımadan inanan ve seven ahir zaman ümmetimdir."

O'nu(s) hakkıyla sevmek, O'na(s) tâbi olmak, O'nun(s) yolundan yürümeye çabalamak, imanın en üst mertebesidir...

O(s), bana şöyle dua etmeyi öğretmiştir:

"Allah'ım, Senden dünyada ve ahirette hayırlar ve iyilikler niyaz ederim. Dünyada ve ahirette bildiğim ve bilmediğim büyün kötülüklerden Sana sığınırım. Senden cenneti ve cennete girmeye vesile olan söz ve amelleri nasip etmeni isterim. Senden kulun ve elçin olan Muhammed'in(s) istediklerini ister, O'nun(s) kaçındıklarından da Sana sığınırım. Amellerimi hayırlısıyla kabul edilenlerden eylemeni niyaz ederim..."

"Allah'ım, ben Senden hayrın her çeşidini isterim; yakın olsun, uzak olsun; bildiğim olsun, bilmediğim olsun. Bütün şerlerden de Sana sığınırım; yakın olsun, uzak olsun; bildiğim olsun, bilmediğim olsun.

Allah'ım! Kulun ve Peygamberin Muhammed'in(s) Senden istediği şeyleri ben de Senden istiyorum.

Kulun ve Peygamberin hangi şerlerden Sana sığınmışsa ben de o şerlerden Sana sığınıyorum.

Allah'ım! Ben Senden, cenneti ve cennete götüren söz ve amelde beni muvaffak kılmanı istiyorum.

Ateşten ve ateşe götüren söz ve fiillerden de Sana sığınıyorum.

Ve dahi benim hakkımda hükmettiğin her kaza ve kaderi hayırlı kılmanı Senden diliyorum."

Bir gün bana dönüp sormuştu:

"Ey Aişe! Allah'ın kendisiyle dua edildiği takdirde icabet ettiği ismi bana gösterdiğini biliyor musun?"

"Ey Allah'ın Resulü! Anam, babam sana feda olsun, onu bana da öğret!"

"Ey Aişe, onu sana öğretmem uygun düşmez!"

Bu cevap üzerine ben de oradan uzaklaşıp bir müddet tek başıma oturdum. Sonra kalkıp yanına gittim. Başını öptüm ve: "Ey Allah'ın Resulü! Onu bana öğret lütfen" diye ricada bulundum.

O yine, "Onu sana öğretmem uygun olmaz, ey Aişe! Onunla senin dünyevi bir şey talep etmen uygunsuz olur" dedi...

Bu cevabı üzerine mahzun bir halde yeniden kalkıp abdest aldım... Sonra da iki rekât namaz daha kıldım... Ellerimi açıp O'nun(s) duyacağı şekilde dua etmeye başladım...

"Allah'ım! Sana Allah isminle dua ediyorum. Sana Rahman isminle dua ediyorum. Sana Rahiym isminle dua ediyorum. Sana bildiğim ve bilmediğim güzel isimlerinin hepsiyle dua ediyorum. Bana mağfiret et, rahmet eyle..."

Seyrettiği yerden gülerek mukabele etti:

"İsm-i Azam, yaptığın şu duanın içinde geçti..."

Ona bin aydan daha hayırlı Kadir Gecesi'nde nasıl dua edeceğimi de sormuştum...

"Allahümme inneke afüvvün keriymin tuhibbül-afve fa'fü anni."

"Allah'ım, Sen affedicisin, Kerim'sin ve affı seversin, beni de affet..."

Bu, benim Kadir Geceleri dilimden düşürmediğim bir dua olmuştu...

Sakin ve mülayim olmamı isterdi her zaman... Telaş, hasret ve öğrenme azmi galipti oysa bende. O'nun(s) sesi, odaya girdiği zaman, sanki bahar gelirdi; korkum, merakım, endişem kalmaz, ümidim yeşerir, güneşlerim açardı hemen.

"Aişe... Aişe... Aişecik... Yumuşak davran hep. Zira yumuşak huy, girdiği her yeri süsler, çıkarıldığı her yeri ise ayıp ve kusurlu kılar..."

"Aişe... Güzel huy ve yumuşak mizaçtan nasibini alan, dünya ve ahiret hayırlarından da nasibini almıştır. Güzel huy ve yumuşaklıktan mahrum olansa, dünya ve ahret iyiliklerinden mahrum kalmıştır..."

Simsiyah bulutların içinden apaydınlık yollara çağırırdı hepimizi...

O'nu(s) sık sık kendi kalbi için dua ederken işitirdim:

"Ya Rab... Bana tertemiz ve pak bir kalp ihsan eyle..."

O(s), ayetlerle müjdeli, ilahi Risalet'in penahı olduğu halde kalbi hakkında Rabbinden yardım isterdi daima.

Bir mülteciydi O(s).

Rabbinden yine Rabbine kaçan... Rabbinden yine Rabbine iltica eden. Bir denizden bir denize akardı duaları...

"Ya Rab... Senin gazabından hoşnutluğuna, ceza vermenden af ve mağfiretine iltica ederim. Ben Senin kendine sena ettiğin gibi Sana hakkıyla sena etmekten acizim... Seni bütün noksanlıklardan tenzih ederim. Allah'ım! Senden başka ilah yoktur ve her şey Senin hamdinle kaimdir..." derdi.

O(s), 'orta yolun', 'vasat'ın Peygamberiydi.

"Mutedil olunuz. Mutedil olunuz. Mutedil olunuz... İnsanları kendinize davet ediniz. Sevindirici haberler veriniz. Unutmayınız ki insanlara cenneti kazandıran şey, amelleri değil, Allah'ın yetişen rahmetidir..." derdi hepimize...

Merakla sormuştum bir keresinde böyle konuşunca...

"Ey Allah'ın Resulü... Sizin amelleriniz de mi sizi cennete götürmez?"

"Eğer Allah'ın rahmeti yetişmezse evet, götürmez!"

O'nun(s) bu hüküm cümleleri keskin bir bıçak gibi ortadan ikiye bölerdi bilmediklerimi. O(s) konuştuktan sonrasındaysa bilmediklerim, öğrenebildiklerim olarak iki yana düşerdi. Ben o iki yana dosdoğru olarak düşen hakikat öğretilerini, benden sonra gelecekler için özenle korumaya çalıştım...

Çoğu kez, O'nu(s) aç gördüğümde kendimi tutamaz ağlardım.

"Allah'tan istesen..." derdim...

"Ey Peygamber Hanımı Aişe... Hayatımı elinde tutan Rabbime yemin ederim ki eğer Rabbimden şu dağların baştan aşağı altın olup peşimden akıp gitmelerini istesem, Rabbim bunu yapardı... Fakat ben dünyanın açlığını tokluğuna, yoksulluğunu bolluğuna, sıkıntısını da huzuruna tercih ettim.

Aişe! Bil ki dünya, Muhammed'e(s) de Ehl-i Beyt'ine de yaraşmaz. Allah, azim sahibi peygamberlerinden dünyanın nimetlerine karşı sabretmelerini, dünyanın sevimli şeylerinden uzak kalmalarını istemiştir. Onlara neyi teklif etmişse, bana da 'Azim sahibi peygamberlerin sabrettiği gibi sen de sabret' buyurmuştur. Vallahi ben O'na itaate devam ederim. Diğer peygamberleri gibi ben de sabretmeye gayret ederim. Kuvvet ve kudret Allah'tandır..." derdi...

"RESULALLAH'IN(S) SEVGİLİSİ"...

Bunu bana Resulallah'ın(s) damadı Emirülmüminin Ali'ydi söyleyen...

Beni işaret ederek "O, Resulallah'ın(s) habibesidir" demişti...

Resulallah(s) da sık sık, "Ey Allah'ım" derdi... "Bu, ancak benim yapabildiğim bir taksimdir. Senin malik olup da benim yapamadığım taksimle beni sorguya çekme ya Rabbi..."

O(s), böyle dua ettiği zaman, bana olan hususi sevgisini ve meylini hemen tanır, bilir, bu şerefle gönenirdim.

O(s), eşlerine ve kızına dünyada en iyi davranan kişiydi. "Sizin içinizde en hayırlı olanınız, ailesiyle en iyi geçinendir, ben de ailesiyle en iyi geçinenlerin en önünde yer alırım. Siz de ehlinize iyilik edin..."

Derdi...

Sevmekte belki eşitlik olamayacağını ama adalet için çaba sarf etmek gerektiğini de erkeklere ettiği nasihatlerden anlardık...

O'nun(s) Hatice'den sonra, tek eşi olmamıştır hiçbir zaman. Kadınlar arasında onları kırıp incitmeden, hepsinin de rızasını, sadakatini ve aşkını kazanabilmiş bir halde hüküm sürebilmesi oldukça manidardır...

Gerçi O(s) Sevilmelerin Peygamberidir...

İnsan O'nu(s) sadece bir kere bile dinlese, bir daha ömür boyu bırakmak istemez, yanından hiç ayrılıp gitmek istemezdi... Ya biz kadınları ne yapacaktık? Diğer eşleriyle olan arkadaşlığımız için asla kötü geçmiştir diyemem, ama hepimiz O'nu(s) canımızdan çok sever ve çoğu kez birbirimizle bu konuda gayret yarışına girerdik... Hangi yolcu uyandığında gözlerini ağacının altında açmak istemez ki? Hangi yolcu, ağacının gölgesini paylaşırken dışarıda kalmaktan korkmaz ki... O(s), dışarıda bırakmayandı...

O'nun(s) olduğu yerde kasvet kalmazdı hiç.

Sis hemen dağılırdı. Yüksek tepelerin üzerinden insanın kalbine itminan bağışlayan geniş bir yaylaya bakılırdı O'nun(s) gözlerinden... O(s), tatmin edendi... Soruları cevaplayan... Dertleri gideren. Kalpleri yatıştıran...

......

O'nun(s) etrafında kuş gibi cıvıldaşan küçük hikâyecisiydim ben...

Şiirler söyleyeni... Hiç usanmadan etrafında daireler çizerek dolaşan seyyaresi...

İkimiz birlikte çalışırdık çoğu kez.

Ben yün eğirirken O(s) da deri sandaletlerini onarırdı mesela... Ben ocak yaktığımda, O(s) duvarda asılı kırbanın bağını çözer, maşrapaya su doldururdu. Ocağımızdan şifa niyetine kaynattığımız bitkiler eksik olmazdı. Ben Kur'an-ı Kerim'den ezber okurdum, O(s) dinlerdi...

O gün alnı çok terlemişti... Önüne eğildiği işle meşgulken, tuttuğum iği bırakıp kendisini seyrettiğimi fark edince bir eliyle alnını silerken bana doğru döndü ve yine ne oldu dercesine tebessüm etti...

O anda öyle güzeldi ki...

Öyle sessiz, öyle parlak... Sessizlik O'nun(s) pırıltısıydı...

“Eğer…” dedim…

Evet, dercesine, işini bırakarak doğruldu, bu kez bana ciddiyetle bakıyordu…

“Eğer… Büyük şair El-Huzeylî, senin şu parlak alnını görebilseydi, söylediği şiire ancak senin layık olduğunu itiraf ederdi…”

Bu cümleyle birlikte yüzü aydınlandı mahcubiyetle…

“Ne demişti o şair?”

Sevdiğimin yüzünde taşıdığı çizgiler,
Yağmur taşıyan bulutlardan çakan şimşekten de parlak
Sevdiğimin o güzel alnı,
Gündüz vakti yağan karlardan da ak…

O’nu(s) hayranlıkla seyrettiğim yerden okuduğum bu şiir hoşuna gitmiş olsa gerek ki… Hızla yürüyerek yanıma geldi, beni alnımdan öptü, tebrik etti… Ellerimden tutup;

“Aişe… Hümeyra…” dedi…

“Allah seni hayırlarla mükâfatlandırsın. Senin beni sevindirdiğin gibi ben seni sevindiremedim…”

O(s), Risalet’in ağır yüküyle yükümlüydü. Bizlere elinden geldiğince mukabele ettiği halde diğer kimseler gibi değildi elbette… Oysa O’nun(s) sadece bir nefesi, dünyalara bedeldi…

ŞEMAİL-İ ŞERİF...

O... Âlemlere Rahmet...

Çok saygındı. Kendisine çok saygı duyulurdu...

Yüzünde bir dolunay parlardı...

Boyu, orta boylulardan uzun, göze batacak kadar uzunlardansa değildi...

Başı dolgun bir başak gibi, saçlarıysa dalga dalgaydı, ne kıvırcık ne de dümdüz...

Bir kalbin iki yarısı gibi, sağa ve sola doğru tarayıp ayırırdı onları...

Sümbül kokulu saçları uzandığında kulaklarını aşardı hafiften...

Beyaz ve parlak teni, yüzünde pembemsi yanakları...

Geniş ve ak alnı, yay gibi güzel kaşlarını taşır...

Nakkaşın imzası gibi atılmış kaşları, ta göz uçlarına kadar inerdi...

Kaşları çatık değilse de öfkelendiğinde ikisinin arasından kabaran bir nehir akardı...

Burnunun kemeri yüksek ve pırlanta gibi parlaktı...

Sakalı gürdü...

Yanaklarında güller bezeliydi...

Dişleri inci gibi parlak ve bembeyaz ama nadiren görünürdü…

Boynu uzuncaydı ve gümüş pırıltısıyla salınırdı...

İki omzunun arası geniş, göğsü ile karnı aynı hizadaydı…

Gömleğinin altında, parlak bir nur gibi nübüvvet mührünü saklardı…

Bilekleri güçlü…

Avuçları geniş…

Parmaklarıysa uzundu…

Ayaklarının üstü çok münasip bir haldeydi…

Su, döktüğü zamanlarda tane tane kayar, adeta abıhayat olurdu…

Yürüdüğünde ayağını yüksekçe kaldırır…

Yumuşakça basardı, incitmezdi toprağı…

Adımlarını süratlice ve uzunca atardı…

Sanki göklerden aşağı iniyormuşçasına yürürdü…

Döndüğündeyse…

Tüm vücuduyla dönerdi…

Etrafa değil…

Önüne bakardı…

Yere bakışları, göklere bakışından daha çoktu…

Baktığında kavrayıp hapsetmez, göz ucuyla bakardı…

Ashabının arkasından yürür,

Karşılaştıklarına ilkin O(s) selam verirdi…

Sürekli hüzünlü ve düşünceliydi hali…

O'nda(s) rahatlık ya da başıboşluk da yoktu…

Susmaları konuşmalarından çoktu…

"Cevamiu'l-kelim" derdik sözüne ki, az ile çokları işaret ederdi her seferinde…

Lafı ne eksik ne de fazla tutardı…

Kimseyi incitmez... Hor görmezdi kimseyi...

Az bile olsa, muhakkak paylaştırırdı nimeti...

Nimete hor bakmaz, lokmaya kusur bulmazdı hiç...

Dünya malı mülkü için öfke nedir bilmezdi...

Dargınlığı da yoktu dünyadan dolayı kimselere...

Hakka saldırıldığındaysa dinmezdi öfkesi... Ta ki hak yerini buluncaya...

İntikam nedir bilmezdi...

Parmak ucuyla değil, eliyle işaret ederdi...

Bir şeye hayret ettiğindeyse avuçlarını çevirirdi...

Sağ eliyle sol elinin başparmağına değe değe konuşurdu...

Kızdığında azarlamaz, affetmeye can atardı...

Sevindiğinde...

Ahh sevindiğinde...

Gözlerini yumardı...

Gülümserdi... Tebessüm âdetiydi... Nadiren gülebilirdi...

Evinde geçirdiği zamanı üçe bölmüştü...

Allah için kulluğa ayırdığı vakit...

Ailesi için yuvasına ayırdığı vakit...

Kendisi için, kendisiyle insanlara ayırdığı vakit...

O(s), bilgiyi kendisine saklamaz, dostları ve insanlarla paylaşırdı...

Huzuruna ilkin ilim ve takva sahibi olanları alırdı...

Geri kalanlarsa ihtiyaç sahipleriydi...

"Burada bulunanlar, öğretilenleri, burada bulunmayanlara anlatsınlar.

Bana gelemeyenlerin ihtiyaçlarını da bana bildirin.

Kim ki ihtiyaç sahibinin maksadını amir olanlara haber verir.

Allah onun ayaklarını Kıyamet Günü'nde Sırat'ta sabit kılar" derdi...

O'nun(s) huzuru bir sığınak gibiydi...

Muhtaç, bilgi sahibi olarak çıkardı yanından...

O(s), her cümleyi faydasızlıktan sakınırdı.

İnsanlarını sevgiyle birbirine bağlayacak kelimeleri seçerdi.

Onları ayırmak değil bütün kılmaktı emeli.

İkramı sever, misafiri buyur ederdi...

Güler yüzünü esirgemediği gibi ahlakını da korurdu...

Güzeli güzel görür, koruyup gözetirdi...

Çirkini çirkin görüp sakındırırdı herkesi...

Her işi mutedil, dengeli ve birbirini tutar cinstendi...

Ashabını gaflete düşmekten korur, hepsiyle ayrı ayrı ilgilenirdi...

Her şeye karşı gayretli ve istidatlıydı...

Hakkı yerine getirmede kusursuz, hakka tecavüze tavizsiz idi...

O'na(s) en yakın olanlar ahlaken seçkinlerdi...

O'nun(s) katında üstün olanlarsa ihlas sahipleriydi...

Zayıflara en çok iyilik edenleri baştacı ederdi...

O'nun(s) oturuşu da kalkışı da zikirdi...

Vardığı mecliste boş gördüğü yere oturur, kimseyi yerinden kaldırmazdı...

İltifatı daimdi, öyle ki herkes en çok kendisinin sevildiğinden emindi...

Konuşan kişi bıkıp kalkmadan O(s) bıkıp kalkmazdı hiç...
İsteyene, şayet elindeyse muhakkak veren el idi O(s)...
Güzel ahlak ve cömertliğin de Sahibi, Sultanıydı...

Onlara "Baba" gibiydi,
Diğerleriyse eşit ve denk... Ama ancak takvadaydı üstünlük...
Hilm, hayâ, sabır ve güven şiarıydı, bulunduğu meclisin...
Orada yüksek sesle konuşulmaz...
Hiçbir harama bulaşılmaz...
Kimsenin ayıbı ortaya dökülmezdi hiç...
Büyüklere saygılı, küçüklere sevgi dolu...
Bir mütevazı arkadaşları topluluğuydu bulunduğu...
Ki muhtaçlar, yolcular ve muhacirler o toplulukta felah bulurdu...

Tebessüm ve yumuşak huy, O'nun(s) resmini tamamlayan boyalardı.
Allah'ın boyasıyla boyanmış demekti O'nun mizacı...
Esirgemesi ve bağışlaması çok Rabbin,
Esirgemesi ve bağışlaması çok olan Kuluydu...
Çekişmez, bağırmaz, yermez ve övmezdi aşırısıyla...
Umanı umutsuzluğa itmez...
Keder sahibine sırtını dönmezdi asla...

Üç şeyden uzak tutardı kendini:
Gösteriş, çok konuşma, kendisini ilgilendirmeyenle ilgilenme...

Kınayıp kötülemez, kusurları araştırmazdı...
Yalnızca sevap ve hayır umarak başlardı konuşmaya...

O(s) konuşurken nefesini tutardı meclis, sanki başlarına konmuş kuş kaçmazsın diye...

Kendi aralarındaki nizalarıysa ya erteler ya da terk ederlerdi önünde…

Sırayla konuşan saygılı adamların arasında…

Arkadaşları gülerse güler, onlarla birlikte hayret ederdi…

Susması dört şey üzereydi:

Hilm, sakınma, takdir ve tefekkür…

Takdiri herkese eşit kıymet vermekti…

Tefekkürü ise baki ve fani olanlar içindi…

Sabrı kuşanmış bir hayattı O'nunkisi…

Güzel ve meşru olanı yapar,

Çirkin şeyleri terk eder,

Ümmetin kurtuluşuna vesile arar,

Himmetini dünya ve ahiret hayrına bağışlardı…

……

O'nun gerek Mescid'e gerekse kendisini ziyarete gelenlere ettiği dualarda, sık sık "Yüklenemeyeceğimiz ağırlıklar"dan bahsettiğini işitirdik… "Şüphesiz ki Allah, her şahsa ancak gücünün yettiği ölçüde mükellefiyet yükler" derdi…

O'nun(s) insanlara yaptığı tüm konuşmalara şahidim dersem abartmış sayılmam. Zira O(s), Mescid'inde konuşurken ben odamdan dinlerdim O'nu. Benim odam, O'nun(s) Mescid'indeki birinci hücreydi…

Gece veya gündüz fark etmezdi… Bir perdenin ardından veya hurma dallarıyla örtülmüş duvarlardan gelen sesini, kalbime ve dimağıma yazardım…

Özellikle Ensar kadınları, açık sözlülükleriyle gelirlerdi. Sorup da öğrenmek istedikleri konuları, detaylarıyla ve aşikâr olarak aktarmaktan hiç çekinmedikleri için, özellikle kadınlara has günlük kurallarda epey bilgi sahibi olmamıza fırsat sağlamışlardı... Kadınlarla konuşurken Resulallah'ın(s) yanında muhakkak ailesinden birileri olurdu. Kızı Fatıma veya eşlerinden birileri... Çoğu kez benim de bu konuşmalarda bulunmamı ister, kadınlığa has bazı mahrem konuları onlara anlatmakla beni görevlendirirdi Allah Resulü(s)...

Sık sık şöyle dua ederdi:

"Herkesin kazandığı hayır kendisine ve yine herkesin kazandığı şer de kendisinedir... Rabbimiz unutursak veya hataya düşersek, bizi sorumlu tutma. Ey Rabbimiz, bizden öncekilere yüklediğin gibi, bize de ağır bir yük yükleme. Ey Rabbimiz! Bize gücümüzün yetmediği işler de yükleme! Bizi affet! Bizi bağışla! Bize acı! Sen bizim Mevla'mızsın! Kâfirler topluluğuna karşı bize yardım et..."

Bir gün arkadaşlarımızdan Havle b. Hakim oldukça kederli, üstü başı bakımsız, perişan bir halde gelmişti yanımıza... Oysa bu hanım, her zaman derli toplu ve şık giyimiyle, bakımlı ve neşeli kişiliğiyle bilinirdi bizlerce... Ona ne olduğunu sorduğumda, eşi Osman b. Mazun'un artık kendisiyle ilgilenmediğini, dünyaya küstüğünü, bütün günlerini oruçla, gecelerini de niyazla geçirmeye karar verdiğini, bu yüzden onun yüzüne bakmadığını gözyaşlarıyla anlatınca... Benim de kalbim burkulmuştu doğrusu...

Durumu Resulallah'a(s) aktarmıştım... Kadının eşini çağırtarak nasihat ettikten sonra, toplumsal bir mesele olarak da gördüğü bu hal hakkında Müslümanları uyarmak gereği hissetmişti Resulallah(s)...

"İnsanlara ne oluyor da benim yaptıklarımı yapmakla yetinmiyorlar? Vallahi ben Allah'ı onlardan çok daha iyi bilirim. Allah'tan onlardan daha fazlasıyla korkarım. Sizin buna gücünüz yetmez. Bazen oruç tutun ama bazen de ara verin. Hem uykuya vakit ayırın hem de namazı kılın. Her ayın üç gününü oruçlu geçirebilirsiniz, tutacağınız bu üç günlük oruç sizin bir sene boyu oruç tutmuş gibi sevap kazanmanıza vesile olacaktır" demişti...

O(s), alçakgönüllü biriydi, bizlerle birlikte yemek yer, bizlerle birlikte uyur, bizlerle birlikte güler, kederlenir, meraklanır, bizim gibi giyinir, bizim gibi oturur kalkardı...

O(s), Kur'an-ı Kerim'de bahsedildiği gibiydi, 'içimizden biri'... 'Aramızdan biri...'

Bir gün zavallı bir bedevi, O'nu(s) ziyaret için çok uzun yollardan çıkıp gelmiş. Kimbilir kendisine nasıl anlatılmışsa... Mescid'e girip bir müddet O'nu(s) izlemiş ve tir tir titremeye başlamıştı... Ben odamdan duyuyordum tüm olanı biteni...

"Korkma!" demişti Allah Resulü(s) ona...

"Ben, bir kral değilim. Ben güneşte kurutulmuş et yiyen Kureyşli bir kadının oğluyum..."

ÇÖL GECELERİNDE, "ON BİR KADIN" HİKÂYESİ...

Büyük bir unutkanlıklar evidir çöl...

Şayet işi oluruna bırakmayı bilemez de razı gelenlerden olamazsanız, hem yolunuzu hem de aklınızı kaybetmeniz işten bile değildir... Nitekim pek çok seyyahın her rüzgârda yer değiştirdiği için asla bir haritadan diğerine sabit kalmayan kumul dağların arasında yollarını yitirip divanelere dönüştüğünü hep duyarak büyümüşüzdür çöl çocukları olarak...

Sabırla ve çölün kurallarına riayet ederek sürmezseniz hayatınızı, asla affetmez çöl sizi. Ya yutar, ya kaybeder, ya da ölümü aratır nice tertip ettiği oyunlarla size...

Bu yüzden güneşin ve ayın hareketlerine göre belirlenmiş bir hayat takvimine bağlı olarak sürer çölün prensleri ömürlerini... Ya sabahın ilk ılık saatlerinde veya güneş tepeden aşağı devrilmeye döndüğünde çıkılır yola.

Öğle uykusu vardır mesela bizde, kaylule, tembellikten, miskinlikten değil, güneşe hakkını vermekten doğmuş bir nevi çekinmedir bizce... Biz, güneşle pay ettiğimiz günün orta kısmını, keskin parlak kılıçlardan da keskin ve parlak anlarını günün... Güneşe teslim ederiz.

Sonra... Sonra akşamın merhametli ve kırık kanatları altında yavaş yavaş başlar, dışarı çıkışlarımız... Ay, yol arkadaşımızdır mesela...

"Tüm dünyanın unuttuğu kadar, tüm dünyadan ıraktadır" der bilge seyyahlar çöl için. Biz, unutmamak ve unutulmamak adına şiirler söyleyip yaktığımız ateşler etrafında hikâyeler anlatarak gelmişizdir bugünlere...

Yıldızlar birer kandil gibi yanmaya başlayınca gökyüzünde... Gök, kocaman bir çadır gibi kurulunca başlarımızın üzerinde, birbirimize yaklaşıp eski zamanlardan kalma hikâyelerimizle tutunuruz birbirimize.

Hikâye ve şiir, upuzun çöl gecelerinin içinde aklımızı, aklımız kadar sabrımızı, sabrımızın yanı sıra umudumuzu da korumanın en güzel yoluydu aslında...

Babalarla çocuklar, büyükannelerle torunlar, birbirleriyle çekişmekten usanmış kadınlar, kısık bir ocağın etrafında veya çalı çırpı toplanarak yakılmış bir ateşin başında, vurup duran yalazın yüzlerine bin yüz daha ekleyip eksilttiği o anlarda... Hikâyelerimizin ipleri sayesinde bağlanırdık birbirimize ve hayata...

Böyle gecelerden birinde sormuştu Resulallah(s) biz kadınlarına:

"Hurafe'yi bilir misiniz? Kimdir, nedir hurafe?"

Sonra da etrafına halka yapıp kandilin fersiz ışığı altında kulaklarını dört açarak kendisini dinleyen bizlere anlatmaya devam etmişti...

Hurafe, eski zamanlarda yaşamış çok masal bilen bir adamın ismiydi... Zavallı adam, cinlerin hışmına uğrayarak yolunu kaybetmiş, çöllerde uzun süre bir kovuktan diğerine götürüle götürüle nice günler geçirmişti... İnsanların arasına geri döndüğündeyse divane gibiydi... Ama o kadar çok anlatacak şeyi vardı ki... O âlemde yaşadıkları, başından geçen maceralar, belki bin gün sürecek masallara bedeldi... İşte 'hurafe' dediğimiz batıl inançlar, masallar, büyülü hatıralar, hep o zavallı adamın yaptığı bu garip yolculuktan sonra birike birike gelmişti eteklerimize kadar...

Masal ve hikâye, şiirin destansı dizilişi içinde bir gece dansına dönerdi adeta çölün kendine has ikliminde...

Hele Resulallah(s) ile çıkılmış bir çöl gecesi ise bu... Yıldızların kurduğu büyük çadırın altında, söz, en kıymetli mücevherlerden bile daha değerli bir şeye dönüşürdü...

Günün tüm yorgunluğunu, ağır vazifesini, yüklendiği büyük görevi, böyle gecelerde O'na(s) anlattığım hikâyelerle, okuduğum şiirlerle hafifletmek isterdim...

Develerimizin üzerine bağlanmış etrafı perdeli küçük birer tahta benzeyen hedveçlerde otururduk biz kadınlar... Yıldızlar çıkmaya başladığında, devesini sürerek yanımıza kadar gelirdi, aynı hizada ağır ağır yürürdük O'nunla(s)...

"On bir kadınların hikâyesini anlatmış mıydım size ya Resulallah?"

Çok kibardı... Gülümseyerek, açılı duran perdemin içine eğilir...

"Konuş... Ey Hümeyra..." deyişi bana...

Haydi oklarını at! Haydi çağla! Haydi en yüksek tepeden aşağı dökül bakalım! Haydi mızrağını en uzağa yolla!

Dermiş gibi gelirdi...

"Konuş... Ey Hümeyra!"

"Günlerden bir gün Yemenli on bir kadın sözleşmişler... Kocalarının hallerinden hiçbir şeyi gizlemeden birbirlerine anlatmaya yemin etmişler... Dertlerini şimdiye kadar kimseciklere anlatmamış bu on bir kadın, sırlarını dökecekleri bir dağın tepesine çıkmışlar... Uğultulu bir rüzgârdan başka, onların laflarını taşıyacak kimse yokmuş civarlarında...

Birinci kadın demiş ki: Benim kocam sarp dağların başında çaresizce gezinen bir arık deve gibidir. Zayıf düşürmüştür onu hayat meşgalesi. Dağ düz değildir ki yanına çıkıp da deveye mukayyet olasın, yani anlayacağınız, zavallının derdi çoktur, meşguliyeti öyle fazladır ki bu nice dert onu hem yalnız hem de zayıf bırakmıştır... Sarp dağa çıktın diyelim, deve semiz değildir ki, neresini yiyesin... Hayat gailesi bizi güçsüz kılmıştır...

O böyle konuşunca, diğerleri örtülerini ağızlarına çekip önce gülüşmüşler, ardından da ağlamışlar arkadaşlarının haline...

İkinci kadın demiş ki: Vallahi ben kocamdan bahsedemem sizlere. Çünkü ondan korkarım haylice. Ne var ki laf açılınca durulmaz, ben de lafı sözü seven bir kadınım. Onu anmaya başlarsam, ne irisi kalır ne de ufağı kocamın... Ama onun irisinden de kork ufağından da derler ya. Sert mizaçlı birisidir o, anlatırsam günler gelir geçer, en iyisi anlatmayayım kardeşler...

O böyle konuşunca, diğerleri elleriyle yüzlerini örtmüşler, vah vah, diyerek dizlerini dövmüşler...

Üçüncü kadın demiş ki: Şikâyet etmek gibi olmasın... Kocamın boyu uzun, aklıysa kısadır maalesef. Konuşursam boşanmaktır kaderim, sustuğumdaysa muallakta asılı kalırım. Bir rüzgâr salıncağı gibiyim onun elinde, sallanır da dururum, sallanır da dururum, en iyisi susayım...

O böyle konuşunca, parmaklarını ısırmış diğerleri, aman sus, diyerek örtmüşler ağızlarını...

Dördüncü kadın demiş ki: Vallahi şaşırdım sizlere... Tihame çölünün ılık gecesi gibidir benimkisi. Ondan ne bıkılır, ne de korkulur. Her kim olsa severdi onu, hakkıdır baştacı edilmek. Doyamazsın onun latif mizacına, ikramına, sözüne...

O böyle konuşunca, pek sevinmiş diğerleri, demişler ki: Aman ne iyi, aman ne iyi...

Beşinci kadın demiş ki: Kocam içeride pars, dışarı çıktığındaysa arslan kesilir, evinde bana emanet ettiği şeylerdense hesap sormaz, güvenir... Çok çalışkandır, evine de çok iyi bakar.

O böyle konuşunca, destekleyip beğenmiş diğerleri...

Altıncı kadın demiş ki: Sırrını vermek gibi olmasın ama biraz düşüncesizdir benimkisi. Yediği zaman üst üste dürer de yer. İçtiği tasın dibini getirir. Yattığında yorganına sarınır. Çoğu gece üstüme örtecek yorganım bile yoktur.

O böyle konuşunca, avuçlarını toprağa vurup çok üzülmüş diğerleri, havaya kalkan tozdan öksürük nöbetleri, ölsek belki daha iyi...

Yedinci kadın demiş ki: Kocamın talihi düzgün gitmez ne işse... Karanlık bir odaya benzer ki her dert gelip de onu bulur nedense. Dünya üstüne yıkılmış gibidir. Durup dururken başı yarılır, kolu kırılır veya ikisi birden gelir dertlerin çarşısından...

O böyle konuşunca, diğerlerinin elleri gitmiş yakalarına, silke silke gömleklerinin ucunu, mazallaaaah, kız versene sadakaaa... deyip çekmişler ince dilleriyle zılgıtlarını...

Sekizinci kadın demiş ki: Kocamın kokusu sarar tatlı zaferan gibi yatağımı. Üstünü örterken uykusunda titrer teni, çok kibardır sureti, yumuşacık tavşan misalidir bedeni...

O böyle konuşunca, birbirlerine bakmış diğerleri, bu işittikleri iyi mi kötü mü şimdi?

Dokuzuncu kadın demiş ki: Bir çadırın direği gibi uzundur boyu kocamın. Eli açık, misafirperver, meclisi geniş, külü hiç sönmez bir kişi…

O böyle konuşunca, diğerleri hem memnun hem de merakta haykırmışlar birlikte; eeeee?

Onuncu kadın demiş ki: Benim kocam maliktir. Amma ne malik… Yürütmekten çok, çökertir zavallı develerini, o develer ki ancak ud sesleri yükseldiğinde anlarlar kesilip de kebap edileceklerini. Bir eğlence, bir şölendir gider önünden…

O böyle konuşunca, ne de şükürsüz kadınsın, eğlenceyi sevmezsin, demişler diğerleri…

On birinci kadın demiş ki: Kocamın ismi Ebuzer'dir a yoldaşlar… Amma ne Ebuzer… Bana taktığı inci küpelerle kulaklarım şakırdar… Önüme koydurduğu sofralarla pazularım palazlandı da taktığım bilezikler dar gelip çatladı. Beni çok sevindirdi, gönlümü ferahlandırdı. Ben ki dağ başlarında koyun güderdim. Beni aldı da atları kişneyen, develeri harman döndüren, savurduğu tınazlardan konaklar çeviren, zengince, sözü her daim geçen bir hanım eyledi yaaa… Onun yanında çok konuştum, sesimi pek yükselttim, burnumu havada tutmaya alıştım, rahat uyuyup hizmetçiler arasında uyandım. Yediğime doydum, içtiğime kandım yanında… Ya Ebuzer'in annesi! Ammaaan ne anneydi o öyle… Ambarları büyük ve derin, misafiri çok, eli bol, sofrası ve evi çok genişti o annenin. Ya Ebuzer'in oğlu! Kabarık yatakları soyulmuş hurma lifinden, oturduğunda sofraya, yuttuğu her lokma birer kuzu budu olurdu o pehlivanın da bana ana der, sözümü hiç kırmazdı… Ya Ebuzer'in kızı! Ana babasına muti, öyle güzel ki sanırsın ay parçası… Ya Ebuzer'in cariyesi! Öyle akıllıdır o ve öyle sadık ki, ne laflarımızı ne de ekmeğimizi etrafa saçar, kuş yuvasının bülbülüdür o… Ama ah ki talih! Bir gün tulumlarımızda sütler çalkalanırken çıkıp gitti Ebuzer! Yolda rastladığı ise dilber mi dilber! Kucağında iki küçük oğlanla çalışkan mı çalışkan... Hem oğlanları pek sevmiş, hem de onları besleyen bu pek gayretli hatunu fakirliğinden kurtarmak, ailesine almak istemiş Ebuzer... Her şeyi iyi hoş da... Döner dönmez boşamasın mı beni? Gerçi Ebuzer'den sonra vardığım kişi de eşraftan biriydi. Hızla koşan bir atı ve elinden hiç bırakmadığı bir mızrağı olurdu. Evime pek çok deve getirip keçiden koyundan çifter çifter verirdi. Kadıncığım, ey Ümmüzer, sana verdiklerimden akrabana da ver, derdi. Ama onun verdikleri, Ebuzer'in doldurduğu kabın en küçüğünü bile dolduramaz...

O böyle konuşunca, vaay diye bağrışmış diğerleri, ne talihli kadınsın ki talihsizliğin bile talihtir demişler hep birlikte..."

Bu uzun hikâyeyi anlatırken ben... Devesinin üzerinde, tebessüm ederek dinliyordu beni... O'nu(s) uzun ve dünyaya dair bir meşgaleye tuttuğum için darılmış mıydı bana acaba? Çok mu konuşmuştum, O'nu(s) biraz olsun oyalayıp eğlendirmek adına...

Ama O(s) çok nazik birisiydi işte... Uyarırken bile kırıp dökmez, çekindirirken bile anne şefkatini andırırcasına hayra davet eder, çekip çevirirdi her nasihatinde...

Lafı çok mu uzatmıştım, dünyaları mı taşımıştım O'na(s) yine...

O(s) bizleri hiç kırmadı, kırmamıştı ki...

"İşte... Ben sana Ümmüzer'e nispetle Ebuzer gibiyim. Bir farkla ki o eşini boşamış... Bense boşamam ve boşamayacağım..."

Gülüyordu bunları söylerken...

"Size bir şey sorabilir miyim ya Resulallah?"

Başını evet manasında sallarken, zannediyorum ki biliyordu ne soracağımı... O, benim içimi dışımı bilirdi...

"Aişe'yi seviyor musunuz efendim?"

"Evet, Aişe'yi seviyoruz..."

"Size bir şey daha sorabilir miyim efendim?"

Yine başını sabırla ve gülümseyerek sallıyordu... Yıldızlar sanki başına konmuşlar da kocaman gözlerini aça aça bizi dinler gibiydiler...

"Aişe'yi nasıl seviyorsunuz?"

Biraz sustu... Mahcuptu... Yükü ağırdı... Ordunun komutanıydı... Devesini hızlandırıp öne geçmeye kalkınca yüreğim sıkışmıştı, eyvah gidiyordu. Çok olmuştu sorduğum soruların hepsi, niçin böyle yapmıştım ki, ölsem daha iyiydi...

Onun ardından hedvecin kenarından eğilip baktığımı bilir gibi, hızla giden devesini aniden geri döndürüp söyledi:

"İlk günkü gibi..."

Sonra elini yukarı kaldırıp asil ve muzaffer bir savaşçı edasıyla beni selamladı, hızla dönüp ordunun en ilerisine doğru kaydı...

Yıldız yağmuru...

Allah'ım, iyi ki az evvel söylediklerimden dolayı canımı almadın. İyi ki ölmedim. Çok şükür Sana... Binlerce kere binlerce hamd ü senalar Sana.

Yıldız yağmuru...

Çoktur benim böyle aniden üzüntülere batıp da "Ölsem gam yemem" dediğim anlar... Bunlar karasevdanın hallerindendir, ancak çekenler anlar. Sevda, yaradır. Hiç kapanmaz ki hep kanar...

Bir keresinde de ortağım Hafsa ile birlikte eşlik ediyorduk Allah Resulü'ne(s)... O(s), seferdeyken bile hakkımıza riayet eder, bir gece birimizle diğer gece ötekimizle sohbet ederek yürürdü...

O gece, Hafsa'nın gecesiydi... Ama ben ne yapıp edip bulacağım bir hikâye, hafıza heybemden çıkaracağım bir masal veya şiirle, sevdiğim kişiyi kendime bağlamanın yollarını arıyordum...

Hafsa... Ömer b. Hattab'ın kızıydı. Çok iyi eğitim görmüş, güçlü bir ailenin terbiyeli bir evladıydı. Benim de çok yakın, hatta eşler arasında en yakın sırdaşımdı. Ne dersem çoğu kez hak verip bana eşlik ederdi, onunla aynı takımyıldızın içinde yanıp sönen seyyareler gibiydik...

"Hafsa..." dedim.

Yüzünde güller açarak, "Buyur ey güzel arkadaşım Aişe..." dedi.

"Hafsacığım, bu gece develerimizi değiştirsek, sen benimkine binsen de ben de bu gece seninkisiyle gitsem..."

"Tabii... Olur Aişeciğim, neden olmasın?"

İyi yürekli, güzel huylu Hafsa... Aslında sırasını bana verdiğinden habersiz... Beni affet olmaz mı, aşkım kalbimin zarına işlemiş, bunlar hep aşkın hallerindendir, affet, yoksa arkadaşın Aişe seni çok sevmektedir ama "Sevgililer Sevgilisi"yse söz konusu olan, zavallı Aişecik ne etsin? Darılma bana ne olur güzel arkadaşım. Siyahtır gözlerim benim...

"Haydi o zaman... Sen benim tahtıma geç ve perdelerini ört, ben de senin perdelerine bürüneyim..."

Tam istediğim gibi gitmişti her şey...

Resulallah(s), perdeler örtük olduğu için Hafsa'nındır diyerek vardığı devenin perdesini açtığında içeride beni görecek! Bu gece işte yine benim gecem olacaktı...

Fakat o da ne?

Resulallah(s) Hafsa'nın gecesi olmasına rağmen, meğerse benim yanıma gelip bir şey soracak değil miymiş?

Benim yanıma geldiğini zannederek de içinde Hafsa'nın olduğu devenin perdesini selamlayarak kaldırmasın mı...

Tam bin tane ok!

Tam bin tane mızrak değsin bana e mi...

Tam önümde, konuşa konuşa ilerliyorlar. Yıldızlar başlarında dans ediyor. Kibarca bir şeyler söylüyor Hafsa'ya... Durak yerine kadar devam ediyor konuşmaları...

Durak yerinde eğleştiğimizde ateş gibi atlayıp devemin üstünden... Ağlaya ağlaya koşuşum zehirli izhir otlarının arasına...

"Allah'ım! Ne olur bana hemen bir akrep! Allah'ım, ne olur bana hemen bir yılan!"

Hem çocuklar gibi ağlıyor, hem de karanlığın içinde ayaklarımı gezdirdiğim otların arasında rastlayacağım bir akrep veya yılan arıyordum...

Öleyim de kurtulayım bu ayrılıktan... Bu kadar ince hesaplar yaptıktan sonra, talihim ters dönmüş, Sevgililer Sevgilisi'ni kendi elimle kaybetmiştim işte...

Kime arz etmeliydim ki halimi?

Derdimin dermanı Sensin ya Resulallah!

O acıyla şu şiiri söyledim:

Züleyha'yı görüp de Yusuf'tan dolayı kınayan kadınlar...
Peygamber Yusuf'u gördüklerinde ellerini doğradılar...
Eğer ki görmüş olsalardı cemalini Cenab-ı Muhammed'in...
Keserlerdi elleri yerine kalplerini, ve sen de keserdin, görseydin gördüklerimi...

GERDANLIK YÜZÜNDEN DÜŞTÜĞÜM SIKINTILAR...

Ah sevgili ablam Esma...

Ben çocukluğumdan beri hayran olduğum için ona... Ne giyse en güzeli, ne taksa takıştırsa en yakışanı, neyi tutsa billur, neye baksa güneş gibi gelirdi bana.

Onu çok sevdiğimi bildiğinden, her şeyini benimle paylaşmaya can atardı o da... Elinde bir çiçek mi tutuyor, benden ayrılmadan evvel bakardım ki sessizce bırakıvermiş onu oturduğu köşeye... Küçük bir kese, bir mendil, küçük bir ayna veya kına tozları gibi ancak çocuklarla kadınların ilgisini çekebilecek küçük ve neşeli ayrıntıları hayatın... Kendisinden küçük parçacıklar. Onları bana bırakarak giderdi her seferinde.

Ben onun hiç büyümeyen küçük kız kardeşiydim...

Bana her uğradığında saçlarımı açar, sümbül yağları sürer, saçlarımı gül kurularını batırdığımız taze sularla tarardı... Onun ellerine de hayrandım. Elleri, elleri Esma'nın, hediye gibiydi bana her zaman...

Konuştukça, boynunu açıkta bırakan örtüsünden şıkır şıkır parıldadığını gördüğüm gerdanlığı Esma'nın... O anlatıyor, anlatıyor, anlatıyor, kaynayan bir pınar gibi dişil sesiyle bir konudan diğerine geçiyor... Ama benim gözlerim o konuştukça şıkır şıkır parıldayan gümüş gerdanlığında...

Gitmeye yakın, boynundan çıkarıp açtığı avuçlarıma sıkıştırıyor gerdanlığını...

Fark etmiş demek ki beğendiğimi...

"Al senin olsun..."

Büyük bir mahcubiyetle utanıyorum kendimden, yaptığımdan, gözlerimin sürekli kolyesine takılmasından hicabım... Pişmanım...

"Hayır, teşekkür ederim, lütfen..."

"Alsın bakalım Aişecik ablasının gerdanlığını, ona daha çok yakışacak eminim..."

"Çok teşekkür ederim, alamam. Hem Resulallah(s) bizlere sade olmamızı öğütlüyor çoğu kez..."

"Esma verdi dersin, hediyeymiş dersin..."

"Alamam, çok teşekkürler..."

"Tamam... Öyleyse emaneten vereyim, biraz takarsın, sonra gene geri verirsin bana..."

"Olur mu..."

Kapının eşiğinde durmuş, kendisini baştan ayağa bürüyen örtüsüne sarınmış, gülümseyerek ellerimden sıkıyordu Esma... Gerdanlık avuçlarımda...

"Olur... Olur... Hem sefere iştirak edecek kadını da senmişsin Resulallah'ın(s)... Yol boyunca, beni de hatırlayıp dua edersin canım kardeşim..."

Beni kucaklayıp bir çırpıda uçuvermişti Esma...

......

Mustalıkoğullarının yaşadığı Kudeyd bölgesine sefere çıkılacağı günlerdi...

Şam ile Mekke'yi birbirine bağlayan ticaret yolunun en merkezi kısmında bulunurdu Kudeyd. Gerçi Mustalıklar Yahudi kavmiydi ama müşrik toplumların en değer verdiği Menat putu ve ibadethaneleri de onların himayesindeydi. Hem dini hem ticari bir merkezdi anlayacağınız. Ve epey zamandır Medine'de güçlenen Müslüman toplumunu yok etmek için savaş tahkimatı yaptıklarını gizlemeden tüm civara duyurmaktaydılar...

Medine'de de garip bir hareketlilik vardı o günlerde... Misafirperverlikleriyle tanıdığımız Ensar boyları, zaman zaman kendi aralarında tartışır, en ufak bir sebeple alınganlık gösterir olmuşlardı birbirlerine. Gerçi bunlar küçük küçük şeyler üzerinden gidiyordu çoğu kez. Ama Abdullah b. Ubey gibi kimselerin yol açtığı nifaklar her geçen gün daha çok can sıkmaya başlamıştı... En son Cahcah ile Sinan'ın bir kuyu başında birbirlerine girmeleri ve her ikisinin de kendi taraftarlarından yardım istemesi neticesinde iş büyümüş, neredeyse bellerdeki bıçaklar çekilecek seviyeye varmıştı hadise...

Mustalıkoğullarına doğru sefere çıkılacağı haberi çıkınca işler biraz durulur diye düşünmüştüm. Çünkü neticede düşmana karşı verilecek ortak mücadele, içimizdeki ayrılıkları bir nebze de olsa azaltır, erteler diye umuyordum... Nitekim tıpkı umut ettiğim gibi olmuş, sebatkârları ve vazgeçenleriyle, sözünde duranları ve nifak çıkaranlarıyla birlikte herkes toparlanmış, sefer sancaklarının altında birleşmişti...

Sefere Resulallah(s)'a eşlik etmek üzere katılacaktım ben de...

Dönüş yolunda başıma geçecekleri bilmeden, Resulallah'a(s) eşlik etmenin sevinci ile kuş gibi uçuyordum adeta.

O günlerde çok zayıftım, perdeleri gerili hedvecime binip binmediğimi bile fark etmeden, tuttukları gibi devenin sırtına hop diye kaldırıverirlerdi tahtırevanımı... Bir tüy gibi uçuruverirlerdi bizi develerimizin üstüne...

Bizleri taşıyan develeri okuduğu içli şiirlerle coşturup hızlandıran Enceşe'yi bazen uyarırdı Allah Resulü(s): "Enceşe! Dikkat et de kristaller kırılmasın, develerini bu kadar çok hızlandırma, dikkat et!" "Kristaller" dediği kadınlardı Allah Resulü'nün(s)...

Mustalıkoğullarına yönelik seferin dönüşünde, ordu bir yerde mola verince, develer çözülmüş, hepimiz mola yerinde konaklamaya başlamıştık...

Harekete geçilmesine yakın, benim ihtiyaç görmem gerekti. Mola yerinin biraz uzağındaki müsait yerlere doğru ilerlemek zorunda kaldım. O sırada boynumda Esma'nın verdiği Yemen işi kolye vardı. İhtiyacımı görüp mola yerine döndüğümdeyse, eyvah, boynumdaki gerdanlığın yerinde yeller esiyordu... Herhalde gittiğim tarafta düşürmüşümdür diyerek hızla dönüp aramaya başladım kolyeyi... Her tarafa bakıyordum, otların arasına, kumulların diplerine... En nihayet, sabırlı arayışlarımın sonunda onu düşürdüğüm yerde bulmuştum, sevinçle uzanıp aldım, yeniden boynuma taktım. Koşa koşa geri döndüğümdeyse bir felakete uğradığımı fark ettim...

Gitmişlerdi...

Ben gerdanlığı ararken mola yerinde çözülmüş hedvecimi hızla devemin üstüne kaldırıvermişler... İçinde benim de olduğumu zannederek...

Önce telaşlandım geride kaldığım için... Sonra benim olmadığımı fark ettiklerinde nasılsa mola yerine dönüp beni de alırlar diye düşündüm.

Olduğum yerde beklemeye karar vermiştim.

Örtümü başımdan aşağı indirerek, küçük bir çadırın içindeymişim gibi çökmüştüm kumsala... Beni baştan ayağa örten sargımın çadıra dönüşen kuşatıcılığı, ılık bir hava oluşturmuş, bu ılık havayla birlikte uykum gelivermişti... Zaten hem zayıf hem de yorgundum... Uyuyuvermişim...

O arada, ordu mensuplarından Safvan b. Muattal, konaklama yerine dönüp geride kalan eşya olup olmadığına bakmak üzere kontrole geldiğinde fark etmiş beni... Örtüsünü başından ayaklarına kadar çekip yere uzanmış bir kadın görünce de, "İnna lillahi ve inna ileyhi raciun" diye yüksek sesle çağırmış... "Allah'ın kullarıyız ve Allah'a dönücülerden" diye yükselen sesiyle uyanmıştım Safvan'ın...

Devesini, ön ayaklarına basarak çökertmişti ...

Bana hiç bakmadan sadece, "Bin!" dedi Safvan...

Bindim...

Önde, devenin yularını çeke çeke ilerliyordu. Yüzüm örtülüydü ve hiç konuşmadan, sabaha kadar yürüyerek ancak yetişebilmiştik orduya...

Sonra orduyla birlikte Medine'ye vasıl olduk hep birlikte...

Benim hastalığım ve zafiyetim artmıştı haylice. Bir ay kadar yatağımdan doğrulamadan yatarken, münafıkların başı Abdullah b. Ubey ve takımının çıkardığı dedikodulardan haberim olmamış... Ne Resulallah(s), ne arkadaşlarım, ne de annemle babam... Hiçbiri bana bu konuda bir şey söylemediği için dedikodulardan habersiz bir şekilde hasta yatağımda yatıyordum işte...

Şüphelendiğim tek şey, Resulallah'ın(s) bana karşı ilgisizlik gibi gördüğüm mesafesiydi... Kadınlar anlar bunu...

Her zamanki gibi değildi...

Başkaydı bu sefer...

Odamdan içeri girip...

"Hastamız nasıl?" diye soruyordu mesela...

Adımı ağzına almıyor, bana nasıl olduğumu sormuyordu... Oysa ben O'nun(s) bir kerecik "Aişe" demesine bile bin kere kurban olurdum. O(s) da bilirdi bunu...

Niçin "Aişe" değil de "hastamız"...

Buna bir anlam veremiyordum ama acı yüreğimi deliyordu...

Neticeten iyileşmiştim işte...

O zamanlar tuvaletlerimiz evlerimizin içinde veya yakınında değildi, kırlara doğru çıkardık ihtiyaçlarımızı görmek için... Kadınlar, geceleri beklerdi çoğu kez. Yine öyle karanlığın çökmesinin akabinde, kadınlar olarak toplaşıp kırlara doğru çıkmıştık...

Kadınlardan biri, ayağı başındaki çara takılıp yere kapaklanınca, oğluna beddua etti... Selma'ydı bu. "Mıstah! Yüzün yere gelsin!" diyordu acıyla. Ona böyle dememesini, oğlu Mıstah'ın Bedir Harbi'ne katılmış mü'minlerden olduğunu hatırlatınca... Selma, "Bak hele şuna!" deyivermişti... "Sen onun sağda solda neler dediğini hiç işitmedin galiba!"

Neler dediğini işitmemiştim, evet...

Ardından Selma hakkımda konuşulanları bir bir anlatmaya başlayınca başımdan aşağı kaynar sular inmiş gibi olmuştum...

Dizlerim beni taşımıyordu artık...

Ciğerlerim delinircesine ağlamaya başlamıştım...

Mustalık Seferi dönüşü kolyemi kaybedip orduya geç katılışımı fırsat bilen münafıklar, hakkımda feci bir dedikodu çıkarmışlardı işte...

Asıl amaçları Resuslullah'ı(s) üzmekti kuşkusuz. O'nun(s) onuruyla oynamak, eşinin iffeti üzerinden O'nu(s) yaralamak, çökertebilmekti istedikleri asıl şey...

O gece çok ağlamaktan yine bitap düştüm, hastalığım nüksetmişti, üstelik bu sefer öncekinden daha da sarsıcı bir şekilde. Resulallah(s) yine kapıdan başını uzatarak, "Hastamız nasıl?" diye sorduğunda artık dayanacak gücüm kalmamıştı...

"Ya Resulallah(s), çok hastayım, bana müsaade edin de anne babamın evine gideyim, orada bana daha iyi bakarlar..." demiştim ağlayarak...

Bana izin vermişti... İzin miydi yoksa kırgınlık mıydı, soğukluk, uzaklık, dedikodunun yol açtığı buzdan mesafeler miydi... Bilmiyorum. Ama gitmeme izin vermişti işte...

Refakatçimle birlikte annemlere vardığımda, onların hallerinin benimkinden farklı olmadığını gördüm. Babam evin damına çıkmış gözlerinden yaşlar süzülerek Kur'an okuyor, annemse giriş katta, elleri dizlerinde, ileri geri kederle sallanıyordu. Kapıyı açıp da beni gördüklerinde; "Evladım, niçin evini bırakıp da geldin..." demez mi annem... Rengi uçmuş, onun da gözlerinden yaşlar akıyor... "Niçin geldin kızım..." cümlesi her şeyi anlatmaya yetiyordu o anda... Boynuna sarıldım ağlayarak...

"Hakkımdaki sözler almış gitmiş de bana bir kere bile bahsetmemişsiniz, Allah sizi affetsin!" diyordum yüksek sesle...

Allah'ım, neydi, nasıl bir şeydi bu başıma gelen...

Annem başımı okşuyor, ağlamaktan kuyuya dönmüş gözlerimi siliyordu. "Üzülme kızcağızım... Senin gibi güzel bir kadının çekemeyenleri elbette çok olur..." gibi sözlerle beni avutmaya çalışıyordu...

Sesimize aşağı kata inen babam...

"Aişe'ye ne olmuş?" diye sorunca anneme...

Annem de "Hakkında söylenenleri ancak işitmiş..." diye cevaplayınca üçümüz birlikte yere çökerek ağlamaya başlamıştık...

"Bu söylenenlerden Resulallah'ın(s) da haberi var mıdır?" diye sorunca ben saf saf...

Omuzları daha da çökerek cevaplamışlardı...

"Evet... O'nun(s) da haberi var ve çok üzgün..."

Sabaha kadar hiç uyumadan hıçkırık nöbetleri arasında kıvrandım durdum...

Demek yapayalnızdım şu dünyada...

"Ey Rahman ve Rahim Olan Rabbimiz...

Ey Selam, ey Mecid, ey Kerim, ey Vehhab...

Ya Rabbelâlemin...

Ya Rabbi, ya Allah... Ya Rabbi, ya Allah... Ya Rabbi, ya Allah...

Ya Zel-celali vel-ikram... Ya Allah..."

Allah'a dayanmaktan başka çaremin olmadığını anlayacaktım bu tenhalığımda...

Ben derdimi kime yanacaktım şimdi?

Aklıma iffetiyle sınanan Meryem validemiz geliyordu. Rabbine itaati, onuru ve namusuyla herkese örnek gösterilen bu mukaddes kadına dahi iftira atılmamış mıydı? İffetine şahitlik eden en yakın akrabaları bile ondan şüphe duymamışlar mıydı? O anda canıma değen bu acıyla bildim ki bir kadın için dünyadaki en ağır imtihan, namusu hakkında çıkartılan dedikodulardır... O hayatımın en dertli ve en yalnız günlerinde Hz. Meryem benim ışığım, çiledaşım olmuştu. Bir kandil gibi aydınlatıyordu ondan bahseden ayetler dünyamı...

Ve Allah!

Kapısındaydım...

Masumiyetimi O'ndan başka anlatacak kimsecikler kalmamıştı dünyada sanki...

Ey sonsuz rahmetin sahibi olan Yüce Allah,

Dua kapında münacat eden biçarelerden biri olarak vardım işte Sana diyordum...

Ey Merhamet Sahibi...

Aç ne olur yalvarış kapılarını şu biçareye...

Tık... Tık... Tık...

Senin zikrinle şereflenir, Senden umar, Senden beklerim...

Beni koru, beni affından mahrum bırakma ya Rabbi, ya Allah...

Tık... Tık... Tık...

Şahdamarımdan da yakınsın bana.

Emzik vakti gelmiş bir bebeler gibi düştüm secdene...

Ak anne sütünden de ak rahmetinden akıtmaz mısın, vardım kapına...

Kusurum, eksiğim, hatam için af dilerim, ya Aziz, ya Allah...

İstiğfar ve hamd kapındayım ya Rabbi...

Varlığına, birliğine, tekliğine ve istimdadına sığınırım...

Rahmet kapının açıklığındandır tüm umudum…

Hallerimi ve ahlarımı işitip tenezzül etmendir umduğum…

Tık… Tık… Tık…

Yalnız kaldım insanların arasında, şikâyetimi duyar mısın ya Allah…

Başı okşanası yetimler gibi geldim tüm kimsesizliklerimle kapına ya Rahman, ya Rahim…

Tık… Tık… Tık…

Rahmet kapını açar mısın ya Ekreme'l-Ekremin…

Açarsın inşallah, şanındandır…

Ve yedi kat semanın Rabbi…

Yeminlerin, antların, ayetlerin Rabbi…

Bulutların ve rüzgârın Sahibi…

Doğruluğun, temizliğin Rabbi, şu garibin sesini işitirsin elbet bilirim.

Duyarsın hicranımı bilirim…

Kara gecede, kara taşın üstündeki kara karıncanın topal ayağından çıkan sesi dahi duyan…

İşitensin Sen…

Sen… Sensin… Rabbimsin. Masumların Rabbi, beni de temize çıkar!

Sahibim Sensin, yapayalnız kaldım, bana sahip çık ya Rabbi…

Bütün vefasızlıkların, hoyrat dedikoduların, iftiraların, ayıpların, kusurların, kem sözlerin arasından…

Sözümü ancak Sen duyarsın ya Rabbi…

Ahh…

Merhameti nihayetsiz Kimsem…
Kimsesizlerin Kimsesi...
Dert Ortağım…
Sevgisine Dayandığım...
Nur'um…
Yaşama Sevincim…
Muradım…
Beklentim…
Ümidim…
En Güzelim…
Ey şu çaresiz kulunun kırık kalbinden haberdar olan Vekilim…

Tık… Tık… Tık…
Kapındadır bu garip kulun…
Hamd kapını açar mısın?
Açarsın… Kapatmazsın… Bırakmazsın…
Umudum…
Sırdaşım…
Derdimi döktüğüm…
Kırgınlığımı şikâyet ettiğim…
Hep doğru, en doğru, hep düzgün, en düzgün…
Adalet sahibi ey Yüce Rabbim…

Aydınlığın Rabbi…
Karanlığın da Rabbi…
Renklerin Rabbi…
Siyahın da Rabbi…
Yıldızları döndüren… Rüzgârları koşturan…
Ey yerlerin ve göklerin Yaratıcısı, Ekber Sanatkâr…

Şan şeref Senindir…

Sendendir iffetli kadınların aradığı destek…

Ve hamdimiz de Sanadır… Ne olur yardım et!

Sen Gani'sin, zenginsin ya Rabbi…

Bizlerse fukaraların, kemter kulların…

Tık… Tık… Tık…

Geldim kapına…

Tık… Tık… Tık…

Gönlümdekini ve gönüllerimizdekini açarız ve dertlerimizi yanarız ancak Sana…

Biz geldik, gariplerin, çaresizlerin, boynu büküklerin olarak bizler geldik kapına...

Dünya zindanındaki mahpusların olarak geldik münacatına…

Açar mısın kapını?

Açarsın inşallah…

Rahmetin Senin anahtarındır…

Kendini, hazinesini yine kendi muradıyla açıp taşıransın Sen…

Ey Büyük Açıcı… Açanların En Büyüğü…

Ey Fettah… Ey Allah…

Yollarımızı açıp, bizi haksız yere sıkıştırdıkları konuda, boyunlarımıza doladıkları zincirleri kır!

Ya Rabbi, hallerimizi düzelt, ne olur!

Cemal'sin güzelleştir, Kuddus'sün temizle ne olur…

Tık… Tık… Tık…

Rahman ve Rahim kapındayız...

Vallahi Sana bakıyorum ve Seninleyim...
Billahi gitmem kapından...

Ya Hannan, ya Mennan.

Açmaz mısın? Ne olur aç rahmet kapını, içeriye al, kimse tarafından alınmayanı...

Allah... Allah... Allah...

Rabbime yakarışlarım, bu şekilde günlerce sürerken...

Resulallah(s) belki daha büyük ve daha ağır bir dertle karşı karşıyaydı... Ve artık herkesin ağzında dolaşan şey, herkesin önünde muhakeme edilmeliydi...

Hz. Ömer'e sormuş Resulallah(s):
"Aişe'yi nasıl bilirsin?"
"Onu seninle nikâhlayan kimdir?" diye sormuş Ömer b. Hattab...

"Allah..."
"O halde, onu seninle nikâhlayan, onun senden gizli bir iş yaptığını da senden saklamaz. Hâşâ! Bu çok yanlış bir düşünce olur ey Allah Resulü... Ben kesin olarak inanıyorum ki bu işittiklerimiz münafıkların uydurdukları yalanlardandır... Allah Teala sana bir pislik, kötülük bulaşmasına izin vermez!"

Hz. Osman'a da sormuş Allah Resulü(s)...
O hem damadı, hem aileden birisi olarak cevaplamış soruyu...
"Aişe'ye atılan büyük ve haksız bir iftiradır..."

Sıra Hz. Ali'ye gelmişti...

"Ey Allah'ın Resulü(s)! Hani hatırlar mısın, bir gün bize imam olmuştun da birlikte namaz kılıyorduk... Namaz esnasında sen ayakkabılarını çıkarınca bizler de sana uyup çıkarmıştık. Namazdan sonra, Cebrail aleyhisselamın o sırada gelip ayakkabının altında bir pislik olduğunu haber verdiğini, senin bu yüzden ayakkabılarını çıkardığını öğrenmiştik... Sana ayakkabının altındaki ufacık bir pislik dahi haber veriliyor. Uyarılıyorsun ve böylece tertemiz kalman sağlanıyor. Nasıl olur da böyle bir durum sana bildirilmez. Eğer dedikoduların bahsettiği şekilde kirli bir durum varsa bu kuşkusuz sana bildirilirdi... Eğer Aişe'de bir kusur var ise ayakkabını çıkarıp pis olandan kurtulduğun gibi, Aişe'yi de boşarsın ve olup biter... Dünya sana dar değildir, ondan başka kadın da yok değildir..." demişti...

Bu sözler o anda dedikodularla yüreği daralmış Resulallah'ı(s) rahatlatmak, üzerine gelen baskıyı def etmek içindi kuşkusuz...

Ama kulağıma eriştiğinde kalbim sızlamıştı...

Lakin Ali'nin, Peygamber katındaki tasdiki ve benim de takvasına şahitliğim neticesindedir ki bu sözlerin beni yermek için değil, Resulallah'ın(s) onurunu desteklemek için sarf edildiğini düşünüyordum. İnsan zor zamanlarında, daha kolay kırılır, hele ki bu bir kadın için namusuysa... Belki ölsem daha iyiydi bile der...

Ali, tetkiki yüksek bir kimseydi...

Bu konuşmaların akabinde, hizmetçimden de soruşturulmamı istemiş... Hatta zavallı Berire'yi doğru söylemesi için sıkıştırarak sorguya çekmiş...

Berire, "Seni Hak din ile gönderen Allah'a yemin ederim ya Resulallah! Ben Aişe'de kusur olarak hiçbir şey görmedim. Eğer kusur ise, bazen çalışırken yorulur da uyuyakalır. O uyuduğunda keçi gizlice içeri girip, yoğurduğu hamuru yer veya kaçırır. Vallahi onun hakkında hayırdan başka bir şey söyleyemem. Onun hakkında bildiğim, bir kuyumcunun halis altın hakkında bildiğinden başkası değildir…" demiş.

Üsame de evimizde yetişmiş çocuklardandı… Ona da sormuşlar beni nasıl bildiğini… "Hayırdan başka bir şey söyleyemem Aişe hakkında" demiş o da…

Sonra arkadaşlarımdan Zeynep b. Cahş'a sormuşlar beni… Aslında Zeynep ile zaman zaman rekabete girişmiş olsak da o da Allah razı olsun, "Ben işitmediğimi işittim, görmediğimi gördüm diyenlerden değilim ve Aişe hakkında ancak hayırdan bahsedebilirim, hayır dışında bir şeyi yoktur Aişe'nin…" demiş…

Evimizin emektarı, ihtiyar dadımız Ümmü Eymen'den de sormuşlar beni… Heyecanlanınca dili takılırdı Ümmü Eymen'in, hiç takılmadan söylemiş; "Aişe hakkında hayırdan başkası söylenmez…"

Babama da gelmiş söz sırası…
"Allah'a yemin olsun ki! Biz Cahiliye döneminde bile böyle bir iftiraya uğramadık. İslam döneminde bu suçlamayı nasıl kabullenebiliriz ki…" diyerek itiraz etmiş…

Babacığım ahh…

Onun üzüntüsü herkesten çoktu. Çünkü kızıydı sözü dolandırılan. Ve kızının evli olduğu kişi, en yakın arkadaşı ve Âlemlere Rahmet Peygamber'di(s)… Ne kadar ağır bir yüktü bu!

Ve Safvan b. Muattal…

Benimle tek kelime bile konuşmadan, aziz bir emanet olarak getirip koyduğu Mü'minlerin Annesi Aişe için mi üzülsün? Kendi şerefi için mi yansın? Yoksa münafıkların ateş çemberinde bırakılmak istenen Resulü'ne(s) mi yansın vicdanı… O da evine kapanmış üzüntüden. Sonra da meydana çıkıp o vakte kadar kimsenin bilmediği sırrını ifşa etmek zorunda kalmış...

"Varlığım kudret elinde olan Allah şahidim olsun ki! Ben şimdiye kadar hiçbir kadına veya kıza yaklaşmış değilim..."

Kudretsizliğine dair bu sırrını çıkan korkunç dedikodular yüzünden âleme faş etmek zorunda kalmıştı...

Resulallah'ın(s) herkesin içinde gerçekleştirmek durumunda kaldığı bu soruşturmadan sonra iki gece ve bir gündüz geçmişti ki... Resulallah(s) geldi evimize...

Annemi, babamı ve beni ağlarken buldu...

Yanıma oturdu...

"Aişe..." dedi bana...

İsmimi çok uzun zaman sonrasında söylediği o anda, tüm uzuvlarımın, damarlarımda akan kandamlalarına kadar her şeyimin nasıl da sarsıldığını, O'nun(s) ayaklarına kapanmak için çırpındığını... Kendi kendimden koparak O'na(s) doğru nasıl da atılmak istediğimi, O'nu(s) çok ama çok sevdiğimi haykırmamak için ağzımı tuttuğumu... Sel olup O'na(s) aktığımı...

Hissediyor muydu...

"Aişe" demişti işte bana, yeniden...

"Eğer anlatılanlarla ilgili değilsen... Allah kuşkusuz seni temize çıkarır... Yok eğer bu günahı işledinse, Allah'tan affını iste, tövbe et. Çünkü Allah günahını itiraf edip de tövbe eden kulunu bağışlar..."

O kadar tane tane ve dirayetle söylüyordu ki bu dediklerini...

Ama dağlar üzerime düşüyordu o anda...

Çarpılmış gibiydim.

Yıldırım başıma isabet etmiş gibiydi...

Annem ile babama dönüp "Benim yerime siz cevap verin" dedim...

Başları önde ağlaşarak, "Ne diyeceğimizi bilmiyoruz" dediler...

Resulallah'ın(s) bu sözleri... Anne babamın bu cevabıyla, o güne kadar süren ağlamalarım aniden kesildi... Aniden durdu... Hiç tahmin etmediğim bir dayanma gücü gelmişti o anda...

"Ben anlıyorum ki sizler hakkımda söylenenleri işitmiş, kulak açmış, hatta bazısına inanmışsınız da... Şimdi ben sizlere ben o günahları işlemedim, desem de hakkıyla inanmazsınız. Ama farz edelim ki ben o günahı işledim, deyip itirafta bulunsam hemen inanırsınız. Vallahi ben kendim için de sizin için de Yakup Peygamber'in dediğinden başkasını demiyorum. O şöyle söylemişti: Artık bana düşen güzel bir sabırdır, iddialarınız karşısında ancak Allah'tan yardım istenir, ben şimdi derdimi ancak Allah'a yanarım..."

Sözlerimi bitirip yatağıma geçtim. Yüzümü duvara dönüp yattım...

Allah'tan başka kimsem yoktu işte...

Kısa süre sonra, henüz Resulallah(s) evimizden kalkmadan, O'nda vahiy belirtileri gözükmeye başladı, benzi soluyor, ter içinde kalıyor, kendinden geçer gibi oluyordu...

Kendine geldiğinde sevinçliydi...

"Müjde... Müjde ey Aişe..."

"Müjde... Allah seni temize çıkardı!" diyordu...

"(Peygamber'in eşine) bu ağır iftirayı uyduranlar şüphesiz sizin içinizden bir gruptur. Bunu kendiniz için bir kötülük sanmayın, aksine o, sizin için bir iyiliktir. Onlardan her bir kişiye, günah olarak ne işlemişse (onun karşılığı ceza) vardır. Onlardan (elebaşılık yapıp) bu günahın büyüklüğünü yüklenen kimse için de çok büyük bir azap vardır.

Bu iftirayı işittiğinizde erkek ve kadın müminlerin, kendi vicdanları ile hüsnüzanda bulunup da 'Bu, apaçık bir iftiradır' demeleri gerekmez miydi?

Onların (iftiracıların) da bu konuda dört şahit getirmeleri gerekmez miydi? Mademki şahitler getiremediler, öyle ise onlar Allah nezdinde yalancıların ta kendisidirler.

Eğer dünyada ve ahirette Allah'ın lütuf ve merhameti üstünüzde olmasaydı, içine daldığınız bu iftiradan dolayı size mutlaka büyük bir azap isabet ederdi.

Çünkü siz bu iftirayı, dilden dile birbirinize aktarıyor, hakkında bilgi sahibi olmadığınız şeyi ağızlarınızda geveleyip duruyorsunuz. Bunun önemsiz olduğunu sanıyorsunuz. Halbuki bu, Allah katında çok büyük (bir suç)tur.

Onu duyduğunuzda, 'Bunu konuşup yaymamız bize yakışmaz. Hâşâ! Bu, çok büyük bir iftiradır' demeli değil miydiniz?

Eğer inanmış insanlarsanız, Allah, bir daha buna benzer tutumu tekrarlamaktan sizi sakındırıp uyarır.

Ve Allah ayetleri size açıklıyor. Allah, (işin iç yüzünü) çok iyi bilir, hüküm ve hikmet sahibidir.

İnananlar arasında çirkin şeylerin yayılmasını arzulayan kimseler için dünyada da ahirette de çetin bir ceza vardır. Allah bilir, siz bilmezsiniz.

Ya sizin üstünüze Allah'ın lütuf ve merhameti olmasaydı, Allah çok şefkatli ve merhametli olmasaydı (haliniz nice olurdu)!" (Nur, 11-20)

O böyle der demez, annem babam beni yataktan çıkarıp, "Haydi teşekkür et Resulallah'a(s), haydi eşine teşekkür et" demezler mi... Onlar Resulallah'ı(s) sadece evlatlarından değil kendi nefislerinden de çok seven, güzel, pırıl pırıl, berrak kimselerdi...

"Vallahi..." dedim, yatağımdan çıkmıştım. Ayaktaydım...

"Vallahi! Ne size... Ne de O'na(s) teşekkür ederim... Ben ancak sizlerin duyup da reddetmediğiniz iddialardan beni uzak tutan ve hakkımda ayet indiren Allah'a hamd ve teşekkür ederim..."

YİNE BİR KAYIP KOLYE VE YİNE BİR SINAV...

Resulallah(s)'a eşlik ettiğim seferlerden birinde... Yine dönüş yolunda, ucunda mavi boncuk takılı gümüş kolyemi düşürdüğümü fark etmiştim...

Başıma yeni bir zorluk daha yüklememek için, bu kez durumu derhal Resulallah'a(s) anlatmış, yardım istemiştim...

Ulatu'l-Ceyş denen bir konaklama yerindeydik. Suyun çokça bulunmadığı, gündüz vakti güneşten bembeyaz kesilen upuzun kum vadilerinin arasındaydık... Beyda da derlerdi bu yüzden bu beyaz kumsallara...

Üseyd ve Enes'i görevlendirmişti Resulallah(s) kolyemi aratmak için...

Arayanlar hemen geri dönememişler, neredeyse sabaha kadar aradıktan sonra elleri boş dönmüşlerdi geriye...

Bu arada, ordunun su tedariki de kalmamıştı...

Derken babam Ebubekir hızlı hızlı yürüyerek yanıma geldi... Çok kızgındı bana...

"Bizi bu susuz yere hapsettin... Senin yüzünden koskoca ordu durdu da kolyeni aramakta insanlar..." deyip şikâyet ediyor, hatta “Senin yüzünden” derken omzuma dokunuyordu işaret parmağıyla...

Resulallah(s) o sırada dizime yaslanmış uyuduğu için hiç ses çıkaramıyordum babama...

Sadece gözlerimden akan yaşlarla, çok üzgün ve mahcup bir halde, sessizce ağlıyordum...

Neydi bu kolyelerden çektiğim Allah’ım...

Resulallah(s) bu süs eşyaları hakkında bizi uyarmakta ne kadar da haklıymış meğer...

O(s), süs eşyası kullanmamızdan çok hoşnut olmazdı... Onların kendisine dünyayı hatırlattığını söylerdi...

Ben ahh... Ben...

Dünya, O’nun(s) güzel sözleriyle örttüğü her küçük aralıktan, sanki benim zavallı süslerimin sırtında sızıyordu aramıza... Erisem, erisem, bitsem keşke diye düşünüyordum. Babam haklıydı ne yazık ki...

Birazdan sabah namazı vakti girecekti. Değil abdest almaya, içecek bir damla su bile kalmamıştı yanımızda...

Resulallah(s) uyandıktan kısa bir süre sonra vahiy belirtileri görülmeye başlamıştı... Kendisine geldiğinde gülümsüyordu yine...

Gelen Maide suresinden altıncı ayet olarak dizilecekti Sahifelerimize...

“Ey iman edenler! Namaz kılmaya kalktığınız zaman yüzlerinizi, dirseklerinize kadar ellerinizi, başlarınızı mesh edip topuklara kadar ayaklarınızı yıkayın. Eğer cünüp oldunuz ise boy abdesti alın. Hasta yahut yolculuk halinde bulunursanız yahut biriniz tuvaletten gelirse, yahut da kadınlara dokunmuşsanız ve bu hallerde su bulamamışsanız temiz toprakla teyemmüm edin de yüzünüzü ve (dirseklere kadar) ellerinizi onunla mesh edin. Allah size herhangi

bir güçlük çıkarmak istemez fakat sizi tertemiz kılmak ve size nimetini tamamlamak ister; umulur ki şükredersiniz." (Maide, 6)

Allah Teala, Resulü'ne(s) tüm dünyayı mescit eylemişti zaten... Bu ayetle birlikte suyun imkânsız olduğu zamanlara has, bir kolaylık ihsan ediliyordu hepimize...

Çölün içinden bizlere yetişen bir müjde gibiydi bu ayet...

Toprağı ve kumu bize kolaylaştıran, bizim için tahir ve pak eyleyen Rabbimize binlerce kere şükretmiştik o darlık vaktimizde...

Toprak burcundandır bizim gibi çöl çocukları... Kum burcundan yapılmadır çöl ülkesinin milletleri...

Ve teyemmüm... Toprağa değer değmez Kuddüs olan Rabbin ismi, tertemiz kılmıştır onu secde edecek alınlar için...

Hacer Annemize Zemzem suyunu ihsan eden Rabbimiz...

Benim derdime de teyemmümü nasip etmiştir.

Teyemmüm, toprağın suya dönüştüğü temizlik anı olarak, parmak uçlarımla çölden yetişiveren bir taharet tanıklığı ve niyetidir... Teyemmüm... Toprağın tertemizliğine vurgu. Benimle irtibatlıdır...

Ayet inzal olduktan sonra babamın yüzünde güller açmıştı... "Sizler nasıl hayırlı bir ailesiniz ki Allah sizler aracılığıyla Müslümanların işlerini kolaylaştırıyor" deyip gönlümü almaya çalışıyordu...

Allah beni iki kere ayetleri aracılığıyla desteklemiştir:

Hem iffetim hem de suyun olmadığı yerde su yerine geçecek toprağın temizliği ile...

Namuslu bir kadının şerefiyle toprağın tertemizliği arasındaki bağdır Aişe'nin kaderi...

Aişe, iki kere temizlenendir ki onun iffeti, toprağın da iffeti gibidir...

......

Beni sevdi Resul(s)...

Bende kendisini gördü, bir suya eğilip de aksini gördüğü gibi...

Benim sevgim O'na(s) su, benim sevgim O'na(s) ayna, benim sevgim O'na(s) toprak oldu...

Ben O'nun(s) suretindendim...

O(s) beni, kendisinden bildi...

O(s) benim yurdumdu, ben de O'nun(s) toprağındanım...

O(s) benim aslımdır, ben O'nu(s) çok seven parçacıklardan bir parçacığım.

Ve benim tüm meylim O'nadır(s), aslıma, bütünümedir...

Ben O'nun(s) vuslatıyım...

O(s) benim sılam, vatanımdır...

O(s) bana her geldiğinde...

Ben fena bulup kendimden geçerim, cansız düşerim, O'nda(s) kaybolurum beni aldığında...

Sonra tekrar dirilirim...

Basübadelmevtimdir O(s) benim...

O(s) bana geldiğinde, müşahede ettiği teskin oluştur. Sükûn mekânıyım ben O'nun(s).

Direğini dikip çadırını kurduğu toprağıyım...

Bende O'nun(s) sancağı dalgalanır...

HÜZÜNLÜ BİR HATIRASI VE ANNESİ...

Hudeybiye Antlaşması'nın dönüşünde Ebva denen küçük bir köye uğramıştık... Ebva, çöl yolları üzerinde konaklanan bir yer olmasına rağmen, çok büyüyememiş eski köylere has âdetlerini halen sürdüren bir yerdi...

Garip bir şekilde mahzunlaşması dikkatimden kaçmıyordu Resulallah'ın(s)...

İçini çekercesine sağa sola bakıyor, nemli gözlerle havasını, rüzgârını kokluyordu sanki bu garip, sessiz, küçük beldenin...

Konuşması azalmış, insanlardan ayrı bir halde, giderek içine çekilirmiş gibi... Sanki büyük bir denizin, bir mağara içine girip de bir daha dışarı çıkmayışı gibiydi O'ndaki(s) bu hüzün hali...

Sesleri, konuşmaları, develeri, arkadaşlarını, adamlarını ağır ağır terk edip üzerinde hafif otlardan başka bir şeyin olmadığı bir tepeye çıkmıştı devesinden indikten sonra...

Dikkatle araştırıldığında ancak fark edilecek birkaç kabir taşına bakılırsa, burası pek de kimsenin uğramadığı küçük bir kabristana benziyordu...

Orada, dizlerini çöküp, garip bir taşın başında oturmuş, omuzları kırık bir şekilde dua ediyordu tek başına… Başını iyice öne eğip ağladığını fark edince koşmuşlardı diğerleri yanına…

“Ne oldu ya Resulallah?”

Adamları alt üst olmuşlardı O’nun(s) mahzun haliyle…

“Ne oldu ey Allah’ın Resulü?”

“Annem…” demişti…

“Annem, burada yatıyor benim…”

O’nun(s) her haline sinmişti aslında bu yetimlik. Mahcubiyetinde, hüznünde, az gülüp çok ağlayışında, garipleri, güçsüzleri, yetimleri kollayışında… O’nun(s) güzel ahlakında, yetimliğe has bir terbiye hakimdi aslında...

Daha dünyaya gelmeden babasını kaybetmişti…

Annesi Amine Hatun’u da babası Abdullah’tan kısa bir süre sonra kaybedecekti…

Ardından dedesi Abdülmuttalip’e geçecekti himaye yolculuğu… Diğer çocukların arasında boynu bükük kalmasın diye dedesi O’nu(s) hep kendi yanına oturturmuş, çünkü O(s) utangaç olduğundan sofralara yanaşamaz, geride dururmuş… Dedesi “Oğlumu benim yanıma oturtun” diyerek O’na(s) yer açarmış… Dedesinden bahsetmeyi çok severdi… Vefat ettiği gün, onu uzattıkları sedire kapanarak ağlarken bulmuş Resulallah’ı(s) dadısı Ümmü Eymen… Dedesinin örtüsüne tutuna tutuna ağlıyordu küçük Muhammed(s)” diye anlatırdı Ümmü Eymen, çocukluğunu…

Bir erkeğin annesinden bahsetmesini hep çok önemli bulurum. Zira, Resulallah(s) bize anne hakkından çok söz etmiştir. “Annenize gidin, annenize gidin, annenize gidin” diyerek üç kez tekrarladıktan sonra, “babanıza gidin” derdi soranlara mesela…

Çocukları da çok severdi... Onlara kıyamazdı hiç...

Çok nadir çocukluğundan bahsederken... Annesiyle Medine'de gittikleri misafirlikleri... Orada boş ve eski bir evin çatısında buldukları güvercinleri... Küçük arkadaşlarıyla birlikte ellerini çırparak onları havaya uçurduklarını gülerek anlatırdı... Annesiyle ilgili birkaç hatırasına hep saygıyla sarılmıştır. Medine'de diğer çocuklar ve onların anneleriyle birlikte gittikleri küçük dereyi, orada arkadaşlarıyla yüzdüklerini, küçük ama değerli anılar olarak saklamıştır kalbinde...

Ben O'nun(s) annesini sevişini, onu hatırladığında gözlerinin yaşarmasını, O'na(s) olan aşkımı ve bağlılığımı perçinleyen hallerden bilmişimdir hep...

"Annem..." demişti...

"Burada yatıyor benim..."

Ebva, anne hatırası, anne kokusu, anne hasretidir bize de...

MELEK CEBRAİL'İ GÖRDÜĞÜM GÜN...

Hendek Savaşı'ndan döndüğümüz vakitlerdi... Yaklaşık bir ay süren, hem Mekke müşriklerinin hem de Medine Yahudilerinin verdiği destekle kurulmuş Ahzap Ordusu'na karşı verdiğimiz uzun bir muharebe sınavıydı Hendek... Zaman zaman yiyeceğimizin tükendiği, rüzgârlı hava şartlarıyla epeyce zorlandığımız, düşmanla aramıza açtığımız ark ve hendeklerle kendimizi müdafaa ettiğimiz sıkıntılı bir geçitti Hendek... Bir ay kadar bir zaman bizi epeyce yorup zorlasa da bu savaşı kazanamayacağını anlayan Ahzap Ordusu, en nihayetinde çekilme kararı almıştı işte...

Hendek, cihadın ve sabrın, şehadet ve sebatın sınandığı bir muharebeydi...

Açlıkla da imtihan veriliyordu, düşman gazabıyla da...

Yiyecek hiçbir şeyin kalmadığı bir gün Enes'le "Aişe bize yemek yollasın" diye haber göndermiş Allah Resulü(s)... Yanımızda kalmış en son yiyeceği, birkaç parça ekmekle bir tas kadar sütü, Enes'in şaşkın bakışları altında tutuşturmuştum eline... Kalabalıktılar çünkü...

Resulallah(s) bizlere sık sık, "Saymadan verin..." derdi. Bu yüzden "Bismillah" deyip Enes'in eline tutuşturmuştum az da olsa bulduklarımı, hiç saymadan, hiç bakmadan...

Enescik, "acaba kime yetecek" zannıyla götürmüş verilenleri, "acaba bana da kalır mı" diye düşünmeden de edememiş çocuk safiyetiyle...

Bir örtü yayıp, getirilen ekmekleri sini üzerinde ince ince ufalamış Allah Resulü(s)... Sonra da sütle karıştırıp süt tiridi yapmış, onar onar çağırmış adamlarını, hepsi de karınları doyarak kalkmışlar bu bereket sofrasından, kalanını da bana geri yollamış Resulallah(s)... Gözlerini açarak kendisini seyreden Enes'e de bir avuç kadar vermiş, bu ekmek kırıklarından... Enes onu küçük bir keseye koymuş... Resulallah'tan(s) sonra bile, o kesedeki ekmekler uzun yıllar hiç tükenmemiş... Bu yemek, bize Allah'tan gelmiş bir sofraydı, hamdolsun... "Saymayın, sayarsanız bereketi kaçar verdiğinizin" derdi O(s)...

Benim elimin açıklığından hep memnun kalmıştır zaten Resulallah(s)... Kurban kesildiğinde de böyle olurdu, eti kısa sürede pay eder, yerlerine yollardım. İçeri girdiğinde "Ne yaptın?" derdi gülümseyerek... "Şu kürek kemiğinden başkası kalmadı bize" derdim... "Hayır" derdi... "O kürek kemiği dışında dağıttığın her şey sana kaldı, sana asıl kalmayan o elindeki kürek kemiğidir..."

Sonra da gönlümü almak için sık sık söylediği şeyi fısıldardı:

"Aişe'nin diğer kadınlara üstünlüğü... Tiridin diğer yemeklere üstünlüğü gibidir..."

Uzun süren Hendek Seferi dönüşünde... Yorgun argın evlere dağıldığımız sıralardı...

......

Kapıda bir at kişnemesi ve üstünü başını tozdan silkeleyen biri vardı... Ashaptan Dıhye'ye benzetmiştim onu... Dıhye, güzel ve aydınlık yüzüyle bilinen, sevilen sayılan bir kardeşimizdi...

"Haydi... Durmak yok..." diyordu Resulallah'a(s), kapının önünde...

Resulallah(s) ise adamlarının çok yorgun olduğunu, seferden henüz döndüklerini söylüyor ama bir başka halle, epey heyecanla cevap veriyordu muhatabına... O'nun(s) sesinin her halini bilirdim, bu özenli riayeti, heyecanını fark etmiş ama anlamını tam olarak çözememiştim... Dıhye değil miydi yoksa kapıdaki...

Konuşmaları bittikten sonra içeri girdiğinde yüzünde bambaşka bir hal vardı Resulallah'ın(s)...

"Hayrola, kimdir konuştuğun..." dediğimde, hayretle yüzüme bakmıştı...

"Sen, onu gördün mü?"

"Zannederim Dıhye idi... Dıhye'ye benzettim, emin değilim, iyice bakmadım..."

"Kardeşim Cebrail'di o... Allah'ın selamı onun üzerine olsun, diğer meleklerle gelmişler, derhal Ben-i Kurayza'nın üzerine gitmemiz gerekiyormuş. Ona çok yorgun olduğumuzu söyledim, bize birkaç gün mühlet vermesini rica ettim, ama ısrarlıydı. Biz size yardım için gönderildik, haydi sefere devam edin, diyordu..."

Hz. Cebrail, insan suretinde, arkadaş suretinde, arkadaşların içinde en güzel yüzlü Dıhye'nin şeklinde gelirdi Resulallah'a(s)... Onu Allah'ın Elçisi'nden(s) başka kimse fehmedemezdi zaten...

Bir keresinde Hasan ile Hüseyin de tıpkı benim gibi Dıhye zannetmişler Hz. Cebrail'i... Dıhye, her seferinde cebinde Hasan ile

Hüseyin için küçük hediyeler getirdiğinden... Dıhye suretinde gelen Cebrail aleyhisselamın ceplerini karıştırmaya başlamışlar...

"Bunlar ne yapıyor böyle?" diye sorunca Melek...

Gülerek cevap vermiş Dedeleri(s)...

"Onlar seni, bizim Dıhye zannettiler, o her gelişinde çocuklara ceplerinden bir şeyler çıkarıp verir, şimdi senin ceplerini arıyorlar..."

İkisi de çok gülmüşler küçüklerin yaptığına...

Sonra Cebrail(as), kudretli elleriyle cennete uzanıp birisine bir nar, diğerine bir salkım üzüm koparıp vermiş...

Cebrail'i(as) Dıhye suretiyle Hasan, Hüseyin ve benden başka gören olmamıştır...

Bir keresinde Resulallah(s), Meleğin selamını da getirmişti bana...

"Ve aleykumselam ve rahmetullah" demiştim ben de...

Ben, Meleği gördüm...

Melek de beni bilirdi...

Ben, Meleğin selamladığıyım...

......

Ben, O'ndan(s) her öğrendiği kalbine ve aklına nakşedilmiş bir kimseyim...

Nakkaşımdır O(s) benim.

Kalbimi O(s) yazmıştır benim...

Ve 'Kalp'...

Vücudun padişahıdır kalp... Nasıl ki hükümdar adalet ve iyilik ehliyse, emrindekiler ve avam da iyilik üzeredir diye umulur... Kalp de işte böyledir... O bozuk olunca... Diğerleri de ona tâbi olur. Vücudunuzda ve ruhunuzdadır kalbin etkileri... Hareketlidir. İş ve dava, onun hareketlerinin istikametini Allah'ın rızasına yöneltmektir. Bir şeyle uğraşacaksa insan, bu, kalbini düzeltmekle olmalıdır...

Bir gün Allah Resulü'nün(s) dostları, O'nun aydınlığıyla aydınlanmak üzere varmışlardı yanına... Resulallah(s) özellikle namaz vakitlerinden sonra, arkadaşlarıyla sohbet eder, onların başa çıkamadıkları meselelere cevaplar verirdi... Yine böyle bir günde, bazıları üzgün bir halde gelmişlerdi yanına... Kalplerindeki vesveselerden şikâyet eden bu adamların halleri çok samimiydi... Yüzleri ağarmış, şikâyet ettikleri halden dolayı, betleri benizleri atmıştı hepsinin...

"Bazen kalbimizde o kadar akıl almaz şeyler hissediyoruz ki, bunu sizinle paylaşacağımız yerde gökyüzünden aşağı düşüp parçalansak çok daha iyidir... Kalbimizdeki bu hallerden dolayı çok üzgünüz ya Resulallah(s)..." dediler...

Resulallah(s), onları dikkatle dinleyip bir müddet yüzlerine baktıktan sonra:

"İşte..." dedi. "İşte sizin bu katışıksız hassasiyetiniz... Hep imandandır... Saf imandan..."

Kalbin halleri... Kalbin sınavları... Kalbin iniş çıkışları çoktur... Rüzgârdaki bir ipin ucuna asılı hafif bir bakraca benzer kalp... Sağdan soldan, önden arkadan, yukarıdan aşağıdan esen her rüzgâr, onu oynatıp hareketlendirir... Zordur işi rüzgârda... Onu ancak saf bir imanın sabitesi dinginleştirebilir... Bazen içinden geçtiği hallere o da üzülür, ben buna nasıl meylettim der... Dava, belki meylettiği halde, nefsine hakim olarak, o işi yapmamaya direnmektir... Rüzgâra... Hatta bazen kasırgaya rağmen...

Yıllar sonra bir gün bana da birtakım insanlar benzeri bir konuyu danışmaya gelmişlerdi... "Ey Mü'minlerin Annesi... Bazılarımız kendi kendimize içimizden konuşuyoruz. Lakin bu içimizdekini dışarı çıkarsaydık şayet... Ya ahiretimiz giderdi veya öldürülürdük diğerleri tarafından... Bu hallerimiz nedir bizim?"

Bunu işitince yıllar önce Resulallah'a(s) sorulan kalp sorusu gelmişti aklıma... Tıpkı O'nun(s) gibi üç kez tekbir getirerek, "Allah en büyüktür" dedim Rabbime sığınarak ben de... Tıpkı Kâinatın Efendisi'nin(s) verdiği cevabı verdim ziyaretime gelen kimselere: "Ancak mü'minler imtihan edilirler..."

Haddizatında dünya... Mü'minler için sürekli bulanıktır ve asla durulmaz... Nasıl durulabilir ki... Dünya mü'minin zindanı, imtihan vasıtasıdır...

İman hakkında çok önemli ayrıntılardan bahsetti bizlere hayatı boyunca Resulallah(s). Bunlar hem anahtar oldu hepimize, hem de dünya sınavında kolaylaştırıcı ipuçları gibiydiler... Mesela ailesine ve çocuklarına karşı iyi olmanın imanın bir rüknü, bir delili olduğunu da söylerdi bize... Böyle bir konuyu, böylesi ince bir ayrıntıyı, hassasiyeti daha evvel hiç işitmemiştik. Zira hem Mekke'deki eşraf düzeni hem de o dönemde işleyen tüm cahiliye âdetleri, aileyi, çoluk çocuğun hakkını asla dikkate almazdı... "Mü'minlerin iman yönünde en olgunu, ahlak bakımından en güzel olanıdır ve ailesine, çocuklarına karşı iyi ve yumuşak davranıp bağışı çok olanıdır" derdi hepimize sık sık...

O'ndan(s) çok şey öğrendim.

Her şeyi O'ndan(s) öğrendim ben...

Şu üç şeyin doğru olduğuna yemin ederim ki:

"Allah, İslam'dan nasibi olan kimseyi, İslam'dan nasipsiz kimseyle bir tutmaz. İslam'dan nasip dediğimiz şeyse; namaz, oruç ve zekâttır...

Allah, dünyada bir kulunu dost edinirse... Onu Kıyamet Günü'nde de başkasının dostluğuna bırakmaz...

Bir kimse, bir topluluğu severse... Allah, onu mutlaka, onlarla beraber kılar...

Dördüncü bir şey daha var ki doğruluğuna yemin etsem günahkâr olmayacağımı umarım... "Allah, dünyada bir kulunun bir kusurunu örterse, Kıyamet Günü'nde de mutlaka örter..."

O'nun(s) kalabalıklara doğru şöyle seslendiğini işitmiştim bir defasında...

"Doğru yolda olun! Orta yolu tutun... Alacağınız bol mükâfata sevinin... Biliniz ki aranızdan hiçbiriniz kendi ameliyle cennete giremeyecektir. Ben de giremem... Ancak Allah beni bağışlarsa ve rahmetiyle kuşatırsa o hariç..."

O(s), gece gündüz Rabbine şükreden, O'ndan bağışlanma ve rahmetini dileyen bir Resul'dü...

Bizi şirk konusunda çok sık uyarırdı. Özellikle gizli şirkten... Farkına varılmadan içine düşülen o nefsani girdaba karşı hepimizi uyanık olmaya davet ederdi...

Şirke şöyle dikkatimizi çekmişti: "Ümmetimde şirk... Karanlık bir gecede, karıncanın bir tepeciğin üzerinde yürümesinden bile usulca ve daha gizlidir... En aşağı derecesi, zulmün azıcık bir kısmına dahi olsa hafifçe sevgi göstermendir... Veya adaletin azıcık bir kısmına dahi olsa buğzetmendir... Halbuki din; Allah için sevmek ve Allah için buğzetmekten başka bir şey midir?" Bunu söyledikten sonra da şu ayeti okumuştu:

"Yüce Allah şöyle buyuruyor: Eğer Allah'ı seviyorsanız, Peygamber'e tâbi olunuz ki, Allah da sizi sevsin..." (Al-i İmran, 31)

Ve defterler...

Defterlerimiz...

Günü geldiğinde önümüze açılacak hayat sahifelerimiz...

Bunlardan bahsettiğinde Resulümüz(s), rengimiz ruhsarımız kaçardı, Allah'a sığınarak af ve kurtuluş isterdik...

Bize defterlerden bahsettiği bir gün şöyle demişti:

"Amellerin yazıldığı defterler üçtür. Bir defter vardır ki, Allah ondaki hiçbir şeyi affetmez... Bir diğer defter vardır ki ondakileri affetmek Allah'a hiç zor gelmez... Bir diğeri ise Allah ondaki hiçbir şeyin karşılığını vermeden bırakmaz...

Allah'ın içindeki hiçbir şeyi affetmediği defter, Allah'a ortak koşmanın kaydedildiği defterdir…

İçindekileri affetmenin Allah'a hiç de zor gelmeyeceği defter ise kulun Rabbiyle arasında olan ve aslında nefsine karşı işlediği zulümlerdir. Terk ettiği bir günlük oruç, kılmadığı bir vakit namaz gibi…

Allah'ın içindekilerin karşılığını vermeden bırakmayacağı defter de kulların kendi aralarında birbirlerine yaptıkları zulümlerle ilgilidir. Bu defterde yazılı olan kul hakları, mutlaka birbirlerinden alınır. Alınmadan bırakılmaz…"

Bizleri hep tevbeye teşvik ederdi Resulallah(s)… "Allah'ın affı, sizin günahlarınızdan büyüktür" derdi… İstiğfar, Rabbimizden özür dileyiş ve O'nun sınırsız bağışlama nimetine dayanış, hepimizin şiarı olmalıdır…

"Amel defterinde çokça istiğfar olan kişiye müjdeler olsun" nasihatiyle de başta Ehl-i Beyt olarak tüm ailesi ve dostları olan sahabiler, tevbe istiğfarı dilimizden düşürmezdik…

"Ahlakı kötü olan kimse dışında herkesin tevbesi vardır" derdi Allah Resulü(s)… "Ahlakı kötü kimse, bir günahtan tevbe eder etmez, daha kötüsünün içine düşer" derdi… Tevbesinde sadık olanlardan olmamız için nasihat ederdi hepimize…

Hamd ve şükran ile tevbe etmenin arasında ciddi bir ilişki kurardı O'nun(s) öğretisi… "Allah'ın nimetlerine gereken saygıyı gösterin ve onu elinizden kaçırmayın. Çünkü bir topluluğun elinden kaçan nimet, nadiren geri gelir" derdi…

Sabredenlerden olmamızı öğütlerdi bize…

Bir gün Resulallah'a dedim ki: "Ey Allah'ın Resulü(s)… Ben Kur'an'daki en şiddetli ayeti biliyorum…"

Durdu ve tebessüm etti. Sonra gayet ciddi bir halde sordu:

"O hangi ayettir Aişe?"

"Yüce Allah'ın, kötülük yapan cezasını çeker (Nisa, 123) sözüdür."

"Aişe... Bir mü'mine bir musibet ya da bir diken isabet eder, o kul da buna sabrederse, bu musibete göğüs germesi, onun amelleri içinden en fenasına karşılık olur da o kul o halinden hesaba çekilmez... Kıyamet Günü'ndeki hesaba çekilişte, her kişi mutlaka azap görür..."

"Ama Allah Teala Kur'an-ı Kerim'de, 'O kolay bir hesaba çekilecek" (İnşikak, 8) buyurmuyor mu?'

"O, amellerin Allah huzuruna arz edilmesidir. Kulun günahlarından hesaba çekilmesi değildir. Ey Aişe! İnceden inceye hesaba çekilen kimse, mutlaka azaba uğratılır..."

Bir gün Mina vadisindeyken, perde gerisinden birtakım Kureyşli gençlerin ziyaretime geldiğini haber vermişlerdi... Ne ki gençlerin dışarıdan gelirlerken gülüştüklerini fark etmiştim... Onlara "Niçin gülüyorsunuz?" deyince... "Falanca kişi, çadırın iplerine bastı da düşüverdi, az daha gözü çıkacaktı" diye cevap verdiler... Onlara "Gülmeyin!" dedim... "Çünkü ben Resulallah'tan(s) işitmişim ki, bir mü'minin ayağına küçük bir diken batsın da kendisine bu yüzden bir derece verilmemiş olsun, günahı silinmemiş olsun... Sizin arkadaşınız için de böyledir, o düşmesinin bir ecri vardır muhakkak" demiştim... Derhal kendilerine gelip gülmeyi kesmişlerdi...

Hastalık da şayet sabredilirse, mü'mine dereceler kazandıracak bir yakînlik vesilesiydi Hz. Peygamber'in(s) anlatımlarında...

Özellikle Medine'ye yeni gelenler iklim değişikliği nedeniyle sık sık hastalanırlardı... "Mü'minin hastalığı, körüğün demiri, kiri ve pasından temizlemesi gibidir, hastalık da onu günahlarından öylesine temizler" deyip bizlere moral verirdi...

Bir gün kendisine "taun" hastalığından sormuşlardı...

"Sizden öncekilere, Allah'ın gönderdiği bir azaptı taun... Şimdiyse Allah onu mü'minlere rahmet kıldı. Taun çıkan bir memlekette bulanan kul, Allah'ın takdir ettiği şeyin ulaşacağını bilip, sevap umuduyla sabredip orada kalır ve dışarı çıkmazsa, mutlaka ona şehit sevabının bir misli verilir..." demişti...

Temizliğe O'nun(s) kadar hassasiyetle riayet eden bir kişi daha tanımamıştık hiçbirimiz... Temizlik sadece hastalıklardan korunmak için verilmiş bir nasihat değildi, evet, bu da vardı ama temizlik O'nun(s) hayat görüşüydü diyebilirim... Temizlik O'nda(s) imani bir incelikti...

"İslam temizdir, öyleyse siz de temiz olunuz, kuşkusuz cennete girecek olanlar ancak temizlerdir..." derdi...

Resulallah'ın(s) daha evvelki milletlerin âdeti olan hayızlı kadınların toplumdan dışlanması meselesine karşı duyarlılığı ve bu konuda yeni bir çığır açışı da özellikle biz kadınlar açısından çok önemlidir.

Daha sonraki günlerde ben kadınlara has konuları mahsusen anlatıyordum ki Resulallah'ın(s) sünneti kimselere gizli kalmasın... Zaten bu gibi özel konuları, Resul'ün(s) eşlerinden başkası da aktaramazdı gelecek nesillere... Günlük fıkıh icabı ihtiyaç duyulan pek çok bilgi, Ümmetin Anneleri aracılığıyla anlatılacaktı. Anneler arasında benim dikkatim ve hıfzetmeye meyilli zihnim, Resulallah'ın(s) sünnetine şahitlik konusunda gelecek nesillere yardımcı olacak bir durumdu...

Ben, Resulallah'ın(s) en yakın tanığıyım...

Meseleleri öğrenmek konusunda çok gayretli olan İbni Hani, bir gün bana "Ey Mü'minlerin Annesi, bir kadın hayızlı iken kocası ile birlikte yemek yiyebilir mi?" diye sormuştu da anlatmıştım, bu konudaki önyargılar dağılıp gitmeliydi çünkü...

"Ben hayızlıyken Resulallah(s) beni yemeğe çağırırdı... Ben de O'nunla(s) birlikte yemek yerdim. Bu sırada etli bir kemiği alır, bana uzatır, ilkin benim yemem için yemin verdirirdi... Ben de onu alır, bir parça ısırırdım da sonra Resulallah'a(s) verirdim. O(s) da ağzını, tam benim ısırdığım yere koyarak yemeye devam ederdi. İçecek bir şey istediği de olur, getirince de ilkin benim içmem için yine yemin verdirirdi. Ben de kaptan bir miktar içer, ona uzatırdım... Bu kez yine tam da benim ağzımı koyduğum yere getirerek ağzını... Öylece içerdi..."

O, kadınlara karşı merhametli ve sevgi doluydu... Daha önceki kavimler, hayızlı kadını adeta suç işlemiş gibi toplum dışına atarlarken O(s) bunu tabii bir hal olarak bulurdu... Ben hayızlı iken O'nun(s) başını yıkar, saçlarını tarardım. Kucağıma yaslanır, Kur'an-ı Kerim'den okurdu... Hayızlıyken beni ötelemez, saçlarımı okşar, başımdan öper, benimle iyilikle konuşurdu...

HAYATIMIN AKŞAM VAKTİ

HACCIMIZ...

Medine'deki İslam toplumu güçlendikçe, uzak diyarlardaki toplumlar da kendilerine idari konularda yol gösterecek mihmandarlar istiyorlardı...

Merkez üssü Medine olan bu ilk İslam devletinin yavaş yavaş taşrası da oluşuyordu artık...

Emirlerin atanması, uzak diyarı veya ülkeyi yönetmek şeklinde olacağı gibi, sözgelimi Hac vazifesini yerine getirmek üzere yola çıkmış mü'minlere yol göstericilik şeklinde de oluyordu.

Hicret'in sekizinci yılında Mekke'ye tayin ettiği Attab, şehrin idaresi ve Hac eda etmek için Emirliğe atandığında henüz yirmisinde bile değildi. Ama Resulallah(s) onun bilgisine ve sebatına inandığı için o genç yaşta bu işi en güzel şekliyle yapabileceğini söylüyordu... Haris b. Bilal de keza, Mekke'nin bazı bölgelerinde amildi, vazifeliydi. Husayn b. Niyar da yine Mekke'nin bazı kısımlarında amil olan bir kişiydi. Yine Mekke'deki kabilelerin temsilcisi olan kişiler vardı ki onlar sadece kendi kabilelerinin amiliydiler...

Suyar b. Hufaf kendi kabilesi Temim'e amil tayin edilirken, Abdullah b. Rebiha, tüm Taif'e vali tayin kılınmıştı mesela. Haris

b. Müzeni, Horasan'a; Ukaşe ise Sekasik ve Sekun'a vali olmuştu... Ala b. Hadrami, Bahreyn'e... Amr b. Hazm, Necran'a. İbni Kudema'yı Hayber'e vali tayin etmişti...

Amil ve valilerine nasihatlerde bulunurdu Allah Resulü(s)... Onları bazen evimizde ağırladığı da olurdu veya kadınlarıyla gelenlerini ev halkı olarak bizler misafir ederdik... Yollayacağı valilere veya emirlere önemli nasihatler verirdi, ben bunları da büyük bir dikkatle dinlerdim:

"Onların toprağına vardığında gece girmeyip sabahı bekle, sonra güzelce temizlen, iki rekât namaz kıl, Allah'tan başarı ve kabul dileyip O'na sığın. Benim mektubumu sağ eline al, onları karşına almış olarak sağ elinle, onların sağ ellerine ver" derdi...

O'nun(s) elçilerle yaptığı görüşmelerden büyük ibretler almışızdır tüm dinleyenleri olarak. Çünkü elçiler, bizden alıp götürenler ve uzaklara gidenlerdi. Onlar Elçi'nin(s) elçileriydi. Bu yüzden onlara çok ihtimam ederdi Resulallah(s). Onlar gelecekteki İslam toplumunun mimarları olacak kişiler oldukları için, terbiyelerine özen gösterirdi hep...

Ezdî kabilesinden gelen yedi elçiyle şöyle hikmetli bir mülakatları olmuştu... Elçilerin sakin ve vakarlı hallerini beğenip hoş geldiniz dedikten sonra sormuştu Allah Resulü:

"Kimlerdensiniz..."

"Mü'minlerdeniz ya Resulallah(s)..."

"Her sözün bir hakikati vardır, sizin sözünüzün hakikati nedir?"

"Bizim on beş özelliğimiz vardır ki, bunların beşi inanmamızı emrettiğin, beşi yapmamızı emrettiğin, beşi de cahiliye devrinden beri sürdürdüğümüz ahlaki kurallardandır şayet razı değilsen bu son beşten vazgeçeceğiz..."

"İnanmanızı emrettiğim ve yapmanızı söylediğim şeyler nelerdir?"

Onlar bu soru üzerine iman ve İslam'ın esaslarından bahsettiler. Allah'a, meleklerine, kitaplarına, resullerine, ahiret gününe, kadere, hayrın ve şerrin Allah'tan olduğuna, ölümden sonra dirileceğimize inandıklarını, kelime-i şehadeti, namazı, orucu, zekâtı ve haccı anlattılar...

"Peki, cahiliye devrinden beri sürdürdüğünüz ahlaklarınız nelerdir?"

"Genişlik zamanında şükür. Belaya sabır. Kazaya rıza. Düşmanla karşılaşıldığında sebat. Düşmanın musibete uğramasına sevinmemek..." dediler...

Bu işittiklerinden çok memnun olmuştu Resulallah(s). "Bu elçiler, aynı zamanda bilge kişilerdendir, sahip oldukları hikmetle neredeyse Peygamber olacaklarmış!" diyerek onları tebrik etmişti...

"Eğer dediğiniz gibiyseniz ben size beş haslet daha öğreteyim de güzel huylarınız yirmi olsun elçiler..."

"Buyur ve emret ya Resulallah!"

"Yemeyeceğinizi biriktirmeyin. Oturmayacağınız binalar yapmayın. Yarın ayrı kalacağınız bir şey için birbirinizle rekabete girmeyin. Kendisine döneceğiniz ve arz olunacağınız Rabbinize karşı gelmekten sakının. Varacağınız ve ebediyen kalacağınız şeye rağbet edin..."

Elçilerine yaptığı gibi sık sık bizlere de tavsiyelerde bulunurdu Resulallah(s)... "Dünya sıkıntı ve meşakkat yeridir" derdi. "Sakınanlardan başkası dünyanın elinden kurtulamaz..." Allah'ın dünyadaki işaretlerinden söz açardı... "Cahiller bu işaretleri izler, âlimlerse ibret alırlar" derdi... Allah'ın dünyadaki işaretlerini şüpheler perdesiyle örttüğünü... Şehvetine yenik düşenlerin bu şüphe perdelerine takılıp kaldığını, sonrasındaysa afetlerin bataklığına yuvarlandıklarını anlatırdı... Dünyanın helali, utançla... Haramı da yorgunluklarla karışmış gibiydi... Dünyada zengin olan kişi yorgun... Fakir olan kişiyse bitkindi... O(s), tüm bunlardan sonra, eğer hakikati bilseydik daha çok ağlayacağımızı, daha az güleceğimizi söylerdi... "Dosdoğru ol" diyen ayetleri okuduktan sonra, "saçlarım ağardı...", "belim büküldü..." diyerek, kulluk sorumluluğumun ne kadar büyük olduğuna dikkat çekerdi...

Elçilerin yanı sıra, uzak diyarlara atayacağı vekillerine, valilerine, emirlerine de çok dikkat ederdi Allah Resulü(s)...

Valilerin isimlerini çok önemserdi mesela... Gerçi isim O'nun(s) için her zaman önemli bir başlangıçtı. Tanıştığı kişilere ilkin ismini sorardı. Manası güzel olunca yüzü güler, anlamı iç karartıcı olursa yüzü asılırdı... Girdiği şehirlerde, köylerde de ilkin isimdi sorduğu... O beldenin ismi güzel ve hayırlı bir anlamı çağrıştırıyorsa, yüzü derhal herkesin fark edeceği şekilde rahatlar, aydınlanırdı... Aksi olduğunda da yüzünün kederle dalgalandığını görünce, o ismi sevmediğini derhal anlardık... .

Resulallah'ın(s) valilerinden birisi de Bazam'dı. O, Veda Haccı'nı müteakip geçtiği Yemen'in valiliğini vefat edinceye kadar sürdürmüştür. Bazam, Acem Kralı'ydı, ilk Müslüman olmuş Acem lideri olarak Sana'daki sarayından yönetirdi Yemen'i...

Ayrıca kadıları yani önlerine getirilen davaları çözümleyen ashabı da vardı Resulallah'ın(s). Hz. Ömer bunlardandı. Hz. Ali'yi Yemen'e kadı olarak göndereceği günlerde Ali, genç olduğunu ve bu konuda yeterince yargı tecrübesi olmadığını söylese de... Resulallah onun göğsüne vurarak şöyle dua etmişti: "Allah'ım, onun kalbini hidayetinle doldur, dilini de hakikate erdir."

Ali der ki, "Bu duadan sonra doğru karar verme noktasında asla ayağım sürçmemiştir..."

......

Hicret'ten sonraki onuncu yılın Ramazan'ında Resulallah(s) mutat olarak çekildiği itikâfını Rabbine arz etmek üzere, Mescid'in yanına kurulan çadırına geçmişti.

Her yıl Ramazan'da, özellikle son on günü inzivaya ayırıp Rabbine ibadet, tefekkür ve şükürle geçirirdi zamanını... O sene ilk kez yirmi güne çıkarmıştı itikâf günlerini. Bu süreçte eşleriyle görüşmez, namazla, Kur'an-ı Kerim'le, tefekkürle, insanlarla konuşmadan, orucunu açarken çok az bir iftarla, çok az uykuyla geçirirdi vaktini...

Biz O'nun(s) itikâfını niçin yirmi güne çıkardığını anlayamamıştık. Ama pek çok kereler kendisine sorduğumda aldığım cevap aynı olurdu: "Rabbime şükreden bir kul olmayayım mı?"

Sonradan kızı Fatıma'dan da öğrenecektim gerçi...

"Her yıl Ramazan ayında Cebrail ile birlikte Kur'an okurduk. Bu yıl iki kez okuduk. Ayrılış zamanımın geldiğini düşünüyorum" demiş Fatıma'ya...

Fatıma'nın yüzü çoğu kez mahcup ve kederlidir. Bu yüzden ondaki solgunluğu da çok fark edememişiz demek ki. Zaten hastalık ve vedayı kim fark etmek isterdi ki...

Bizlere daha evvel de sık sık "Hac ibadetinizi tehir etmeyin, çünkü ölümün size ne zaman ulaşacağını bilemezsiniz" derdi. Ramazan'ın hitamında, kalbini haccetmek isteği doldurmuştu adeta içimi. Zaten bir önceki yıl, müşriklerle aynı zamanda haccetmek istemediği için, kendi yerine Hac Emiri olarak tayin ettiği babam Ebubekir'i yollamıştı... Ne var ki hac kafilesi yola çıktıktan sonra inzal olan Tevbe suresi ile artık Kâbe, müşriklere yasaklanmıştı. Hemen kafilenin ardından yola çıkarttığı Hz. Ali aracılığıyla bu ültimatomu insanlara duyurmuştu Resulallah(s)...

Hicret'in onuncu yılı, Kâbe'nin artık sadece Müslümanların mihrakı olarak haccedileceği bir başlangıçtı...

Haber ve çağrı... Dalga dalga yayılıyordu etrafa...

"Resulallah hacca gidecekmiş... Mü'minleri de davet ediyormuş!"...

Herkesi bir sevinçtir bürümüştü...

Uzak diyarlardan kafilelerle gelenler Medine'ye sığmaz olmuş, Mekke'ye kadar değişik menzillerde kurulmuş çadır obaları, yollar boyunca çatılan konaklama mıntıkalarıyla sanki Mekke'ye kollarını bağlamış gibiydi Medine...

Resulallah'ın(s) çağrısını işiten beli bükük ihtiyarlar, küçük çocuklar, dul kadınlar, genç kızlar bile haccetmeye can atıyorlardı... Babamın genç eşi Esma gebeliğinin son günlerini yaşarken, o bile Resulallah'tan(s) geri kalmak istemiyordu. Nitekim hacca çıktığımızın ilk gününde yolda dünyaya gelen ve Muhammed adını vereceğimiz bir kardeşim gözlerini açmıştı dünyaya. Babam geri dönmek istediyse de, Esma Resulallah'a(s) yalvarıp yakarmış, O(s) da babamdan Esma'ya yardımcı olunmasını rica ederek gelmesine izin vermişti.

Mekke'den Medine'ye on günde varmıştık...

Uğradığımız her durakta kalabalığa yeni kafileler ekleniyordu... Sanki denize karışan büyük ırmaklar gibi, peş peşe bize katılan yeni gruplarla, Resulallah(s) iftihar ediyordu...

On yıl evvel korkuyla çıkartıldığımız Mekke'ye, anayurdumuza, şimdi yüz bin kişiyi de aşan bir insan seliyle giriyorduk... Allah'ım, ne muhteşem gündü o gün... Taş toprak bile sanki bizimle dile gelmiş gibi seda ediyordu: "Lebbeyk! Buyur Allah'ım, buyur! Senin ortağın yok! Hamd Sanadır! Nimet Senin! Mülk Senin! Bunların hiçbirinde ortağın yok!"

Resulallah(s) eşleri olarak bizlerin hac boyunca kullanacağımız yiyecek ve içeceği bir deveye yükletip babam Ebubekir'e teslim etmişti. Hacda yemek içmek işlerini takip etmekle meşgul olmak istemediği için... Babam da deveyi, emektarı Ukbe'ye teslim etmiş, ne var ki garip Ukbecik o kalabalıkta devesini yitirivermişti...

Babam çok üzgündü. Resulallah'ın güya yükünü hafifleteceğim derken, şimdi O'nu(s) ve ailesini toptan aç bırakmış gibi hissediyordu kendini…

"Üzülme" diyordu Resulallah(s), babamın halini görünce… "Oldu bir kere, Ukbe şimdiye kadar böyle bir şey yapmadı, yine yapmak istemezdi ama ne yapalım oldu bir kere…"

O'nun(s) bu yatıştırıcı sözleri, ılık bir rüzgâr gibi eserdi insanların arasında… Biz böyle konuşurken, devemizi kaybettiğimizi işiten Eslem kabilesinden bazı ikramsever kimseler, o zamanların pek sevilen yemeği olan hays'ı yapıp getirmişler, sinilerin içinde süslenerek getirilen bu güzel yiyeceği görünce Resulallah(s) gülmüştü…

"Gel, üzülme ya Ebubekir! Bak, Allah sana ne güzel bir yemek gönderdi" deyip ikram edenlere teşekkür ve dua etmişti…

Bizler gülümseyerek yemeğe oturduğumuz sırada Ukbe nefes nefese yetişmişti:

"Buldum… Devemizi buldum ya Resulallah(s)" diyerek varınca yanımıza hepimiz daha da bir sevinmiştik…

Derken… Ensar'dan Sa'd b. Ubade, sırtı yiyeceklerle dopdolu, kulakları boynu süslü boncuklarla bezeli bir deveyle çıkagelmez mi… "Ya Resulallah(s), duyduk ki devenizi yitirmişsiniz, biz de size yeni bir yiyecek devesi getirdik…" diyordu. Resulallah(s) ayağa kalkıp onu buyur etti, devesinin bulunduğunu söyledi, çok teşekkür edip Sad b. Ubade'den bu deveyi hayırla alıp geri götürmesini rica etti…

Sa'd b. Ubade mahcup ve kırgın bir sesle, "Bizden ikram olarak kabul edeceğin, göndereceğin şeyden iyiydi ya Resulallah(s)" dedi… Önüne bakıyordu bu cömert adam… Resulallah(s) ona hayır dua etti. Onunla gelmiş Ensar'dan diğerleri, "O hep böyleydi ya Resulallah(s)… Müslüman olmadan evvel de eli çok geniş, misafirperver ve kuraklık zamanında da herkese yardım edip gözeten birisiydi, bu, onun âdetindendir" deyince…

"İnsanlar madenler gibidir... Onların cahiliye devirlerinde değerli olanları, İslamiyet devirlerinde de değerlidir" demişti...

Cenab-ı Hak, önce devemizi kaybettirmişti bize, sonra da hediye üstüne hediyeler göndererek iltifat ediyordu. Bu sevinç anlarını Resulallah'ın(s) yüzündeki mutluluk ışıltılarıyla okurduk. Rabbiyle O'nun(s) arasındaki işlerdendi bu kader cilveleri...

......

Mekke yakınlarında bir tepede konaklamıştık...

Sanki bir mahşer yeri gibi insanlar akın akın iniyorlardı Kâbe'ye doğru...

Kâbe'yi uzaktan ilk kez gördüğümüz an!

Devesi Kusva'nın üzerindeydi...

Kusva'nın ipini sol avucuna aldı...

Sağ elini havaya kaldırarak;

"Allah'ım!" dedi... "Bu Beyt'in insanlardan gördüğü hürmeti, sadakati, rahmeti ve yüceliği artır..."

Tevazü ve iftihar, hamd ve sena içinde tavafa yöneldi...

Resulallah(s) ile birlikte sadece bir haccımız oldu. O haccı unutmama imkân yok... Allah Resulü(s) bir gün cihadın faziletinden öylesine bahsetmişti ki hepimiz cihad aşkıyla dolup taşmıştık...

Hatta ben dayanamayıp, "Keşke kadınlar da erkekler gibi hakkıyla cihad edebilseydi" demiştim de...

"Kadınlar için hac, cihad gibidir" demişti Kâinatın Efendisi(s)...

Hac ile cihad arasında ciddi bir bağlantı vardı aslında... Hem bedenen hem dimağen, hem maddi hem de manevi tüm imkânlarımızı seferber eden iki mühim ibadetti hac ve cihad...

İkisi de yürüyüştür, ikisi de istikamettir...

Hac, Âlemlere Rahmet Peygamber'in(s) büyükninesi Hz. Hacer'in âdetidir, çöldeki ana oğulun adabıdır, hüzünlerin ve kederlerin üzerine üzerine gidiştir... Kundaktaki bebek İsmail'in topuklarından çatlayan aziz Zemzem suyunun nidasıdır hac. Dipsiz susuzluk ve ıssızlık çöllerini yırtan rıza koşusudur, ana oğulun yükselmiş, istiflenmiş gayretidir hac...

Hac... Avazdır...

Kimsenin işitmediğini işitene yönelik bir avaz... Issızlığın içinden taşan içli bir ağlayıştır ki o avazın koştuğu yerde koşulur, durduğu yerde durulur, o avazın çıktığı tepeye tırmanıp, indiği dağlardan akılır...

Şayet aranızdan biri, bir gün yolu düşer de çölün ortasında Safa ile Merve isimli ikiz tepelerin arasındaki düzlüğe varırsa, orada çok sevdiğim bir kadının, Hacer Anamızın rüzgârını doya doya çeksin içine...

Kadınları yeryüzünün...

Allah'ın Resulü'ne(s) dünyada sevdirdiklerindendir onlar...

Yolunuz Safa ile Merve'ye düşerse, o rüzgârı bir yakalamaya görün, ana yüreğinden çıkan gayret rüzgârının hiçbir söze, hiçbir habere ihtiyacı yoktur zaten. Bu, sözsüz bir tarihtir. Yani Hacer Anne'nin, yani şehirlerin anası Mekke'nin, yani Zemzem suyunun sözsüz tarihi... Susularak yazılmıştır tüm işaretleri Mekke'nin. O işaretleri ki mührüdür anne şehrin... Şehrimizin anahtarı o kadının belinden sarkar ve kuyuların en hayırlısı olan Zemzem'in de sahibesidir Hz. Hacer...

Ben, onunla iftihar ettim hep...

Resulallah'la(s) yaptığımız hacda da hep onun ruhaniyetini yanımda hissettim...

Hacer ki kadındır, işarettir, rumuzdur...

Meşair... İşaretler...

İşaretlerini Mekke'nin bir kadındır taşıyan, bir kadın ki hem eski bir köle hem siyahidir siması; ayrılır, ötelenir geçtiği tüm diyarlardan. Yaban ellerde gurbete yazılandır o, bir başına kucağındaki bebeğiyle kalakalan...

Bir gün yolunuz Safa ile Merve arasındaki düzlüğe düştüğünde, Annemizi fark edeceksiniz o yedi gidiş yedi gelişlerde... Ve size ibret verecektir dirayetiyle. Cesareti heceleyecektir kulaklarınıza.

Ben özellikle zorluk çektiğim, çilenin altında inlediğim zamanlarda onu hatırlayarak kendime geldim hep, direnci, onuru, dirilişi buldum onun fısıltılarında...

Kadınlar ellerinden bilinir; renkleri ve cüsseleri ne olursa olsun, ellerinden... Orada, Safa ile Merve arasında Hacer Ana'nın elleriyle kurulmuş bir hayat yolu bulacaksınız.

Orada Safa ile Merve arasında, bir tarihin alınyazısı gibi açılmış, bir annenin sağlam elinin içini okuyacaksınız...

Onun kumlarla çevirerek zapt edebildiği, avuçlarından kaynayan aziz suyun yolu. İşte bu hayatın yoludur, işte bu aşkın, işte bu yapayalnızlığın, dedikten sonra... Onun anne olmuş elinden bir iyilik duası gibi açılan bahtı açık Zemzem'e, yani o dünyanın en gümrah sevda ırmağına çıkan bir harita bulacaksınız... Zemzem'in haritasını çizen elleri Hacer Anne'nin... Haccın sa'y etmeye dair rotasını da çizmiştir...

Hacer'in haritası, Safa ile Merve arasında çizilidir. Yedi kere gidişli dönüşlü, yedi kere inişli çıkışlı, yedi kere çığlık, yedi kere rıza, yedi kere boyun eğiştir sa'y... Onun sa'yi, gayreti ve tüm cehdi, bir hayat pergeli gibi döner oğlu İsmail'in etrafında... Ki o pergel, Muhammedî(s) bir tam daireyi, yani kemale ermiş Risalet'i bütünleyen, doğurgan bir kovandan oğul vermiş milatla, oğlu İsmail aleyhisselamdan torunu Muhammed'e(s) uzanır da, kutlu nübüvvetin mektubunu yazar gelecek nesillere...

Hacer Ana, Âlemlere Rahmet Peygamber'in(s) soy ağacının sağlam kökü-dür, Hz. Muhammed'in(s) büyükninesidir.

Eğer bir gün yolunuz düşerse şehirlerin annesi Mekke'ye... Hz. Hacer'in Zemzem kuyusuna eğilip de kulak verin ne olur... Asırlardır o upuzun çölün altında mırıl mırıl kanayan bir aşk kuyusudur Hacer'in analığına yoldaş... Eğilin ve toprağının alnından öpün, o annenin yüreğinden kaynayan kanı nasıl ki süte çevirmişse Rab, o cehennemî çöl çıplaklığından da gürbüz bir ab-ı hayat çıkarmıştır. Seyredin, hamd ederek seyredin... Seyredin ki, anne sütü gibi helal Zemzem'in mırıl mırıl fısıltılarla size anlatacağı çok şeyi vardır...

Resulallah(s) ile yaptığımız o ilk ve son haccımızda, yüz bin kadar kardeşimizle omuz omuzaydık ve onların inci taneleri gibi Arafat'ı doldurdukları yerde, iftiharla tebessüm ediyordu Allah Resulü(s)... Yine de onca kalabalığın içinde, bilir misiniz insanoğlu yalnızdır. Herkes yalnızdır. Böyle kalabalık günlerde insanın kendi içindeki sesi duyması ne de zordur... Oysa dert ve çile, insana değecekse şayet tenha aramaz. Kalabalıklarla mağrur olmamayı da öğretmişti bize Allah Resulü(s).

Bir gün yolun çöle düştüğünde, yalnızlığın ne demek olduğunu iyice öğreneceksin... Kalabalığın içindeki tekliğinin, biricikliğinin, farkının nakşıdır hac.

Dünyadaki Sırat köprüsü gibidir onun içindeki sınavlar. Hac, sıratıdır mü'minin, sireti, hayat hikâyesi...

Hikâyeden hikâyeye yol buldurandır çölün tabiatı. Hz. Hacer'den sana kadar gelen hayatların izdüşümünü tart bugün...

Öyle bir kadın ki... Çöl ile sınanmış. Öyle bir kadın ki o iki tepe arasında ciğeri yırtılarak koşan, can havliyle koşuşan... Hiçbir ağaç gölgesi yok ki sığınsın yavrucağıyla, hiçbir ırmağı kalmamış ki yeryüzünün bir damla suyunu ikram etsin onlara... Öyle bir destan yazdılar ki gayrete dair, sa'ye, çabaya, inanca, umuda, duaya dair o ana oğul... Irmakların taşıyamadığı suyu, çölün ateşten kavrulmuş damarlarından çıkardı Rab... Ağaçların gölgesi yerine sığındıkları ise... Belki meleklerin kanatlarıydı...

Hacer arayandı... Hacer koşandı... Hacer pervaneydi... Hacer emekçiydi... Siyahi, köle ve kadın. İşte tüm bu yoksunluklar listesinden yazacaktı Rab, umudun şiirini...

Hac... Şiirlerin en görkemlisidir hac...

Hacer... O şiirin veznidir Hacer...

Haccın rükünlerindendir, Hacer'leşmek...

Resulallah'la(s) eda ettiğimiz o ilk ve son haccımız böyleydi. Büyükannesinin koştuğu yerde koştu, onun hızlandığı yerde O(s) da hızlandı, onun durduğu yerde O(s) da durdu...

Allah Resulü(s), büyükninesi Hacer'in baktığı yerden baktı uzak ufuklara, şükretti, hamd etti, namaz kıldı...

İşte burası, İslam'ın kıblesiydi...

Hac... Kıble mıknatısına yönelmiş mü'minlerin bayramıydı...

Ve veda... Veda konuşmasıydı ümmetiyle...

VEDA HUTBESİ...

Ey insanlar!

Sözümü iyi dinleyiniz! Bilmiyorum, bu seneden sonra sizinle burada belki de bir daha hiç buluşamayacağım.

İnsanlar!

Bugünleriniz nasıl mukaddes bir gün ise, bu aylarınız nasıl mukaddes bir ay ise, bu şehriniz (Mekke) nasıl mukaddes bir şehir ise, canlarınız, mallarınız, namuslarınız da öyle mukaddestir, her türlü tecavüzden korunmuştur.

Ashabım!

Yarın Rabbinize kavuşacaksınız ve bugünkü her hal ve hareketinizden muhakkak sorulacaksınız. Sakın benden sonra eski sapıklıklara dönüp de birbirinizin boynunu vurmayasınız.

Bu vasiyetimi burada bulunanlar, bulunmayanlara bildirsin! Olabilir ki bildirilen kimse, burada bulunup doğrudan işitenden daha iyi anlayarak muhafaza etmiş olur.

Ashabım!

Kimin yanında bir emanet varsa onu sahibine versin! Faizin her çeşidi kaldırılmıştır, ayağımın altındadır. Lakin borcunuzun aslını vermeniz gerekir. Ne zulmediniz, ne de zulme uğrayınız.

Allah'ın emriyle faizcilik artık yasaktır. Cahiliyeden kalma bu çirkin âdetin her türlüsü ayağımın altındadır. İlk kaldırdığım faiz de Abdülmüttalib'in oğlu (amcam) Abbas'ın faizidir.

Ashabım!

Cahiliye devrinde güdülen kan davaları da tamamen kaldırılmıştır. Kaldırdığım ilk kan davası Abdülmüttalib'in torunu (amcazadem) Rebia'nın kan davasıdır.

İnsanlar!

Bugün şeytan, sizin şu topraklarınızda yeniden tesir ve hakimiyetini kurmak gücünü ebedi surette kaybetmiştir. Fakat siz, bu kaldırdığım şeyler dışında, küçük gördüğünüz işlerde ona uyarsanız bu da onu memnun edecektir. Dininizi korumak için bunlardan da sakınınız.

İnsanlar!

Kadınların haklarını gözetmenizi ve bu hususta Allah'tan korkmanızı tavsiye ederim. Siz kadınları, Allah emaneti olarak aldınız; onların namuslarını ve iffetlerini Allah adına söz vererek helal edindiniz. Sizin kadınlar üzerinde hakkınız, onların da sizin üzerinde hakları vardır. Sizin kadınlar üzerindeki hakkınız, onların aile yuvasını sizin hoşlanmadığınız hiçbir kimseye çiğnetmemeleridir. Eğer razı olmadığınız herhangi bir kimseyi aile yuvanıza alırlarsa, onları te'dib edebilirsiniz. Kadınların da sizin üzerinizdeki hakları, meşru bir şekilde, her türlü yiyim ve giyimlerini temin etmenizdir.

Mü'minler!

Size bir emanet bırakıyorum ki ona sıkı sarıldıkça yolunuzu hiç şaşırmazsınız. O emanet Allah'ın kitabı Kur'an'dır.

Mü'minler!

Sözümü iyi dinleyiniz ve iyi belleyiniz! Müslüman, Müslüman'ın kardeşidir, böylece bütün Müslümanlar kardeştir. Din kardeşinize ait olan herhangi bir hakka tecavüz helal değildir. Meğerki gönül hoşluğu ile kendisi vermiş olsun.

Ashabım!

Kendinize de zulmetmeyiniz. Kendinizin de üzerinizde hakkı vardır.

İnsanlar!

Cenab-ı Hak her hak sahibine hakkını (Kur'an'da) vermiştir. Varise vasiyet etmeye lüzum yoktur. Çocuk kimin döşeğinde doğmuşsa ona aittir. Zina eden için mahrumiyet vardır. Babasından başkasına ait soy iddia eden soysuz, yahut efendisinden başkasına intisaba kalkan nankör, Allah'ın gazabına, meleklerin lanetine ve bütün Müslümanların ilencine uğrasın! Cenab-ı Hak, bu gibi insanların ne tövbelerini ne de şehadetlerini kabul eder.

İnsanlar!

Yarın beni sizden soracaklar, ne diyeceksiniz?"

Ashabı "Allah'ın elçiliğini ifa ettin, vazifeni yerine getirdin, bize vasiyet ve öğütte bulundun, diye şehadet ederiz" cevabını verdi.

Bunun üzerine Resulallah(s)...

"Şahit ol ya Rab! Şahit ol ya Rab! Şahit ol ya Rab!"

EHL-İ BEYT'İMİZ, KADER ARKADAŞLARIM

Büyük Hatice...

Hz. Hatice, Allah Resulü'nün(s) gözbebeğiydi desem yine de az gelir. Benim diğer eşler arasında en ziyadesiyle gıpta ettiğim bir mevkideydi o... Biz evlenmeden evvel vefat etmişti Hatice Hatun. Ne var ki hem Resulallah(s) hem de Müslümanlar nezdindeki mühim yeri, öyle zannediyorum ki dünyada kimse tarafından aşılamayacak müstesnalıktadır. Zira kimse desteklemezken o, Resulallah'a(s) inanmış ilk kişidir. Varını yoğunu İslam'a infak etmiş bir iyilikler melikesidir...

Vefat etmiş bir hanım olduğu halde, ben onu zaman zaman kıskanmışımdır da... Ama her seferinde Resulallah(s) tarafından uyarılmış, derhal halimden pişman olarak vefakârlıkta asla kimsenin yarışamayacağı bu anneye hakkını teslim etmişimdir...

Resulallah(s) onu öylesine sever ve onun sevgisine öylesine sadıktır ki, biz diğer eşler önemli bir ricada bulunacağımız sıralarda bile onun ismiyle yol açardık konuşmalarımıza...

Kurban paylarından ilk pay, onun arkadaşlarına ayrılırdı, onu çok sevdiği için arkadaşlarını da çok sever, hatırlarını hep yüksek tutardı Hz. Peygamber(s)...

Mekke'nin fethi gününde, on yıl aradan sonra anayurduna mülaki olan Allah Resulü(s), orduyu, pek de alışık olunmayan bir yerde konaklatmıştı... Hacun tepesinin karşısındaki düzlükte durmuştu fetih ordumuz... Hiçbirimiz niçin bu mevkide durduğumuzu bilmiyorduk...

"Niçin bu mevkide durduk ya Resulallah(s)?" diye soran kurmaylarına...

Karşı tepelerde, ince bir ağacın altındaki kabri göstererek:

"Bizim Hatice... Burada yatmaktadır çünkü" demişti...

Haticetü'l-Kübra, Mekke demekti onun için... Ben Mekke'de iki büyük kadının parmak izlerini hep takip etmişimdir; biri Hz. Hacer, diğeriyse Hz. Hatice... Mekke, nasıl ki şehirlerin annesiyse, onlar da Mekke'nin anneleridir...

İkinci Annemiz Sevde b. Zem'a...

Hz. Haticemizin vefatı, hepimizi derinden kedere gark ettiği için o yıla Hüzün Yılı demiştik... O ağır günlerin ardından Resulallah'ın(s) evine ayak basacak kadındı Sevde b. Zem'a...

Resulallah(s)'a yoldaşlık edecek anaç, sağduyu sahibi, yüksek ahlaklı bir hanım olarak göze çarpıyordu Sevde. Yaşı geçkinceydi, eşi vefat etmişti, çocuk sahibi bir anne oluşuna, elem, keder çeken cefakâr vasıflarıyla Resulallah'ın(s) kederine ortak olup, evini çekip çevirecek bir haldeydi o... Bizlere de annelik etmiştir hep. Özellikle beni çok sever, yaşımın küçük oluşu ve tecrübesizliklerime göğüs gerer, beni hep tutar, kollardı sevgili Sevde'miz.

Resulallah(s) her geceyi bir eşiyle geçirirdi, Resulallah'ın(s) bana olan düşkünlüğünü bildiği için Sevde, kendi hakkını da çoğu kez bana devrederdi... Çok dindardı. Resulallah'ın(s) vefatını müteakiben evine kapanmış, hac ve umre için dahi bir daha vefat edinceye kadar kapısının dışına çıkmamış, takva sahibi bir eşti...

Yıldızım, Arkadaşım, Sırdaşım Hafsa...

Hafsa, Ömer b. Hattab'ın kızıydı. Eşi şehit olduktan sonra, Resulallah(s) ile evlenmişti. Çok iyi bir terbiyeden, aile görgüsünden geçmiş bir kimseydi. Resulallah(s) onun eğitimiyle çok yakından ilgilenmiş, okuma yazma, ezber gibi derslerini tamamlaması için Şifa b. Abdillah'ı görevlendirmişti. Biz Hafsa ile çok yakın iki arkadaş, sırdaştık. Hatta diğer eşlerin arasında da birbiriyle en uyumlu olanlar ikimizdik. Alınacak kararlar, ev halleri çerçevesindeki planlamalar, hep ikimizin öncülüğünde yürürdü... Beni her zaman desteklerdi. Bu desteğinde babası Ömer b. Hattab'ın da büyük rolü vardı, çünkü o Hafsa'ya sık sık bana uygun hareket etmesi konusunda nasihatler verirdi... Cemel Günü de benimle birlikte yola çıkacaktı da onu yakın akrabaları durdurmuştu. Ben ondan hep destek ve dostluk görmüşümdür. Sevgili arkadaşım Hafsa, onun yeri ayrıdır bende...

Garip Arkadaşım Zeynep b. Huzeyme...

Zeynep, yaşça benden epey büyüktü. Evlendiğinde hastaydı zaten. Resulallah'ın(s) eşi olma şerefini iki ay kadar kısa bir sürede yaşamış, ardından geldiği gibi sessizce gidivermişti... Onu solgun ve kederli gözleriyle hatırlarım hep...

Hem Güzel, Hem de Akıllı Yoldaşım Ümmü Seleme...

Ümmü Seleme de eşi vefat etmiş bir hanımdı, ilk hicrete katılmış, Habeşistan'a gitmiş, türlü zorluklara göğüs germiş, soylu biriydi. Eşler arasında hadis bilgisi ve fıkıh kabiliyetiyle öne çıkmış bir hanımdır. Özellikle Resulallah'ın(s) kızı Fatıma'ya yakınlığı, ona kol kanat gerişiyle hepimize örnek olmuştur. Resulallah(s) onun sözüne önem verdiği için diğer eşler, bir konu açılacak veya fikir beyan edilecekse çoğu kez onu sözcü olarak seçerlerdi kendilerine...

Hz. Peygamber'i(s) ziyarete gelenler, özellikle benim odacığımda olduğu günleri tercih ederler, Resulallah'ın(s) hoşnut olduğu zaman dilimlerine riayet ederlerdi. Hatta elçiler bile bu hassasiyeti gösterir, görüşmelerini benim evimde yapmak isterlerdi... Bu durum bir ara, diğer eşleri üzmüş, hatta adaletsizlik gibi hissedilmişse de Resulallah(s) kimseyi kırmadan, incitmeden çözmeye çalışmıştı meseleyi...

Diğer eşler ilkin Fatıma'yı temsilci seçip yollamışlardı Resulallah'a(s). Fatıma'yı kırmayacağını bildikleri için, adalet ricasında onu sözcü tutmuşlardı... Fatıma, odamıza girip selam vermiş, "Diğerleri bu hale üzülüyorlar babacığım" demişti...

"Fatıma, benim sevdiğimi sevmez misin?" demişti Babası(s) tebessüm ederek...

"Elbette Babacığım" demişti Fatıma...

"Ben, Aişe'yi severim... Sen de sev Fatıma" demişti, başını okşayarak...

Fatıma, olanı biteni diğerlerine anlatmış, arkadaşlarım yeniden ricacı olmasında ısrar etmişler...

"Vallahi aynı dilekle bir daha gidemem Resulallah'ın(s) karşısına" demiş Fatıma da...

Zaten bu durum Resulallah'ın(s) tercihinden ziyade misafirlerimizin ve özellikle elçilerin tercihiydi.

Sonra Ümmü Seleme'yi sözcü etmişler taleplerine...

Ümmü Seleme, odamıza girip selam vermiş, durumu gayet makul bir şekilde Resulallah'a(s) açmış, beni de incitmeden ricada bulunmuştu o gün…

Resulallah(s) Ümmü Seleme'nin mahzun ricasından etkilenmiş, ellerinden tutarak kaldırmış ve şöyle demişti:

"Aişe, örtüsü altındayken bana vahiy gelen tek kadındır…"

Hz. Ali de benim için sık sık; "İşte şu… Resulallah'ın Sevgilisi'dir" derdi. Hatta bu ifade halkın arasında da yaygınlaşmış, "Resulallah'ın Habibesi" lakabıyla çağrılır olmuştum…

Eşlerin talebi Ümmü Seleme'yle bitmemişti elbette…

Üçüncü sefer, Zeynep b. Cahş'ı yollamışlardı…

Kendisine güvenen, sözünü sakınmayan bir hanımdı Zeynep. Biraz incinmiştim de üst üste gönderilen sözcülerin sıkıştırmasından, Zeynep'in özgüveni yüksek hali de eklenince ahvale, bu sefer Resulallah'ın(s) cevabını beklemeden ben hicivli bir beyitle cevap verince Zeynep'e… Resulallah(s) Zeynep'e doğru bakarak ellerini açmış "Ee... Bu da Ebubekir'in kızıdır işte…" demişti…

Sonra bu konu kapandı kendiliğinden. Elçiler de bizlerin evleri yerine Elçiler Evi'nde görüşmeyi âdet edinmişlerdi zaten…

Ümmü Seleme, dirayetine, aklına ve iffetine şahitlik edeceğim bir hanımdır…

İtibarı Fidyesi Olan Arkadaşım Cüveyriye…

Cüveyriye, Benî Müstalık kabilesi reisi Hâris bin Ebî Dırar'ın kızıydı. Müreysi gazasında alınan esirlerden biri de kendisiydi. Kocası harpte öldürülünce Cüveyriye dul kalmıştı. Esirler, mücahitler arasında bölüştürülürken, Cüveyriye, Sabit b. Kays'ın hissesine düşmüştü.

Cüveyriye, Sabit b. Kays'la anlaşmıştı, şayet fidyesini ödeyebilirse serbest kalmaya hak kazanacaktı. Ne var ki tüm mal varlığına el konulduğu için fidyesini de ödeyecek halde değildi. Bu durumu anlatmak ve yardım istemek için çalmıştı kapımızı…

Ben durumu dinlerken, konuşmamıza Resulallah(s) da çıkmış ve duruma el koymuştu nitekim.

Cüveyriye Mustalıkoğullarının prensesi hükmündeydi…

Kapımızda durmuş hızlı hızlı konuşuyor ve bir an evvel annesiyle babasının yurduna gitmeyi murat ediyordu… "Sana, bundan daha hayırlı olan yok mudur?" diye sordu Ressulullah(s)...

Şaşırmıştı Cüveriye…

"Ya Resulallah! Hakkımda yapacağınız bundan daha hayırlı şey nedir?"

"Kurtuluş fidyeni ödeyerek seni zevceliğe kabul etmemdir…"

O kadar çok hayret edip o kadar çok sevinmişti ki Cuveyriye bu teklife…

Resulallah'ın(s) böylesi izdivaç kararları nefsani meselelerle değil, evleneceği hanım vasıtasıyla kurulacak diplomatik ilişkileri önemsemekle de ilgiliydi…

Nitekim Cüveyriye, başta babası olmak üzere kabilesinin neredeyse tamamının İslam'a girişine vesile olmuş hayırlı bir kadındı. Müstalıklar, "Resulallah'ın akrabasıyız" diyerek, kadim düşmanlıklarını bırakmışlar, bundan sonra en büyük destekçimiz olmuşlardı…

Asil Yoldaşım Zeynep B. Cahş…

Zeynep, Resulallah'ın(s) halasının kızıydı. Fevkalade güzel olduğu gibi, Resulallah'a(s) soyca yakın olmasıyla iftihar eder,

"Resulallah(s) ile bizim nikâhımız göklerde kıyıldı" derdi hemen her fırsatta...

Resulallah'ın(s) evladı gibi sevdiği hatta bir zamanlar evlatlığı olan Zeyd ile evliydi ilkin Zeynep. Lakin Zeyd'in azat edilmiş olsa da eski bir köle oluşu, Zeynep'in kolay kolay kabul edemeyeceği bir statü farkıydı maalesef. Bu yüzden Zeyd ile pek anlaşamamışlardı, hatta boşanmaya kadar gitmişti aralarındaki huzursuzluk.

Ardından evlatlık ve kölelik tabularını kırmayı murat eden Rabbimizin takdiriyle Hz. Peygamber'in(s) Hz. Zeynep ile evliliği emri gelmişti Resul'e(s).

Resulallah(s) o zamanki toplumsal kabuller gereği böylesi bir evliliğe sıcak bakmasa da emir büyük yerden gelmişti. Vakti zamanında evlatlığı ve kölesi olan, kendi elleriyle yetiştirdiği Zeyd'in boşadığı Zeynep ile, Allah'ın emri gereği evlendi...

Zeynep takva sahibi ve sözünü doğruluktan ayırmayan, gözüpek, cesur bir kadındı... İfk hadisesi vuku bulduğunda, kız kardeşi Hamne laf çıkartanların arasında olduğu, hatta ceza bile aldığı halde, o, kendisine sorulduğunda, "Aişe'nin iffetli ve hayırlı bir kadın olduğundan başka bir şey söyleyemem sizlere, Aişe doğru söylüyor" demişti...

Bir gün eşlerden Safiyye'ye kızdığı bir anda onun Yahudi bir aileden geldiğini ima edecek bir şeyler söylemiş... Safiyye de ağlaya ağlaya Resulallah'a koşmuş, durumdan şikâyet etmiş... O(s) da, "Şayet seni bu şekilde üzerlerse onlara şöyle cevap ver demiş: Ben Resulallah'ın(s) eşiyim, babam Harun Peygamber, amcam da Musa Peygamber'dir..."

Ama iş, bununla da kalmamış neredeyse iki ay boyunca Zeynep'e küsmüş, hiç konuşmamıştı Resulallah(s)... Bir gün Zeynep, en güzel kıyafetlerini giyip, en güzel kokularını sürünüp yanıma gelmiş ve çok kibar bir halde, benden Resulallah'a aracılık etmemi istemişti...

"Bir anlık öfkeme yenilerek Safiyye'yi kıracak lakırdılar ettim, pişmanım, rica et de Allah Resulü(s) beni affetsin, senin sözünü kırmaz..." diye ısrar ediyordu, hatta kendi gecesini bana devrederek bu konuşmayı yapmam için bir fırsat tertip etmeyi teklif edecek kadar...

Derhal kabul etmiştim bu ricayı... En güzel kıyafetlerimi giyerek Resulallah'a(s) sürpriz hazırlamış, Zeynep'i affetmesini rica etmiştim Resulallah'tan(s).

Resulallah(s) yeniden Zeynep'le konuşmaya başlamıştı...

Zeynep'in önemli bir hasletiyse yardımseverliğiydi. Dikiş sanatındaki marifeti dillere destandı, dikiş atölyesi olarak kullandığı bir odası vardı, orada yetimlere, evlenecek garip ve yoksul kızlara, Suffe'deki güçsüzlere elbiseler diker, kırba dikip satar ve parasını infak ederdi...

Bir gün Resulallah(s) bizlerle sohbet ederken arkadaşlarımla sormuştuk:

"Aramızdan cennete ilk kim girecektir ey Allah'ın Resulü(s)..."

Gülerek bakmıştı bizlere...

"İçinizden eli kolu en uzun hanginizse ilk o girecektir..."

Bu söz üzerine, hepimiz kollarımızı ileri doğru uzatarak birbirimizin kollarını, ellerini ölçmeye başlamıştık... Hatta Resulallah(s) da kollarını uzatıp kiminkisi daha uzun diye bakıyordu...

Sonra bize el kol uzunluğunun, infak, yardımlaşma ve iyilik anlamında olduğunu söyleyince... Hepimizin yüzü, Zeynep'e dönmüştü... Çünkü o helal kazancıyla ve sanatıyla infak ettiğinden bizlerden çok ilerideydi...

"Ben Zeynep'ten daha dindar, daha dürüst, daha cömert ve Allah'ın rızasını kazanmaya daha heveslisini görmedim..."

Babasını Terk Eden Arkadaşım Ümmü Habibe...

Ebu Süfyan'ın kızıydı o... Ah Ebu Süfyan... Başımıza neler açmıştır... Mekke'nin en büyük başlarından... Hem parası hem statüsüyle eşrafın liderlerinden, meşhur Ebu Süfyan'ın kızıydı Ümmü Habibe...

Ümmü Habibe, İslamiyet'ten evvel Haniflerdendi zaten, kocası Ubeydullah ile birlikte, asla putlara tapmamış temiz kimselerdendi onlar. İslam gelince de teklifi ilk kabul edenler arasındaydılar, çok cefa işkence çektiklerinden, birlikte Habeşistan'a hicret etmişlerdi. Dinleri uğrunda memleketini terk edecek kadar inançlarına bağlıydı onlar... Ne var ki Ümmü Habibe'nin eşi Ubeydullah b. Cahs, orada dininden dönmüştü maalesef. Habeşistan Kralı'nın adil bir Hıristiyan oluşu da onu etkilemiş, Ubeydullah, Hristiyanlığa geçmişti... Ümmü Habibe ne yapıp ettiyse gurbet ellerde kocasını ikna edememiş, hatta tam tersine kocasının baskısıyla karşı karşıya kalmıştı.

Ümmü Habibe'nin hayat hikâyesi bambaşkadır. Habeşistan muhaciri bu yiğit kadın, her şeye rağmen dininde sebat göstererek kocasından ayrılmak zorunda kalmıştı. Hem hicrette, hem de dul bir kadın olmanın her türlü cefasına göğüs germişti o. Mekke'nin yüksek bir ailesine mensup olduğundan, muhacirlerden kimse onunla evlenmeye cesaret edemiyordu... Bu sebepten korunmaya muhtaç bir duruma düşmüştü Ümmü Habibe...

Babası Ebu Sufyan ise o sıralarda henüz Müslüman olmadığı yetmezmiş gibi, Müslümanların en büyük düşmanıydı da... Ümmü Habibe, babasının yanına da dönemezdi o günlerde...

Hz. Peygamber(s) durumdan haberdar oldu. Hayber Seferi öncesindeki günlerdi... Ümmü Habibe'yi kendisine eş olarak istiyordu Resulallah(s)...

Ümmü Habibe bize başından geçenleri şöyle anlatacaktı daha sonrasında:

"Hayatta hiçbir şey beni Habeşistan'dayken Necaşi'nin elçisi Ebrehe isminde bir cariyenin getirdiği haber kadar heyecanlandırmamıştır. Ebrehe, Habeşistan Kralı Necaşi'nin kıyafet ve miskleriyle ilgilenen hizmetkârıydı.

Bir gün benimle konuşmaya geldi: 'Resulallah(s), Kral'a seninle evlenmek istediğini bildiren bir mektup yazmış' dedi. 'Kral nikâhını kıymak için bir vekil tayin etmeni istiyor.'

Bunun üzerine Said b. As'ın oğlu Halid'i çağırdım ben de... Söz kesildiğinin ertesi günü Necaşi, Cafer b. Ebu Talib'e orada bulunan bütün Müslümanları toplamasını emretmiş.

"Resulallah'ın isteği üzerine Ebu Süfyan'ın kızı Ümmü Habibe'yi dört yüz dinar mehir ile O'na(s) nikâhladım" demişti...

Necaşi, mehir olarak tespit edilen parayı Halid b. Saîd'e teslim ettikten sonra kalkmak üzere olan Ashab-ı Kiram'a "Nikâhtan sonra yemek vermek Peygamberinizin(s) sünnetiymiş" diyerek düğün yemeği de ikram etmişti...

Ümmü Habibe, Medine'ye geldiğinde Hz. Peygamber'e(s) ve bizlere nikâh merasimini anlatmış ve kendisine hediye edilen güzel kokuları göstermişti...

Necaşi, Ümmü Habibe'yle birlikte iki gemi dolusu Habeşistan muhaciri Müslümanı da Arabistan'a geri yollamıştı. O sırada Hz. Peygamber ve arkadaşları, Hayber gazasındaydılar. Resulallah'ın(s) amcaoğlu Cafer de, Ümmü Habibe'nin gemileriyle gelenler arasındaydı. Hz. Peygamber(s) buna çok sevinerek "Bilmem ki hangisine sevineyim, Hayber'in fethine mi yoksa Cafer'in gelişine mi?" demişti... Hayber'den alınan ganimetlerden Habeşistan muhacirlerine de pay ayrılmıştı.

Ümmü Habibe çok temiz, tertipli bir kadındı, onun bu halini Hz. Peygamber(s), "Kureyşli kadınlar işte böyle tertemiz döşerler evlerini, diğerlerine benzemezler" diyerek överdi...

Ümmü Habibe, işte böylesine hayırlı bir arkadaşımızdı... O, çok yer gezmiş, çok değişik insanlar tanımış, ülke, memleket görmüş, adap erkân bilen bir kimseydi...

"Vallahi Bizi Gelip Geçen" Arkadaşım Meymune b. Haris...

Onun adı Berre idi, Resulallah(s), ismini değiştirip Meymune koydu...

Resulallah(s) Hicret'in yedinci senesi Hayber'in fethinden sonra, umre niyeti ile yola çıktığında evliliğe dair herhangi bir niyeti yoktu aslında... Cuhfe'de bulunduğu sırada Hz. Abbas ile buluşunca öğrendi ki Mekke'nin tanınmış ailelerinden Haris kızı Meymune dul kalmıştır... Meymune, hem Hz. Abbas'ın hem de Hz. Cafer'in baldızıydı aynı zamanda. Abbas, hem eşinden hem de eşinin kız kardeşinden çok razı olduğu için, ayrıca Mekke'deki akrabalık ilişkilerini önemsediğinden bu hanımla evlenebileceğini düşünüyordu Hz. Peygamber'in(s)... Abbas'ın teklifi üzerine, Meymune ile evlilik kararı alan Hz. Peygamber(s), Ebu Rafi ile Ensar'dan birilerini Mekke'ye dünürlüğe göndermişti.

Hz. Meymune, Resulallah'ın(s) kendisine dünür olduğu haberini deve üzerindeyken almış... Öyle sevinmiş ki, "Deve de, üzerindeki de Resulallah'ındır" deyivermiş...

O, bu sözüyle henüz nikâhından evvel kendisini Resulallah'a hibe etmiş kadınlardan sayılırdı. Hem nikâhı hem de düğünü Mekke'yle Medine arasındaki duraklardan ilkinde gerçekleşmiştir.

Meymune, hakkında ayet inen hanımlardandır.

"*...Mümin bir kadın, kendini Peygamber'e hibe ederse, Peygamber nikâh etmek istediği takdirde, onu başka müminlere değil de sadece Peygamber'e mahsus olmak üzere helâl kıldık.*" (Ahzab, 50)

Onların düğünü Resulallah'ın(s) umresinden sonra Medine'ye dönüş yolunda Şerif denilen bir mevkide yapılmıştı.

Meymune hayır sahibi biriydi, ibadet etmeyi severdi. Dini emir ve yasaklara da son derece dikkat ederdi. Aramızda belki hepimizden fazla Allahu Teala'dan korkan ve sıla-i rahimi, akraba hukukunu en ziyadesi gözeten bir hanımdı... Hatta parası tükendiğinde bu sefer de borç alarak hayır işlerine harcardı. Bu hali Resulallah'tan(s) sonra da sürmüştür, hatta bir ara o kadar çok borçlanmıştı ki borcunu nasıl ödeyeceğini soranlara, "Resulallah'tan(s) işittim: Kişi, doğru ve iyi niyetle borçlanırsa, Allahu Teala onun borcunu öder" demişti...

Bana onu soranlara her zaman dediğim gibi... "Vallahi Meymune, geldi de geçiyor hepimizi..."

Hayber Hatırası Yoldaşım Safiyye b. Huyeyy...

Safiyye, Yahudi Nadiroğullarının lideri Huyeyy b. Ahtab'ın kızıydı.

Huyeyy, Hicret'in ilk günlerinde imzalanmış Medine Vesikası'ndaki ahitlerini bozup Mekke müşrikleri ile bir olanlardandı... Hendek Harbi'ndeyse bizi kuşatanların önde gelenlerindendi...

Safiyye'nin hem babası hem eşi hem de kardeşi Hayber'deki zorlu savaşta öldürülmüştü...

Safiyye ise esirlerin arasındaydı ve Dıhyetü'l-Kelbî'nin payına düşenlerdendi... Sahabeden birinin, Safiyye'nin Nadiroğullarının liderinin kızı olduğu için, Dıhye'dense Resulallah'a(s) uygun olduğunu söylemesi üzerine, Resulallah(s) Safiyye'nin yerine Dıhye'ye başka bir esir vererek onu huzuruna çağırtmış ve ne düşündüğünü sormuştu. Safiyye ise İslam dinini işittiğini fakat babası yüzünden irade beyan edemediğini, Allah ve Resulü'nü tanıdığını söylemişti. Bu konuşmanın ardından Resulallah(s) onu azat edip nikâhına almaya karar vermişti...

Ümmü Seleme dışında hiçbirimiz onu görmemiştik...

Ne var ki ordu daha Medine'ye intikal etmeden Safiyye'nin çok güzel bir kadın olduğunu hepimiz duymuş ve oldukça meraklanmıştık.

Medine'ye indiklerinde, henüz gireceği ev tamamlanmamış olduğundan Harise b. Numanların evine geçirilmişti Safiyye. Hepimiz onu çok merak ettiğimiz halde, gururumuza yedirip görmeye de gidemiyorduk. Ama ben daha fazla dayanamayacaktım, hemen hizmetlim Berire'yi onun geçirildiği eve yolladım.

Berire yolda Ümmü Seleme'yle karşılaşmış, Ümmü Seleme Berire'ye, "Seni Aişe yolladıysa bilsin ki vallahi Safiyye çok zeki, nazik ve çok güzel bir kadın, Resulallah'ın(s) sevgisini de hemen kazandı" demiş...

Berire, vakit kaybetmeden geri dönüp bana bunu anlatınca, ilkin Ümmü Seleme'nin bendeki gıpta halini gayretlendirmek için böyle bir şey söylediğini düşünmüştüm. Ama daha fazla dayanacak halim de kalmamıştı. Hemen başımdan aşağı beni iyice bürüyüp kimseye tanıtmayacak büyük bir örtü buldum, tek gözümü dışarıda bırakacak şekilde sarındım sarmalandım da yola düştüm...

Selam vererek, kendimi tanıtmadan diğer Medineli kadınların arasına oturdum, Safiyye'yi seyrettim, endamına, konuşmasına baktım...

Dedikleri gibiydi...

Vakti gelince hemen toparlanıp dışarı çıktım, kimseye fark ettirmeden eve dönecektim ki bir de ne göreyim? Resulallah(s) o kadar sarınıp sarmalanmama rağmen beni tanımış, arkamdan yetişip durdurmuştu...

Öylece birbirimize baktık göz göze... İçimin gıpta etmekten kan ağladığını biliyordu, bilmez miydi hiç? Hiç konuşmadan gözlerinin içine bakıyordum ben de...

Sessizliği O(s) bozdu...

"Safiyye'yi nasıl buldun?"

Dünya havalanmış da başımın üstünde uçup defalarca kere düşüyordu sanki o anda. O anda öylece durduğumu düşünebilir dışarıdan bakan insanlar… Ama ben durduğum yerde belki yüzlerce kere düşüyordum. Her yanım kanıyordu acıdan…

Hemen toparlandım…

Benden onay bekleyene, onay vermediğimi üstelik metanetimi de hiç bozmadan söylemeliydim…

"O mu…" dedim… Önem vermiyormuş gibi yaparak…

"Hiç de iyi bulmadım…"

Kaşlarını havaya kaldırıp başını acaba dercesine yana yatırmıştı…

O'na(s) öyle bir şey söylemeliydim ki… Öyle bir şey… Öyle bir şey… Öyle bir şey… Öyle bir şey… Öylebirşeyöylebirşeyöylebirşeyöylebirşeyöyl…

"Nihayet bir Yahudi reisinin kızıdır…"

Sözümü ayıplarcasına baktı bana yeniden...

Ezbere bildiği bir cengâverlik şiiri gibiydim karşısında. Kıskançlık yaptığım zamanlarda başını sallardı, "anladım anladım seni" manasında… Yine gülümseyerek başını sallıyordu…

Duracak değildim…

"Amcalarını, halalarını anlatıp duruyor. Senin ondan hoşlandığını farkındayım. Ah keşke biraz da zeki olabilseydi ya… Ama ne yazık ki hiç zeki birisi değil…"

İyice gülmeye başlamıştı bu sefer… Hiddetim, kıskançlığım, karasevdamla önündeydim işte… Boyumu aşan örtüm yerleri süpürüyor, konuştukça açıkta kalan tek gözüm de kapanıyor, boyum kısaldıkça kısalıyor, bir deniz beni yutuyor…

"Zeki değil…" demiştim.

Sessizce yine birbirimize bakıyorduk.

"Aişe… Aişe… Aişe…" demişti kibarca…

Bana böyle deyince içimden O'na(s) bin kere koşmak, bin kere ayaklarına kapanarak, ne olur başkalarını görme beni gör, başkalarını değil beni al demek geçerdi içimden…

"Aişe... Böyle söyleme... Ben Safiyye'ye İslam'ı anlattım, o da Müslüman oldu. Üstelik İslam'ını da güzelleştirdi..."

Ağlıyordum...

Evet... O bir Peygamber'di(s)... Son Peygamber(s)... O(s), Âlemlere Rahmet olarak gönderilmişti... O(s), sadece bana ait değildi ki... O(s), herkesindi, herkeseydi, daveti her şeyden önemliydi... Ama aynı zamanda O(s) benim için biricikti...

Eve dönmüştüm paramparça...

Dert ortağım Hafsa'ya sarılarak söylemiştim:

"Safiyye aynen anlatıldığı gibidir; zeki, nazik ve çok da güzel..."

Zavallı Hafsacık hem kendisini hem de beni avutmak için söylüyordu... "Sen şimdi telaşlısın, kıskançlık sana galip geldi de onu olduğundan daha güzel, daha nazik, daha zeki bulmuşsundur, yanıltmıştır seni nefsin, bence bizler gibi normal bir kimsedir Safiyye de..."

Dayanamayıp o da gitmişti Safiyye'yi görmeye...

Benden farksızdı dönüşü...

"Evet... Aynen dediğin gibi her şey..."

Susup oturmuştuk karşılıklı, ikimiz de duvara bakıyorduk...

......

Bir gün Safiyye'yi Yemen işi al renkli bir kaftanla görünce Hafsa'yla birbirimize bakıştık. Resulallah(s) onu bu güzel elbisesiyle görmemeliydi kesinlikle... Çünkü O(s) çok kibar ve jest sahibi birisiydi, güzel kıyafetler giydiğimizde, bizlere yakışmış olduğunu söylerdi... Onu bu güzel elbiseyle görmemesi için ne yapabilirdik ki? Hemen arkamızı dönüp fısıldaşarak bir oyun kurduk. Safiyye'ye "dünyanın sonunun geldiğini, tek gözlü canavarın çıktığını" söyleyip, onu bir yere saklayacaktık ki gözden ırak olsun...

Kendi aramızda yüksek sesle konuşmaya başladık...

"Eyvaah... İşittin mi kardeş?"

"İşitmez miyim vah vah..."

"Vah vah ki ne vah vah... Dünyanın sonu geldiğinde çıkacakmış derler ya..."

"Yaa... Çıkacakmış diyorlar..."

"Ya ne demezsin, çıkmış mı çıkacak mıymış diyorlar..."

Biz böyle karşılıklı oyun oynarken, Safiyye'nin de dikkatini çekebilmiştik tıpkı düşündüğümüz gibi...

"Ey kardeşler, ne oldu bana da söylesenize, ne çıkmış, çıkacak olan neymiş..."

"Aaa haberin yok mu?"

"Kıyamet yakınmış... Tek gözlü canavar çıkmış çıkacakmış diyorlar..."

Tertemiz birisiydi Safiyye... Korkudan titremeye başlamıştı...

Onu, ellerinden tutarak arka kısımda küfelerin, odunların konduğu eski odaya götürüp saklanması için bir köşeye sindirdik...

Dönüşte Hafsa ile kol kola sarılıp yaptığımız oyuna katıla katıla gülüyorduk. Tam o sırada Resulallah(s) gelmez mi... Hem ciddi olmaya çalışıyoruz hem de kendimizi tutamayarak gülüşmeye devam ediyoruz...

"Ne oluyor?" dedi O(s) da gülümseyerek...

Olanı biteni anlattığımızda hem güldü hem de bizi ayıpladı bizi... Gösterdiğimiz yere gidip Safiyye'yi saklandığı yerden çıkardı. Ellerinden tutup toza batmış üstünü başını temizledi, bir yandan da saçlarına, örtüsüne bulaşmış örümcek ağlarını silkeliyordu...

Hafsa ile benim zararsız oyunlarımızdandı bunlar... Evet, zaman zaman haşarı olduğumuzu kabul etmeliyim... Bununla birlikte hep sevdanın halleridir bunlar ve her ne olursa olsun, her şey bittiğinde bizler iyi arkadaşlar, sıkı dostlardık neticede... Biz geniş bir aileydik. Hepimizin evliliğinde ayrı hikmetler, gelecek zamanlara bırakacağımız ayrı hakikatler vardı... Bu hem büyük bir ikram hem de ağır bir mesuliyetti bize...

……

Aşk, insana iz sürdürür…

O'nu(s) bir hafiye gibi takip ederdim. "Neredeydin?"… "Neden bu kadar geç kaldın?"

Bana bu cüretkâr soruları sordurtan hep karasevdamdı…

"Ümmü Seleme'nin yanına uğradım…"

Demek öyle…

"Ey Allah'ın Resulü, söyle bakalım…"

"Buyur bakalım Ebubekir'in kızı…"

"Bir sürünün başında ve vadinin ortasında olsan…"

"Bir sürünün başında ve vadinin ortasında olsam…"

"Sürünü, vadinin otlatılmış yamacında mı doyurursun yoksa daaa…"

"Evet, yoksa daaa…"

"Yoksa hiiiç kimsenin daha evvel otlatmadığı yamacında mı doyurursun…"

"Elbette ki kimsenin otlatmadığı yamacı tercih ederim…"

İstediğim cevabı almıştım işte…

Şimdi okumu tam hedefe isabet ettirecektim…

"İştee…" dedim…

"Evet, işte?"

"İşteee… O kimsenin el değdirmediği gümrah yamaç, Aişe'dir… Diğer kadınlarınsa, öteki yamaç gibidir…"

Bana baktı… Başını iki yana sallayarak gülümsedi…

……

Resulallah(s) bir gün elinde altın suyuna batırılmış güzel bir boncukla geldi… Boncuğu bize göstererek, "Nasıl buldunuz, çok güzel değil mi?" diye sordu hepimize… Tek tek elimize alıp inceledik o altın boncuğu, bundan daha güzelini daha evvel görmemiştik...

"Bunu ailemden en sevdiğim kişinin boynuna takacağım" demişti...

Hepimizi bir heyecan, bir gerilim tutmuştu... Bizim için o küçücük boncuktan daha değerli bir şey kalmamıştı koskoca dünyada sanki. Dünya küçülmüş, küçülmüş, o altın boncuğun içine girmişti sanki... Gerçi altından değil, topraktan da olsa o kolye ucu, ne önemi vardı ki, madem "ailesinden en sevdiğine" verecekti, o, dünyanın en makbul eşyasıydı artık hepimizin nazarında...

Bana vermesini istiyordum onu...

Banaversinbanaversinbanaversinbanavers...

Diğerleri de aynı duygularla, gözlerimiz boncuğa kilitlenmişti adeta...

Resulallah(s) bize tebessüm ederek baktı, baktı...

Kapının önünde oynamakta olan torunu Ümame'nin boynuna takıverdi boncuğu...

Ohh... Hepimiz rahat bir nefes almıştık işte...

Ümame b. Ebi'l As, Resulallah'ın(s) rahmetli kızı Zeynep'in evladıydı. Ümame, çok tatlı bir kızdı, Resulallah(s) onu merkebine bindirir, elinden tutup gezdirirdi; Mescid'e götürür, yanında namaz kıldırırdı. Ona şekerler verir, çoğu kez evinde yatırırdı...

......

İkindi namazları sonrasında gelirdi yanımıza Resulallah(s).

Bir ikindi sonrası Zeynep'in yanından çıkması gecikince epey meraklanmıştık Hafsa'yla. Bu birkaç kez daha tekrar edince iyice şüphelenmiştik. Meğerse Zeynep'e bal getirmiş akrabalarından bir kimse, Resulallah'a bal şerbeti yapar ikram edermiş Zeynep Hatunumuz...

Diğer hanımlarla anlaşarak şöyle yapmaya karar vermiştik: Hangimizin yanına gelirse, "Kötü bir koku var, me'gafir balı mı yediniz yoksa?" diyecektik... Maksadımız Zeynep'in bal şerbetiyle sağladığı avantajı yok etmekti bir şekilde...

Dediğimiz gibi de oldu... Bir daha kimseyi rahatsız etmemek için bal şerbeti içmeyeceğine söz verdi Resulallah(s)...

Ama çok geçmeden ilahi ikaz gelince bu yaptığımız çocukça oyunun ne kadar fena sonuçlar çıkarabileceğini fark ettik, pişman olduk. Yaptığımız tüm oyunlar Rabbimiz tarafından ifşa edildiği gibi apaçık ikaza uğradık...

"Ey Peygamber! Eşlerinin rızasını gözeterek Allah'ın sana helal kıldığı şeyi niçin kendine haram ediyorsun? Allah çok bağışlayan, çok esirgeyendir.

Allah, (gerektiğinde) yeminlerinizi bozmanızı size meşru kılmıştır. Sizin yardımcınız Allah'tır. O, bilendir, hikmet sahibidir.

Peygamber, eşlerinden birine gizlice bir söz söylemişti. Fakat eşi, o sözü başkalarına haber verip Allah da bunu Peygamber'e açıklayınca, Peygamber bir kısmını bildirmiş, bir kısmından da vazgeçmişti. Peygamber bunu ona haber verince eşi: 'Bunu sana kim bildirdi?' dedi. Peygamber: 'Bilen, her şeyden haberdar olan Allah bana haber verdi' dedi.

Eğer ikiniz de Allah'a tevbe ederseniz, (yerinde olur). Çünkü kalpleriniz sapmıştı. Ve eğer Peygamber'e karşı birbirinize arka verirseniz bilesiniz ki O'nun dostu ve yardımcısı Allah, Cebrail ve müminlerin iyileridir. Bunların ardından melekler de (Ona) yardımcıdır.

Eğer O sizi boşarsa Rabbi O'na, sizden daha iyi, kendini Allah a veren, inanan, sebatla itaat eden, tevbe eden, ibadet eden, oruç tutan, dul ve bâkire eşler verebilir." (Tahrim, 1-5)

......

Hayber'in fethinden sonra, Peygamber ailesine buradan buğday ve hurma tahsis edilmişti. Oldukça verimli, şirin bir beldeydi Hayber, bereketi evlerimize kadar değdiriyordu ellerini...

Ne var ki evlerimize dolup taşan misafirler arttıkça artıyor, doyuracağımız yoksul ve güçsüzler, yetimler, talebeler gün geçtikçe büyüyordu... Bizler nafakalarımızın daha iyi şartlara yükseltilmesini ister olmuştuk, sadece misafirperverlikten değildi taleplerimiz, ihtiyaç olarak da görüyorduk bu meseleyi... Aramızda pek çoğu iyi aile şartlarından gelmiş, yüksek kimselerin kızları da olduğu için, zorlu koşullarımız bizi böylesi bir talebe yönlendiriyordu...

Bir gün Ömer b. Hattab ile çıkagelmişti babam... Kadınların nafaka taleplerini işitmişler, canları çok sıkılmış, Resulallah'ı(s) bunaltmamamız için nasihatlerde bulunuyorlardı.

Ömer, sert bir kimseydi, Hafsa'yı ağlatarak konuşuyordu:

"Ne istiyorsan benden iste, ben sana veririm. Yemin ederim ki Resulallah'ı(s) üzüp bunaltmanıza tahammül edemem, bilesin ki seni dostluğumuzun hatırına tutuyor, yoksa seni çoktan boşardı..." diyordu... Hafsa da babasının bu sözleri karşısında hıçkırarak ağlıyordu...

Sesine Ümmü Seleme çıkagelmişti...

"Ömer..." dedi kendinden emin bir ses tonuyla...

"Herkes senin ne kadar gayretli bir kişi olduğunu bilir ve senin ses yükseltmenden çekinir. Herkese söz söylediğin yetmezmiş gibi şimdi de Resulallah'ın(s) hanımlarına mı söz söylemeye geldin, Hafsa'yı üzme, ağlatma artık..."

Susturmuştu Hafsa'nın babasını...

Ama hem Hafsa hem de ben, babalarımıza hak vermiştik öte yandan. İkimiz de bir daha Resulallah'ı(s) üzemeyeceğimize dair söz vermiştik onlara... Ama evin içindeki nafaka talebi devam ediyordu...

O günlerde Resulallah(s) atından düşmüş, bir ağaca çarpmış, vücudu zarar görmüştü, evdeki konuşmalar da onu bunaltıyordu...

Yemin etti, bizlerle bir ay boyunca konuşmayacak, yanımıza da uğramayacaktı...

Felaketimizdi bu...

Yaptığımız tüm gıpta yarışmaları, çocuksu oyunlar, bazen huzursuzluklar, bazen itiraz ve talepler tersine çarpan bir rüzgâr gibi bize dönmüştü işte...

O'ndan(s) ayrılışın acısıyla yakıyordu bizi felek ve bu ağır sınavı kendi ellerimizle istemiştik adeta... Hepimiz pişmandık, mahcuptuk... Yan yana dizilip ağlıyorduk beraberce, birbiriyle çekişen ortaklar olmaktan çıkmış, ayrılığa birlikte ağlayan kader ortaklarına dönüşmüştük...

Resulallah(s) ise...

Resulallah(s), Mescid'in Kudüs istikameti tarafında, Suffe'nin hemen yan tarafında, merdivenle çıkılan, ahşap hazine odasında kalmaya başlamıştı, bizlerden ayrı olarak...

Merdivenin başında çoğu kez Enes oturur, gelen gideni içeri haber eder, şayet müsaitse kabul eder konuşurdu Allah Resulü(s)...

O'nun(s) böyle bizlerden ayrılışı, münafıkların pek hoşuna gitmiş, etrafta çalkalanan "Resulallah kadınlarını boşamış" lafının fitilini ateşlemeye yetmişti...

Hafsa'nın babası bunu işitir işitmez, Resulallah'ın(s) yanına koşmuştu nefes nefese... Enes'le haber göndermiş, Resulallah(s) iki kez müsait olamamış, üçüncüsünde uygun olunduğu haberiyle ancak rahatlamıştı Ömer b. Hattab. Boşanma durumundan emin olmak için huzura çıkmak istemişti...

Bundan sonrasını Ömer b. Hattab şöyle anlatmıştı Hafsa'yla bana...

"Resulallah'a(s) vardım, içeri girdiğimde bir de ne göreyim, yerde incecik bir hasırın üstünde örtüsüne sarılmış yatıyordu. Yanına oturdum. Kalktı. Vücudunda hasırın izleri vardı. Merak içinde odaya bakmaya başladım... O'nu(s) tavanı düşük bu odada, incecik hasırın üzerinde bulmak kalbimi yerinden koparacaktı adeta... Bir köşede bir kap içinde biraz arpa, bir köşede karaz yaprakları, duvarda da tabaklanmamış bir deri asılıydı. Kendimi tutamayarak bu garipliğe ağlamaya başladım… Hz. Peygamber(s) "Neden ağlıyorsun, ey Ömer?" diye sordu. "Kisra ve Kayser ipek döşeklerde yatıyor, tahtlarda oturuyor. Sen ise şu tavanı düşük, küçük odada kalıyorsun, hasır da yan tarafına izler bırakmış!" dedim.

Hz. Peygamber(s) "Ey Ömer!" dedi. "Hasırın yan tarafıma iz yapmasını soruyorsun… Oysa sonrasında yumuşaklık olan sertlik ne de güzeldir. Bu odanın tavanının düşük olmasından üzgünsün, oysa kabrin tavanı bundan daha da alçak olacaktır. Biz dünyayı dünya ehline bıraktık, onlar da ahireti bize bıraktılar. Ben ve dünya, sıcak bir yaz gününde yolculuk yapan süvari misaliyiz. Sıcaktan bunalan bu süvari bir ağacın altında biraz gölgelenir. Sonra yola koyulur ve orayı terk eder. Kisra ve Kayser, ikisi de kraldır. Bense bir Peygamber'im. Ben ancak Allah'ın bir kuluyum. Kulun oturduğu gibi oturup kulun yediği gibi yerim…"

Sonra aramızda konuşmaya başladık…

Ona dedim ki "Eğer eşlerin seni bunaltıp kızdırıyorsa, onları boşamışsan şayet, sen en doğrusunu bilirsin, Allah seninledir. Melekler de, Cebrail de, Mikail de, Ebubekir de, ben de, seninleyiz ya Resulallah(s)! Hiç düşünme ve üzülme… Onları boşadın mı?.."

"Hayır ey Ömer, boşamadım. Ama bir ay boyunca görüşmeyeceğime dair yemin ettim…"

Bu konuşma üzerine geniş bir nefes almıştı Ömer b. Hattab, yine gözleri yaşlar içinde ama bu sefer sevinçle anlatıyordu kızıyla bana…

……

Yirmi dokuzuncu gün…

O gün ayrılığımızın yirmi dokuzuncu günüydü ve kapım çalınıyordu…

Açtım…

Gelen Allah Resulü'ydü(s)…

Dünyada O'ndan(s) daha güzel gelen yoktur...

Dünyada O'ndan(s) daha güzel yürüyen yoktur...

Dünyada O'ndan(s) daha güzel yönelen yoktur...

Okyanustu sanki kapıma gelen... Allah'tan rahmetti. Bereketti...

Gözlerime inanamıyordum...

"Bugün yirmi dokuzuncu gündür..." demiştim elimi ağzıma kapayarak...

"Nereden biliyorsun?" dedi, yorgundu, gözlerimin ta içine bakarak...

"Her günü sayıyorum ben..."

"Bazı aylar yirmi dokuz gündür bilmez misin..."

Nasıl bilmezdim ki... Değil bir günüm, bir saatim O'ndan(s) ayrı geçse bin senelik kürek mahkûmiyeti gibiydi bana...

Yirmi dokuz günden sonra ilk çaldığı kapı, benim kapımdı... Bizim kapımız!

O'nu(s) yere yamağa koyamazdım ki... Üstündeki giysiyi almak istedim, önünde fır dönmeye başladım...

Eliyle kibarca durdurdu beni...

"Sana bir şey soracağım Aişe..."

O(s) bana Aişe der de ben dünyaları durdurmaz mıyım O'nun(s) için...

Sor ya Resulallah(s)... Sor gözümün nuru... Sor hayat sebebim... Canım sana yağma olsun... Sor ki kölen olayım... Yeter ki konuş. Yeter ki yüzünü benden dönme... Canım feda... Canlar fedadır sana... Efendim... Efendilerin Efendisi, baştacım. Her şeyim...

"Cevap vermekte acele etme, anne babana danış, ondan sonra kararını ver..."

Sonra da kendisine inzal olan ayeti okumaya başladı:

"Ey Peygamber... Zevcelerine de ki: Eğer dünya hayatını ve onun ziynetini istiyorsanız, o zaman gelin sizi metalandırayım da sizi

güzel bir bırakışla boşayayım. Eğer Allah'ı, Resulü'nü ve ahiret yurdunu istiyorsanız, bilin ki Allah içinizden iyilik yapanlara büyük bir mükâfat hazırlamıştır. Ey Peygamber'in hanımları! İçinizden kim apaçık bir çirkinlik yaparsa, onun cezası iki kat verilir. Bu, Allah'a göre kolaydır. İçinizden kim Allah'a ve Resulü'ne itaat eder ve salih bir amel işlerse, ona mükâfatını iki kat veririz. Biz, ona bereketli bir rızık hazırlamışızdır." (Ahzab, 28-31)

"Şimdi… Ailene danış ve kararını bildir bana…"

"Ey Allah'ın Resulü, anneme babama sormaya ne hacet! Allah'ı, Resulü'nü(s) ve ahiret yurdunu tercih ederim elbette…"

BAŞAĞRISIYLA GELEN...

Veda Haccı'ndan sonra iki ay geçtiği halde herhangi bir vahiy gelmiyordu... Genelde vahyin gelmesini özenle hatta heyecanla beklerdi Allah Resulü(s)... Oysa herhangi bir telaşı da yokmuşçasına geçiyordu günlerimiz...

Etraftan gelen misafirler... Uzak diyarlardan dinini öğrenmek için gelen heyetler... Kralların, sultanların sözcüleri, elçilerle dolup taşıyordu Medine...

Bazıları, Mescid'in yanına kurulan çadırlarda ağırlanırdı. Onların yatacak yerleri ve sofra işleriyle çoğu kez Bilal'di ilgilenen... Bazılarıysa 'Büyük Ev' veya 'Misafirler Evi' dediğimiz Medine'de ilk yaptırılan konakta ağırlanırdı... Hicret'in dokuzuncu yılında o kadar çok elçi gelmişti ki o yıla 'Elçiler Yılı' demiştik. Elçiler Yılı'ndan itibaren Neccaroğullarının hamiyetperver kızı Remle'nin evi de heyet evlerinden biri haline gelmişti... Resulallah(s) heyetler geldiğinde özellikle güzel ve intizamlı giyinmeye özen gösterirdi... Gerçi ne giyse O'na(s) çok yakışırdı ama tebliğ ve davetle görevli olacak diğer kardeşlerine de hususen böyle dikkatli davranmalarını, özenli olmalarını öğütlerdi...

Kendisinin yerine tebliğ için gönderdiği kişiler de olurdu. Muaz b. Cebel bunlardan biriydi. Muaz'ı Yemen'e göndereceği gün, Medine'nin dışına çıkıncaya kadar ona eşlik etmişti... Arkadaşlarıyla yürümeyi severdi zaten. Muaz'a iftihar ederek bakıyordu onu yolcularken... Bir taraftan da sorular soruyor, "Yemen'e Ehl-i Kitap bir topluluğa gidiyorsun, vardığında ne ile hükmedeceksin bakalım?" diyordu...

"Allah'ın Kitabıyla ya Resulallah(s)."

"Ya Allah'ın Kitabında bulamazsan?"

"Resulallah'ın(s) sünnetiyle..."

"Ya onda da bulamazsan..."

"Kur'an ve Resulallah'ın sünnetine uygun bir şekilde içtihat ederim efendim!"

Bu cevapla müftehir olmuş, göğsü kabarmıştı Resulallah'ın(s). Muaz'ı tebrik ettikten sonra,

"Öyle zannediyorum ki Muaz... Geri döndüğünde belki beni bulamayabilirsin, artık şu Mescid'imle kabrimi ziyaret edersin..." demişti...

Muaz, Yemen'e ağlayarak, vedalaşmanın, helalleşmenin yüküyle gidiyordu...

Herkes ama herkes, usul usul etrafı bürüyen veda tülünün altında soluyordu anbean... Tül örtüldükçe Medine'nin ışığı yavaş yavaş söner gibiydi... Güneşten her gün bir mum daha söner gibi...

O gün... Abdullah b. Mesud ve birkaç Müslüman kardeşimiz daha kendisini ziyarete gelmişlerdi... Elçilerin misafir kaldıkları yerlerden geçerek gelmişlerdi, hepsinde sevinç ve iftihar vardı...

Benim odama çağırdı arkadaşlarını Resulallah(s)...

Hepsinin yüzlerine tek tek dikkatle baktı, başını sallayarak, gülümseyerek... Sonra gözleri yaşardı birden... O anda onları nasıl da sevdiğini anlayabilmek için onları yakinen tanımak gerekmiyordu aslında... Yani odaya onları hiç tanımayan birisi girecek olsa ve hiç tanımadığı şu insanlara baksa... Odadan taşan sevgi kokusundan, şu yan yana oturmuş kişilerin birbirini nasıl da çok sevdiğini hemen söylerdi size...

Resulallah(s) onlara dualar etti, tavsiyelerde bulundu. Sonra her nasılsa söz sırası ölüme geldi. Ölümden bahsettiler. Ağladı Resulallah(s). Onlar da Peygamberleriyle(s) birlikte ağlamaya başladılar...

Bunun da bir veda olduğunu anlayamamışız biz. Anlamak istememişiz...

Uhud'a da gitmişti hastalığından evvel... Uhud'daki şehitlerle tek tek konuşurcasına hepsinin başına uğramış, hepsine tek tek dua etmiş, yerin altının yerin üstünden daha evla olduğunu, fitne dalgalarının kabaran denizler gibi gelmekte olduğunu söylemişti...

Dönüşte Mescid'de kendisini bekleyenlere de benzer şeyler söylemişti o gün... "Ben sizlerin benden sonra tekrar şirke düşeceğinizden değil, dünyanın açılan kapılarından taşan aldatıcılıklara uyarak birbirinizi kıskanmanızdan, hatta hırs yüzünden birbirinizi öldürmenizden çekinirim..."

Uhud Kabristanı ziyaretinden sonra üç gece üst üste Bakiü'l-Garkad mezarlığına da gidecekti Allah Resulü(s)...

Hatta ilkinde onu gizli gizli takip bile etmiştim... Yanımdan kalkmış... Uykumun arasında bile arardı ellerim O'nu(s). Yokluğu iğne gibi batar, kan uykumdan sıçratırdı beni. Ahh... Yoktu yanımda işte!

Yataktan derhal fırlayıp başımdan aşağı bir örtüye büründüğüm gibi dışarı atmıştım kendimi...

İşte ileride... Acaba nereye gidiyor? Diğer eşlerinden birinin yanına mı?

Yok...

Hayır, hayır... Kabristana çevirdi yolunu...

Aman Allah'ım, gittiği yer Bakiü'l-Garkad mı?

Ölüm ülkesinin kapılarında ne işi olabilir ki?

Ellerini açıp dua etmeye başlıyor... Nefesimi tutup kulak veriyorum:

"Sizlere selam olsun! Sizler bizlerden önce gitmiş bulunuyorsunuz... İnşallah biz de sizlere katılacağız. Ey Allah'ım, onların mükâfatlarından bizi mahrum etme! Onlardan sonra bizleri fitneye uğratma..."

İçime garip bir hüzün, derin bir pişmanlık çökmüştü... Ben O'nun(s) hakkında ne düşünüyordum... O(s) ise karanlığın içinde dünyasını değiştirmiş arkadaşlarıyla selamlaşmaya gidiyordu...

Hemen kendime gelip hızlıca eve doğru koşmaya başlamıştım... O'ndan(s) evvel yatağa girip yaptığım işi sezdirmemekti niyetim... Gerçi derhal yatağıma dönmüş, örtümün altına girmiştim ama nefesim göğsüme sığmayacak bir haldeydi, kendimi kontrol edemiyordum.

Yanıma uzanırken "Ne o, çok mu koştun" diye takıldı...

Olanları anlattım, beni affetmesini istiyordum...

"O... Sen miydin Aişecik? Bir ara gözüme bir karaltı çarpmıştı..." deyip güldü...

Daha sonraları iki farklı zamanda daha azatlımız Müveyhibe'nin eşliğinde gitmişti Baki kabristanına... "Bir kula cennetle dünya arasında bir seçim yapması söylenmiş, serbest bırakılmış, o kul da cenneti seçmiş…" demişti Müveyhibe'ye…

Müveyhibe, olan biteni hemen anlamış, kalbi yırtılarak, "Anam, babam ve bu canım sana feda olsun ya Resulallah! Hem dünyayı hem de ahireti isteseydin ya!" diye inlemişti…

"Hayır" demişti Resulallah(s)… "Vallahi ben, Rabbime ve cennete kavuşmayı her şeye tercih ederim…"

Bu vedalaşmalar… Bu konuşmalar… Kum saatindeki son kumların da hızla dökülüşüymüş meğer…

Bütün yaşantımıza sinen vedalaşmaların arasında Filistin seferine karar verişi, hepimizde bir umut yeşertmişti… Herkes kalplerin ezildiği bu vedalaşmalardan sıyrılıp, binbir ümitle Resulallah'ın(s) sefer çağrısına koşuyordu akın akın…

Zeyd'in oğlu Usame'yi seçmişti komutan olarak. Usame'ye sancağını dualarla teslim etti, nasihatler verdi ve Medine'nin biraz dışındaki Cürüf mıntıkasında karargâhını kurup orduyu toplaması için onu yola çıkardı…

……

Rüyamdan kan ter içinde uyanmıştım…

Gök, siyah kadife yumuşaklığında önümde açılmış duruyordu… Simli birer yol takip eden yıldızlar etrafa saçılmış bir halde…

Önde, ihtişamlı pırıltılarıyla duran üç güzel dolunay…

Gözlerimi onlardan alamıyordum…

Derken… Ne olduysa olmuştu rüyamda…

Birden kırılıp dökülmeye başlamıştı dolunaylar…

Evimdeymişim güya...

Gökyüzünden kucağıma önüme düşüvermişler art arda…

Üç kırılmış dolunay…

Evime, odama, dizlerimin dibine düşmüşler…

Bilememiştim ilkin bu rüyanın tabirini…

Babama sormuştum.

Susmuş, önüne bakmıştı babam…

……

Yaklaşmakta olduğunu en başından beri bildiğimiz şey, kapımıza gelip dayandığında bir gün, niçin onu hiç tanımıyormuş gibi şaşırırız, niçin hayret ederiz artık bahsedilen saatin gelmiş olduğuna…

Oysa çoğu kez küçük haberler yollamıştır bize, "yaklaşmakta olan"…

"Büyük haber"se… Zaten Kitap'ta yazılıdır. Sözde, ezberde, bilgide olandır o… Ölümün hak ve gerçek olduğunu aramızdaki çocuklarla kediler bile bilirken…

Biz onu yine de, kolay kolay yaklaştırmayız kapılarımıza, kondurmayız sevdiklerimize. Oysa her bükülmesi zamanın, ölümden haber veren birer ayet gibi inmektedir günlerin ve gecelerin üstüne… Bükülür, bükülür, bükülür de zaman yine toz kondurmayız yeryüzü günlerimize… Vedanın içli dokunuşu, hep uzaktır kullara...

Peki, niçin bu kadar ağır ve zordur vedalaşmanın hakikati?

Ağır olan… Ağrılarıyla gelir ilkin. Kendisinden önce teşrifatçılarını yollar Ölüm Meleği…

Bana o gün ağrı gelmişti…

Ben onu başımdan bildim ilkin. Meğerse başıma daha büyüğü gelecekmiş, bilmezdim ki.

"Ahh… Başım…" deyince sızlanarak. Benim O'ndan(s) başka gönlümce sızlandığım kimsem olmadı ki hiç hayatta…

"Ahh… Başım..." demiştim, duysun beni isteyerek.

Duymuştu. Her seferinde olduğu gibi duymuştu da beni…

“Ahh… Asıl benim başım...” diyerek yankı veren bir dağ yapmıştı sanki kendini…

Yine gülümsüyordu. Yine başını sallıyordu. Ben yine O’nun(s) etrafında uçuşan bir serçeydim. O(s) yine başındaki uğultularla dimdik ayakta duran bir ulu ağaç misali… Yine bana “küçüğüm” dercesine, hışırtılı yapraklarının arasında yer açıyordu.

Niçin kapmıştı benim cümlemi daha havada uçarken?

Niçin saçtığım yıldırımları her seferinde eliyle tutup toprağa akıtıverirdi ki?

Niçin yakalardı içimde hiç durmadan şaha kalkan atlarımı yelelerinden?

Baş ağrısı benimdi oysa…

Niçin elimden alıyordu bana gelen ağrıyı…

Tüm iğneleri kendi bağrına çekip yapıştırmak zorunda bir dertler mıknatısıydı sanki…

Baş ağrısı benimdi oysa…

Niçin önüme geçiyordu durup dururken…

Sonra beni de gülümsemeye davet edercesine “Aişe… Aişe… Aişecik…” demişti…

O(s) böyle söyleyince, yepyeni bir geminin limanıma yanaşacağını anlardım ben… Hayatımda bir kere bile gemiye binmemiş olduğum halde… Çocukluğumdan beri dinleyerek büyüdüğüm gemiler… Gemiler yanaşırdı yanıma, O(s) bana “Aişe… Aişe… Aişecik” dediğinde, her seferinde…

Odanın ortasında durup O’na(s) baktım…

Başının ağrısını belli eden beyazlaşmış benzi, her şeye rağmen gülümsüyordu yine…

“Keşke Aişe benden evvel ölecek olsa… Onu kendi ellerimle şöyle güzelce yıkayıp yolculuğa hazırlar… Sonra da en güzel şekilde defnedip namazını hakkıyla kılardım, ardından da güzelce dualar ederdim…” diye takılmıştı bana…

Gözlerimi açarak dinliyordum O'nu(s)... Elimi ağzıma kapayarak hayretten... Bu nasıl bir latifeydi böyle?

Başımı salladım ben de, "Evet, evet, erkekler siz hep böyle değil misiniz" dercesine...

"Evet, beni gömdükten hemen sonra da eşlerinizin yanına gidersiniz, öyle değil mi?"

Bu sözlerim O'nu(s) çok güldürmüştü...

Eliyle yüzümü okşayıp kendisine çevirdi...

Sanki bir şeyler söyleyecekti... Sanki vazgeçti... Yüzünde kapıyı birlikte çalan iki ayrı misafir vardı sanki. Birisiyle beni oyalayıp diğerinden ağır bir haber aldığı iki misafir dolaşıyordu yüzünün kapısında... Bir gözü gülerken, diğer gözünden yaş geliyordu sanki...

Sanki bir şeyler söyleyecekti. Sanki vazgeçti.

Bu... Birlikte koştuğumuz son çayırmış... Bilemedim... O(s) beni ebelemişti, ben O'nu(s) tutup yakalayamamıştım. Çok hızlı koşardı zaten bütün çayırları, aramızda O'nu(s) yakalayan çıkmamıştır.

Meğerse vedalaşıyormuş benimle... Bilemedim...

Sonra her şey hızla sökün etti. Zaman, ucu delinmiş bir kırbadan hızla akıveren su misali gitmeye başlamıştı odalarımızdan... Yan yana dizili anneler evinde bir bekleyiş başlamıştı... Biz O'nun(s) iyileşeceğini düşünüyorduk...

"Bugün hangi evdeyim?" diye sorunca bir ara... Hepimizin anne gibi gördüğü Sevde fehmetmişti muradını Resulallah'ın(s)... Çünkü o ana kadar böyle bir soru sorduğunu hiç işitmemiştik O'nun(s)...

"Bugün kimin odasındayım?"

Bütün odalar O'nundu(s) aslında... O(s), tüm odalarımızın malikiydi, sahibiydi, şahıydı... Ama kalbinin odacıkları gibi, isimlerimizle anmayı tercih ederdi odalarımızı... "Aişe'nin odası"...

"Zeynep'in odası"... "Sevde'nin odası"... "Ümmü Seleme'nin odası" gibi... Odacıkların kapısında asılı dururdu isimlerimiz... Biz Resulallah'ın(s) zevceleriydik...

"Bugün kimin odasındayım?" deyince... Ümmetin annelerinden Sevde, gözleri yaşararak kendi gününü bana devrettiğini ilan etmişti... Onun sağduyusu hepimizden ilerideydi. O, maksadını anlamıştı âşık ve tâbi olduğu kişinin... Sonra ne olduysa oldu... Diğerleri de teslim oluvermişti bu soruya... "Aişe'nin odası"nda karar kılmıştı kader...

Artık bu hastalığın durup da kaderleneceği mekân, "Aişe'nin odası"ydı... Oradan oraya taşınmak, bir odadan diğerine geçmek bile takati zorlayacak hadde gelmişti demek...

Diğer arkadaşlarım da artık benim odamdaydı, hep birlikte başucundaydık ahu gözlerin...

Ahu gözler, yüksek ateş altında kavrulan kan çanağına dönmüştü adeta...

Taslar... Taslar içinde sürekli tazelediğimiz serin sular...

Mendiller... Mendillerle ferahlatmaya çalıştığımız alevler içinde yanan o mübarek alın...

Taslara girip çıkan kederli elleri kadınların... Sanki suya değil de ortasından kırılmış bir narın içine batıyor parmakları onların... Narın kızıl, serin suyu, sanki kanar gibi yetişiyor, yetişmeye çalışıyor, mühür gibi nakşedilmiş o güzel kaşların arasına...

Bir ara açılınca gözler üzerindeki kapaklar...

Sanki Ashab-ı Kehf'in mağarası açılmış gibi seviniyoruz biz garipler...

Yemliha, Mekselina, Sernuş, Debernuş, Şazinuş, Kefeştatiyyuş ve Kıtmir... Sanki başlarını çıkarıp oradan bizleri görüyorlar... Uykular mağarasının kapıları açılıyor O(s) daldığı derin denizlerden her uyandığında...

Biraz bakıp etrafa... Hepimizi başında görünce içi rahatlamış gibi, tekrar dönüyor derin denizlerine yeniden... Bir dalgıç gibi... Mahir bir dalgıç gibi... Hangi nadir incileri avlıyor her daldığında uykular denizinden...

Uyku ölümün yarısı, ölümse büyük uyku...

Biz eşleri... O'nun(s) başında hep birlikteydik... Ümmü Habibe, alçak sesle Habeşistan hatıralarından anlatıyor, biz de dinliyorduk... Kendi milletlerinden saygı duydukları kimseler için büyük ve süslü kabirler hazırlayıp, sonra da oraları ibadethanelere çevirip, hatırı büyük, ölmüş kişiyi tazim ettiklerini hikâye ediyordu bize...

O ara gözlerini açıp bizi dinleyen Resulallah(s) da söze girmişti hemen:

"Sizden önceki bazıları, peygamberlerinin ve salih kimselerinin kabirlerini ibadethaneye çevirdiler. Sizler sakın kabirlerinizi ibadethaneye dönüştürmeyin, sizleri böyle bir şey yapmaktan men ediyorum" deyip, yeniden dalmıştı ateşten uykusuna...

Bir gün arkadaşlarından Said el Hudri girmişti yanına... Yüksek ateşten, teri şiltesine ve yastığına geçmiş, su içinde kalmıştı Allah Resulü(s)... "Ateşiniz ne kadar da yüksek ey Allah'ın Resulü(s)..."

"Bana sıkıntı ağırlaştırıldı, ama mükâfatım da fazla olacak inşallah" dedi...

"En şiddetli sıkıntıya uğrayanlar kimlerdir ey Allah'ın Resulü(s)?"

"Peygamberlerdir..."

"Peygamberlerden sonra kimlerdir?"

"Salihlerdir..."

O(s), hastalık fırsat verir vermez derhal kaldığı yerden hayatı devam ettirendi. Çektiği çileyi asla kimseye yük etmeyen...

Zaman zaman sağlığı elverdikçe Mescid'e namaza çıkıyordu ama ancak kollarına giren iki kişinin yardımıyla...

Ateşinin çok arttığı bir günde yedi ayrı kuyudan getirilecek soğuk suyla banyo etmek istediğini söyledi bizlere...

"Yedi ayrı kuyudan... Yedi ayrı serin su..."

Neydi bu yedilerin sırrı? Yedi gökler miydi? Yedi denizler? Yedi yağmurlar? Yedi rüzgârlar? Yedi cennetler mi? Neydi yediler? Yedi anahtarları serinlik kapılarının...

Yağmuru çok severdi O(s)...

Başından hiç eksik olmayan Gamame bulutu, O'nun(s) sessiz ve güler yüzlü bir arkadaşı gibiydi...

Ya tuzdan olsaydı der... Gökten düşen yağmur tanelerinin tatlılığına binlerce şükürler ederdik biz...

Yağmur, Zemzem'e neredeyse kardeş kadar benzerdi, Taif'e yağmur yağdığında Zemzem'in nefaseti artar, rengi açılırdı... Galiba göklerde ve yerlerde Zemzem nehrinin arkadaşları vardı... Şimdiki telaşımız, "yedi ayrı kuyudan yedi ayrı su"yla ateşini serinletmekti bir nebze de olsa Resul'ün(s)...

Tatlı suyu bizim için göklerden indiren Rabbimize, binlerce kere binler şükranlarımızı sunardık, çölün evlatları olarak...

Ve serinlik...

Bizleri ateşin ıstırabından koruyacak Tuba ağacının fil kulaklarını andıran yapraklarından gelecek esintiyi de cennet rüyası gibi dinlerdik Allah Resulü'nden(s)...

Yedi kapı... Yedi hikâye... Yedi ses... Yedi renk... Yedi arkadaş... Yedi gün... Yedi şiir... Yedi kardeş...

Koşarak gidip yedi ayrı kuyudan yedi ayrı suyu getirmiştik kuş olup uçarcasına...

Yedi kuyu, çölün altından akan Zemzem nehrinin parmak uçları gibi yukarı çıkarttığı kuyulardan bize ulaşan bereketti aslında...

Yedi kuyu, Zemzem'in yedi fedaisi, yedi kardeşi, yedi çocuğu gibiydi aslında...

O(s) "Yeter" deyinceye kadar başından aşağı dökmüştük...

Kırbalardan dökülen sular... Birer elmas tanesi gibi etrafa saçılırken...

Gök kapılarından yağarak kuyuların içine birikmiş sular, bir aşk masalı anlatıyordu sanki...

Onlar binlerce yıldır göklerde oradan oraya akıp bekledikten sonra, Hz. İsa'yı, Hz. İdris'i gök katlarında selamladıktan sonra...

Vakti gelince meleklerin avuçlarında inmişlerdi yeryüzüne... Sonra bulabildikleri ince ve sabırlı yollarla varmışlardı kuyularının gözlerine... Hz. Yusuf'un eviydi bu kuyular... Güzel yüzünden haberler taşıyorlardı Yusuf Peygamber'in... Kuyu, aşk çilesine kapanmış derin bir uzlete çekilme dersi veriyordu yağmur damlalarına... Orada, tane olmayı bırakıp, tenha kalmaktan vazgeçip tevhide gelmeyi öğrenmişlerdi sonunda... Tevhid, onlardan su yaptı... Damlalar, muvahhidliğin sırrına erince su olup "Hayy..." demeyi öğrenmişlerdi... "Hayy" deyip gözlerini açtıklarındaysa... Artık diriydiler. Diriliklerinin gereği beklemeye başladılar... Derken yetişti son muradı Son Elçi'nin onlara... Yetişmek için can havliyle Resulallah'a(s) "Bismillahirrahmanirrahim" dediler de seçildiler mübarek yedi kırbalara...

Dolup taştı hamd ü senalar içinde yedi su askısı...

Rüzgârlara serilmiş halılar üzerinde taşıdı sanki yedi suları süvariler...

Atların yelelerini bile eskiten bir hızla vardılar huzura, Huzur-u Nebiallah'a...

Vuslata erdiklerinde o pak başına değerken her birinin yüzleri...

Aşk çeşmesinden akan gözyaşına döndüler...

Birer birer öptükten sonra o güzel saçları, muratlarına ererek can verdiler aynı anda...

Aşk madenine değer değmez eridiler...

Yedi ayrı kuyudan yedi ayrı serin su...

Yerini ancak Hızır'ın bildiği ab-ı hayattan gelmişçesine...

Canına can kattılar Son Resul'ün(s)...

Ayağa kalktığında, denize yeni indirilecek görkemli bir gemiyi andırıyordu sanki...

Derhal "Ümmetim" diyerek, Mescid'inde kendisini sabırsızlıkla bekleyenlere kavuşmaya yöneldi Server-i Kâinat(s)...

Sanki dolunay gibi doğuverince Mescid'in içine...

"Hüzün akşamının mehtabı doğdu işte" dediler bekleşenler...

Hepsi O'nu(s) çok özlemişti...

O(s) da hepsini çok özlemişti...

Eliyle işaret ettikten sonra...

"Yaklaşın..." dedi...

"Bana yaklaşın..."

Eğer Allah'ın melekleri tutmamış olsaydı... Dağlar eteklerini toplayıp, nehirler saçlarını dolayıp, ağaçlar köklerini koparıp da "Buyur efendim, buyur, yaklaştık sana ya Resulallah(s)" deyip de gürül gürül akacakken Mescid'e...

Yaklaşması murat edilenlerin, vekâletiyle tahdit edildi her şey...

Saat, onların saatiydi. Onlarsa, kâinatın dakikaları...

Nefesler öylesine tutulmuştu ki bir tek kuş dahi tek bir kanat çırpacak rüzgârı bulamazdı o anda. Havayı yutmuştu gözler, O'na(s) asılı, O'na(s) iliklenmiş, O'na(s) yaklaşık gözler, bitişik gözler...

"Bana yaklaşın..."

"Sakın..."

Der demez... Göklerin çatırdaması gibi bir yarılma... Dikkat kesilmesi... İrkilmesi... Buz. Dağ. Deprem.

"Sakın... Ben öldükten sonra..."

Der demez... Bir denizin Mescid'in çatısından aşağı boca oluşu gibi... Yer sarsıntısı gibi. Dağların yün tomağı gibi atılması. Güneşin erimesi. Yerin dibine geçme. Yıldırım.

"Sakın... Ben öldükten sonra, kabrimi ibadet edilen bir puthaneye çevirmeyin..."

Yaklaşanların hepsini ters yüz edip tepetaklak çeviren bir söz...

Dilin yutulduğu, kelimelerin boyunlarından vurulduğu o an...

Yaklaşanlar... Neye uğrayacaklarını anlamadan yaklaşanlara baygınlık gibi tesir eden haberler...

"Sizden kimleri incitmişsem eğer... İşte sırtım buradadır... Gelsin, hakkını alsın... Her kime ağır söz edip gönlünü kırmışsam eğer... Gelsin ve maksadını söylesin, hakkını alsın..."

Yaklaşanlarına sırtını ve yüzünü uzatmış bu aşk madeni, neler söylüyordu böyle?

Düşenler, bayılanlar, kendilerinden geçenler... Dili tutulanlar... Ağlamaya başlayanlar... Uğultu... Uğultu... Uğultu...

Vakit girmişti...

Öğlen namazını arkadaşlarıyla kıldı...

Huzursuzdu...

Gitmezden evvel helalleşmeliydi...

Yineledi ricasını... Yine sırtını... Yine yüzünü... Yine avucunu çıkarıp uzattı...

Sonra Mescid'in gerilerinden mahcup bir ses yükseldi... Üç dirhem alacağı vardı adamcağızın...

Öylesine sevindi, öylesine sevindi ki... Yüzünde güller açtı...

"Fadl..." dedi yeğenine...

"Ona, bunu ver..."

Sonra yine "Yaklaşın..." buyurdu...

Halkalar halinde O'na(s) doğru yanaşan arkadaşları, dalga dalga oldular yine...

"Ensar'ı sizlere vasiyet ediyorum... Onlar ki benim gözbebeklerimdir... Onlar kendilerine düşeni fazlasıyla yerine getirmiş kimselerdir. Şüphesiz ki hakkıyla yerine getirdiklerinin karşılığını da alacaklar... Ancak bugün Ensar, etraflarında her geçen gün artan insanlar arasında giderek azınlıkta kalmaktadır... Onlar yemekteki tuz misalidir. Sizlerden her kim onlara emir olursa, Ensar'a iyilikle muamele etsin, iyi ve hayırlı işlerinin karşılığını versin, hoşa gitmeyen işleri olursa onları da affetsin..."

İpince bir ağlayış kaplamıştı Mescid'i... Yaz yağmuru gibi ince sızlayan bir ağlayış... Mırıltılar arasında hıçkırıklar, "Anam, babam, canım sana feda olsun" sözleri...

"Yaklaşın..."

Artık dizleri üstünde o kadar yaklaşmışlardı ki...

O'nun(s) içine düşecek kadar...

"Allah Teala, dünya hayatının güzelliklerinden dilediğini vermek ile katındakilere nail olmak arasında kulunu muhayyer bıraktı..."

"Muhayyer bıraktı" dediği anda havayı yeniden ağızlarında tutup sessizliğin bayrağını açmışlardı yaklaşanlar... Kimse nefes alıp vermiyordu o anda... Demek... Serbest bırakılmıştı, muhayyerdi Allah Resulü(s) dünyayı veya Allah katını seçmekte... Tümünün duası da bırakılmamaktı o anda...

"Kul ise... Allah ve katında olanları tercih etti..."

Hüküm kesilmişti...

Buğday başakları gibi saçılıp yerlere düştüler hepsi...

Babam Ebubekir'in çığlığıyla sarsıldı o an Mescid... Sesi çın çın çınlıyordu her yanda:

"Anam, babam ve bu canım sana feda olsun ya Resulallah..."

Örtülerimizi yüzlerimize çekip hıçkırıklara boğulmuştuk biz kadınlar...

İşaret etmişti eliyle, yanına çağırmıştı babamı...

"Ebubekir, insanların en hayırlısıdır. Rabbimden başka dost edinecek olsaydım kuşkusuz bu Ebubekir olurdu. Ancak var olan şey, İslam kardeşliğidir. Mescid'e açılan bütün kapılar kapatılsın, ancak Ebubekir'in kapısı açık bırakılsın..."

Kapıların kapatıldığı gündü o gün…

Yine takati kesilir gibi olunca… Damadı Ali ile yeğeni Fadl'e dayanarak odasına çekilmişti…

Yine yüksek ateş… Yine başında endişelerle bekleyiş… Bir ara canından çok sevdiği Hasan ile Hüseyin'i getirmişlerdi başına… Ellerini önlerinde bağlamış, başları eğik bekliyorlardı Dedelerinin gözlerini açmasını… O(s) bu çocuklarla çok oynamış, çok koşmuş, onları sırtında taşımış, kapıların arkasında saklanarak aniden önlerine çıkmış, gözlerini elleriyle kapatmış, okudukları şiirleri dinlemiş, eve taşıdıkları kedileri onlarla birlikte okşamış, ağaçlardan hurmalar toplamış, kuyulardan birlikte su çekmiş, uçan kuşlara birlikte bakmış, birlikte ata binmiş, birlikte ok atmış, ellerinden tutup gezdirmiş, çiçekleri birlikte toplamış, Cebrail'in göklerden kopardığı narla üzümü onlara pay etmiş, onları güreştirmiş, onları yarıştırmış, onlarla birlikte bayrama çıkmış, onların bayramı, iftarı, sofrası, hediyesi, neşesi, arkadaşı, yoldaşı, arayıp soranı, avutanı, kollayanı, gözeteni, nasihat edeni, öğreteni olmuştu…

Bir ara gözlerini açıp onları görünce… Eliyle çağırıvermişti reyhanlarını… Göğsüne eğilen cennet küpelerinin saçlarını koklayıp tekrar dalıvermişti derinlere…

Perşembe günüydü…

Yeniden kendine gelip açılınca…

"Yaklaşın da sizlere bir şeyler yazdırayım. Ola ki benden sonra bir dalalete düşemeyesiniz…" demişti…

Sağa sola koşuşmuştuk bu kırtasiye nasihatiyle… Hiç beklemediğimiz bu teklifle çocuklar gibi ne yapacağımızı bilemeden etrafımıza bakınıyorduk. İçimizden bazıları, O'na(s) kıyamadığı için, çok hasta ve ateşinin yüksek olduğunu söylüyor, bazıları yine O'nu(s) yormamak ve tedirginliğini gidermek için "Kur'an-ı Kerim var ya Resulallah, sen merak etme, dalalete düşmeyiz" deyip duruyorlardı…

Bu konuşmalarımız ve kendi aramızda koşuşmacalarımız, O'nu(s) cidden yormuştu...

"Başımdan dağılın, Peygamber'in başında tartışmak olmaz..." demişti...

Hepimiz yaptığımızdan bin pişman, suspus olan çocuklar gibi sağa sola kaçışarak duvar diplerine büzüşmüştük bu sözden sonra...

Ardından kendisine gelince hemen abdest almak istemiş, yine iki yanında koluna girenlerle akşam namazına çıkmış, hatta Mürselat suresini de okumuştu cemaatle birlikte...

Gündüz bahsettiği vasiyet yazdırma işini bir daha ağzına almamıştı lakin...

Dönüşte, her zamankinden daha bitkindi... Yatsı namazı vakti girdiği halde Cemaat O'nu(s) bekliyordu...

"Namaz kılındı mı?"

"Hayır ya Resulallah, sizi bekliyorlar" demiştim...

Abdest almaya doğrulunca yeniden düşüp bayıldı...

Sonra ayıldı ve yine sordu:

"Namaz kılındı mı?"

Ağlayarak cevapladım:

"Hayır ya Resulallah, sizi bekliyorlar..."

Çabaladı, hazırladığımız suyla abdest almak için... Nefes nefeseydi...

"Ebubekir'i çağırın. Namazı o kıldırsın..."

Ateş canıma değmişti artık... Pençelerini kalbime geçirmişti acı...

"Hayır..." dedim ilkin... Ağlayarak...

Bana doğru bakınca bakışlarının altında ezildim... Vakit geçmekteydi ve insanlar yatsı namazını beklerken ben de kalkmış O'na(s) itiraz etmekteydim...

"Babam Ebubekir yufka yüreklidir, çok ağlar, bu namazı kıldıramaz" dedim...

Dünya başımda dönüyordu o anda... İlk kez namaz kıldıramayacak kadar bitkindi Allah Resulü(s)...

Benim halimi görünce odadaki diğerlerine seslendi:

"Ebubekir'e söyleyin, namazı o kıldırsın..."

Arkadaşım Hafsa'ya işaret ettim. Ömer'in kızı, Resulallah'ın eşi ve benim de en yakın arkadaşımdı Hafsa... Hemen anladı beni...

"Ebubekir çok hassas ve ağlayan birisidir, o namazı sizin yerinize kıldırmaya tahammül edemez ya Resulallah" diyerek beni tasdik etti...

Hiçbirimiz O'ndan(s) boşalacak imamet makamına başka kimsenin geçmesine razı değildik o anda...

Ama vakit geçmekteydi...

"Yusuf konusunda birbirine düşen kadınlar gibisiniz hepiniz!" diyerek çıkıştı bizlere...

"Ebubekir'e söyleyin, namazı kıldırsın..."

O günden sonra bir daha Mescid'e çıkamayacaktı Resulallah(s) ve o günden sonra vakit namazını babam Ebubekir kıldıracaktı...

Ertesi gün öğle namazına doğru bir iyilik gelmiş gibiydi O'na(s)...

Ali ile Fadl yine kollarına girerek, O'nu(s) Mescid'e, namaz kılanların arasına taşıdılar... Cemaat O'nun(s) geldiğini fark edince neredeyse namazlarını bozacaktı sevinçten... İmamette duran babam Ebubekir, O'nun(s) geldiğini hissedince geri çekilmeye kalkmış fakat Allah Resulü(s) eliyle durması gerektiğini işaret ederek, babamın sol yanında oturarak namaza durmuştu...

Ertesi gün de sürecekti bu iyilik hali... Hatta yedi köle azat edip sadaka dağıtacaktı Allah Resulü(s)...

O gün öyle sevinçliydim ki...

Sanki her şey düzelmiş, hastalık ve ağrılar geçmeye dönmüş, ateş denizleri bitmiş gibi geliyordu bana...

Evi derleyip toparlıyordum, sağı solu tertipleyip her yanı parlatmak geçiyordu içimden... Arkadaşlarımdan birisine haber salıp, kandilimizi yakabilmek için biraz yağ istetmiştim...

Resulallah(s) iyileşmişti işte!

Kandilimizi yeniden yakacaktık akşam indiğinde...

Yine bizlerle sohbetler edecek, yine birlikte namaz kılacak, yine O'na(s) okuyacağım şiirleri dinleyecek, yine etrafında dört dönerek O'nu(s) tebessüm ettirebilmenin bin yolunu arayacaktım...

Allah'ım, yeryüzüne güneş açmıştı yeniden... Evimize renkler girmişti... Çiçek kokuları saçılıyordu göklerden... Aşk madenimiz iyileşmiş, işte bize geri dönmüştü göz aydınlığımız...

Aman Allah'ım, ne kadar karanlıkmış O'nun(s) hastalığında meğerse Medine... İşte O(s) iyileşiyordu ve yeniden gündüz gelmişti bize... Üzüntü gecelerinin içinden çıkmıştık hepimiz...

Kandiller yansın...

Aynalar parlasın...

Perdeler açılsın...

Aman Allah'ım, evde yiyecek bir avuç buğday kalmamış, ben ne yapacağım? Bir zırhı vardı, rehine versek de biraz arpa alsak karşılığında, yemek hazırlamak gerek...

Bilal... Bilal nerede? Gözlerini severiz Bilal, koş bu zırhı rehine ver de karşılığında arpa getir, koş, çabuk ol, Resulallah'ımız iyileşti, yemek hazırlamak gerek, koş...

İçimden şiirler okumak geçiyor, atlara binip dağlara kadar, çatlatıncaya kadar küheylanları koşturmak...

Çocuklar, neredesiniz Medine'nin güzel çocukları... Çıksanıza sokaklara, bağrışsanıza Resulallah iyileşti diye, çocuklar neredesiniz, yeniden oyunlarınıza başlayın... Yeni bebekler doğursun taze gelinler... Hurma vakti erişsin ağaçların dallarına... Güzel haberler gelsin ırak seferlerden... Kuşlar, gökler boyunca uçsun... Yolcular geri dönsün yüklü heybeleriyle... Her şey ama her şey çok güzel olsun. Yerinde dursun. Düşmesin hiç. Kırılmasın hiç. Kaybolmasın hiç...

Efendim geliyor!

Efendim ayağa kalkmış!

Efendime iyilikler gelmiş...

Hicap etmesem bir dağın tepesinde çıkıp bağırasım var:

"Kandilimize biraz yağ koyabilir misiniz... Resulallah(s) çok şükür iyileşti de..."

Kapıyı açıp zaman zaman Mescid'e bakıyordu Allah Resulü(s)... Ümmetini sevinçle, iftiharla seyrediyor, tebessüm ediyordu...

Diğer eşleriyle her zamankinden çok birbirimize yanaşmıştık Resulallah'ın hastalık günlerinde. Hiç kimse birbirini incitmiyordu, hepimiz yan yana dizilmiş, O'nu(s) gözlüyorduk. Bizlere de gülümseyerek bakıyordu... Fatıma, ciğerparem dediği Fatıma, başucunda ve ayaktaydı hep. Hasan ile Hüseyin'i de giydirip, süsleyip getirmişti yanına... Çocuklar, yatağın yanında diz çöküp, ellerinden öpüyor, saçlarını okşuyor, kuzular gibi sürünüyorlardı Dedelerine...

Bilmezdim, sonradan söylediler, Haşimoğullarına vefatlarından evvel bir iyilik hali gelirmiş... Meğerse o iyilik haliymiş beni de umutlandıran, sevince gark eden...

Ah ben...

Bu güzel tablonun içinde ben hesap defteri gibiydim O'nun(s)...

"Altınlar vardı Aişe... Nerede?"

Bir koşu gidip getirivermiştim... Ben O'nun(s) kâtibesi gibiydim...

Elimden alıp saymaya başladı...

"Beş... Altı... Yedi..."

Altınları avucuma koyup parmaklarımı üzerlerine örttü...

"Bunlar burada olduğu sürece..."

Gözlerimi açmış, pürdikkat gözlerine bakıyordum...

"Bunlar burada olduğu sürece... Muhammed(s) Rabbinin huzuruna nasıl çıkabilir?"

Ok yayından fırlayıp iki kaşımın ortasına saplanıvermişti...

Donmuştum. Sendeleyerek, dilim tutuk... Geri geri gitmeye başladım... Elimde dünya vardı sanki ve elim bu ağırlıktan erimiş, kaymış, gitmiş gibiydi...

"Al bunları, hemen infak et..." diye fısıldarken, sele kapılmış bir ağaç dalına çeviriyordu beni bu hal...

Işıklarım yine sönmüştü...

Ben daha yakacak kandili ne edeyim... Bütün kandil şişeleri kırılsa benim neyime? Güneş kim? Ay niye çıkmış, yıldızlar düşüp parçalansa kime ne?

Geceye batmıştı beni tutan ayaklarım...

"Aişe..." dedi yeniden...

"Hayber'de ciğerime değen zehrin ağusu hâlâ vücudumda gezinmekte... Bütün damarlarıma kastediyor. Zehrin elemi, can damarlarımı sıkıyor..."

Ahh... Ya Rabbim...

Hayatta bir kez olsun "uf" dediğini işitmediğim Allah Resulü(s)... Bana acısından söz açıyor...

Yanı başına geçip hafifçe doğrulttum Efendim'i(s) kendime doğru...

Başını, omzuma yaslamıştı artık... Nas ve Felak surelerini okuyup Fatıma ile birlikte yüzüne, ellerine, kollarına üflüyorduk. Dualı nefeslerimizden ve taslara daldırıp çıkardığımız mendillerimizden başka bir şeyimiz yoktu...

"Ağlama..." diyordu Fatıma'ya... "Yakında Babana hiçbir acı el değdiremeyecek..."

Bir ara elinde misvakla ağabeyim Abdurrahman girmişti odaya... Başını omzumdan doğrultarak Abdurrahman'a bakmış, sonra da gözü elindeki misvaka takılmıştı... Misvakı çok severdi...

"İster misiniz ya Resulallah(s)?" diye sordum...

Başıyla "evet" dedi...

Tam uzatacaktım ki misvakı, baktım çok sert...

"Onu, sizin için yumuşatayım mı, ıslatayım mı biraz?"

Yine "evet" dercesine başını salladı...

Misvakı ağzıma alıp yumuşamasını sağladım hemen... Birkaç çevirişte ıslanıp yumuşayınca da hemen dönüp kendisine takdim ettim...

"Buyurunuz..."

Misvakı, çok özlemiş bir halde dişlerini ovalayıp takatsiz bir şekilde bana uzattı yeniden...

"Ya Rabbi! Ölümün de merhaleleri varmış... Sen iman kuvveti ver Allah'ım!" diyordu...

Acı çektiği çok belliydi yüzünden...

"Peygamberler... Şehitler... Salihler... ve kendilerine nimette bulunduklarınla birlikte beni de affet Allah'ım. Rahmetinle kucakla Rabbim. Artık beni yüce dostluğuna kabul et! Allah'ım, yüce dostluğunu istiyorum! Alllah'ım! Yüce dostluğunu istiyorum...

Başı göğsüme yaslanmış... Eli elimde... Odadaki tüm kadınlar matemde...

Takk...

Birden, eli elimden kurtulup dizlerimin önündeki su dolu tasa düşüvermişti işte!

Gerisini sesi çekilmiş bir fanusun içindeki çığlıklar ve koşuşmalar arasında... Hatırlayamıyorum...

Resulallah'ın(s) evi... Yurdu... Yeryüzü... Mateme batmıştı...

"Refik-i Âlâ"sına kavuşmuştu...

"İnna lillahi ve inna ileyhi raciun…"

"Allah içiniz ve Allah'a dönücülerden…"

Allah'ına dönmüştü, Yüce Dost'una, Refik-i Âlâ'sına…

……

Yerin altı üstüne gelmişti o gün…

Bir hıçkırıktan ibaretti Medine…

Gözlerime perde inmişti sanki… Sadece bir uğultu vardı kulaklarımda. Uğultulu bir ateşin içinde, delik deşik bir baygınlıktı savrulduğumuz… Beni ayakta tutan vücudum tahta kırıkları gibi yere düşüyordu parça parça…

Babam ve Ali, dizlerinin üstünde eğildikleri yerde, sarsıla sarsıla ağlıyorlardı:

"Dünyadayken güzeldin… Vefatın da çok güzel ya Resulallah(s)…"

Biz… O'nda(s) güzellikten başkasını görmedik hiç…

Bir ara babam ağlayarak bana eğildi…

"Rüyan bugün tabir olmuştur… 'Birinci Dolunay', işte evine düşmüştür… Ve bu, evine düşeceğini gördüğün dolunayların en güzelidir…"

……

Enes'in dediği gibiydi Medine…

"Resulallah'ın(s) vefatıyla Medine'nin güneşi batmıştı" işte…

Işıkları sönük, hep gecenin içindeydi artık Medine…

Yetimlik, sadece çocukların başından geçmezmiş… O gün anladım ki… Yetimdim. Yetim kalmıştık hepimiz.

Babam, kendinden geçenlerin arasındaydı… Kiminin dili tutulmuştu, kimisi kendini yerden yere atıyordu, Ömer b. Hattab bile elinde çekili kılıcıyla "Kim Muhammed(s) öldü derse bilsin ki boynunu vurmaya hazırım. O(s) ancak Musa Peygamber gibi Allah'tan haber almaya çıkmıştır, O(s) geri dönecek…" mahiyetinde şeyler söyleyerek acı içinde bağıra bağıra dönüyordu…

Fatıma, Hasan ile Hüseyin, Ümame, Bilal... Yerlere kapaklanmış, hüznün dağıttığı yaprakları kopuk çiçekler gibiydi... Arkadaşlarımsa birbirlerinin boynuna sarılmış bir halde kurdukları yas halkasında başları önde, gözyaşları döküyorlardı...

Babam, hakikati söylemek zorundaydı en zorlu anımızda...

"Ey insanlar! İslam Peygamberi Hz. Muhammed(s) biliniz ki vefat etmiştir. Hepimiz Allah içiniz ve Allah'a dönücülerden... İçinizde Peygamber'e tapanlar varsa bilsin ki O(s) ölümlü bir kuldu ve mukadderat O'na(s) erişmiştir. Allah'a tapanlarsa bilmektedirler ki Allah Teala, Baki'dir..."

Babamın bu sözleri, hayattayken pek çok kere "Vefat ettiğimde topuklarınızın üstünde gerisin geriye dönüp cahiliyeye geri gitmezsiniz değil mi" diye soran Resulallah'ın(s) uyarısını hatırlatmıştı hepimize...

Az evvelki hüsran sarhoşluğundan, baygınlıktan kurtulanlar, babamın sözlerine hak verdiler... Hak verdiler de... Bu hak veriş, hüznümüzü azaltmıyordu elbette...

Ateş düşmüştü Medine'ye bir kere. Yangın bizimleydi... Yas bize galip gelmişti...

Sırayla hepimiz cenaze namazını kıldık Efendimizin(s)...

Önce erkekler...

Sonra kadınlar...

Peşinden çocuklar... En çok onlardı ağlayanlar. Onların ağlayarak kıldığı namaz, dağları taşları bile yerinden sarsacak kadar hicranlıydı...

Dalga dalga gelerek O'na(s) son görevlerini yerine getirdi herkes...

......

İslam toplumunu cidden sarsan bu vefat, dini temelimize kastedecek bir unutuşa, vazgeçişe, irtidada sebep olmamalıydı asla. Çünkü Resulallah(s) tüm hayatını İslam'ın emirlerine ve payidar olmasına hasretmişti. Hepimizi derinden sarsan bu acı, parçalanıp dağılmamıza, verdiğimiz sözleri unutmamıza, ahitlerimizden dönmemize vesile olmamalıydı…

Babam bu durumun hassasiyetini bildiği için…

Sakife'de toplanan Ensar'dan ve Muhacir'den bazı adamlarla, toplumumuzun geleceğine dair, İslam yönetiminin devam etmesine dair kararlar almışlar…

En yakın arkadaşının, Resulünün, Efendisinin vefatı esnasında böylesi bir mecburiyet içinde kalmak babamı aslında çok zorluyordu. Zaten o da çok dayanamayacaktı bu acıya… Ama o anda… Babamın, Resulallah'a(s) ve Kur'an-ı Kerim'e bağlılığı, verdiği bağlılık andı, sadakat yemini ciddi bir mesuliyete dönüşmüştü öte yandan…

Biz kadınlar ve Ehl-i Beyt'in diğer erkekleri ve çocuklar, taziyenin ve defin meratibinin içindeydik… Topluma sahip çıkılması için dirayetle alınacak kararlar vardı elbet…

O'nun(s) hayatını adadığı İslam toplumunu bundan sonrasında bekleyen şey dirayetti aslında…

Metanetle taşımalıydık acımızı, O'nun(s) hedefleri, bize en büyük vasiyetti… Kur'an-ı Kerim'e tâbi olan Müslümanların hak yoldan hiç şaşmadan yürüyecekleri caddeyi hep açık tutmaktı vazifemiz…

Babama biat ettiler neticede…

Ne babam ne de ben arzu etmiştik bunu… Böylesi ağır bir mesuliyetten kaçındığımız halde, İslam toplumun selameti ve Kur'an-ı Kerim'in payidar kalması için kavrulduğumuz acıyı olgunlukla taşımak zorundaydık…

Arkadaşlarımla birlikte artık sadece Ehl-i Beyt Anneleri değildik biz… "Ümmetin Anneleri"ydik…

"Peygamber, mü'minlere kendi canlarından daha yakındır. Peygamber'in eşleri de onların anneleridir…" (Ahzab, 6) diyordu Kur'an-ı Kerim…

HAYATIMIN YATSI VAKTİ

O'NDAN(S) SONRA...
BANA KALANLAR, EMANETLER

Yine odacığımızdaydık O'nunla(s)...

Peygamberler, vefat ettikleri yerde defnedildikleri için, O'nu(s) odacığımızda son nefesini teslim ettiği sedirin olduğu yere sırlandırmıştık...

O(s), aşk ve sadakat odamızın gülü, sümbülüydü yine...

Ne tarafa baksam O'ndan(s) bir hatıra, O'ndan(s) bir iz... Hayatımda O'nun o güzel ellerinin değmediği hiçbir an yokmuş gibi...

Şu duvarın önünde durup yaslanmıştı...

Şu tası tutup su doldurmuştu...

Bu, süt içtiği bardaktır...

Şuradaki kırbanın ağzını kapatmadan uzanmazdı işte şu örtüsüne...

Bana "Haydi yarışmaya var mısın" dediği anda yere çizdiğimiz çizgi işte şuradadır... Birlikte koşuştuğumuz kırları Bedir'in, işte şurada yakınlardadır...

Şu at... İşte şu küheylan, O'nun(s) en çok sevdiği bineğidir ki, o koşarken oturduğu yerden ayağa kalkar, elini kaldırıp "Sanki deniz gibi maşallah" derdi iftiharla...

Bunlar, O'nun(s) atlarıdır... Onların sayısı yedidir; Sekb ki ilkleri, alnı ve sol ayağına ak değmiş. Şebha ve Mürteciz ki rüzgârın ikizleri gibidir. Lizaz, Şence, Zarib ve Luheyf hayırları alınlarında işlidir. Kadınlardan sonra at kadar sevimli gelen başka bir şey olmamıştır O'na(s). Atlar kıyamete kadar alınlarına bağlanmış bereketle koşacaktır...

Şu kır renkli katır ki ismi Düldül'dür, diğeriyse Adba, bunlar Medine'nin gördüğü ilk katırlardır ve hediyedir. Ufayr, güzel gözlü bir merkeptir, Hasan ile Hüseyin'in çocukluk yoldaşıdır, Ced'a ile Kasva ise develeridir, Hicret'i, Mekke'nin fethini görmüş güzel huylu, sabırlı yol arkadaşlarıdır...

Şu kılıçları görüyor musunuz? Şu kılıçlar O'nundur(s) ve sayıları dokuzdur: Rasub, Mihdem, Zülfikar, Kadib, Hatif, Bettar, Adb, Kalayi, Matur... Dokuzdur onlar ve Hz. Musa'nın dokuz mucizesine denktir hikâyeleri, hepsi de kötülüğün helakinin bekçisi...

Şu livalar, rayeler ki O'nun(s) sancaklarıdır. İşte Ukâb! Ukâb'ı kaldırdığında siyah yünden bu rayenin altında toplanırdı İslam askerleri. Livası ise beyazdı, Uhud Günü onu taşıyan Mus'ab'dı. Simsiyah Ukâb'ın üstünde "Lailaheillallah Muhammeden Resulallah" yazardı. Üzerinde hilal olan ilk raye, Sa'd b. Malik'e verilmişti...

Şurası Sirar nam mevkidir ki sefer dönüşleri, Medine'nin doğu yakasından geldiğinde burada konaklatırdı ordusunu, "nakime" denen sefer yemeğini burada verirdi ashabına... Onları yorulmuş ve geride kalır gördüğünde "Ha gayret Bakara suresinin yoldaşları" derdi... Silahşörler burada dinlenir, burada yıkanıp, burada temizlenip, misklerini sürünüp, bayraklarını asıp, döndüklerinin haberini buradan salarlardı Medine'ye... Şiirlerin en güzelleri burada okunur, hatıraların en heybetlileri burada yakılan ateş başlarında zikredilir, namı büyük pehlivanların ruhları Sirar'da dolanıp dururdu…

İşte şurası ki Hayber'dir…

Kapısının önünde durup şöyle dua etmiştir:

"Allah'ım… Göklerin ve gölgeleyip de bürüdüklerinin Rabbi…

Allah'ım… Yerlerin ve yüklenip de taşıdıklarının Rabbi…

Şeytanların… Ve onların saptırdıklarının da Rabbi…

Rüzgârların… Ve onların savurduklarının da Rabbi…

Senden… Girmekte olduğumuz bu beldenin hayrını…

Halkının hayrını… Ve içindekilerin hayrını isteriz…

Beldenin şerrinden, halkının şerrinden ve içinde bulunanların şerrinden de Sana sığınırız…

Allah'ın adıyla! İlerleyiniz!"

……

Her şeyi tek tek sayıyordum bu şekilde… Her yer O'ndan(s) bir iz, her şey O'ndan(s) bir hatıra idi benim için…

Gözümün gördüğü ve göremediği her yerde O(s) vardı.

Her yer O…

Her yan O…

Yer gök O…

……

O'nun(s) terekesi dokuzdur:

"Üstünde namaz kıldığı yaygısı...

Başına sardığı sargısı...

Sahifeler ki Mushaf'ıdır O'nun(s)…

Yük taşımak için iki küfe...

Üzerine uzandığı ince hasır...

Bir tarak...

İki çift nalın...

Latif bir su ibriği..."

Mescid'in bitişiğinde yan yana sıralanmış dokuz küçük hücresi Resulallah'ın(s) zevcelerinin... Sanki O'nun(s) yokluğunda kol kola vermiş, birbirine yaslanmış, dokuz kadının timsali gibiydi. Hepimizin hayat hikâyesi farklıydı, kader bizi ayrı yerlerden, ayrı kimselerin arasından taşıyıp da getirmişti; bazılarımızın güçlü aileleri vardı ardında, bazılarımızsa yerinden yurdundan çok uzaktaydı... Ümmete emanet edilmiş annelerdik gerçi, birbirimize yaslanmanın, kol kanat germenin zamanıydı...

O'ndan(s) sonra nasıl devam edecekti hayat? Bunu hiçbirimiz bilmiyorduk. Ama İslam toplumunun kalbi mesabesine getirmişti Ümmetin Annelerini zaman... Herkes, dalga dalga bizim yanımıza koşuyor, hem yasını tutuyor hem de hayata dair suallerini artık bizim önümüze taşıyordu...

Evlerimizde aylar geçerdi de yanmayan ocaklarımız dururdu, şimdi Resulallah'tan(s) sonrasında nasıl geçecekti hayatımız? Arap toplumuna has akrabalık bağlarının canlılığı, toplumsal dayanışma, misafirperverlik gibi olumlu hasletler bir yana, "Ümmühatü'l-Mü'minin" künyesinin sorumluluğu da çok önemliydi elbette...

Resulallah(s) sonrasındaki hayat, bizlerden edep örnekliği beklerken aynı zamanda İslami bilgilerin aktarılması, sünnet bilgisinin kaybedilmeden intikali, fıkıh bilgisi, hadis nakli gibi önemli görevler de yüklemişti... Misafirlerimizin yanı sıra, taziye merasimlerine uygun tertibat, emir ve elçilerin eşlerinin kabulü, ilim talebeleri, hadis yazıcıları da evlerimizden eksik olmayacak kişilerdi bundan sonrasında...

Bir müddet sonra, hepimiz için önemli bir hayat kaynağı olan Hayber gelirlerimizin akıbetini konuşmaya başlamıştık Ehl-i Beyt'in kadınları olarak... Resulallah'ın(s) evleri, ocakları sönmeden tütmeye devam etmeliydi, evet... "Evlatlarımıza karşı görevlerimizi sürdürebilmek için, Hayber'den gelen desteğin sürmesi gerek" diyorlardı arkadaşlarım... Haksız değillerdi elbet ama Resulallah'ın(s) bu konuda vasiyeti de mirası da yoktu öte yandan... Diğer eşlere, "Biz peygamberlerin varisleri yoktur, bıraktığımız eşyalar sadakadır" hadisini hatırlatınca, onlar da Hayber gelirlerinden kendilerine verilmekte olanı istemekten vazgeçtiler.

Bizim Allah Resulü'nün(s) bu uyarısıyla kurduğumuz sükûneti, Halife Ebubekir, anlayışla karşılayıp Ümmetin Annelerine desteği sürdürme kararı almıştı...

Babam Ebubekir, halife olarak, Resulallah(s) zamanında nasıl taksim ediliyorsa, biz eşlere yine aynı şekilde paylarımızı göndermeye devam etti... Ümmetin Anneleri de evleri hiç kapanmadan, ocakları hiç sönmeden görevlerini onurla ve metanetle sürdürdüler...

Babamın hilafeti iki yıl sürdü.

Onun da başucundaydım vefatında...

Onu, en çok sevdiği arkadaşının Hz. Muhammed Mustafa'nın(s) yanına defnettik.

Babam, gökten kırılarak evime düşen "İkinci Dolunay" olarak rüyamı tabir etmişti vefatıyla...

Artık hem dul hem de yetimdim.

Beni dünyada en çok seven iki sevgilimi de ahirete yolcu etmiştim...

Babam Ebubekir'den sonra Ömer b. Hattab geçmişti halifeliğe...

O da tıpkı babam gibi, Ehl-i Beyt'in kadınlarına hürmette kusur etmedi, aynen Resulallah(s) zamanında nasıl pay ediliyorsa gelirler, buna riayet etti.

Irak'ın fethinden sonra ganimetler hakkında bir niza çıkınca, "Bu incileri Annemiz Aişe'ye gönderelim" diyerek meseleyi çözmüş, herkes buna razı gelmiş. İnci yüklü sandığı kapımın önünde görünce, hem hayret ettim hem de ağladım, "Allah'ım, beni Ömer'in hediyelerini almak için yaşatma" dedim... Onları değil kapımdan, eşikten bile içeri sokmadan derhal fakir fukaraya pay ettim...

Hz. Ömer, vefat etmeye yakın, kızı ve yakın arkadaşım Hafsa'yı bana ricacı olarak yollamıştı, eğer iznim olursa, vefat ettiği takdirde arkadaşlarının yanına gömülmekti ricası...

Aslında babamla Sevgili Efendimin(s) yanına defnedilmek arzusu taşıdığım halde, kendi yerimden Ömer'in hakkı için vazgeçiyordum... Çünkü Ömer, adaletten hiç ayrılmamış, Dicle kıyısında kaybolmuş oğlakların hesabını nasıl veririm endişesiyle gece bile uyumamış, sırtına yüklendiği buğday çuvallarını dul ve yetimlerin evlerine bizzat kendisi taşımız, Mescid-i Aksa'mızın hizmetkârı, Filistin fatihi Ömer'di... Onu çok sevdiği arkadaşları Allah Resulü(s) ile Ebubekir Sıddîk'ten ayırmaya gönlüm razı gelmedi... Kendim için niyetlendiğim yeri, Halife Ömer'in naaşı için ayırmalarına karşı çıkmadım... Defnedilmeden önce, tabutu kapımda durdurup bir kere daha sordular rızamı. Böyle vasiyet etmiş Halife Ömer yakınlarına, "Defnolunmadan evvel bir kez daha müsaade alın" demiş...

Hz. Ömer, gökten kırılarak evime düşmüş "Üçüncü Dolunay" olarak, Hane-i Saadet'e sırlanan üçüncü kişi oldu böylece...

Eşimin(s) ve babamın, evimin içinde olan kabirlerini ev halimle ziyaret eder, dualar ederdim gün boyu... Halife Ömer'in de aynı yere defnedilmesinden sonra hicap ettim, kabirlerle odamın arasına perde gerdirttim, hem Ömer'in hem de benim tesettür konusunda azimet seviyesindeki hassasiyetlerimizdir buna sebep...

Hz. Ömer'den sonra, Resulallah'ın damadı Osman bin Affan halife oldu. "Meleklerin kendisinden hayâ ettiği kimse" derdi Resulallah(s) onun için ve Osman, huzura girdiğinde, şayet kolları sıvalıysa gömleğinin kollarını örter, önü açıksa hırkasını düzeltip kapatırdı Allah Resulü(s)... Niçin böyle yaptığını sorardım... "Osman'dan melekler bile hayâ ediyorlar, o çok mahcup, utanma duygusu çok yüksek birisidir, biz de ona böyle muamele ediyoruz" derdi... İki kızını da Osman'a gelin etmişti, "Zinnureyn", "iki nur sahibi" derdi halk ona... Cömertliği ile bilinen, ikramı ve fedakârlığı ile nam salmış bir kimseydi Osman b. Affan.

Onun ilk altı yıllık hilafeti, babamın ve Hz. Ömer'in hilafet dönemlerinin devamı mahiyetindeydi. Ama son altı yıllık süreç, fetihlerle genişleyen ve yeni kavimlerle çoğalan İslam toplumu için pek de kolay günleri haber vermiyordu.

Hicaz, Irak, Filistin, Akdeniz, Şam ve Mısır artık İslam beldeleri olarak ışıl ışıl yanarken, dinlerini öğrenmek üzere dört bir yandan bizleri ziyarete gelenler, İslam talebeleri ve günlük fıkıh soruları olanlar her geçen gün artmaktaydı.

Halk, aile meselelerinden toplumsal konulara kadar envai çeşit şikâyetini bizlere de getirirdi. Bizler Mü'minlerin Anneleri olduğumuz için, Kur'an'ın ve Resulallah'ın(s) talebeleri ve şahitleri de olduğumuzdan, hemen her konuyu bize danışmak veya şikâyetlerini dillendirmek için gelirlerdi... Bizler, ümmetin sadece fikir danışacakları anneleri değildik, onların dert ortakları; çilelerini, sırlarını açtıkları kimselerdik... Kapılarımız örtük duramazdı bizim... Resulallah'tan(s) böyle öğrenmiştik.

Zaman değişiyordu bu arada... Eski yokluk günlerimiz bitmiş, şimdi oldukça ferah günleri gelmişti toplumumuzun. Ama Ümmetin Anneleri, mevcut durumlarını diğerleri gibi değiştiremezdi... Bizler, Resulallah'ın kanaat eğitiminden geçmiş kimselerdik... Bazıları, benim üstümdeki eskimiş elbiselere üzülür, kapıma ipeklerin, kadifelerin en âlâlarından biçilmiş, en pahalı elbiseleri getirirlerdi de... Eşikten içeri sokturmadan fakire fukaraya, gelinlik kızlara yollatırdım getirilenleri... Bir defasında akrabalarımdan biri, beni iftara götürmüştü binbir rica mihnetle de, sofrayı görünce titreyerek ağlamaya başlamıştım, zira sofrada hurma ve suyun yanı sıra kurutulmuş et de vardı... "Niçin ağlarsınız annemiz?" diye sorduklarındaysa... "Resulallah(s) bana söylemişti: Benden sonra kıyamete yakın, mü'minlerin sofraları şölen sofralarına dönecek, demişti, şimdi bu geniş sofralarınız bana bunu hatırlattı" demiştim...

Onlarsa hayret ediyorlardı hem bana hem de Resulallah'ın(s) sadeliğinden asla taviz vermeyen diğer eşlerine... Yeni kuşak gençler, hem yaşam tarzlarını, hem de giyim kuşamlarından sofralarına kadar giderek çeşitlenen bolluklarını garipsemiyorlar hatta çok da sade buluyorlardı kendilerince... "Ne olur ağlamayınız anneciğim" diye yalvarıyorlardı etrafımdaki akrabalarım... Yeni nesille bizim aramızdaki fark böyle bir şeydi işte...

Bizim işlerimiz istişareyle yürürdü. Çünkü istişare hem Kur'an'ın hem de Resulallah'ın(s) işaret ettiği bir gelenekti. Sahabenin önde gelenleriyle sürekli irtibat halinde olurdu tüm idareciler. Özellikle Halife Ömer döneminde idareye has müesseseler ihdas edilmiş, mahkeme ve eğitim teşkilatları kurulmuş, ekonomik düzenin kaideleri tesis edilerek adalet ve denetim sıkı temeller üzerine oturtulmuştu...

Halife Osman zamanında bu kurumlar işlemeye devam ediyor, yeni ve uzak diyarlarda da benzerleri yapılandırılmaya gayret ediliyordu. Fakat bu eskisi kadar kolay bir mesele değildi artık. Çünkü yeni ülkelerin hem mesafe olarak başkent Medine'den uzaklığı, hem de dine yeni girmiş toplumların eski âdetlerinden hemen kopamayışları gibi Medine'ye uyumu zorlayan koşullar iç içe büyüyordu...

Refahın artması, bolluğun, kazancın büyümesi, insanların eskisiyle kıyaslanmayacak kadar rahatlamasıyla da alakası vardı karşılaştığımız zorlukların...

Bizler hangi yokluklar arasından çıkıp gelmiştik oysa... Yokluk, fukaralık ve eksiklikler içinde dayanışma ve paylaşma, kardeşlik çok daha kolaydı. Oysa ya zenginlik? Zenginliği paylaşmak, fakirliği paylaşmaktan çok daha zormuş, bunu tecrübe ediyorduk toplum olarak...

Özellikle miras ve mal paylaşımı hakkındaki nizalarla geliyordu evlatlarımız kapılarımıza... Arap toplumunun kadim bilgisi nesep, soy ve akrabalığa dair kurulmuş temeller, belki toplumsal dayanışmayı kurmaları açısından olumluydu, ama bazen bu durum, soyculuğa, nesepciliğe, kabileciliğe evrilmesi muhtemel bir tehlikeyi de barındırıyordu içinde. Nitekim akrabalar arası çekişmeler, kabileler arası rekabetler, maddi refah arttıkça, çoğalır hale gelmişti bir süredir...

Resulallah(s) Veda Hutbesi'nde, "Kan davası iki ayağımın altındadır" demişti oysa... Peki, yoksulluk günlerindeki dayanışma ve fedakârlık niçin uçup gitmişti toplumun zihninden... Sülaleler arasındaki rekabet, akrabanın akrabaya düşmesi, zenginlik ve fetih günlerinin imtihanı olarak geliyordu kapılarımıza...

Resulallah'ın(s), "vehn" diye tabir ettiği dünyaya bağlılık, dünyalığa düşkünlüktü belki bundan sonraki sınavımız...

Yeni kuşak gençler, öğrenmek konusunda çok gayretliydiler, haklarını teslim etmek gerek, ama kendilerini yetiştiren sahabilere göre daha aceleciydiler. Bu eşyanın tabiatı gereği de böyleydi belki, ama her yeni gelen nesil, bir öncekine göre daha iyi şartlarda yaşamanın verdiği rahatlıkla boy atıyordu... Onlar bizi azimet içinde buluyorlardı, biz de onları rahat kimseler olarak görüyorduk. Zamanın hallerindendir bu işler kuşkusuz. Ama ne yapalım ki bizim kaderimizi çizen, "Resulallah'ın ashabı" olmaktı, yani biz öğrendiklerimizi, ancak Allah Resulü'nden(s) öğrenmiştik… Titiz olmamız, bu yüzdendi…

Fedakârlık ve feragat günleri, zor zamanlarımızın en parlak hatıraları olarak yeni nesillere aktarılmalıydı…

Abdullah b. Zubeyr, Muhammed b. Ebubekir, Mervan b. Hakem, Muhammed b. Ebuhuzayfe, Sa'd b. As gibi göz dolduran yeni gençler, Halife Osman'ın zamanının en aktif kimseleriydi…

Abdullah b. Zubeyr, ablam Esma'nın oğlu, Hz. Hatice'nin yeğeniydi. Babası Zubeyr, Resullah'ın(s) evinde ve elinin altında yetişmişti ki ona "Resulallah'ın havarisi" denirdi… Zubeyr'in oğlu Abdullah, benim en çok sevdiğim yeğenimdi, künye talep ettiğim bir gün, "Sen Esma'nın oğlu, yeğenin Abdullah'ın adıyla künyelenen Aişe" demişti bana Allah Resulü(s)… Şimdilerde Abdullah da idare ve yönetim konusunda sözü ve fikri olanlar arasındaydı…

Etkin gençlerden Muhammed b. Ebubekir ise, kardeşimdi. Büyük Hac günü dünyaya gelmişti Muhammed… Muhammed'in annesi, babamın vefatından sonra Hz. Ali ile evlenmiş, Muhammed, Hz. Ali'nin öz oğlundan farksız büyümüştü. O, Ali'yi babası bilecek kadar çok severdi… Sonraları Hz. Ali ile benim aramda sanki derin bir nifak varmış gibi sözler çıkaran zalimler, bilmezler miydi ki Muhammed benim öz kardeşimdir ve Hz. Ali'nin elinde büyümüş, emrinde gitmiş, her daim yanında durmuş bir kişidir…

Sahabiler ve özellikle fetvasına danışılanlar arasında da farklı içtihatta olanlarımız vardı elbette, ama bizim halimiz, nifak veya zemmetme şeklinde değil, hayırda çeşitlilik ve güzele dair ahenkler şeklinde çıkardı ortaya…

Halife Osman ile de aramızda sanki derin bir nifak varmış gibi sözler çıkaran zalimler, bilsinler ki o da tıpkı Ali gibi, bizim evimizin adamıydı, damadıydı, mahremimizdi, ailemizin direğiydi...

Sağ olsun Halife Osman özellikle Resulallah'ın(s) eşlerinin hac ve umre farizalarına çok önem verir, hatta bizzat kendisi riyaset ederdi bizim evlerimizin dışına çıkmamıza... Hepimize değerli taylesanlardan dış kıyafetler hazırlatır, develerimizi arka arkaya hizalatır, etrafımıza perde geren adamlarını mukaddes bir harimi tutarlarmışçasına görevlendirir, yanımıza kimseleri yaklaştırmadan tesettür hassasiyetlerimize azami derecede uygun bir halde tamamlatırdı haccımızı...

Hz. Osman döneminin etkin gençlerinden biri de Muhammed b. Ebu Huzeyfe'ydi... Resulallah'ın(s) sırdaşı Huzeyfe'nin oğluydu o. Huzeyfe ki, münafıkların kim olduğunu bilen tek sahabiydi. Mushaflar toplanırken herkes bildiği ayete iki tanıkla birlikte şahitlik getirirken, Huzeyfe'den şahit istenmeyecek kadar güvenilir bir kimeydi o... Oğlu Muhammed ise, Hz. Osman tarafından büyütülmüş, evlat gibi sevilmişti. Onun hakkında da türlü sözler çıkaranlar hakikati bilmiyorlardı ne yazık ki... Muhammed b. Huzayfe, çok iyi yetişmiş bir asker de olduğundan, Mısır vilayetinde, Akdeniz adalarındaki seferlerde görevliydi. Onun Medine'de Halife'nin yanında merkezi bir görev beklediğini söyleyenler, gönüllü olarak Akdeniz'deki fetihlerin başında olduğunu nasıl da unutuyorlardı...

Ve merkezdeki, bizlere ve Halife'ye kadar ulaşan rahatsızlık eleştirilerinin odağındaki iki genç isim; Mervan ile Sa'd b. As... İkisi de Ümeyyeoğullarındandı. İkisi de ciddi eğitimlerden geçmiş, genç yaşta parlak görevlere gelmiş kişilerdi. Gençlikleri ve Halife'ye sülalece yakın oluşları zaman zaman şikâyet fısıldaşmalarına yol açıyordu. Hem bizler hem de Halife Osman bunun farkındaydık elbette... Akrabalık, liyakat meselesi değildi oysa. Allah'ın bir takdiriydi ve akraba hukuku elbette önemliydi Kur'an-ı Kerim'e göre. Hz. Osman da akrabalığı idari bir liyakat bahsi olarak değil, değerli bir peygamber sünneti olarak görürdü...

Kufe, Basra ve özellikle Mısır'da makes bulan söylentiler, İslam toplumunun fütuhat ve inkişafını önlemek için türlü bahaneler arayan muarrızlarımızın iştahını da kabartıyordu elbette...

Ne oluyordu bize?

Günlerce ateşin yanmadığı fukara evlerimizdeki huzur, içine envai çeşit yiyeceklerin, kapısına tabur tabur kölelerin yerleştiği büyük konaklardan ne çabuk da kalkıyordu...

Ne oluyordu bize?

Hendek açarken beline taş üstüne taş saranların safiyeti nereye gitmişti? Şimdiyse kuş tüyü yataklarında, yüksek köşklerinde, envai çeşit şölenin ortasındaki kişiler, ne kadar da dayanıksız, sabırsız ve gayretsizdi?

Ne oluyordu bize?

Arkadaşlığın hatırını ne çabuk unutmuştuk böyle? Oysa Uhud'da defnettiğimiz şehitlerin üstlerini örtecek bezi dahi bulamazdık. Abdullah ile Amr'ı, aynı kabre indirmiştik de, Resulallah(s), "Onları ayırmayın birbirinden, onlar dünyada çok iyi arkadaştılar, bırakın kabirde de koyun koyuna yatsınlar" demişti...

Nereye gitmişti arkadaşlık? Resulallah'ın(s) gökteki yıldızlar gibidir dediği ashabı da hayattayken henüz, nereye gitmişti Allah rızası için birbirini sevmek...

Bizlere "Allah için birbirinizi seviniz" derdi Allah Resulü(s)... Hesap Günü, ter denizine batmış bir halde tartılacakları sırayı bekleyen kimselerin, serin ağaç gölgelerinde yan yana oturan kimselere imrenerek bakacaklarını... "Bunlar da kimlerdir?" diye sorulduğundaysa... "Onlar dünyadayken birbirini Allah için sevenlerdir..." diye cevap alınacağını... Anlatmıştı Resulallah(s)...

Daha da ilerisini söylemişti bizlere: "Allah için birbirinizi sevmedikçe hakikaten iman etmişlerden olamazsınız, cennete giremezsiniz!"

"Sevgi, selamın yaygınlaşmasıyla olur" derdi sık sık...

Selam, barıştı...

Peki... Selamet bu kadar zor muydu?

İmtihandı kuşkusuz başımızdan geçenler... Dünyanın ve insan olmanın imtihanları... Böyle böyle, büyüyordu işte sıkıntılar...

Devlet, bizim aramızda, içimizde, istişaremizle, birbirimizden aldığımız rızalarla, adalet hissinin hayatiyetiyle işlerdi her daim... Şimdiyse devlet, çok büyümüş, refah artmış, zorlu günler unutulmuş, insanlar sevginin yerine birbirleri arasında duvarlar örmeye başlamıştı sanki... Para, şan, şöhret, zenginlik... İlmin, davetin, paylaşımın yerine geçmişti sanki...

Oysa biz biliriz ki çölün âdetlerindendir, çölün kadim geleneğidir. Araplar olarak, özgürlüğümüze düşkün kimselerizdir... Emir almaktan, baskıdan hoşlanan kişiler değil, onuruna düşkün ve söz dinlemesi kolay olmayan kişiler olarak gelmişizdir bugünlere... İslamiyet'in bize bahşettiği eşitlik fikrinin bunca makbul görülmesi ve davetin hızla kabulündeki en etkin sebep olarak müsavat, bizim hem değerimiz hem de sınav konumuzdu o günlerde...

"Eşitlik" ve "onur" konusundaki hassasiyetimizi bilen bazı art niyetliler, bizi eşitlik ve onur hissiyatımız üzerinden galeyana getirmeyi hedefliyorlardı... Halife Osman'ın son hilafet dönemlerinde, bilinçli olarak yaygınlaştırılan dedikodu, "eşitsizlik"ti ve "onur kırıcı" bulunuyordu bu hal...

Bu konuda bana da çok itiraz getiren oluyordu, durumu derhal diğer sahabilere ve Halife'ye aktarıyordum, ne var ki biraz araştırılınca, itiraz edenlerin kahir ekseriyetinin dedikodulardan hareketle galeyana gelmiş kişiler oldukları çıkıyordu ortaya... Eleştirdikleri kimseleri bile doğru dürüst tanımayan, etrafın dolduruşuna gelmiş kişilerdi bunlar çoğu zaman...

"Bir işin şuyuu, vukuundan daha tehlikelidir" derler büyükler...

Yani bazen öyle durumlar olur ki, o durumun vuku bulmuş ya da bulmamış olması önemini kaybeder. Önemli olan, şayianın çıkması, dedikodunun alıp yürümesidir... Böyle zamanlarda çıkan dedikodu, her şeyi bastırır...

Halife gerçekten haksızlık yapıyor muydu diye soran yoktu, tetkik eden yoktu, aslında bunu gerçekten dert edinen de yoktu...

Önemini yitirmişti hakikat...

Önemli olan sokaklardan oluk oluk akmaya başlayan şayialar, sözler, suizanlar, dedikodulardı...

Şam'dan, Mısır'dan, Kufe'den, Basra'dan, Akdeniz'den çıkıp Medine sokaklarına kadar ulaşan kirli ve karanlık söz dalgaları kol geziyordu artık her yanda...

Oysa İran, Suriye, Mısır, Afrika memleketleri fethedilirken hep birlikte gaza etmiş ve hep birlikte şehit olmuş kişiler değil miydik biz? Resulallah'ın(s) halası Safiyye bile İslam ordularıyla çıktığı Kıbrıs seferinde şehit olmuş, o güzel adaya defnedilmemiş miydi?

Neydi paylaşılamayan?

İstişare mekanizmasını niçin gerektiği gibi çalıştıramıyorduk?

Fitne ve fesat gittikçe kabaran simsiyah ve çok öfkeli bir denize dönüşüyordu gitgide...

Bu arada İbni Sebe adlı bir Yahudi, Müslüman olduğunu açıklamış, ardından tüm tartışma ve fitne meclislerini tek tek gezip taraftarlar bulmaya başlamıştı... Özellikle Kufe, Mısır, Basra, Şam gibi, sabırsız gençlerin öbeklendiği yerlere gidiyor, orada edindiği yeni arkadaşlarıyla muhalefetin sözcülüğüne soyunuyordu... Hatta "Sebeiyye" namıyla bilinen bir cemaati de vardı artık...

Halife'ye karşı oluşan bu çok parçalı muhalefetler birleşince çalkantılar da artıyordu...

Halife Osman zamanında Afrika ve Akdeniz adalarındaki fetihler ve askeri faaliyetler son hızla sürdüğünden, özellikle Mısır, genç ve savaşkan liderlerin itirazcı söylemleriyle dolup taşıyordu... Başı Medine'de belaya giren veya kendi beldesinde istediği makama erişemeyenler, soluğu Mısır'da, Basra'da alıyordu... Mısır, muhalefetin merkezi haline gelmişti artık...

Arabozucular, tetikçiler boş durmuyor, hizipleşme doludizgin yürüyor, Sebeiyye gibi Yahudi misyonu taşıyanların kışkırtmasıyla da iş... Giderek zapt edilmez boyutlara ulaşıyordu...

Bu nasıl bir salgın hastalıktı böyle?

Hac mevsimi yaklaşmaktaydı...

Kafilelerin haccı bahane ederek, Kufe, Basra ve Mısır'dan biner kişilik gruplar halinde Hicaz'a doğru harekete geçtikleri haberi geliyordu bizlere de...

Bu kafileler, Medine'ye yakın bir mesafede çadırlarını kurmuşlar, dört bir yandan iştirak eden grup ve kafilelere, siyasi kamplaşmaları, makam mevki sahiplerinin yaptıkları yanlışları, yolsuzlukları kendi bildiklerince hatta bilmediklerince, anlatmaya başlamışlardı. Muhalefet giderek artıyor, konuşmalar aldıkları sert kavisle, olmak ya da olmamak haddine erişiyordu...

Hz. Ali, durumun vahametini kavramış, defaatle Halife'ye müracaat ettiği halde giderek kabaran söylenti ve öfkeyi durduramamışlar, üst üste gerçekleştirilen şuralar sonuca ulaşamamıştı maalesef.

Fakat muhaliflerin Medine'yi kuşatırcasına gelişleri de hayra alamet olmadığından, Hz. Ali, ailesinden kişileri de yanına alarak muhalif kafileleri dağıtmış, yerlerine yollamış, her an infiale dönüşebilecek durumu kısa süreliğine de olsa ertelemeyi başarmıştı...

Hz. Ali, döndükten sonra yeniden Halife'nin huzuruna varmış, bu gidişatın asla hayır getirmeyeceğini, muhaliflerin bazı valilerin değişmesini şart koştuklarını aktarmıştı...

Nitekim hem Mısır'ın hem Kufe'nin valileri değişmişti... Ama nifak durmak bilmiyordu yine de...

Ben o sıralarda hacca niyetlenmiştim. Yola çıkmak üzereyken kardeşim Muhammed'in de benimle birlikte hacca gelmesini, bu nifak girdabından çıkmak için güzel bir sebep olarak görüyordum... Başaramadım bunu...

Yola çıktıktan sonra işittim ki, Halife'nin evi muhaliflerce muhasara altına alınmış... Eve üç hafta boyunca su bile sokulmamış, Hz. Ali'nin araya girme çabaları sonuç vermemiş, Halife'yi her şeye rağmen müdafaa etmek için evin kapısında ve damında nöbet tutan Hz. Hasan ile Hz. Hüseyin bile yaralanmış... Haram aylarda olmamıza karşın, hürmetten cayılmış ve Resulallah'ın Damadı ve Halifesi hunharca şehit edilmiş...

Bunu işittiğimde yer yarılmış da içine düşmüşüm gibi sarsılmıştım...

Hz. Osman'a yönelik adalet ve eşitlik içerikli istişarelerimizle, ona yaşatılan bu vahim ecel arasında asla irtibat olamazdı. Çünkü biz, istişare ve müzakere konusunu Resulallah'tan(s) öğrenmiş kimselerdik... Farklı görüş, meseleleri enine boyuna incelikle tartışma bize yol ve hız kazandıran olumlu hasletlerken... Şimdi sonu ölüme dayanan siyasi kamplaşmalara vardırılmıştı iş... Bu nasıl bir haldi böyle?

Hac için Mekke'ye varmış mü'minler, tam bir şok içindeydi...

O arada Medine'deki bu vahim hal, acının ve taziyenin yanı sıra en kısa zamanda yeni bir Halife'nin tayinini de icap ettiriyordu. Hz. Ali, Hz. Talha, Hz. Zübeyr, Hz. Sa'd b. Ebivakkas adaylar arasındaydı...

Basralılar, "Talha olsun!" diyorlardı...

Kufeliler, "Zübeyr olsun!" diyorlardı...

Mısırlılar ve Medine, "Ali olsun!" diyordu...

Hz. Osman'ın şehadetinden üç gün sonra Hz. Ali'ye biat etti Medineliler...

Medine'ye dönerken yolda almıştım bu son haberleri...

Talha ve Zübeyr'i hızla Medine'yi terk ederken gördüğümdeyse şaşırmıştım... Osman'ın katli yüzünden onlar da dehşet içindeydi... "Medine'de duramayız" diyorlardı... Ben de Medine'ye gitmekten vazgeçip Mekke'ye dönme kararı almıştım...

Ben Mekke'ye geri döner dönmez, insanlar kafileler halinde etrafımda toplaşmaya başladılar... Herkes son yaşananlardan dolayı dehşet içindeydi... İslam Halifesi, haram aylarda, oruçlu olduğu ve Kur'an okuduğu halde katledilmişti... Buna içimiz yanıyordu...

"Ey Mü'minlerin Annesi! Sen ki fetva sahibi bir kişisin, Halife Osman'a müracaatlarımızı iletir, bildirirdin, şimdiyse Hz. Osman'ın katillerinin bir an evvel yakalanması için harekete geçtin, ne yapacağız bizlere söyle" diyorlardı bir ağızdan...

"Yemin ederim ki Hz. Osman'ın katledilmesi feci bir suçun irtikâbıdır ve adalet yerini bulmalı, suçlular adalete teslim edilmelidir. Ben, Anneniz olarak mü'minlerin önderi Halife hakkında olumsuz bir hüküm vermedim, bundan sonra da veremem" demiştim...

"Peygamber'in(s) arkadaşları bu vakte kadar böylesi bir hakarete uğramamışlardı. Ancak o isyancılar peyda olduktan sonra, söylenmemesi gerekenler söylendi, okunmaması gerekenler okundu. Namazlar eda olunması gerektiği şekilde kılınmadı. Muhalifleri araştırdığım zaman, Hz. Osman'ın arkadaşları tarafından irtikâp edilen işlere bile vakıf olmadıklarını gördüm... Yemin ederim ki Hz. Osman'ın katledilmesini istemedim. Şayet böyle bir şey istediysem ben de aynı akıbete uğrayayım!" cevaplarıyla etrafımda toplananları yatıştırmaya çalışıyordum...

Bunları, canım parçalanarak söylüyordum yanıma gelip de halimi sorgulayanlara...

Ne karanlık günlerdi ya Rabbi...

Sanki bizi ele geçireceğine hiç ihtimal vermediğimiz simsiyah bir bulut kısa sürede hepimizi sarmalamış, yutmuş, çatılarımızdan evlerimizin içine kadar süzülmüş, kapıları, pencereleri aşarak, bizi bize sağır ve kör etmiş gibiydi...

Çok büyük emek ve gayretlerle inşa ettiğimiz İslam toplumunun duçar kaldığı bu depremi, harabatı, kalbimiz paramparça seyrediyorduk...

Talha ve Zübeyr de tıpkı benim gibi, başlangıçta Halife Osman'a problemleri anlatmak ve şikâyetleri taşımak konusunda defaatle çabalamışlardı... Ama sonucun bu noktalara gelmesini asla istememişlerdi... Yakın akrabamdılar, Resulallah'ın(s) da akrabası ve yanında yetişmiş sahabilerdendi her ikisi de... Üstelik Hz. Osman'ı halife olarak seçen kuruldaydı hem Talha hem de Zübeyr...

Mekke'de yanıma gelenlere şu ayeti okuyordum yüksek sesle:

"Eğer inananlardan iki grup birbirleriyle savaşırlarsa aralarını düzeltin. Eğer biri ötekine karşı haddi aşarsa, Allah'ın buyruğuna dönünceye kadar haddi aşan tarafa karşı savaşın. Eğer Allah'ın emrine dönerse, artık aralarını adaletle düzeltin ve onlara adaletli davranın. Çünkü Allah, adaletli davrananları sever." (Hucurat, 9)

Yanımda toplananlar, hep birlikte Medine'ye mi yoksa Basra'ya mı geçelim diye istişare ediyorlardı... Medine'ye bu kadar kalabalık bir grupla girmenin yeni dalgalanmalara sebep olacağı gerekçesiyle, adalet arayışımızı Basra'da sürdürmenin daha yerinde olacağına karar vermiştik...

Birlikte hacca geldiğimiz ev arkadaşlarımla ağlaşarak vedalaştık. Hafsa da benimle gelecekti lakin kardeşleri ona engel olmuş, bana mektubu gelmişti; dualar ediyor, Hz. Osman'ın vefatından dolayı üzüntülerini ifade ediyordu.

"Ya Rabbi! Ne hallere geldik! Kardeş kardeşin kanına susamış, Mü'minlerin Annesi, evini bırakarak sefere çıkıyor!" diyerek yola revan olmuştum...

Yolda bize iltihak edenlerle birlikte üç bin kişiye yaklaşmıştı sayımız... Bizim hedefimiz barıştı, adalet isteğiydi, lakin kafilemize Mekke'den itibaren karışan bazıları, Hz. Osman için adalet istemekten çok, Medine'de halifeliğini ilan eden Hz. Ali'ye karşı çıkmak derdindeydiler... Nitekim konakladığımız yerde hemen bu konuda tartışma başlıyor... Benim müdahalemle kesiliyordu...

O gün...
Ordunun gürültülü geçişi, uzaktaki bir köyün grup halinde gezen köpeklerini ürkütmüş, zavallılar hep bir ağızdan havlayarak üzerimize doğru koşuşmuşlardı...

Bu hiç hoşuma gitmemişti... Köpeklerin bağrışarak üstümüze doğru gelmesiyle birlikte tüylerim diken diken olmuş, ürpertici bir rüzgâr adeta kanımı dondurmuştu...

"Aman Allah'ım" diyerek... "Burası neresidir?" diye sormuştum...

Aniden hatırlarız... Unutmaksa zaman alır...
Aniden hatırlamıştım...

Resulallah(s), eşleriyle birlikte oturup sohbet ettiğimiz bir an dönüp;

"Acaba Hav'eb'in köpekleri hanginize havlayacak?" diye sormuştu bize...

Aman Allah'ım, Hav'eb'in suları meğer benim eteğime mi değecekmiş?

Ateşler gibi yanarak sordum:

"Burası neresi? Hav'eb mi? Bu köpekler niçin havlayarak geldi üzerimize?"

Derhal kararımı vermiştim:

"Dönüyoruz!"

Bilmiyorum o gün kaç kişi, yirmi mi elli mi, bulup buluşturdukları herkesi önüme dikip, "Burası Hav'eb değildir" dedirtiyorlardı...

Ama benim gönlüm razı ve rahat değildi... Dönmeliydik...

İlerlemeden durmaya karar verdik.

Bu arada, Halife Osman'ın şehadetinden evvel dedikoduları ve isyanları önlemek maksadıyla Kufe'ye vali olarak atadığı Ebu Musa el-Eşari'ye mektuplar yazdık. İstediğimiz sadece adaletin tesisiydi, biz Halife'nin katillerinin en kısa zamanda yakalanıp mahkeme edilmesini talep edenlerdik...

Ebu Musa El-Eşari, akıllı bir adamdı, gruplaşmaları ve çekişmeleri önlemek için Kufe camilerinde, herkesi susmaya, inzivaya çekilmeye, zikre ve duaya davet ediyordu. Halife Ali de oğlu Hasan ile Ammar b. Yasir'i yollamıştı Kufe'ye...

Halk hem benim hem de Hz. Ali'nin toplumsal barışı ve adaleti istediğimizi unutmuş, sanki imamet hakkında karşı karşıya gelmiş iki kişi olarak görmeye başlamıştı bizi...
Hz. Osman'ın katillerinin peşinde adalet arayanlar olduğumuz önemsizleşmişti dedikodular denizinde... Sanki Hz. Ali ile Mü'minlerin Annesi Aişe'nin arasında vuku bulan bir ayrışma gibi görülmeye başlanmıştı hadiseler... Hiç iyi değildi gelinen bu nokta...

Bunun böyle olmadığını anlatmak için Basra Valisi'ne mektuplar yazdım yollattım. Basra'nın ileri gelenleriyle bizzat görüştüm. Fitnenin büyümesi değil, adaletin en kısa zamanda tesis edilmesiydi muradım...

Basra Valisi yeni halife Hz. Ali'nin atadığı Osman b. Hanif'ti. Bana iki elçi yollatarak asıl gayemin ne olduğunu sordurtmuştu...

Onlara dedim ki:

"Vallahi, benim gibi Ümmetin Annesi olan bir insan gizli maksatla evinden çıkmaz. Bir anne hakikatleri çocuklarından saklamaz... Başımızdan geçen şudur ki birtakım başıboş kabileler Resulallah'ın evi hükmünde olan Medine'ye hücum ettiler. Orada fitne çıkaranları korudular. Bunlar Allah'ın ve Resulallah'ın(s) lanetine müstahak kişilerdir. Bunlar haksız yere Halife'yi öldürüp şehit ettiler. Masum kanı döküp, malları alınması caiz olmayanların mallarını yağmaladılar... Peygamber'in(s) kutsal haremine hürmetsizlik ettiler. Zilhicce gibi savaşmanın haram olduğu bir mübarek ayın mukaddesatını çiğnediler. Hz. Osman'ın şehit edilmesi Medine halkını ve ümmeti rencide etmiştir. Geride bıraktığım Müslümanların kendilerini bu girişimlerden koruyacak güçleri yok. Onların hallerini anlatmak için çıktım bu yola. Biz, Cenab-ı Hakk'ın ve Resulallah'ın(s) büyük küçük, kadın erkek herkese emrettiği barış daveti için ayağa kalktık. Maksadımız bundan ibarettir."

Ben böyle konuşunca, iki elçiden birisi çekildi, diğeriyse Basra Valisi'ne geri döndü... Onların ne konuştuklarını bilmiyorum... Ama ertesi günkü hutbelerde, halka yanlış şeyler aktarıldı, bizim, Basralıları Halife Osman'ın katilleri olarak gördüğümüz söyleniyordu, Basra'ya katilleri almaya geldiğimiz şeklinde anlatımlar yapılıyordu... Halktan itiraz edenler de vardı; "Onlar, Osman'ın katillerini cezalandırmak için bizden yardım istemeye geliyorlar, sizin anlattığınız gibi değil..." deseler de tartışma giderek büyüyordu...

Tartışmaların üzerine Talha ve Zübeyr'le birlikte Basra'ya intikal ettik. Ve galeyanı bastırabilmek için söz aldım, Allah'a hamd ü sena ve Resulallah'a(s) salat ü selam getirdikten sonra:

"Ey Basra halkı!" dedim...

"Hz. Osman'a itiraz edenler vardı, onun memurlarından şikâyetler edenler vardı. Medine'de benimle bu konuyu istişare etmeye gelenler de vardı. Huzur ve barışın devam etmesi için onlara nasihatler ediyor, durumu Halife'ye intikal ettiriyordum. Fakat samimi şikâyetlerin yanında giderek art niyetli insanların da olayları karıştırmak için çaba sarf ettiklerini fark ettim. Hz. Osman, Allah'tan korkan, samimi bir Müslüman'dı. Fitneye çanak tutanlarınsa, şikâyet ettikleri olaylardan haberleri bile yoktu çoğu kez, bunlar gaddar, yalancı, günahkâr kimselerdi ve dertleri toplum içinde fesat çıkarmaktı... Neticede istediklerini tertip ettiler. Halife'nin evine girip masum kanı döktüler, el uzatılması caiz olmayan malları yağmaladılar, hiçbir şeye hürmet etmediler... Şimdi yapılması gereken şey, Osman'ın katillerini yakalayıp ilahi adalete teslim etmektir...

Ey insanlar!

Benim üzerinizde annelik hakkım var! Size nasihat etmek şerefini haizim. Resulallah(s) başı göğsüme dayalıyken vefat etti. Ben, O'nun(s) eşiyim... Cenab-ı Hak, beni her halükarda korumuş, mü'min olan münafık olandan benimle ayrılmıştır. Yine benim vesilemle teyemmüm hükmü nazil olmuştur. Babam Müslüman olanların üçüncüsüdür. Hira Mağarası'na sığınan iki arkadaştan ikincisidir. Sıddîk unvanını elde edenlerinse birincisidir. Resulallah(s) ondan hoşnut olduğu için, hayattayken onu imamlığa geçirmiştir. Peygamber'in vefatından sonra gevşemeye başlayan İslam bağlarını tekrardan güçlendirmiş Ebubekir'in kızıyım ben. Fitnenin önünü o almıştır. Dinden dönmelerin önünü o kesmiş, Yahudilerin fesatlarını o engellemiştir. Her derde bir derman buldu, susuzlara su verdi, yolsuzlukları kaldırdı. O Allah için çalışarak, Resulallah'ın yolunda canını teslim etti. Babamdan sonra onun yerine geçen de her şeyi muhafaza etti ve bataklıktan uzak durdu. Düşmanları cezalandırırken cahilleri affetti. İslam'ın galip gelmesi için geceleri uyumayan birisiydi o... Her yerde ve her hususta toplumuna iyi bir rehber oldu. Fitne ve fesadı kaldırdı.

Şimdi bana askerle birlikte niçin yola çıktığımı soruyorsunuz...

Günah peşinde koşmuyorum bilesiniz!

Fitne ve fesat çıkarmak istemiyorum bilesiniz!

Doğru söylüyorum bilesiniz!

Allah'tan bize yol göstermesini ve bizi ikaz etmesini istiyorum bilesiniz!"

......

Bu şekilde konuşmamın çok tesiri olmuştu...

Herkes kendi grubuna dönüş emri verdi...

Basralıların başında Hakim adında hırslı bir kumandanları vardı. Hakim, askerleri ile birlikte hücum ediyordu bizim topluluğumuza. Bense askerlerimize, karşılık vermemelerini söylüyor, emrime sebatla dayanmaya çalışan askerlerimizi, metanetle ve sağlam durmaya çağırıyordum... Hakim'in ilk hücumuna hiçbir cevap vermedik. İkinci hücumundaysa bir konak kadar geri çekildik... Ne yazık ki geceden de istifade ederek geri çekilmiş olduğumuz halde, üçüncü hücumları, bizi de cevap vermeye mecbur hale getirmişti... Artık kılıçlar kınından sıyrılmıştı bir kere...

Basra'daki bu çatışma hali yirmi altı gün kadar sürmüş, bu arada Kufe de karışmıştı...

İş, Halife Osman'ın katillerini bulup adalet istemekten süratle çıkıyor, Hz. Ali'nin imamet eleştirisine dönüşüyordu. Nitekim Hz. Ali de neredeyse tüm şehirlerde baş gösteren bu kargaşayı önlemek için Medine'den yola çıkmış, kendisine katılan kafilelerle yaklaşık yirmi bin kişilik ordusunun başında Basra'ya kadar gelmişti...

Zübeyr, durumun bu hale gelmesine üzülenlerin en başındaydı; "Müslümanlar bir kaya gibi sapasağlamken bugün bu kayanın parçalandığını görüyoruz, ne acı!" diyordu sık sık...

Kufe'den, Basra'dan aklıselim sahibi kabile reisleri İmam Ali'nin yanına varıp sulhtan söz açmışlar. Hz. Ali, barış taraftarı olarak geldiği için, bir an evvel barışın tesis edilip herkesin yurduna dönmesi fikrindeydi... Aynı elçiler, Talha ile Zübeyr'in yanına da gelmiş, sulh olması taleplerini yinelemişlerdi...

Elçilerden birisi çok dokunaklı bir şekilde...

"Anneciğim... Mü'minlerin Annesi! Bu hareketten maksadınız nedir?" diye sormuştu...

"Halife Osman'ın katillerini cezalandırıp herkesi birlik ve beraberliğe davet etmek..."

"Anneciğim... Mü'minlerin Annesi! O halde düşününüz lütfen... Hareketin nerelere vardığını görünüz... Beş yüz katil için beş bin kişinin kanı heder oldu. Şimdi dökülen bu beş bin kanın karşılığı için daha kaç bin kişinin kanı akmalıdır? Barış bu mu ey annemiz?"

Adam doğru söylüyordu...
Benim de istediğim adalet ve barış değil miydi...

Sulh olmalı ve sabırla adaletin tecellisi için elbirliğiyle çalışmalıydık...

Fakat her iki ordunun içinde de sulhu istemeyenler vardı...

Eğer barış tesis olursa, katiller ortaya çıkacak, adalet yolu onları hak ettikleri cezalara çarptıracaktı... Ayrıca yine her iki ordunun içindeki Sebeiyyeciler de bundan rahatsızdı, sulhu derhal imha etmekti onların maksadı, İslam toplumunun zayıf ve birbirine düşmüş halinden istifade etmekti...

Gayet de başarılıydılar fitne ve fesat işlerinde...

Barışa karar vermiş iki orduyu, gece vakti her iki tarafa da attıkları şerli oklar ve hücumlarıyla birbirine düşürmeyi başarmışlardı...

Hem Halife Ali, hem ben, Talha ve Zübeyr, birbirine girişen orduları yatıştırmak istesek de selin önündeki kâğıt parçaları gibiydik... İntikam seli bizi yutmuştu o gün...

Nasıl zorlu bir gündü o gün...

Bedir gazileriyle Uhud gazileriydi birbirlerine kılıç çekenler...

Herkes adaleti ve barışı istiyor, herkes bu yüzden birbirini öldürüyordu...

Bir ara savaşın en kızgın anlarında, şiddet çemberi iyice daralmıştı, artık savaş sanki benim devemin etrafında cereyan ediyordu... Sadece, etrafımda yere cansız yıkılanları görüyordum...

En sonunda devemin bileklerinden kesilerek acılı bir feryatla yere yıkılışını hatırlıyorum...

Oklarla adeta bir kirpiye dönen hedvecimden doğrulmak istediğimde bir el tuttu elimi...

"Bu hangi melunun elidir ya Rabbi!" diyerek attığım çığlıkla yer gök inlemiş, kılıç tutan eller havada asılı kalmıştı o an...

Kardeşim Muhammed'miş... O, İmam Ali'nin tarafındaydı...

"Mü'minlerin Annesi, korkmayın, ben kardeşiniz Muhammed'im" diyordu...

Kardeşim...

Canım kardeşim...

Hac yollarında dünyaya geldiğinde gözlerimizin nuru diye kurbanlar kestiğimiz kardeşim...

İsmini Resulallah'tan alan kardeşim...

Sıddîk'in oğlu olan kardeşim...

Damarlarında benim kanımın koşuştuğu güzel küheylanım...

Ben sana yalvarıp yakarmamış mıydım "Bırak insanları, gel Kâbe'ye gidelim" diye...

Kardeşim...

Böyle mi olacaktı?

Resulallah'ın(s) eşi, ablan, annen Aişe'nin devesi yere yıkılmış, perdesi oklanmış, paramparça edilmiş... Sen böyle mi bulacaktın beni kardeşim?

O an...

Cemel Günü'nün dondurulmuş resmi gibiydi...

Kardeş, kardeşin cenazesini kaldırıyordu...

Kendime gelince, ağlayarak...

"Sen... Makbul bir adam değilsin..." dedim kardeşime...

Boynuma sarıldı.

O da ağlıyordu...

Hz. Ali koştu yanımıza... Bir arslan gibi elindeki kılıcıyla bana siper oluyordu...

"Mü'minlerin Annesine el uzatacak olan ölümlerden ölüm beğensin" diye naralar atarak kılıcını rüzgâr gibi savuruyordu...

"Sana bir şey olmadı ya! İyi misin..." diye soruyordu nefes nefese...

Beni derhal perdeleyerek, kardeşim Muhammed ve kırk kadın süvariyle birlikte Hicaz'a çıkardılar...

"Sana bir şey olsaydı, bu dünya bana zindan olurdu..." dedi Hz. Ali beni yollarken...

Yenilmiştim...

Mağlup olmuştum...

Kimdi muzaffer olan peki?

Galibi kim olmuştu Cemel Günü'nün...

İbret günüydü o gün...

Takdir, ahir zamana büyük bir ibret dersi veriyordu yaşadıklarımız üzerinden...

Keşke...

Yirmi sene evvel öleydim...

Hz. Meryem'in söylediği gibi; "Keşke toprak olaydım, adı unutulup gidenlerden olaydım..."

Karşı safta olmalarına rağmen Cemel Günü şehit olanlardan Talha ve Zübeyr'in namazlarını Halife Ali kıldırmıştı...

Çünkü birbirine o gün kılıç çekenler, birbirlerinin kıymetini sonsuza kadar en iyi bilenlerdi...

......

Belki de susmaktır bunca kederin varacağı yer...

Ben, Meryem'in "susma" orucundaki hakikati Cemel Günü'nde fark ettim.

Hz. Meryem'in o en ağır günlerinde kendisini sözle savunmak yerine sığındığı susma orucunu, Cemel sonrasında kendime hal belledim.

Oruç vazgeçmekti...

Susarak, vazgeçenlerin ülkesine doğru çevirdim yolumu Cemel sonrasında...

Benden sonrakiler de bizlerin tutulduğu bu fırtınadan korunmak için, "susma" kalkanına sığınsınlar. Susarak sabretme yolunu seçsinler bizim hakkımızda...

Sonraki günlerim, Medine'deki odacığımda ve çoğu kere ağlayarak geçmiştir...

Namaz, oruç, infak yol arkadaşlarım, ilim azığım, hakikatse hayat rehberim olmuştur...

"Vefat ettiğimde, beni diğer arkadaşlarımın yanına, Baki kabristanına defnediniz" dedim...

Bilmem ki arkamdan ağlayan olmuş mudur... Ama öyle zannederim ki bana "Anne" diyenler ardımdan dua edeceklerdir...

Ben, zor zamanların Aişe'siyim...

Benim dört başı mamur düğünüm de olamamıştı o hicret zamanlarında...

İşte benim asıl düğün günüm, öldüğüm gündür...

Âlemlerin Efendisi, Allah Resulü, Biricik Sevdiğim'e(s) kavuştuğum gündür...

Allahu Teala'nın emri, Resulallah'ın(s) hatırası, vasiyeti ve emaneti Kur'an-ı Kerim şahidimdir ki Allah'tan başka ilah yoktur, Muhammed(s) O'nun kulu ve Elçisi'dir...

Ben, Aişe...

Muhammed'in(s) Aişe'siyim...

OKUMA ÖNERİSİ

Ahmet Cevdet Paşa, *Kısas-ı Enbiya*, Kültür Bakanlığı Yayınları, 1971.

Celaleddin Vatandaş, *Hz. Muhammed'in Hayatı ve İslam Daveti*, Pınar Yayınları, 2005.

Ekrem Sağıroğlu, *İslam'ın İlk Halifesi Hz. Ebubekir*, Yasin Yayınları, 2000.

Elmalılı Hamdi Yazır, *Hak Dini Kur'an Dili* (Tefsir), Eser Kitabevi, 1940.

Meryem Canan Ceylan, *Entelektüel ve Siyasi Bir Kişilik Olarak Hz. Aişe*, Ahsen Yayınları, 2002.

Muhammed Abdülhay El-Kettani, *Hz. Peygamber'in Yönetimi*, İz Yayıncılık, 1991.

Ragıb el İsfehani, *Müfredat*, Pınar Yayınları, 2007.

Reşit Haylamaz, *Mü'minlerin En Mümtaz Annesi Hz. Aişe*, Işık Yayınları, 2009.

Sahih-i Buhari Muhtasarı, Tecrid-i Sarih Tercemesi ve Şerhi, Diyanet İşleri Başkanlığı Yayınları, 1968.

Seyyid Süleyman Nedvi, *Hazreti Aişe*, Timaş Yayınları, 2003.

Süleyman Uludağ, *İslam Düşüncesinin Yapısı*, Dergâh Yayınları, 1979.